HENDRIK ESCH

Jagdtrieb

GOLDMANN
Lesen erleben

Buch

Der junge Anwalt Paul Colossa aus München erbt nach dem überraschenden Selbstmord seines Onkels dessen Kanzlei in Neustadt in der bayerischen Provinz – und damit eine Menge kurioser Fälle. Wie den der hübschen Maja, Tochter des zwielichtigen russischen Unternehmers Victor Rivinius. Maja wird von ihrem Exgeliebten gestalkt, und Colossa soll vor Gericht ein Kontaktverbot erwirken. Dabei erliegt Colossa prompt selbst den Reizen der jungen Frau. Blind vor Liebe verstößt er gegen alle Regeln – und übersieht, wie sehr Maja in die dubiosen Machenschaften ihres Vaters verstrickt ist. Unversehens befindet er sich mitten in einer höchst gefährlichen Jagd …

Informationen zu Hendrik Esch finden Sie am Ende des Buches.

HENDRIK ESCH

Jagdtrieb

Kriminalroman

GOLDMANN

Sollte diese Publikation Links auf Webseiten Dritter enthalten, so übernehmen wir für deren Inhalte keine Haftung, da wir uns diese nicht zu eigen machen, sondern lediglich auf deren Stand zum Zeitpunkt der Erstveröffentlichung verweisen.

Dieses Buch ist auch als E-Book erhältlich.

MIX
Papier aus verantwortungsvollen Quellen
FSC® C014496

Verlagsgruppe Random House FSC® N001967

1. Auflage
Originalausgabe Februar 2019

Dieses Werk wurde vermittelt durch die
Scripta Literaturagentur, 80636 München.
Umschlaggestaltung: UNO Werbeagentur, München
Umschlagfoto: FinePic®, München
Redaktion: Gerhard Seidl
BH · Herstellung: kw
Satz: Vornehm Mediengestaltung GmbH, München
Druck und Einband: GGP Media GmbH, Pößneck
Printed in Germany
ISBN 978-3-442-48816-2
www.goldmann-verlag.de

»Der verdammte Fall hätte ganz anders laufen sollen.«

1.

SCHWEISS:

das Blut des Wildes und des Jagdhundes, sobald es die Blutbahn des Körpers verlassen hat

Paul wachte auf. Extrem verschwommener Blick aus stark zusammengekniffenen, geschwollenen Augen. Vor ihm das hektische, besorgte Gesicht eines Mannes mit Halbglatze, rotem Vollbart, orange-weißem Kragen. Der ihn anschrie. Langsam begann Paul, ihn als Arzt zu identifizieren … Oder war er ein Sanitäter? Und er konnte aus dem Gebrüll einzelne Worte herausfiltern: »Sie mich? … mit den Augen … Können Sie … Zeichen, wenn Sie mich verstehen? Können Sie den Mund öffnen? Können Sie blinzeln?«

Nein. Blinzeln ging gar nicht. Die Augen einen Schlitz breit öffnen war das Einzige. Scheiße, das brannte höllisch! Immer noch quollen Tränen hervor … Oder war das Blut? Den Mund öffnen, das ging vielleicht. Wobei sich, je weiter er seinen Kiefer aufsperrte, ein abartiger Schmerz im Bereich seiner rechten Schläfe bemerkbar machte.

Der Rotbart jedoch schien regelrecht euphorisch. Er schrie weiter, vermutlich informierte er irgendjemand anders, dass Paul ansprechbar war.

Was freilich noch lange nicht bedeutete, dass er auch sprechen konnte. Da kam gar nichts. Nicht einmal ein Krächzen. Überhaupt lag seine Zunge wie ein ekliger, staubtrockener Wulst in seinem Mund.

Paul scannte seinen Körper. Mit der Kraft seiner Gedanken. Was ihm die überraschende Erkenntnis offenbarte, dass er auf der Seite lag. Die legendäre »stabile Seitenlage«, von der Paul zuletzt bei der Vorbereitung auf seinen Führerschein gehört hatte. Gute Idee. So konnte er an der trockenen Zunge nicht ersticken. Sein linkes Bein war taub.

Die Sache mit der Schläfe nahm jetzt besorgniserregende

Ausmaße an. Ein wirklich sehr intensives Schmerzerlebnis, das er spontan als »klopfend« beschrieben hätte. Und Paul spürte außerdem Angst. Mehr nur als ein bisschen.

Seine Gedanken wurden ruppig unterbrochen, als Rotbart und ein unsichtbarer Dritter ihn mit einem Ruck emporhoben und auf eine Trage hievten, mit der sie sodann ein paar holprige Meter durch die Gegend rollten.

Paul konnte allerlei Blaulicht sehen, rennende Polizisten und Feuerwehrleute, irrlichternde Taschenlampen. Er glaubte, einen Hubschrauber zu hören, zwischen Sirenengeheul und Wortfetzen aus Funkgeräten. Ob sie den Verrückten erwischt hatten? Aber was, wenn sie Pauls Pistole fanden? Nein, die lag ja daheim. Und wenn sie einen Bluttest bei ihm machten und die Drogen bemerkten? Paul wurde ins gelb beleuchtete Innere eines Rettungswagens geschoben. Rumms – Tür zu. Jemand fummelte an seiner Hand herum. »Paul Colossa, vierunddreißig, eventuell Schädel-Hirn-Trauma. Bei Bewusstsein und ansprechbar.« Die Stimme von Rotbart. »Er ist angeblich Rechtsanwalt«, antwortete eine Frau. Als würde das jetzt eine Rolle spielen. Dann verschwand Paul wieder dahin, woher sie ihn vorhin geholt hatten. In die farblose Unendlichkeit.

2.

RISS:

von Raubwild getötetes Tier

»Es kam für uns alle furchtbar unerwartet. Niemand außer Oscar selbst wusste, dass sein Tod bevorstand. Oscar hat sein Sterben perfektionistisch und minutiös vorbereitet, ohne jemanden einzuweihen. Es würde mich wundern, wenn ich der Einzige hier wäre, der von Oscar einen persönlich handgeschriebenen Brief als Einladung zu seiner eigenen Beerdigung erhalten hat …?« Der Mann hob ein gefaltetes Blatt Papier in die Höhe. Ein Raunen ging durch die Menge der Trauernden, die sich bei leichtem Februarnieselregen mit roten Nasen auf dem Neustädter Friedhof versammelt hatten. Hoch über der kleinen Stadt, die frühjahrsmüde aus dem Tal heraufblinzelte.

Auch Paul war in der vergangenen Woche von einem jener schwarz geränderten Trauerbriefe heimgesucht worden, die bereits vor dem Öffnen jede Hoffnung auf gute Nachrichten im Keim ersticken. Wenn man nicht gerade ein Erbschleicher ist. Der Umschlag enthielt schweres, handgesiebtes Papier mit Wasserzeichen und einige Worte aus Onkel Oscars Paul wohlbekanntem Füllfederhalter. Der Text war knapper, als man es von Oscar gewohnt war, und die Schrift geradezu schludrig. Paul schätzte, dass es um die zweihundert Menschen waren, die dem letzten Ruf des Rechtsanwalts Dr. Oscar Colossa gefolgt waren, und sollte der Redner recht damit haben, dass Oscar jeden Einzelnen persönlich eingeladen hatte, dann entschuldigte das die nachlässige Handschrift völlig. Schon der Gedanke an zweihundert handgeschriebene Briefe löste ein juckendes Kribbeln an Pauls Schreibhand aus, das ihn unangenehm an die fünfundfünfzig Stunden der schriftlichen Prüfung im zweiten juristischen Staatsexamen erinnerte.

»Ich weiß nicht, ob ich mich geehrt fühlen soll, weil Oscar mich mit dieser allerletzten persönlichen Nachricht geadelt hat? Oder ob ich wütend bin, weil er es wieder einmal nicht für nötig gehalten hat, mich in einer wichtigen persönlichen Sache nach meiner Meinung zu fragen?«

Paul hatte keinen Schimmer, wer der Redner war. Er musste Onkel Oscar recht nahegestanden haben. Aber wer hatte ihn ausgewählt? Immerhin hatte Paul seinem Onkel durchaus auch nahegestanden. Man hätte ihn wenigstens fragen können.

»Wie soll ich mich je für seine Klugheit bedanken, wenn er immer alles besser weiß? Fühle ich mich klein, weil ich erkenne, dass Oscar meinen Rat wieder einmal nicht brauchte? Oder noch kleiner, weil er bei großen Sorgen und gerade auch bei jämmerlichen Alltagsproblemen – und bei Kochrezepten – mir nun keinen Rat mehr gibt?«

Ein kollektives Schmunzeln ergriff die Menge. Der Redner holte ein schwarz glänzendes Mobiltelefon aus seiner Manteltasche und hielt es in die Höhe.

»Ich fühle mich klein heute, denn wenn ich Oscars Nummer wähle, hebt niemand mehr ab. Kein verschlafenes ›Nja?‹ als Auftakt für einen minutenlangen Monolog. Kein Oscar, der mich verärgert. Der mich zum Lachen bringt. Der mich demütigt. Mich schweigend, ja sprachlos mit einer perfekten, einer umfassenden Antwort auf alle meine Fragen zurücklässt. Niemand konnte Fragen beantworten wie Oscar!«

Jetzt wurden sie endlich herausgezogen, aus Falten, Ritzen und Ärmeln: die obligatorischen Taschentücher. Ja, weint nur. Oscar Colossa ist tot. »Oscar ist für immer verstummt. Ausgerechnet auf die letzte, die große Frage, die nur er allein beantworten kann, bleibt er uns die Auskunft schuldig: Warum, Oscar? Welche verdammte Sorge hat dich so sehr geplagt, dass dir der Tod als einziger Ausweg blieb? Jetzt ist dein Rat versiegt.

Dein kluger Kopf und dein großes Herz sind kalt und stumm. Es ist verdammt still geworden ohne dich.«

Man konnte spüren, dass vielen der übereilt aus ihrem Tagesgeschäft gerissenen Anwesenden in diesem Augenblick erst bewusst wurde: Oscar Colossa hatte sich das Leben genommen. Die Menschen, die hier standen, hatten ihren Rechtsanwalt verloren. Ihren Kommilitonen, Freund, Vormund, Paten, Trauzeugen. Ein Berater war gegangen. Ein Vermittler, Tröster, Planer, Sinngeber und Mutmacher hatte aufgegeben. Und das inmitten unvollendeter Werke und offener Fälle.

Aber was tat der Redner denn jetzt?

Er trat zu Oscars offenem Grab – und warf vor aller Augen sein Mobiltelefon hinein! Mit sämtlichen Kontakten und gespeicherten E-Mails. Kalendereinträge, Privatfotos und Memos. Mit dumpfem Krachen schlug das Gerät auf dem Sargdeckel auf.

Fassungslosigkeit. Starren. Schweigen. Und dann …

Einer ging hin. Blickte in das Grab. Griff in seine Manteltasche, zog ebenfalls ein Handy heraus, ein silber glänzendes, und warf es hinein. Wieder ein Schlag auf den Sargdeckel. Dann eine Frau und noch eine und zwei Männer gleichzeitig. »Tock. Tack. Tack«, pochte es. Mehr Menschen drängten zum Grab, und das Stakkato von Klopfgeräuschen wurde immer dichter.

Brav standen sie Schlange, um Onkel Oscar ehrfurchtsvoll ihre Telefone an den Kopf zu werfen. Was für eine Symbolkraft. Das hätte Oscar sicher gefallen. Und dazu begann die im Gefolge des Bürgermeisters angetretene Feuerwehrkapelle trauernd zu trompeten.

3.

GELT:

weibliches Wild, das keine Jungen führt

Onkel Oscars Bürotür im Vorzimmer der Kanzlei war geschlossen. Paul stand davor und versuchte gar nicht erst, die Klinke zu drücken. Der doppelköpfige Adler des großen geschnitzten Türwappens schielte ihn misstrauisch an. In seinem Rücken spürte er den feindseligen Blick von Fräulein Christiane.

Die Bürochefin der Kanzlei war übrigens nicht das, was man sich klassischerweise unter einem »Fräulein« vorstellt. Oder vielleicht gerade? Fräuleins waren selten. Paul hatte keine Vergleiche. Immerhin hatte sie das diskriminierende Zeitalter der Fräuleins noch persönlich durchlitten. Geboren im Jahre Adenauer 1953, Abschluss der Ausbildung als Rechtsanwaltsfachangestellte 1970. Im selben Jahr hatte sie begonnen, für Rechtsanwalt Oscar Colossa zu arbeiten.

»Na, Paul … hast du deins auch ins Grab geworfen?«

Mit dieser ironischen Frage hatte Fräulein Christiane ihren neuen Chef empfangen, als er am Tag nach dem Begräbnis Onkel Oscars Kanzlei betreten hatte. Wobei »Onkel Oscars Kanzlei« die Sache nicht wirklich traf. Seine, Paul Colossas Kanzlei, sollte man nun eigentlich dazu sagen, denn in Oscars handschriftlichen Regieanweisungen für den Fortgang der Welt nach seinem Tode stand geschrieben: »Ich will, dass mein Neffe Paul sofort nach meinem Tod Inhaber der Kanzlei wird.«

Eigentlich hätte Fräulein Christiane das wissen müssen. Sie hatte Paul die Kopie der Nachlassverfügung letzte Woche persönlich nach München geschickt. Fräulein Christiane war also jetzt seine Angestellte! Sie verhielt sich nur nicht so. Nach ihrer Grußdarbietung hatte sie Paul barsch darauf hingewiesen, dass er gefälligst seinen Regenschirm im Flur lassen und seine nassen Schuhe ordentlich abtreten möge, um eventuelle Ränder auf dem marmornen Schachbrettboden zu vermeiden. Das Kanzleivorzimmer wurde von Fräulein Christiane absolutistisch regiert. Hier herrschte Klarheit, Sauberkeit und Ordnung.

Zudem betonte sie das strikte Rauchverbot in allen Räumen. Wie unnötig, wo Paul hier doch bereits seit vierunddreißig Jahren regelmäßig verkehrte, also quasi seit seiner Geburt. Fräulein Christiane hatte ihm als Baby die Flasche gegeben und ihm die Windeln gewechselt. Sie hatte ihn bemuttert, wenn er seine Sommerferien bei Onkel Oscar verbracht hatte. Sie hatte Mathe und Latein mit ihm gebüffelt. Als er später in der Kanzlei regelmäßig gejobbt hatte, war ihm sein Lohn aus ihrer Kasse schwarz auf die Hand bezahlt worden. Sie wusste also, dass Paul hier alle Regeln in- und auswendig kannte, einschließlich des Rauchverbots. Sie wusste auch, dass Paul Nichtraucher war. Und natürlich wusste Paul, dass Fräulein Christiane heimlich in der Kanzlei rauchte.

Wobei ... in den letzten fünf Jahren war Paul keinen Tag mehr hier gewesen.

»Wo waren Sie denn, Fräulein Christiane? Ich habe Sie gestern auf der Beerdigung gar nicht gesehen.«

Sie blickte Paul an, schwieg jedoch. Wie interessant. Üblicherweise besaß diese Dame die Schlagfertigkeit eines Gatling-Maschinengewehrs. Und nun schwieg sie?

In den sonst blitzenden Augen der divenhaften Christiane Wolff bildete sich ein Tränensee. Bald hielt auch der verschwenderisch aufgetragene Lidstrich der enthemmten Traurigkeit nicht mehr stand. Paul hatte Fräulein Christiane schon hasserfüllt herumbrüllen und hyänenhaft lachen hören – aber er hatte sie noch nie weinen sehen. Sie konnte doch nicht ...

Wie versteinert stand Paul weiter vor Oscars Bürotür und starrte auf das Schauspiel hinter der hölzernen Empfangstheke. Schließlich riss er sich zusammen, ging zu ihr und nahm sie in den Arm. Was sie widerstandslos geschehen ließ. Paul nahm es hin, dass sein hellgrauer Anzug die salzigen Tränen und den schwarzen Kajal nicht unbeschadet überstehen würde. Dabei hatte er nur zwei Anzüge im Gepäck.

Und dann … plötzlich musste auch er heulen. Es kam einfach so. Wie ein kleiner Junge. Onkel Oscar war tot?

Paul wusste nicht, wie lange die Umarmung dauerte, bevor Fräulein Christiane sich von ihm löste. Sie schnäuzte sich und kramte aus ihrer Handtasche einen kleinen Schminkspiegel hervor.

»Du bist nicht der Einzige, der seitenweise Befehle von ihm erhalten hat«, sagte sie und deutete auf einen Leitzordner. »Ich soll dich zügig einarbeiten, schreibt er.«

Rasant pinselnd und tupfend tilgte sie jedwede Spur menschlicher Schwäche aus ihrem Gesicht.

»Ganz ehrlich, mein lieber Paul: Ich bin ein bisschen besorgt, wie das alles weitergehen soll. Wir erledigen hier ziemlich anspruchsvolle Arbeit, das ist dir sicher klar? Verstehst du, was ich meine?«

Die moderne Pädagogik vertritt eigentlich den Standpunkt, dass Erfolg vor allem durch Lob zu erreichen ist. Andererseits hatten die Briten die Falklandinseln ja auch nicht durch gutes Zureden verteidigt. Und Fräulein Christiane war eben eher der Thatcher-Typ als die Lobhudeltante.

»Ich werde es schon hinkriegen!«

»Wir haben einen verdammt guten Ruf zu verteidigen. Ich werde nicht dulden, dass du sein Lebenswerk mit Mittelmäßigkeit besudelst!«

Sachte, sachte. Also das hatte nichts mehr mit Thatcherismus zu tun. Das war einfach miese Laune.

»Hat Onkel Oscar nie einen Fall verloren?«

»Grundgütiger! Es geht doch nicht darum, Fälle zu gewinnen oder zu verlieren! Es geht ausschließlich um das *Wie*. Außerdem haben wir ziemlich selten verloren. Dr. Colossa hat immer einen Vergleich herausgeschlagen. Und wenn wir mal verloren haben, dann dermaßen triumphal, dass die Sieger völlig verblasst sind. Das ist die Latte. Da musst du drüber. Und jedes Mal, wenn du sie reißt, werde ich dich damit versohlen. Du wirst das nicht einfach nur ›hinkriegen‹, Paul Colossa. Weniger als brillant kommt nicht unter diese Türritze durch.«

»Hmm.« Paul blickte zur Bürotür mit dem Doppelkopfadler hinüber: »Womit fangen wir an?«

Die Chefsekretärin deutete auf einen roten Plastikwäschekorb, der Paul erst jetzt auffiel. Darin waren rund zwei Dutzend Hängeregisterakten. Die meisten hellbraun. Einige farbig. Außerdem ein Laptop, ein Schreibblock und ein Diktiergerät mit einigen Kassetten.

»Gut. Dann will ich jetzt beginnen.« Paul lächelte Fräulein Christiane aufmunternd zu. Sie sah ihn an, als wartete sie nur darauf, dass er im nächsten Moment eine unverzeihliche Dummheit begehen würde. Er würde es ihr schon beweisen! Er würde ein guter Chef sein. Paul hob den Wäschekorb hoch, ging zur Adlertür und drückte furchtlos mit dem Ellbogen die Klinke herunter.

Onkel Oscars Tür jedoch, so stellte sich nun heraus, war nicht nur geschlossen. Sie war abgesperrt! Paul drehte sich zu ihr um und sah sie verdutzt an, mit seinem Wäschekorb in den Händen. Fräulein Christiane griff nach dem Leitzordner und las betont sachlich vor: »Paul darf mein Büro und meine Wohnung erst beziehen, wenn beides gründlich auf unangemessene Umstände untersucht wurde und diese in geeigneter Form korrigiert sind.«

Na, das war ja einmal eine Ansage.

»Und was meinen Sie, wo soll ich bitte arbeiten?«, versuchte er sich patzig in der Rolle des neuen Platzhirschs.

Fräulein Christianes Augenbrauen wurden zu römischen Triumphbogen: »In deinem Hotel natürlich.«

Es gibt Dinge, die kann man nicht ändern.

4.

AUFBAUMEN:

das Setzen oder Sichniederlassen von Wild auf einem erhöhten Platz; auch der Jäger, der seinen Hochsitz besteigt, baumt auf

Paul hatte seinen Schirm in der Kanzlei vergessen. Sehnsuchtsvoll blickte er, mit dem Wäschekorb bei leichtem Regen frierend auf der Straße, zurück zu der Villa. Vom Keller bis zum Speicher war dieses Hexenhausfachwerk ein Ort magischer Kindheitserinnerungen für ihn. Das unwirkliche Licht, das durch die Jugendstilornamente der Fenster in jedem Stockwerk andere Farben in die Räume zauberte. Der wendige Gockel auf dem höchsten der vier Schornsteine. Die knarzende Holztreppe, bis hinauf zum Dachboden.

»Der alte Schuppen hat ein fantastisches Karma«, hatte Onkel Oscar seinen Gästen gerne eröffnet. »Im Frühling 1944 hat sich just in meinem Büro ein SS-Obersturmbannführer eine Kugel in den Mund geballert – bamm –, wenn das kein gutes Omen ist!«

Aber Paul war im Augenblick nur ein ungeliebter Gast im eigenen Haus, und so trabte er gehorsam in sein zwei Straßen weiter gelegenes Hotel.

Das Hotelzimmer, in dem er vergangene Nacht kaum ein Auge zubekommen hatte, war wie jedes Hotelzimmer in jeder anderen Kleinstadt der westlichen Welt.

Paul angelte sich die Praline, die man dekorativ auf seinem frisch bezogenen Kopfkissen drapiert hatte. Während er die Verpackung knisternd aufzwirbelte, schaute er aus dem Fenster. Er zog die Gardine zur Seite und sah einen Vogel in einem Baum, der zwischen den paar mickrigen Blättern, die Herbst und Winter getrotzt hatten, herumturnte. Was war das? Ein Spatz oder ein Fink? Jedenfalls war er sich nicht zu fein, den Schmuddelwinter daheim zu verbringen. Anstatt nach Sizilien zu fliegen. Wie einige seiner dekadenten Artgenossen. Um sich dort abknallen und mit gebratenen Thymiankartoffeln verputzen zu lassen. Nein. Dieser Piepmatz war offensichtlich einer von den Guten, den Treuen, einer von den Pflichtbewussten. So einer wie Paul.

Er war mit Prof. Dr. Sikorski aus München zu Onkel Oscars Beerdigung gefahren. Großer Mercedes mit Chauffeur. Sein Exchef war Inhaber der Rechtsanwaltskanzlei Sikorski, ein »alter Freund« von Onkel Oscar. Einer von mehreren dieser Spezies. Alles recht geheimnisumwoben. Alte Männer eben.

Vor fünf Jahren war Paul glückstrunken aus der mündlichen Prüfung seines zweiten juristischen Staatsexamens in die Säulenhallen des Münchener Justizpalastes getorkelt. Jener Sikorski und Onkel Oscar hatten bereits verschwörerisch auf ihn gewartet und ihn mit sanfter Gewalt sofort seinen feierlaunigen Kollegen entführt. Nichts war da gewesen mit Examensfeier. In Sikorskis Büro dafür Veuve Cliquot Ponsardin. Natürlich nicht dasselbe wie ein Besäufnis in einer netten Schwabinger Kneipe. Ob es juristisch wirklich sauber gewesen war, dass Paul noch am selben Abend bei Sikorski unterschrieben hatte? Mit gefühlten zweieinhalb Promille? Derlei Methoden waren doch eher typisch bei der Rekrutierung von Marinesoldaten im 18. Jahrhundert? Und bei Piraten in Schanghai. Scheinbar aber auch in Münchener Großkanzleien.

So war Paul also Anwalt geworden. Andere hatten vorher noch vier Wochen Griechenland eingeschoben oder wenigstens ein paar Tage Delirium, aber die hatten ja auch nicht Onkel Oscar im Nacken gehabt.

Den Inhalt des Wäschekorbs breitete Paul auf dem Hotelbett aus. Sich erst einmal einen Überblick verschaffen. Er setzte sich auf die Bettkante und überflog zunächst die vor ihm aufgefächerten Akten.

Einer der Fälle war einigermaßen unterhaltsam. Er begann

mit einer Aktennotiz, die Onkel Oscar im vergangenen Sommer diktiert hatte, als der Mandant, ein gewisser Gridloh, ihn das erste Mal aufgesucht hatte. Ein Autobahnunfall auf der A3. Gridloh war mit einem Smart im Schneckentempo auf der Überholspur unterwegs gewesen, rechts war alles frei. Typisch Sonntagsfahrer. Paul war auf Anhieb genervt. Aber es kam noch besser. Eine zweite Nervensäge, in Gestalt eines BMW, kam von hinten herangedonnert, und anstatt abzubremsen, blendete dieser Idiot bei unvermindertem Tempo auf! Gridloh wechselte im letzten Augenblick auf die rechte Spur. Inzwischen war aber auch der BMW rechts, wo er offenkundig verkehrsordnungswidrig überholen wollte, der Spinner. Der Raser versuchte sogar noch, nach ganz rechts auf den Standstreifen auszuweichen, um Gridloh doch noch zu überholen, was zu einer Streifkollision führte. Gridloh wollte seinen Schaden einklagen.

Mit solchen Fällen hatte Onkel Oscar seinen Ruhm vermutlich nicht begründet.

Aber Rechtsanwalt sein macht eben nicht immer nur Spaß. Von seiner Leidenschaft für das Strafrecht zum Beispiel hatte man Paul damals an seinem neuen Arbeitsplatz in Sikorskis Großkanzlei weitestgehend ferngehalten. Weder Ehrgeiz noch Übermut sollten sein Urteilsvermögen trüben. Jedes halbe Jahr, wenn er sich gerade mühsam eingearbeitet hatte, war er in ein neues Referat versetzt worden. Kaum hatte er ein Gespür für die verbotenen Untiefen des Wertpapierhandels entwickelt, mutete man ihm die Tücken des einstweiligen Rechtsschutzes im Presserecht zu. Und als er das erste Mal eine Schlagzeile in einer Boulevardzeitung vereitelt hatte und nachts die Druckmaschinen anhalten ließ, da fand er sich am nächsten Morgen in Sikorskis Abteilung für private Bausachen wieder. So hatte sein Leben als Anwalt in den vergangenen Jahren ausgesehen.

Paul blätterte in der Akte vor. Die Gridloh-Geschichte wurde nun doch ein wenig außergewöhnlich. Gridloh hatte Onkel Oscar einen kleinen Film vorgespielt. Der Mandant war offensichtlich ein bisschen komisch im Kopf und hatte deshalb den gesamten Vorgang neurotischerweise auf Video mittels zweier sogenannter »Dashcams« gebannt, eine vorn, eine hinten in seinem Zwergenauto.

Onkel Oscar hatte dazu eine weitere Aktennotiz diktiert: »Das Unfallverschulden ist problematisch: Das Video belegt, dass der Mandant den herannahenden BMW frühzeitig bemerkte und ausreichend Zeit gehabt hätte auszuweichen. Der Mandant hat den Unfall bewusst provoziert. Die Videoaufzeichnung darf auf keinen Fall der Polizei überlassen werden.«

Es folgten einige Seiten Korrespondenz mit der Versicherung des BMW-Fahrers und diverse Telefonnotizen von Fräulein Christiane. Die letzte lautete: »Anruf Gridloh 14 Uhr. Vorwürfe, weil Fall so lang dauert. Er will sofort Geld sehen. Droht Mandat zu kündigen und mit Beschwerde bei Rechtsanwaltskammer. Arschloch.«

Eine knappe Woche später hatte Gridloh das Mandat tatsächlich gekündigt – eine rotzfreche E-Mail. Und er hatte trotz Mahnung Oscars Rechnung nicht bezahlt. Oscar hatte Gridloh deshalb beim Amtsgericht Neustadt auf Zahlung von knapp sechshundert Euro Rechtsanwaltshonorar verklagt. Darum ging es also in Wahrheit in dem Fall!

Jener Abend damals vor fünf Jahren, als Onkel Oscar ihn quasi an Sikorski verschachert hatte, hatte übrigens noch eine andere Überraschung für ihn parat gehabt. Der allgegenwärtige, stets hilfsbereite Schutzengel Oscar hatte ihn nämlich damals verlassen. Einfach so, ohne Grund.

Nicht erst seit Paul mit fünfzehn seinen Vater verloren hatte, war Onkel Oscar sein großes Vorbild gewesen. Sein Idol. Und plötzlich hatte er sich ohne jede Erklärung zurückgezogen. Paul konnte ihn kaum noch erreichen, und Oscar ließ auch keine Besuche mehr in der Villa in Neustadt zu. Spätestens nach ein paar Monaten war es ihm klar geworden, dass sein Mentor sich von ihm abgewandt hatte. Paul war verärgert gewesen. Er war wütend und verletzt. Aber er wollte seine Schwäche nicht zeigen.

Die seltenen Telefonate in den letzten fünf Jahren waren kurz und seltsam förmlich. Und dann … wie ein Blitz aus heiterem Himmel hatte ihn jetzt die Nachricht von Oscars Selbstmord getroffen.

Der Vogel draußen war inzwischen auf einen Ast nahe am Fenster geflattert. Neugierig beobachtete er Paul. Nette schwarze Augen hatte der.

Vergangenen Donnerstag hatte Fräulein Christiane Paul in der Kanzlei Sikorski angerufen. Es war ein knappes, nüchternes Gespräch gewesen. Oscar tot? Für immer? Näheres auf dem Postweg. Am Freitag bereits war ihm die Einladung zur Beerdigung zugestellt worden. Am Samstag ein dickes Kuvert, darin ein privater Brief von Oscar. Paul trug ihn zerknittert die ganze Zeit bei sich, doch wie oft er ihn auch las, er wurde nicht recht schlau daraus: »Sieben Jahre hätte meine Abwesenheit aus Deinem Leben währen sollen, mein lieber Paul. So hatte ich mir das gedacht. Sieben Jahre wie im Märchen. Sieben Jahr, trüb und klar – wie das Hänschen klein. Fünf davon haben wir beide bereits tapfer und schmerzhaft hinter uns gebracht, zwei noch, dann wäre es überstanden gewesen – doch nun können wir die magische Sieben nicht zu Ende bringen. Das Schicksal greift früher nach meinen Knochen, als ich es vorausgesehen hatte, und macht meinen Plan zunichte, Dich aus der Ferne zu mir heimzuholen. Nach genau sieben Jahren hätte ich Dich bei Sikorski ausgelöst und gebeten, ganz zu mir zu kommen. Es war immer mein sehnlichster Wunsch, mit Dir, mein lieber Paul, zusammenzuarbeiten. Sieben Jahre einsam in der Fremde. Wie ein Handwerksbursche auf der Walz. Du solltest Deinen eigenen Stil erlernen, unabhängig werden und weltgewandt, bevor Du zu mir kommst. Den letzten Schliff hätte ich Dir dann selber verpasst. Dir die ungeschriebenen Geheimnisse der Alten eingeflüstert, oder des Alten, wie Du es vielleicht gesehen hättest. Nun musst Du früher als gedacht auf den Bock steigen. Noch ein wenig unfertig und unvorbereitet übergebe ich Dir mein Werk, und das erfüllt mich mit Scham. Verzeih mir, Paul. Alles, was ich Dir noch beibringen wollte, musste ich auf schnödes Papier bannen. Christiane wird Dir die Ordner übergeben, und ich rate Dir, nicht alles zu ignorieren – auch wenn das das Vorrecht der Jugend ist, natürlich. Ich bin wirklich traurig, denn wie habe ich mich auf die Zeit gefreut, wo Du und ich, Seite an Seite, der Welt die Stirn geboten hätten. Wie gern hätte ich das Staunen in Deinem Gesicht gesehen, wenn der alte Hase Dir zeigt, wie flink er noch Haken schlagen kann. Aber ich bin auch voller Zuversicht! Ich bin grenzenlos und felsenfest überzeugt, dass Du alles bewältigen wirst. Du bist nicht allein, Paul – das wirst Du bald merken. Ich bin nicht mehr bei Dir, aber Du wirst nicht allein sein. Ein paar Geheimnisse lasse ich noch offen. Wenn Du sie nach und nach aufdecken wirst, ist das ein bisschen so, als würde ich Dich weiter in eine Zukunft begleiten, die ich selbst nicht mehr erlebe. Meine kleine Unsterblichkeit, neben der großen. Na ja, und wenn Du dann irgendwann auch das letzte große Geheimnis in Deinem Leben entschlüsselt haben wirst, dann warte ich auf der anderen Seite auf Dich. Bis dahin halt die Ohren steif, mein Junge. Mit vorzüglicher kollegialer Hochachtung! Dein Oscar.«

Kein Wort, warum er sich umgebracht hatte. Paul faltete das Papier wieder in sein Kuvert zurück und legte es behutsam aufs Bett.

Der Vogel vor dem Fenster kam Paul jetzt doch zunehmend eigenartig vor. Er war direkt auf die Fensterbank gehüpft und starrte herein. Konnten Vögel Tollwut bekommen? Rückte er ihm deshalb so auf die Pelle? Oder dachte er am Ende gar, Paul würde ihn füttern? Da könnte ja jeder kommen. Colossa hatte noch die halbe Praline in der Hand und überlegte kurz.

Es war ja nicht so, dass Paul nur darauf gewartet hätte, von Oscar aus München abberufen zu werden. Paul war ein waschechter Münchner. Er war dort geboren worden, zur Schule gegangen, hatte Jura an der LMU studiert, Zivildienst geleistet und zeit seines Lebens dort gewohnt. Und er hatte Attila dort gehabt. Vor allem den. Neben dem Job bei Sikorski, der bei allem Frust recht anständig bezahlt war, hatte er in den letzten Jahren ein ganz passables Leben geführt. Nichts schrie also danach, jetzt und sofort ins Exil nach Neustadt zu emigrieren! Er wäre gern in der Hauptstadt geblieben, statt in die Provinz zu gehen.

Nun ja, mit ein paar düsteren Erinnerungen hatte natürlich auch Paul Colossa zu kämpfen. Als sein Vater gestorben war, hatte Mutter überraschend schnell Trost gefunden. Seine wunderschöne Mutter. Ganz objektiv wahrscheinlich die schönste Frau, die Paul überhaupt je gesehen hatte. Aber eben nur schön. Weniger lieb. Sie hatte zügig ihr Zuhause in die Hände von Maklern und Möbelpackern gegeben, weshalb er mit pubertierenden fünfzehn Jahren einer Radikalkur zum Erwachsenwerden unterzogen worden war und sich von etlichen kindheitserinnerungsschweren Artefakten hatte trennen müssen. Kalter Entzug. Alles hatte Mutter aufgegeben. Verkauft, verramscht, verworfen.

Ein paar Jahre hatten sie in einer Wohnung in Haidhausen gelebt. Dann lernte seine schöne Mutter einen neuen Mann kennen. Joachim. Der bevorzugte infantilerweise den Namen

»Joki« und war auch sonst ein Witz. Joki trug nur weiße Anzüge und machte »Geschäfte« in der Türkei. Er verschleppte Mutter nach Ankara und bescherte ihr dort einen Lebensstandard, der ihr offenbar angemessener erschien als alles Bisherige. Sie hatte mit ihrem alten Leben gebrochen. Paul erhielt den Auftrag, die Wohnung in Haidhausen binnen sechs Monaten zu räumen und sich »etwas Eigenes« zu suchen. Mutter hatte ihn gelegentlich angerufen. Noch lieber kommunizierte sie aber über die sogenannten sozialen Netzwerke, wo sie mit Fotos und peinlichen Kommentaren die Welt verblüffte.

Das alles aber war längst verziehen und vergessen und von einer Flut von Tränen fortgespült. Zu Oscars Begräbnis konnte Mutter nicht mehr kommen. Sie war schon seit sechs Wochen tot. Ihr Sarg wurde mit dem Flugzeug aus der Türkei gebracht. So lebendig hatte sie darin ausgesehen. Jetzt war Paul also ganz allein. Alle weg. Joki saß in der Türkei in Haft, aber das war eine Geschichte, die Paul nichts anging.

Onkel Oscar hatte Rotz und Wasser geheult, als sie in der Kapelle vor Mutters offenem Sarg gestanden hatten. Dann plötzlich hatte er Paul fest gepackt und in den Arm genommen. Nachdem er ewig kaum ein Wort mit ihm gewechselt hatte, jetzt plötzlich wieder so innig? Paul war sehr wütend geworden und hatte ihn weggestoßen. Wenn er eines noch mehr verabscheute, als andauernd verlassen zu werden, dann war es Mitleid. Das hätte Onkel Oscar sich jetzt auch sparen können. Paul war einfach hinausgerannt. Im Januar war das gewesen. Seitdem hatte es keinerlei Kontakt mehr gegeben.

Obwohl von der Mutter verlassen, war Paul früher in München nie allein gewesen. Und beileibe nicht mittellos. Mutters Taschengeld hatte dabei eine untergeordnete Rolle gespielt, denn Onkel Oscar hatte eine formidable neue Wohnung gleich um die Ecke vom Deutschen Museum für ihn gekauft. Oscar, der sein Konto regelmäßig großzügig geflutet hatte. Oscar, der wie ein Falke darüber gewacht hatte, dass die Abiturvorbereitungen diszipliniert und ernsthaft vonstattengegangen waren – und dass Pauls dunkelblauer Anzug zum Abiball saß wie eine geschmackvolle zweite Gentlemanhaut.

Oscar hatte ihn und seinen Kumpel Attila als Zivildienstleistende in einer Asylbewerberunterkunft in Riem untergebracht – »damit ihr Kerlchen mal lernt, dass Moral ein holpriges Pflaster ist und die Fahrt nach unten viel schneller geht als die nach oben«. Vielleicht war es die Erinnerung an die Arbeit in der Asylbewerberunterkunft, wo er und Attila sich um gestrandete Familien mit kleinen Kindern gekümmert hatten. Leute, die alles verloren hatten. Jedenfalls wurde Paul jetzt innerlich ganz weich.

Der Vogel flatterte kurz auf, als Paul das Fenster öffnete, und flog zurück auf den Ast. Paul pulte die halbe Nuss aus der Praline und legte sie einladend auf das Fensterbrett. Der Vogel legte den Kopf schief und betrachtete den Leckerbissen, rührte sich aber nicht. Also doch jemand, der Abstand zu würdigen wusste! Paul mochte den Vogel.

Dank Oscars schutzgeisthafter Obhut hatte Paul auch jede Menge Bekannte gehabt. Hübsche, nette Bekannte. Richtig nette. Paul galt als gute Partie. Wenn er auch nur mittelprächtig aussah, war er doch hinreichend unabhängig, eloquent und spendabel, um das wettzumachen. Bis Sandra aufgekreuzt war. Irgendwann im fünften Semester.

Kaum war Paul zwei Schritte ins Zimmer zurückgegangen, da holte sich der Vogel die Nuss – und flog davon …

»Undankbares Miststück!«, rief Paul ihm entrüstet hinterher und schloss das Fenster.

Seine Gutmütigkeit so schändlich auszunutzen! Eigentlich, gestand er sich ein, meinte er vielleicht gar nicht den Vogel, sondern Sandra. Die in Wirklichkeit Kassandra hieß, was auch deutlich besser zu ihr passte. Ach ja, die herzallerliebste Kassandra. Zur Verabschiedung letzten Samstag hatte sie ihn zuerst erpressen wollen: Wenn er länger in Neustadt bliebe als für die Beerdigung nötig, wäre es aus mit ihnen beiden. Oscar oder sie. Nicht, dass sie ihm also keine Wahl gelassen hätte. Aber Paul wollte nicht wählen. Es gäbe doch tausend Möglichkeiten für Kompromisse. Pendeln zwischen Neustadt und München? Woraufhin Sandra ihn aus der Wohnung geschmissen hatte. Aus seiner Wohnung beim Deutschen Museum. In der sie mietfrei logierte.

In Wahrheit ging es natürlich um etwas ganz anderes: Was Sandra nicht kriegen konnte, das durfte auch niemand sonst kriegen.

»Alter! Sei doch froh, dass du diese Kassandra-Hyäne endlich los bist«, versuchte Attila, ihn zu trösten. »Seit du die hast, bist du so ein verschissener Waschlappen geworden!«

Das hatte gesessen. Geholfen hatte es nicht. Schon wieder verlassen.

Paul wollte all diese negativen Gedanken verscheuchen.

Der Gridloh-Gerichtstermin war … Fräulein Christiane hatte ihn doch extra darauf hingewiesen … Paul suchte. Vorn auf der Akte war ein gelbes Blatt mit der Zusammenfassung aller Daten … heute! Scheiße! Amtsgericht Neustadt, vierzehn Uhr, Sitzungssaal 111 im ersten OG. Paul suchte sein Handy, um auf die Uhr zu blicken … aber … das lag im Grab. Paul klappte den Schrank mit dem Fernseher auf. Vom rot schimmernden Display des altmodischen, absurd winzigen Kastens schimmerte 11:55. Puh … alles gut. Sogar noch Zeit für einen kleinen Mittagsschlaf. Danach ein gepflegter Schlagabtausch beim Amtsgericht. Das waren leicht verdiente sechshundert Flocken.

5.

EINLAUF:

eine Öffnung in einem Gatter, durch die das Wild zwar hinein-, aber nicht mehr hinauslaufen kann

Die frische Luft tat Paul gut. Mantel zugeknöpft, Schal fest um den Hals, die Akte unter den Arm geklemmt. Der graue Anzug taugte nach Fräulein Christianes Heulattacke wie befürchtet nicht mehr, er hatte seinen braunen angezogen. Den Sieger-anzug. Der erste und einzige Anzug, den er je selbst und ohne fremden Rat erworben hatte. Wohlgemut schlenderte er durch die Fußgängerzone von Neustadt. Dort entfernte man gerade, reichlich spät, die Weihnachtsdekoration von der Rathausfassade. Paul hatte mehr als genug Zeit eingeplant für den kurzen Weg.

Verblüffend viele Menschen stromerten zwischen den hochgiebligen, bunten Häusern oder standen Schlange an Bratwurst- und Leberkäshäuschen. Paul bekam im Vorübergehen etliche Wortfetzen zu hören, aus denen man allerlei Schlüsse ziehen mochte.

Kleiner dicker Mann mit schäbigem Hut zu kleinem dürren Mann mit Baseballkappe: »… hab ich ihn die Kellertreppe runtergezogen und auf einmal tut es oben einen Schlag …«; junger Kerl mit Sonnenbrille und Ziegenbärtchen: »… mir in dem Zimmer ein Studio eingerichtet und immer, wenn es mir zu krass wird, gehe ich …«; Frau Mitte fünfzig, blonde, hochtoupierte Haare, starker Parfümgeruch und Designerbrille in grell geschminktem Gesicht: »… inzwischen fast eine Viertelmillion, und das wird jedes Jahr mehr …«; uralter, faltiger Greis im Rollstuhl, sich zu einer jungen Frau mit roten Pippi-Langstrumpf-Zöpfen umdrehend: »… lichterloh gebrannt, da konnte keiner mehr rein …«; zwei Mädchen mit Pferdeschwänzen und Smartphones in den Händen, höchstens vierzehn: »… am nächsten Morgen beim Frühstück kein Wort …«; Mann, Anfang vierzig, dunkler Anzug, Typ Banker: »… mich um, wenn er das rausfindet …«

Ja, damit verdienten Paul und sein ganzer Berufsstand ihren Lebensunterhalt. Die Lebenswirklichkeit. Was dort alles geschah, konnte keiner besser erfinden.

Paul bog in eine menschenleere Seitengasse ab, eine Abkürzung zum Gericht.

6.

HOSENFLICKER:

Jägerhumor, scherzhafte Bezeichnung
für einen angriffslustigen Jungkeiler

Was dieser Gridloh wohl für ein Typ war? Laut Akte hatte er sich keinen Anwalt genommen. Wollte der wirklich allein hier aufkreuzen? Das Kerlchen hatte keine Chance. Er würde es dem Richter überlassen, das Großmaul sauber zu filetieren. Er selbst wollte ganz ruhig bleiben dabei, nur ein paar leise, trockene Einwürfe. Ein ganz gelungener Auftakt am neuen Heimatgericht. Vielleicht hatte Fräulein Christiane den Fall deshalb nicht verlegen lassen, um ihm diesen kleinen Triumphzug zu ermöglichen?

Als Paul nur noch eine Häuserecke vom Gericht entfernt war, war ihm plötzlich, als hätte er etwas Wichtiges vergessen. Seine Robe! Die hing in München in seinem Büro! Und er war hier. Zwanzig Minuten vor dem Termin. Er könnte in die Villa eilen und Oscars Robe holen. Aber dann würde es zeitlich verdammt knapp werden. Außerdem: Diese Schmach vor Fräulein Christiane! Unmöglich. Und er bekam, wenn er rannte, immer rote Flecken im Gesicht. Andererseits: Bei seinem ersten Termin am Amtsgericht Neustadt gleich ohne Robe? Wenn er zugab, dass er sie vergessen hatte, machte er sich zum Clown! In anderen Bundesländern trug man vor den Amtsgerichten längst keine Robe mehr, und es kam oft vor, dass Anwälte von auswärts deshalb »ohne« auftraten. Bayerns Justiz war da gastfreundlich und liberal gegenüber »Ausländern«. Aber genau das war das Problem: Paul wollte dazugehören! Er war der neue Colossa in der Stadt und kein verdammter Zugereister, kein »elendiger Saupreiß«, wie man jene hinter ihrem Rücken nannte im ach so gastfreundlich liberalen Bayern, ganz gleich ob sie aus Leipzig, Köln oder Berlin kamen. Streng genommen war alles nördlich der Donau Preußen. Für die toleranteren Bajuwaren galt da der Main als Trennlinie. Da konnte er auch gleich »Juten Tach« statt Grüß Gott sagen!

Und wenn er einfach weltmännisch elegant über die fehlende Robe hinwegging? Nicht viel Wind darum machte? Dann fühlte sich der Richter vielleicht ans Bein gepisst. Das brauchte Paul gerade noch zu seinem Einstand. Dass der Amtsrichter vermutete, er würde sich hier in der Provinz für was Besseres halten.

Er beschloss, es mit Mitleid zu versuchen. Beerdigung, schwere Zeiten, gleich am ersten Tag tapfer den Dienst angetreten und Robe noch in München … das sprach für sich. Ehrlichkeit war manchmal charmant entwaffnend, wenn auch in Gerichtssälen selten anzutreffen.

»Entschuldigung, kann ich Ihnen helfen?« Ein älterer Herr mit blauem Overall und einer Schirmmütze blickte ihn am Ende der steinernen Treppe im Eingang des Amtsgerichts angriffslustig an. Helfen wollte der wohl eher nicht. War nur so eine Floskel. Das war der private Sicherheitsdienst, der das Gericht, früher mal ein romantisches kleines Schloss, bewachte. Hinter ihm, wie am Flughafen, der seltsame Türrahmen, den man zur Metallerkennung durchschreiten musste. »Man« musste das – also die Normalsterblichen. Anwälte durften so durch.

»Verzeihen Sie«, sagte Paul betont freundlich. »Ich bin Rechtsanwalt.« Sah man das nicht?

»Können Sie sich ausweisen?«

Auch gut. Dann eben ganz förmlich. Paul musste also wohl oder übel seine Brieftasche mit dem Ausweis herausholen. Ein würdeloses Ding aus Plastik. Aber es unterschied ihn immerhin vom einfachen Plebs, hier in Justitias Hallen. Theoretisch. In der Praxis nämlich war Pauls Brieftasche in der grauen Anzugjacke im Hotelzimmer. Nicht in der braunen, die er anhatte.

Also die harte Tour. Mit ausdruckslosem Gesicht entledigte sich Paul auf Anraten des schirmbemützten Gesellen seines Mantels und der Jacke. Er legte seinen Schlüsselbund in eine Plastikschale und schlich gedemütigt durch das Metallsuchportal. Vielleicht führte es in eine andere Dimension und er verschwand einfach? Ein ohrenbetäubender Alarmton erklang. Das Portal hatte ihn des Metallbesitzes für schuldig befunden. Er musste seine Arme heben, die Beine spreizen, und die Schirmmütze tastete ihm behandschuht sein Gemächt ab. Konnte man noch tiefer sinken? Schließlich zupfte der Alte triumphierend einen Kugelschreiber aus der Brusttasche von Pauls Hemd.

»Soll ich Ihnen erklären, wo Sie hinmüssen?«

Nein, Paul kannte den Weg. Er würde die Abkürzung nehmen und direkt in den Erdboden versinken.

Das Wichtigste beim Boxen: Wenn man auf die Bretter gegangen ist, muss man sich wieder aufrappeln und weiter auf den Gegner eindreschen, als sei nichts passiert. Solange man das draufhat, verzeiht einem die blutrünstige Meute die kleine Schwäche. Also auf zu Sitzungssaal 111, Gridloh vernichten. Wie spät war es? Keine Uhr, kein Handy, keine Ahnung. Energisch öffnete Paul Colossa die Tür des Gerichtssaals. Großer Auftritt! Der umso beeindruckender wirkte, als der Raum gähnend leer war. Gut, dachte Paul sich. Zu früh dran. Die Uhr über der Tür gewährte ihm noch ein paar Minuten zum Durchatmen. Dieser angenehme Geruch der Holzbänke! Er ließ sich an einem der Tische im Schatten der erhöhten Richterbank nieder und wartete. Aus den Fenstern des Sitzungssaals konnte man hinunter in einen Park blicken. Paul blätterte in der Akte hin und her. Er nestelte in den Taschen seines Anzugs. Nichts geschah. Er legte die Hände aufeinander. Er faltete die Hände ineinander. Endlich öffnete sich die Tür, und ein Gerichtsdiener blickte herein.

»Entschuldigung, kann ich Ihnen helfen?«, fragte er. So hatte die Schirmmütze vorhin auch begonnen, ein gutes Omen war es nicht.

»Grüß Gott«, antwortete Paul, um jeden Saupreußenverdacht sofort zu zerstreuen. »Ich bin Rechtsanwalt. Ich warte auf die Vierzehn-Uhr-Verhandlung.« Er lächelte verbindlich.

»Um vierzehn Uhr ist keine Verhandlung«, sagte der Justizbeamte. »Heute ist überhaupt keine Verhandlung mehr.«

Das saß, aber der Boxer ging noch nicht in die Seile. »Das kann doch nicht sein«, konterte Rechtsanwalt Paul Colossa, sprang von seinem Stuhl auf, schob den Beamten beiseite und las den beleuchteten Terminaushang: um neun ein paar Urteilsverkündungstermine, dann um zehn und um elf eine Mietsache etc. Und um dreizehn Uhr Colossa gegen Gridloh wegen Forderung. Da stand es ja schwarz auf weiß! Nur dass es jetzt eine Stunde später war. Der Justizbeamte blickte ihm schadenfroh über die Schulter.

»Wir sind falsch geladen worden!« Paul hastete zurück in den Sitzungssaal und blätterte in der Akte. Da war die Ladung, vierzehn Uhr, ganz klar. Dummerweise war das die Ladung für den 15. Dezember gewesen. Beim Weiterblättern fand Paul eine Terminaufhebung und die neue Ladung für heute, um eins. Scheiße.

Als Paul die Treppe zum Ausgang hinunterschlich, rief ihm die Schirmmütze noch ein völlig unpassendes und überflüssiges »Auf Wiedersehen« hinterher. Vollidiot, dämlicher. Hatte der in letzter Zeit mal in den Spiegel geschaut?

Es zog Paul mehr in die Villa als ins Hotel. Vielleicht glaubte er, sich von der Schmach durch das zu erwartende Fegefeuer von Demütigungen reinigen zu können, die Fräulein Christiane ohne Zweifel für ihn bereithielt, wenn er von dem soeben absolvierten »Termin« berichtete. In der Sache war nicht viel verloren. Es würde ein sogenanntes »Versäumnisurteil« geben, dagegen hatte man eine zweiwöchige Einspruchsfrist, und dann ging der ganze Zirkus einfach von vorn los. Manche Anwälte provozieren so etwas regelrecht, um Zeit zu schinden. »Flucht in die Säumnis« nannte sich dieser Winkeladvokatentrick. Aber in Pauls besonderem Fall, besonders in Anbetracht der speziellen Umstände, war ein zweiter Versuch vielleicht gar nicht erstrebenswert und die Flucht in den Suizid jener in die Säumnis vorzuziehen? Nein, das war nicht lustig. Onkel Oscar hatte das getan, und es war eine schlechte Entscheidung gewesen.

7.

HORRIDO:

Begrüßung unter Jägern, aber auch Hochruf zur Ehrenbekundung

Fräulein Christianes Platz hinter dem Empfangspult war leer. Doch aus dem angeschlossenen Nebenzimmer mit dem pittoresken Turmerker strahlte es. Es war nicht das Sonnenlicht, das durch die große Buntglasscheibe in magisch farbigen Tönen in den Raum fiel. Vielmehr strahlte da ein zierlich geratener Mensch mit recht dunklem Teint und dichten, pechschwarzen, halblangen Haaren. Vielleicht aus Indien oder Afghanistan oder dieser gebirgigen Ecke auf der anderen Seite des Globus? Diese Person strahlte über das ganze Gesicht. »Hallo!« Eine extrem melodische Stimme. Bariton oder Alt? Männlein oder Weiblein? Paul war sich nicht sicher.

»Kann ich Ihnen helfen?«

»Wer sind Sie?«, fragte Paul zurück, mehr neugierig als höflich.

»Ich bin Micha.«

Na prächtig. Micha. Wunderbar. Konnte Michael sein. Oder Michaela. Auch der Name lüftete das Geheimnis dieses Menschen nicht.

»Mein Name ist Paul Colossa, ich bin der Inhaber der Kanzlei.«

Das jugendliche Wesen strahlte weiter und schmetterte geradezu hymnisch heraus: »Sie sind Paul Colossa! Das ist ja fantastisch! Sie sind der Neffe! Entschuldigen Sie, dass ich Sie nicht gleich erkannt habe! Ich arbeite hier im Nebenzimmer. Mädchen für alles und so. Ich bin total aufgeregt, Sie kennenzulernen!«

Ja, das merkte man. Paul befürchtete fast, Micha jeden Moment wiederbeleben zu müssen. So viel Herzlichkeit kann man einem Mitteleuropäer nicht ohne Vorwarnung zumuten.

Mädchen für alles? War das vielleicht ein Hinweis? Das konnte auch einfach so dahingesagt und nicht »genderspezifisch« gemeint sein. Fragen konnte Paul schlecht. »Sind Sie männlich oder weiblich?«, ist keine Frage, die man jemandem ernsthaft stellen durfte. Das wäre eine tolle Einführung als neuer Chef! Aber er würde es schon noch herausfinden! Micha vielleicht einfach unauffällig in den Schritt greifen? Grundgütiger nein, was für ein Gedanke!

»Heute ist Ihr erster Arbeitstag, nicht wahr? Fräulein Christiane ist gerade oben in der Wohnung. Vielleicht kann ich Ihnen ja helfen?«

»Ja, natürlich, Micha! Sperren Sie mir bitte das Büro auf.«

Sogleich verschwand das Strahlen und wich einer Trauermiene. Bestes Bollywood! »Leider darf im Moment nur Fräulein Christiane in das Büro des Chefs.« Nun zögerte Micha einen Moment. Paul war doch jetzt der Chef …? »Ich kann Ihnen allerdings den Schlüssel für Ihr Auto geben! Haben Sie es schon gesehen?«

Da war das Lächeln wieder und hatte jetzt eine verschwörerische Note angenommen. Natürlich, dämmerte es Paul. Onkel Oscar musste auch in den vergangenen fünf Jahren ein Auto besessen haben, und das war jetzt vermutlich sein Auto. Was für ein Auto mochte es wohl sein? Oscar Colossa hatte nie irgendein Auto gefahren. Es waren immer ungewöhnliche Kisten gewesen. Die pakistanische oder indische oder was auch immer Mitarbeiter- oder Mitarbeiterinnengestalt zwinkerte Paul zu und holte einen Autoschlüssel aus dem Nebenzimmer. Sie gingen zusammen in den Hof. Micha drückte den Knopf einer Fernbedienung. Die Garagentür öffnete sich. Sekunden später fiel Licht auf den martialischen Kühlergrill eines dunkelgrünen Landrover Defender 110. Jetzt war es an Paul zu strahlen. Paul hatte noch nie ein eigenes Auto besessen.

»Dr. Colossa sagt, der hat einmal der Queen gehört«, triumphierte Micha. Tatsächlich, das Lenkrad war auf der falschen Seite. Für kontinentale Verhältnisse jedenfalls. »Die Queen hat ihn sogar mal selber repariert. Das sieht man in dem Film mit Helen Mirren!« Den Film kannte Paul zwar nicht, aber das waren doch – britische Nummernschilder? Paul hatte nicht die geringsten Zweifel, dass dieses grüne Ungetüm einmal der britischen Königin gehört haben musste. Und dass Onkel Oscar es sich ohne Frage unter Zuhilfenahme dubiosester Kontakte beschafft hatte. Der verschrobene alte Kauz. Was für eine prächtige, wunderbare Überraschung!

8.

AUFGANG:

Beginn der Jagdsaison nach der Schonzeit

Im Märzen der Bauer ... Paul war mit seinen geerbten Rösslein eine Woche lang beinahe täglich ausgeritten. Was die Königin auf ihren schottischen Gütern getrieben hatte, das wollte Paul auch in den Hügeln um Neustadt erleben. Unter quietschblauem Himmel bei Temperaturen bis an die zwanzig Grad. Paul genoss die Sonnenseite des Lebens. Selbstbewusst hatte er den ihm gebührenden Platz in Oscars altem Büro inzwischen erobern dürfen, und er bildete sich zumindest ein, hin und wieder Zeichen des Respekts, zumindest aber der wohlgesinnten Kooperationsbereitschaft bei Fräulein Christiane zu erkennen. Obwohl noch nicht annähernd alle wichtigen Fragen geklärt waren.

Paul wollte sich nicht die Blöße geben, Fräulein Christiane nach der Personalakte von Micha zu fragen, und wusste auch nicht, wo solche Unterlagen versteckt waren. Zwischenzeitlich hatte sich ihm eine gewisse Lilian Draxler vorgestellt, eine weitere Mitarbeiterin aus dem Nebenzimmer. Sie war Mitte zwanzig und hätte als Mauerblümchen durchgehen können – wäre da nicht ihre bemerkenswerte, ja phänomenale Oberweite gewesen. Paul hatte schon wiederholt größte Mühe gehabt, sein unangemessen langes Starren charmant in den Griff zu bekommen.

Paul saß auf Oscars ledernem Drehstuhl vor dem schweren Schreibtisch. Der Kapitän auf der Brücke. Schreibtisch war nicht ganz zutreffend. Es handelte sich um eine massive Eichenholzplatte auf einer rohen Konstruktion aus Stahlträgern. Wie die meisten Artefakte aus Onkel Oscars Reich verbarg sich ohne Zweifel auch hinter diesem Tisch eine famose Anekdote, auf die Paul früher oder später noch stoßen würde.

Früher hatte er immer auf der anderen Seite des Tischs sitzen dürfen, Oscar gegenüber, auf dem viel niedrigeren Besucherstuhl. Ein Privileg, denn üblicherweise ließ Oscar seine Gäste zu dem kleinen Besprechungstisch am Fenster geleiten. Der Schreibtisch war nur besonderen Besuchern vorbehalten.

Wenn »normale« Besucher ihre Papiere auf dem kleinen Konferenztisch ausbreiteten, blieb Oscar einfach hinter seinem Schreibtisch sitzen. Er redete mit ihnen über den ganzen Raum hinweg, als litten sie unter einer ansteckenden Krankheit. Er nannte sie die »Mandanten vierter Klasse«. Zu Mandanten dritter Klasse hatte er sich gelegentlich dazugesetzt. Die Dokumente, die solche Leute in der Regel neurotischerweise mit sich führten, würdigte er dabei keines Blickes. »Wenn du anfängst, dir ihren Papierkram anzuschauen, wirst du sie nie wieder los.« Mandanten zweiter Klasse hatten direkt an Oscars Schreibtisch Platz nehmen dürfen. Die erste Klasse verkehrte entweder oben in der Wohnung, gewöhnlich außerhalb der Geschäftszeiten, oder Oscar machte sogar »Hausbesuche«.

Paul selbst hatte in den vergangenen Tagen ebenfalls schon einige Mandanten persönlich empfangen, hatte allerdings noch nicht den Mut gefunden, sie zu klassifizieren. Er behandelte vorsichtshalber alle als Kategorie zwei.

Paul war bewusst, dass bisher bestenfalls Dreier und ein polternder Vierer durch die Adlertür gekommen waren. Letzterer war ein lokalprominenter Geschäftsführer einer mittelständischen Brauerei. Paul musste dessen Klassifizierung allerdings revidieren. Fräulein Christiane machte ihm klar, dass der Mann erkleckliche Umsätze bescherte und ein durchaus umgänglicher Zeitgenosse war, wenn er nicht gerade von einer Starkbierverkostung auf direktem Weg in die Kanzlei hereingewankt kam.

Aber ganz gleich ob Baron, Bauarbeiter, Bordsteinschwalbe oder Bürgermeisterin: Oscar hatte nie einen Mandanten abgewiesen. Paul würde diese humanistische Tradition nicht über den Haufen werfen.

9.

VERGRÄMEN:

Wild wird aufgestört

Pauls Telefon klingelte. Das Display zeigte die Nummer »441« an. Er wusste inzwischen, dass das die Nummer des Vorzimmers war, warum auch immer.

»Hallo Paul, Frau Rivinius ist da.« Seit dem Wetterumschwung strahlte auch Fräulein Christiane, was die Stimmung in der Kanzlei deutlich aufhellte.

»Frau Rivinius? In meinem Kalender steht gar kein Termin für heute Vormittag mit ...«

»Sie braucht keinen Termin. Sie ist die Tochter von Victor Rivinius.«

»Wer ist das?«

»Ein sehr spezieller Mandant. Du wirst ihn noch kennenlernen. Schau sie dir einfach an. Sie wird dir gefallen.«

Im nächsten Augenblick öffnete sich schon die Tür, und Fräulein Christiane schob eine junge Frau herein.

»So, das ist Herr Rechtsanwalt Colossa. Wenn der Ihnen nicht helfen kann, kann es vermutlich keiner.« Sie zwinkerte Paul vergnügt zu und trat einen Schritt zurück.

Respekt! Fräulein Christiane hatte nicht zu viel versprochen. Die junge Dame gefiel Paul auf Anhieb. Und wie! Sie war um die zwanzig. Ihre dunkelblonden Haare waren zu einem Pferdeschwanz gebunden. Sie hatte ein ernstes, strenges Gesicht mit vollen Lippen und großen braunen Augen. Über ihren engen Jeans trug sie einen schwarzen Rollkragenpullover, eine rostrote Lederjacke, dazu weiße Stoffturnschuhe. Paul grinste sie lange an. Dann rettete er sich, viel zu spät, in ein verbindliches »Bitte nehmen Sie doch Platz« und deutete auf den Besucherstuhl.

»Ich hab Frau Rivinius schon gefragt, sie mag nichts trinken.«

Fräulein Christiane schmunzelte in sich hinein und entfernte sich diskret.

Die junge Frau saß Paul direkt gegenüber. Ihm wurde heiß an den Wangenknochen. Sie war ohne jeden Zweifel eine Kategorie-eins-Mandantin. Mit Sternchen! Er wollte sie sofort in die Wohnung mitnehmen. Und zu Hause besuchen. Er nahm sich vor, den Status dieser Mandantin schnellstmöglich upzugraden.

Der Fall Sandra war ohnehin abgeschlossen. Beim Gedanken an sie schielte Paul dennoch mit einem irrationalen Anflug von schlechtem Gewissen auf sein gerade neu erworbenes Ersatzhandy. Dummerweise hatte er Sandra als eine der Ersten damit angerufen. Warum eigentlich? Und sie hatte die neue Nummer natürlich sofort gespeichert. Er machte es aus.

»Rivinius, das ist ein sehr schöner Familienname. Darf ich fragen, woher der Name stammt?« Erst jetzt bemerkte Paul, dass die junge Frau nicht allein war. Neben ihr stand, ganz leise, sehr unauffällig, ein weißes Knäuel. Genau genommen ein Hund. Ein Tier! Hier in seinem Büro? Was für eine absonderliche Idee, ein Tier mit in eine Rechtsanwaltskanzlei zu bringen.

Sie lächelte. Sie war eine Offenbarung!

»Das ist Tolstoi.« Sie blickte liebevoll das weiße wuschelige Wesen zu ihren Füßen an. »Ist noch ein Welpe.«

»Leo Tolstoi?« Paul sah ebenfalls zu dem Hund hinunter. »Es ehrt mich sehr, Sie kennenzulernen. Ihr Roman *Krieg und Frieden* hat mich ungeheuer beeindruckt. Ich hatte Sie mir ganz anders vorgestellt … irgendwie … größer!«

Die junge Frau lachte. »Nein. Einfach nur Tolstoi. Er kann noch nicht schreiben.« Das Eis war gebrochen.

»Meine Familie stammt aus Kaliningrad. Ich habe gesehen, dass auf Ihrer Zimmertür das alte Wappen der Stadt ist. Kennen Sie Kaliningrad?«

Königsberg. Paul war nie dort gewesen. Aber natürlich kannte er es. Onkel Oscar war dort 1940 geboren worden. Mit seiner Mutter war er bei nahendem Kriegsende mit einem der großen Flüchtlingstrecks Hals über Kopf, nur mit ein paar wenigen Habseligkeiten, vor der herannahenden Roten Armee geflohen. Sie hatten alles zurückgelassen und waren nach einer abenteuerlichen Odyssee in München gelandet. Eine dieser immer gleichen Geschichten der Völkerwanderung im Krieg. Oscars Vater, Robert Colossa, war hingegen in Russland geblieben, irgendwo im Permafrostboden vermutlich. Totgeschossen. Rostiges Loch im Stahlhelm. Oder vielleicht von einer Granate zerfetzt. Oscar war aus Neugier einmal dort gewesen. Umgewühlte Erde. Russen? Deutsche? Vergammelte Knochen im Lehm.

Oscar hatte keine Erinnerung an seinen Vater. Nach Erzählungen war er ihm nur bei ein paar Fronturlauben begegnet. Bald nach dem Krieg tauchte Roberts Bruder Richard in München auf und heiratete die Mutter, damals keine ungewöhnliche Wendung. Den gemeinsamen Sohn nannten sie, aus Pietät oder schlechtem Gewissen, Robert. Dieser neue Robert war dann Pauls Vater geworden. Pauls Vater und Onkel Oscar waren also nur Halbbrüder.

Wie auch immer: Oscar hatte zwar keine Erinnerung an seinen Vater gehabt, aber eine unendliche Flut an echten und eine vermutlich noch größere Zahl an eingebildeten Erinnerungen an seine Heimatstadt. Deshalb prangte auf der Zimmertür das alte Wappen von Königsberg. Ungeachtet dieser unerfüllten Heimatliebe war Oscar immer das Gegenteil eines »Vertriebenen« gewesen. Er hatte die »Landsmännchen«, wie er sie nannte, herzlich verabscheut. »Die Deutschen haben die Frauen und Kinder der Russen in ihren Kirchen zusammengetrieben und angezündet. Und dann heulen wir rum, weil deren Männer kamen und uns Königsberg weggenommen haben?«

»Ja, ich kenne die Stadt aus Erzählungen«, antwortete Paul.

»Mein Onkel stammt von dort. Leider ist er kürzlich verstorben.«

»Mein Vater hat es mir erzählt.«

Das Lächeln der jungen Frau war jetzt mild geworden. Das gefiel Paul überhaupt nicht. Er wollte kein Mitleid. »Vielleicht könnten Sie mir noch einige biografische Eckdaten mitteilen. Ich bräuchte Ihren vollständigen Namen, Adresse, Telefonnummer und vielleicht E-Mail?«

»Mein Name ist Maja Rivinius. Maja wie die Biene, nicht wie das Indianervolk.« Sie schmunzelte.

Während Paul ihre weiteren Personaldaten aufnahm, hatte er einen Karel-Gott-Ohrwurm aus der Zeichentrickserie. Dieser leicht debile, allzeit zaudernde Willi fiel ihm ein. Und dieser wichtigtuerische Grashüpfer!

»Gut, Frau Rivinius«, sagte er schließlich. »Dann erzählen Sie mir doch einmal, weshalb Sie einen Rechtsanwalt brauchen.«

»Ich habe einen Stalker. Mein Exfreund. Es ist die Hölle. Er verfolgt mich Tag und Nacht. Er lauert vor meinem Haus. Er bombardiert mich mit Nachrichten. Ich glaube auch, dass er sich in meinen Computer gehackt hat, aber das kann ich nicht beweisen.«

Paul notierte ein paar Stichworte.

»Wie heißt Ihr Freund?«

»Exfreund. Pius Brendel. Wir haben uns vor zwei Monaten getrennt. Vorher waren wir ungefähr zwei Jahre zusammen. Na ja, was heißt zusammen? Pius ist verheiratet. Er ist älter als ich.« Sie blickte jetzt wieder ganz ernst drein.

»Wie alt sind Sie, wenn ich fragen darf?«

»Zwanzig. Pius ist Mitte vierzig. Ich weiß, das klingt verrückt, aber wir haben uns auf Anhieb unheimlich gut verstanden, und es war auch echte Liebe, nicht nur Sex.«

Okay. Sie hatte mit dem Thema angefangen. Paul war immerhin zehn Jahre jünger als dieser Brendel. Andererseits war sie erst zwanzig. Und die Tochter eines Mandanten, dessen Familie keinen Termin brauchte. Trotzdem war Paul drauf und dran, sich in sie zu verknallen. Konnte er sich das leisten? Diese Frau war zum Anbeißen!

»Wenn ich Sie richtig verstanden habe, waren Sie siebzehn und er zweiundvierzig, als Sie zusammenkamen?«

Sie wurde rot: »Ja, das stimmt. Ich weiß schon. Das ist strafbar, oder?«

Nein, war es nicht. Nur bis vierzehn – aber Paul wollte sie gern in diesem Glauben lassen.

»Aber darum geht es nicht. Ich möchte ihn loswerden! Ich hasse diesen Verrückten! Ich habe Angst, und ich ekle mich vor ihm. Helfen Sie mir. Bitte.«

In dem Moment löste sich eine Fliege von dem Buntglasfenster und summte durch den Raum.

»Sie sagten, er sei verheiratet?«

»Ja. Er lebt auch noch mit seiner Frau zusammen. Sie hat mich einmal angerufen, als wir noch zusammen waren. Sie hat gesagt, ich bin nur ein kleines Flittchen, an dem ihr Mann sich abreagiert. Er hat es dann runtergespielt, dass er Mitleid mit ihr hat und sie nicht sofort verlassen kann, weil er Angst hat, dass sie sich was antut. Und ich war so unglaublich naiv und hab ihm alles geglaubt.«

»Wie lief die Beziehung ab? Sie waren noch Schülerin und haben bei Ihren Eltern gelebt? Und er bei seiner Frau?«

»Nein. Papa hat mir zu meinem achtzehnten Geburtstag einen kleinen Bungalow geschenkt, gleich um die Ecke von seinem Haus und seiner Firma. Wir essen abends immer zusammen bei ihm, aber ich wohne allein.«

Das Ganze roch nach viel Geld und Großzügigkeit.

Die Fliege saß nun am Rand von Pauls Computerbildschirm

und putzte sich mit ihren Hinterbeinchen die Flügel. Paul hatte den Verdacht, dass der Hund sie angelockt hatte, der jetzt zu Füßen seiner Herrin lag.

»Und Ihre Mutter?«

»Mama ist gestorben, als ich zehn war. Es gibt nur Papa und mich.«

»Das tut mir sehr leid.«

»Ist schon okay. Papa und ich wurden dadurch zu etwas ganz Besonderem.«

»Hat Ihr Vater gewusst von Ihnen und diesem …«

»Pius Brendel. Ja. Ich habe keine Geheimnisse vor meinem Vater. Manchmal hat er tagelang bei mir gewohnt. Papa fand das nicht so toll, aber er mischt sich in meine Privatsachen nicht ein.«

»Erzählen Sie mir von Ihrem Vater.«

»Sie kennen Papa nicht?«

»Nein – noch nicht.«

»Ach so, ich dachte … Papa war ein Mandant von Dr. Colossa! Sie waren fast ein bisschen befreundet, glaube ich. Also Papa hat eine Firma in Nürnberg. Er handelt mit großen Maschinen. Die kauft er in Europa oder in den USA und verkauft sie weiter nach Russland. Das macht er ziemlich gut.« Sie lächelte stolz. Vermutlich hatte sie damit sagen wollen, dass er eine Menge Geld verdient.

Jetzt summte die Fliege um Pauls Kopf. Das war ihm in Gegenwart der Frau peinlich. Was mochte sie von ihm denken? Bewahrte er verwestes Fleisch unter seinem Schreibtisch auf? Warum umschwirrte die Fliege ihn und nicht den Hund?

»Und dann haben Sie sich getrennt, ja? Wann?«

»Vor ein paar Wochen. Wir waren über Weihnachten noch zusammen in Ägypten, und das war auch superschön, aber … Ich habe die ganze Zeit nach dem richtigen Moment gesucht, um es ihm zu sagen.«

»Sie waren zusammen im Urlaub? Und seine Frau hat das gewusst?«

»Ich glaube, sie dachte, dass er geschäftlich unterwegs ist, um Pferde zu kaufen.«

»Seine Frau dachte, dass er … an Weihnachten … in Ägypten … Pferde kauft?«

»Ich weiß es doch nicht. Das war alles absolut krank mit den beiden.«

Ihre großen Augen blitzten, und ihre hübschen Lippen wurden schmal. Paul fiel auf, wie perfekt symmetrisch ihr Gesicht war – abgesehen von einer kleinen Narbe unter dem linken Auge.

Jetzt setzte sich die Fliege auf Pauls Nase. Paul hatte gelesen, dass Fliegen überhaupt nur deshalb auf Menschen landen, um zu überprüfen, ob sie endlich tot sind. Dann konnten sie ihre Eier auf der fahlen, modrigen Haut ablegen und sich den Bauch mit Leichenfleisch vollschlagen. Paul hatte auch etwas darüber gelesen, wie Fliegen essen: Durch ihren Saugrüssel erbrechen sie Magensäure auf den zu verspeisenden Kadaver. Die Säure zersetzt das tote Fleisch und verwandelt es in Brei. Diesen Schmodder lutscht die Fliege mit ihrem Rüssel wieder auf. Das alles schoss Paul nun unbarmherzig durch den Kopf, ein bunter Strauß widerlicher Bilder. Reflexartig schlug Paul nach der Fliege. Seine Hand klatschte mitten in sein Gesicht. Mit dem Erfolg, dass ihm die Nase schmerzte und die Fliege sich hämisch summend wieder in Richtung Fenster verzog.

Maja lachte laut auf. Wenigstens zu ihrer Erheiterung hatte es beigetragen, dass Paul sich zum Narren gemacht hatte.

Es ist das Privileg des Clowns, die Wahrheit zu sagen, aber niemand weiß, wie viele Narren aufs Rad geflochten wurden, nachdem sie ihrem Despoten reinen Wein eingeschenkt hatten. Erst lachen sie natürlich herzhaft, die Tyrannen. Später nagt die

Eitelkeit Löcher in ihr Herz. War Maja eine Tyrannin? Paul ließ es drauf ankommen.

»Bitte verstehen Sie mich nicht falsch. Wie ich Sie jetzt hier vor mir sitzen sehe, bin ich überzeugt, dass Sie schon mit siebzehn eine reife Persönlichkeit waren. Trotzdem ist eine Beziehung mit so einem Altersunterschied eher ungewöhnlich. Es war ja nicht nur ein kurzes Abenteuer.« Jetzt machte Paul eine Pause und blickte ihr direkt in die Augen. Er wollte es wirklich wissen. »Bitte verzeihen Sie mir meine Ehrlichkeit an dieser Stelle: Warum fühlen Sie sich zu älteren Männern hingezogen?« Er hatte alles auf die Clownkarte gesetzt.

Das Mädchen blickte zum Fenster hinüber und schwieg. Eine ganze Weile hörte man nur das eintönige Summen der Fliege.

»Das hat Papa auch gesagt«, begann sie. »Pius ist ein ziemlich … geiler Typ. Er macht gute Geschäfte. Er sieht echt super aus. Er reitet wie ein Gott. Ich hatte das Gefühl, er könnte jede haben.« Sie lächelte Paul an. »Aber er wollte mich.«

Sprach sie jetzt noch über Brendel? Oder hatte sie Paul durchschaut?

»Das hat mir natürlich gefallen!«

»Ich glaube nicht, dass er jede haben könnte.« Paul machte die Vorstellung, dass dieser Stalker jede haben konnte, richtiggehend wütend.

»Nein. Natürlich nicht. Weil er total verrückt ist. Ich habe das nur nicht gemerkt. Er wollte alles von mir wissen. Am Anfang fühlte ich mich noch geschmeichelt. Aber er wurde immer neugieriger. Wo ich bin, mit wem ich weggehe, wer mit mir chattet. Manchmal ist er zufällig aufgetaucht, wenn ich mit Freunden unterwegs war, obwohl ich ihm nicht gesagt habe, wo wir hingehen.«

Paul wartete auf die Auflösung des Rätsels.

»Er hat so eine Kindersuchfunktion in meinem Handy aktiviert, dieser Arsch! Können Sie sich das vorstellen?«

Konnte Paul nicht. Er hätte gar nicht gewusst, dass es so etwas gibt. Geschweige denn, wie man es aktiviert. »Und was ist nach der Trennung passiert?«, fragte er.

Sie blickte wieder zum Fenster und flüsterte: »Als ich ihm gesagt habe, dass es aus ist, wollte er mich schlagen.«

»Das war bei Ihnen im Haus?«

»Ja. Ich habe geschrien, so laut ich konnte, und bin sofort rausgerannt. Ich bin zu Papa in die Firma, und der hat die Polizei gerufen. Papa ist mit mir und Grischa, unserem …«, Maja zögerte kurz, »… seinem Chauffeur zum Haus zurückgegangen. Pius war nicht mehr da. Die Polizei ist dann zu ihm, und da haben sie ihn gefunden, bei seiner Frau. Ich habe ihn angeschrien, aber er war total ruhig und hat überhaupt nicht mit mir geredet. Nur mit den Polizisten. Dass ich hysterisch bin und dass er einen Fehler gemacht hat. Er hat behauptet, dass er mit mir Schluss gemacht hat und ich deshalb so ausraste. Dieses Arschloch! – ’tschuldigung.«

»Arschloch ist okay. Ich bin Ihr Anwalt. Bei mir müssen Sie sich nicht zurückhalten. Erzählen Sie weiter.«

»Man kann das gar nicht alles erzählen. Es ist so lächerlich! Und so viel, man kann sich das nicht alles merken. Er ist wie ein Krake. Er ist überall. Er ist immer da. Und er will, dass ich das weiß. Deshalb hinterlässt er Spuren. Wenn ich morgens aus dem Haus komme und ungefähr zehn Kippen auf der Treppe vor meiner Haustür liegen, fein säuberlich zu einem Häufchen zusammengeschoben, dann weiß ich genau, dass er in der Nacht da war. Oder wenn ich ständig von irgendwelchen seltsamen ›Fremden‹ über Chat angeschrieben werde. Woher haben die meine Kontaktdaten? Oder wenn nachts mein Handy alle paar Minuten klingelt und die Nummer des

Anrufers ist unterdrückt und keiner redet, wenn man drangeht?«

»Man kann Rufnummern verfolgen!«

»Ja, klar«, kam es mitleidig zurück. »Ich glaube auch, dass er in meinem Computer drin ist und in meinem Handy. Er weiß so viel über mein Leben! Kürzlich habe ich für Papa eine wichtige Lieferung mit dem Auto nach Berlin gebracht und … Scheiße! Er war echt dort! In Berlin! Und ich war ganz allein. Er stand da, auf demselben Parkplatz, so zehn Meter weg, und glotzte mich nur an. Kein Wort, nichts. Ich hatte solche Angst. Ich meine, er hat nichts gemacht. Es war auch mitten am Tag, und da waren Leute – aber dass er da war! Der ist mir garantiert die ganze Zeit hinterhergefahren!«

»Was für ein Auto fährt er?« Das war eine typische Männerfrage, der klassische Schwanzlängenvergleich. Paul fuhr den Defender der Queen. Das war unmöglich zu toppen.

»Gar keines. Er hat ein Motorrad, eine schwarze BMW, hat ihm seine Frau geschenkt.«

Plötzlich stand sie auf und schob den Stuhl zurück. »Sorry, ich muss mich kurz bewegen. Ich bin schon das absolute Psychowrack.« Sie ging erregt hin und her. »Ich könnte was zu trinken brauchen.« Sie blickte sich um. »Haben Rechtsanwälte nicht immer eine Karaffe mit Cognac herumstehen?«

»Mit Whisky. Und auch nur in amerikanischen Filmen. Obwohl … mein Onkel …« Paul stand nun auch auf. Er begann, wahllos Schranktüren zu öffnen. Mit Maja gemeinsam Alkohol zu trinken wäre unkonventionell und sehr unprofessionell. Aber wenn sie danach verlangte?

»Sind die Bücher alle echt?«, fragte sie.

Natürlich! Zwei Drittel der Bücher in diesem Raum waren vermutlich reine Dekoration. Wenn einer die Rechtsprechung des Reichsgerichtshofs tatsächlich jemals nachlesen wollen sollte, dann würde er im Internet danach suchen und nicht in einer dieser Schwarten von 1928. Paul überlegte. Als Versteck für eine Schnapsflasche braucht man eine anspruchsvolle Lektüre. Selbst in der juristischen Fachliteratur hatten nur wenige Standardwerke die geeignete Größe für diesen Zweck. Aber Onkel Oscar war ein Feingeist gewesen. Wo würde er Spirituosen aufbewahren? Spiritus, dachte Paul, und weiter spiritus sanctus. Natürlich! Die Bibel. Da war sie. Vor ihm im Regal. Schwarzer Lederrücken, Goldschnitt, mit Holzdeckeln. Eine Übergröße, deshalb musste sie liegen. Paul legte sie vorsichtig auf den Schreibtisch. Gespannt klappte er das Buch auf. Es war komplett ausgehöhlt. »Ardbeg«, las er, »1975 – Single Islay Malt Whisky.« Eine halb leere Flasche, um der Wahrheit die Ehre zu geben. Oder, optimistischer ausgedrückt, eine halb volle. Dazu zwei langstielige, kunstvoll handgefertigte Gläser, die gestaltet waren wie Blütenkelche.

Sie sahen einander an. Lachten. Blickten zur Tür. Zwei Kinder, die einen verbotenen Schatz entdeckt hatten.

»Warum hat er ihn versteckt?«

»Onkel Oscar liebte Geheimnisse«, antwortete Paul, während er den Holzkorken aus der dunkelgrünen Flasche pulte. Ein starker Geruch von angekokeltem Holz und geräuchertem Schinken verbreitete sich im Raum, während Paul einschenkte.

»Hoffentlich dröhnt es genauso stark, wie es riecht!«, sagte Maja.

Hustend und räuspernd leerten die beiden ihre Gläser, und weil es von Schluck zu Schluck öliger und weicher die Kehle hinabbrannte noch eines. Danach besprachen sie in deutlich gelöster Stimmung weiter den Fall.

»... er hat auch immer wieder Sachen kaputt gemacht. Einen Terrakottanikolaus vor meiner Haustür zum Beispiel hat er geköpft und den Kopf in den Garten geworfen. Eine Lichterkette hat er abgeschnitten. Meine Mülltonne hat er auf die Straße geleert. Lauter so lästiger Scheiß, nichts Schlimmes, aber wahnsinnig anstrengend. Dann hat er angefangen, mir zu schreiben. Von irgendwelchen Fake-Adressen, E-Mails, Chat, Briefe. Ich habe einen ganzen Ordner voll!«

»Was schreibt er denn so?«

»Am Anfang total peinlich, so selbstmitleidigen, billigen Scheiß.«

Sie kramte in ihren Unterlagen, zog wahllos ein paar Blätter heraus und reichte sie Paul. Screenshots von Chatverläufen, Mails, abfotografierte SMS.

»Früher warst Du die Sonne und ich war Dein Planet. Doch Du bist erkaltet und alles Leben auf mir ist abgestorben ...«

»Ich gehe zu den Orten, die wir gemeinsam liebten, und bin dort allein. Ohne Dich sind diese Orte nicht mehr dieselben.«

»In mir brennt eine schreckliche Leere. Jetzt erst verstehe ich, was Du mir bedeutet hast. Ich muss Dich zurückhaben, und ich weiß, dass wir beide zusammengehören. Wir sind vom Schicksal füreinander bestimmt.«

Immer derselbe Singsang, es war erbärmlich.

»Seit gestern droht er auch.« Maja reichte Paul ein einzelnes Blatt. »Das hat er mir nachts an den Briefkastenpfosten genagelt.«

»An den Briefkasten genagelt? Nicht reingeworfen? Komisch.« Paul las die Nachricht.

»Mein auge sieht.«

»Keine besonders originelle Drohung«, sagte Paul. »Auge kleingeschrieben. Hat wohl auch Whisky getrunken.«

Wortlos reichte sie ihm noch eine Klarsichthülle. Darin war ein Papiertaschentuch mit braunen Flecken und einigen unsauber gekritzelten Großbuchstaben, ebenfalls braun: »DU TOT.«

»Das ist mit Blut geschrieben«, sagte Paul.

»Es war in den Türgriff von der Haustür geknüllt.« Maja Rivinius flüsterte fast.

Schlagartig wurde Paul klar, dass Pius Brendel kein alberner Nebenbuhler, sondern ein gefährlicher Psychopath war – und Maja ein potenzielles Mordopfer.

»Haben Sie es der Polizei gegeben?«

»Nein. Papa will das nicht. Die machen eh nichts.«

»Die können ganz leicht bestimmen, ob es sein Blut ist! Das ist eine Morddrohung!«

»Vielleicht, ich weiß nicht. Keine Polizei!«

»Ich kann höchstens ein Kontaktverbot erwirken!« Paul fühlte sich restlos überfordert. Es ist leider so, dass Psychopathen sich einen Dreck um Kontaktverbote scheren und ihre Opfer am helllichten Tag mit Messern niederschlachten. Anwälte sind keine Magier, die Schutzschilde über ihre Mandanten ausbreiten können. Anwälte können einen Scheiß ausrichten, wenn die verdammte Lebenswirklichkeit die Kontrolle übernimmt … Doch wie sollte Paul das der Frau erklären? Sie war bei ihm an der völlig falschen Adresse. Er kannte nur Taschenspielertricks. Hier brauchte es eine andere Art von Problemlöser. Was war ihr Vater eigentlich für ein eigenartiger Russe, dass er seine Tochter zu einem Anwalt schickte – anstatt seine »Freunde« zu mobilisieren? Paul an seiner Stelle würde diesen Psychopathen mit Betonvollgips in der Pegnitz versenken.

»Und was raten Sie mir?«

Paul schreckte auf. »Ich weiß nicht!«

Manchmal ist es goldrichtig zu sagen, was einem gerade in den Sinn kommt. Jetzt zum Beispiel war es das nicht.

Ein zweiter Versuch: »Was wir jetzt brauchen, ist ein Tagebuch. Alles, was bisher passiert ist, und alles, was ab heute passiert, verstehen Sie?« Paul hatte »wir« gesagt, ohne es zu merken. In diesem Moment war er ein Teil des Falles geworden.

»Sie müssen das alles ganz genau aufschreiben. Also zum Beispiel Mittwoch, Datum, Uhrzeit, Ort, der Typ taucht da und da auf, macht dies und das. Am besten dazu noch ein Beweis, zum Beispiel ein Zeuge – eine Freundin, Ihr Vater, egal. Sie dürfen den Kram nicht einfach sammeln, Sie müssen ihn akribisch archivieren! Jede dieser Nachrichten für sich allein gesehen ist Pillepalle. Damit kriegen Sie keinen Richter hinter seinem Schreibtisch hervor. Aber wie sagt man doch – das Ganze ist mehr als die Summe seiner Teile. Einmal eine Blume vor die Tür gelegt, das ist nichts. Jeden Tag zehn Blumen vor der Tür, einen Monat lang? Das ist beharrliches Nachstellen. Verstehen Sie? Das ist der Unterschied zwischen einfachem Herumnerven und Stalking.«

Maja schaute Paul mit großen Augen an. Ehrfürchtig, wie er sich einbildete.

Paul tippte mehrmals aggressiv mit dem Zeigefinger auf die Schreibtischplatte: »Brendel schreibt immer dasselbe? Gut – das zeigen wir dem Richter. Wir zeigen die Systematik seines Handelns auf. Die sich entwickelnde Gewaltspirale. Wenn Sie von dem klebrigen Gesülze genervt sind, ist es der Richter nach zehn Seiten garantiert auch! Wir nehmen ihn mit in Ihren persönlichen Horrorfilm. Die gescheiterte Liebesbeziehung, die Gewalt, die Angst, die Sie ständig haben. Verstehen Sie? Wir müssen beweisen, dass er nicht nur nervt, sondern dass er Ihnen Angst macht, Ihnen den Schlaf raubt, Sie krank macht, Sie zerstört.«

»Aber genau das tut er ja!« Maja war beeindruckt von Pauls aufregendem Drehbuch.

»Natürlich tut es das. Und das müssen wir ganz klar herausarbeiten. Sie schreiben alles auf.« Tap, tap, tap … wieder hackte er mit dem Zeigefinger auf die Tischplatte. »Und am Ende die Morddrohung. Mit Blut rostig rot in ein Taschentuch gebatikt. Wir reichen alles bei Gericht ein und beantragen eine einstweilige Verfügung. Wenn der durchgeknallte Spinner dann noch eine einzige verdammte SMS schreibt, ein einziges Mal vor Ihrem Haus aufkreuzt und Kippen fallen lässt, Sie noch ein einziges Mal anonym anruft, Ihnen noch einmal mit dem Motorrad nachfährt, kriegt er eine massive Geldstrafe. Zweihundertfünfzigtausend. Bei Uneinbringbarkeit Haftstrafe bis zu sechs Monaten. Bamm!«

Paul war in Rage und gleichzeitig euphorisch. So schlecht war das doch gar nicht? Ein bisschen was hatten Anwälte schon auch drauf. Feingliedriger als russische Schläger. Wesentlich eleganter. Und absolut legal. Das wäre doch gelacht, wenn er Maja nicht beschützen könnte!

Die Stimmung übertrug sich auch auf sie: »Da werde ich die ganze Nacht dran sitzen«, rief sie fast, so fest war ihre Stimme wieder geworden.

»Noch einen Schluck von der rauchigen Brühe?« Paul drehte sich zu der inzwischen nur noch zu einem Drittel gefüllten Flasche.

»Nein, danke. Ich muss mich jetzt konzentrieren. Ich werde nachher gleich anfangen.«

Eigentlich hätte Paul gerne noch länger den Helden gegeben. Jetzt galt es, die Holde an sich zu binden!

»Ich gebe Ihnen meine Visitenkarte mit und schreibe Ihnen … hier meine private Handynummer drauf.« Sie dachte leider nicht daran, Paul im Gegenzug nun auch ihre private Nummer zu geben.

»Vielen Dank noch mal! Ich melde mich morgen!«

10.

SCHÖPFEN:
wenn Wild trinkt

Und dann war sie auch schon fort. Paul stand auf und ging zu einem der Seitenfenster. Ein wenig frische Luft tat hier drin dringend not. Als er das Fenster gekippt hatte, hörte er einen laut aufheulenden Motorradmotor. Er musste sofort an Brendel und seine BMW denken. Jetzt kannte der Psychopath seine Kanzlei. Schlimmer noch, er kannte jetzt auch Pauls Wohnung. Was sollte er tun?

Wenige Augenblicke später trat Micha ein. Was diese Person anbelangte, hatte Paul in den vergangenen Tagen aus Flurgesprächen weitere Erkenntnisse gewonnen. Wie sich herausstellte, war der Pakistan- oder Afghanistanverdacht ein ethnischer Missgriff gewesen. Micha war in Sri Lanka geboren worden und dann von einem Ehepaar aus Deutschland adoptiert worden, nachdem die ganze Familie von Rebellen getötet worden war bei einem Überfall auf das Dorf. So geht es zu auf der Welt. Woanders. Man kann es sich nicht vorstellen, wenn man so behütet lebt wie in unseren Breitengraden. Da zieht man vor Gericht, wenn der Baum vom Nachbarn zu weit über den Zaun wuchert. Dass der Nachbar mit einer Panzerfaust herüberschießt und einem das Haus in die Luft sprengt, kommt in unserer Welt nicht vor. Nur im Fernsehen.

Paul hatte trotzdem immer noch nicht herausgefunden, ob Micha ein Mann oder eine Frau war. Die durchaus stilvolle Art, sich zu kleiden, die eleganten Bewegungen, die weiche Stimme … Kurz und gut: Dieser Mensch stellte ihn vor ein Rätsel. Und stellte ihm jetzt ein kleines Tablett hin. Darauf eine Tasse Espresso, mit viel Zucker, wie Paul es mochte. Der Kaffee roch exzellent. Daneben lag ein Stück Schokolade, das, wie aufdringlich konnte Schokolade eigentlich werden, auch noch halb ausgepackt war. Micha säuselte etwas von »Tässchen« und »zwischendurch« und entfernte sich diskret. Waren das nun verborgene Avancen gewesen? Oder war das einfach ungemein nett und Paul hatte einen gewaltigen Sprung in der Schüssel? Der Espresso mundete vorzüglich. Paul trank ihn mit Genuss, genau wie er die Schokolade vollends entblätterte und vernaschte. Wenn das Michas Ziel gewesen war, herzlichen Glückwunsch.

11.

BASSE:

ein starkes männliches Wildschwein

Kaum hatte Paul die Tasse geleert, zwängte sich Lilian Draxler durch die Tür. Sie stand da wie einer der Heiligen Drei Könige, die einen an der Haustür herausgeklingelt hatten, und trug ihr Sprüchlein vor: »Herr Colossa, da wär jemand für Sie. Hat aber keinen Termin.«

Was sollte das heißen, da »wäre« jemand? Konjunktiv? Stand die Anwesenheit dieses Jemand etwa unter einer Bedingung? Und wenn dem so war – unter welcher? Wann wäre der Jemand denn da – und wann nicht? In diesem Fall hätte Paul ja quasi noch eine Wahl gehabt, über die Präsenz dieser Person zu entscheiden. Paul musste leise lachen, weil Frau Draxler ihn sehr unglücklich anblickte, während er sich über ihre Ausdrucksweise amüsierte.

»Wer ist es denn?«, fragte er schließlich.

»Ein Mann.«

»Interessant.«

»Er sagt, sein Name ist Attila und er hat ein paar Kisten für Sie dabei. Er hat keinen Termin. Ich glaube aber nicht, dass er sich wegschicken lässt«, sagte sie hilflos.

Paul musste schallend lachen. Nein, er war sicher, dass dieser Mann sich nicht wegschicken ließ, und es nötigte ihm fast ein wenig Respekt ab, dass es Lilian Draxler tatsächlich gelungen war, ihn draußen warten zu lassen. »Vielen Dank, Frau Draxler. Das ist ein sehr guter Freund von mir, den dürfen Sie ruhig reinlassen.«

Was allerdings nicht mehr nötig war, denn nun erschien ein Gesicht in der Tür. Ein schwarzer Stoppelbart und auf dem Kopf eigentlich genau dieselben Stoppeln. »Ey, Alter, ich hab nur ganz kurz Zeit!«

Attila und Paul passten genau genommen nicht besonders gut zusammen. Paul, der eher grüblerische, zynische Geist. Durchaus schüchtern, auf seine Weise, und introvertiert. Attila hingegen war der jüngste Spross einer ungarischstämmigen rumänischen Großfamilie, die auf der Flucht vor der Ceauşescu-Tyrannei in Deutschland gestrandet war. Große Gesten. Großes Herz. Große Klappe. Diese beiden, Attila und Paul, brauchten einander seit Kindheitstagen in unbeschreiblicher und letztlich nur als Wahlverwandtschaft zu erklärender Weise und verehrten einander.

»Alter, ich sag's dir. Wenn ich noch einmal mit deiner Scheiß-Kassandra reden muss, dann ist was los. Die Fotze hat mir so eine krasse Szene gemacht, als ich deine Kisten geholt hab! Und sie hat die Scheißkisten nicht mal richtig zugemacht. Ich hab alles noch mal geklebt. Wie du das ausgehalten hast. Diese nervige Stimme!«

Attila hatte unglaublich grüne Augen. Nicht dieses gelbliche Grün, das man von Wolfsaugen kennt, sondern so ein moosiges, tiefes Algengrün. Man mochte kaum glauben, dass die Augen echt waren – aber diese Einschätzung traf auf Attila eigentlich insgesamt zu. Möglicherweise lag es daran, vielleicht auch an seinem schroffen Charme, dass er einen ungeheuren Erfolg bei Frauen hatte. Und was diesen Erfolg darüber hinaus begünstigte, war, dass er in Sachen Frauen in keinerlei Weise wählerisch war. Attila nahm einfach jede. Jede konnte seine Königin sein. Eigentlich also das genaue Gegenteil von einem Macho. Und er behandelte seine Frauen auch mit erlesener Achtung. Allerdings nie besonders lange. Keine Liaison, die sechs Wochen überdauert hätte. Meist blieb es eher bei der berüchtigten einen Nacht.

Attila hatte Paul als echten Freundschaftsdienst die delikate Aufgabe abgenommen, seine Habseligkeiten aus der gemeinsamen Wohnung mit Sandra zu bergen. Oder besser gesagt: das, was Sandra für das Seine hielt. Etliches hatte sie, wie sich herausstellte, nämlich einbehalten. Darunter insbesondere diverse CDs, einen Wecker, der besonders sanfte Töne beim Aufwachen verbreitete, einen Rollkragenpullover aus echter irischer Schafswolle, ein Bild von Albrecht Altdorfer, *Die Alexanderschlacht*, und vieles mehr. Andererseits hatte sie offenbar die günstige Gelegenheit genutzt, sich von diversem Plunder zu trennen, der eigentlich in die Mülltonne gehört hätte und nicht in die nun von Attila angelieferten vier Umzugskartons. Gegenstände, hinsichtlich derer Paul nie im Leben auf den Gedanken gekommen wäre, sie seiner Eigentumssphäre in der gemeinsamen Wohnung zuzurechnen. Nur das konnte die Anwesenheit eines defekten Epiliergeräts oder einer fliederfarbenen Computertastatur erklären, in der die Taste für das »Q« fehlte – auf welcher sich bedauerlicherweise zudem das »@«-Zeichen befand, das also ebenfalls fehlte. E-Mails schrieb auf dem Brett sicher keiner mehr. Nun, das war der Preis dafür, dass Paul nicht persönlich nach München hatte reisen müssen, und so klagte er fast gar nicht.

Eigentlich waren Attila und die Kisten nicht erwartet worden, nicht heute. »Was hättest du gemacht, wenn ich nicht da gewesen wäre?«

»Wieso? Wo wolltest du denn hin?«

»Ja, nirgends, aber ich kann doch mal einen Termin haben? Bei Gericht oder privat vielleicht? Meinst du, ich halte mich immer nur hier im Haus auf?«

»Echt, Alter – hast du schon private Termine?« Attila griente schalkhaft.

»Nein. Aber ich bin oft unterwegs …« Paul zögerte, dann spielte er seinen vermeintlich größten Trumpf doch aus: »Ich hab von Oscar einen Landrover Defender geerbt, der mal der Queen gehört hat. Mit dem fahre ich ständig herum.« Voller

Erwartung gab er sich dem Blick aus den Algenaugen seines Freundes hin.

»Krass. Du hast ja echt total Party.« Das Grinsen in Attilas Stoppelvisage wurde jetzt noch amüsierter. »Keine Sorge, Alter, das wird schon alles werden. In einem halben Jahr trau ich mich nicht mehr, dich ohne Termin zu besuchen. Dann kann es bestimmt echt mal passieren, dass du nicht da bist.«

Das war der Höhepunkt der Demütigung. Mitleid! Um jetzt nicht unterzugehen in dieser Schlacht, musste Paul schweres Geschütz auffahren, auch wenn diese Waffe eigentlich noch nicht ausgereift war. »Sag mal ...« Er setzte eine nachdenkliche Miene auf und sagte dann leise, fast verschwörerisch, als würde er über verbotene Betäubungsmittel verhandeln: »Würdest du was mit 'ner Zwanzigjährigen anfangen?«

Ja. Das saß. Attila glotzte, als hätte Paul gerade eine lebende Schlange aus seinem Hemdkragen gezogen. Mehr als sein Lieblingsfüll- und -verlegenheitswort fiel Attila als Kommentar zunächst nicht ein: »Alter ...«, und dann noch mal reflexhaft: »Ey, Alter, hast du echt ...!?« Dabei riss er die Augen ganz weit und mit kindlichem Staunen auf.

Dabei war »Alter« wahrlich weder besonders exotisch noch einfallsreich und der dem innewohnende und von Attila mehr oder minder unbewusst gepflegte Prekariats-Anhauch passte auch nicht wirklich zu ihm. Also wenn, dann nur optisch, aber sicher nicht intellektuell. Weder radebrechte er authentisch genug die deutsche Sprache, noch verkehrte er in ausreichendem Umfang in den einschlägigen kleinverbrecherischen Hip-Hop-, Drogen- und Autoschrauberkreisen, in denen »Alter« als Universalfüllsel entstanden und eigentlich längst nicht mehr gebräuchlich war. Auch lebte Attila einfach nicht gettomäßig genug und war insbesondere nicht so aufgewachsen. Seine Eltern arbeiteten beide an der Technischen Universität in München und durften ohne Weiteres dem Bildungsbürgertum zugeordnet werden, was nicht ohne Einfluss auf die Erziehung der vier Kinder geblieben war. Wenn man sich wie Attila solch ein »Getto-Sprech« allerdings einmal angeeignet hatte, dann steuerte es einen natürlich ein Stück weit unbewusst, quasi wie ein verbaler Schnauzbart oder eine Sonnenbrille, und aus einem unerfindlichen Grund schien Attila sich wohlzufühlen mit dem Gedanken, dass keiner merkte, dass er eine äußerst differenzierte, sensible und gebildete Person war und kein proletenhafter Migrationshintergründling.

»Erzähl mir von der Schnecke. Meine Fresse – du gehst ja echt ran, Alter. Und das hier in der Provinz?«

Paul skizzierte die soeben durchlebte Begegnung mit Maja, und fast wie gerufen, um es zu bezeugen, erschien dazu die Fliege wieder. Während Paul das Mädchen beschrieb und dabei durchaus mit ein wenig Glanz in den Augen aufwartete, schwirrte das Insekt um Attilas Kopf. Als Paul den Stalker und dessen Umtriebe erläuterte, setzte sich die Fliege auf Attilas Stirn. Und als Paul anmerkte, dass Majas Vater ein reicher russischer Unternehmer sei, gab Attila ein »Scheiße, Alter ...!« von sich, schlug die Fliege mit einer unbewusst eleganten Geste tot, und als er »Ein Russe!« ergänzt hatte, lag das Tierchen bereits bewegungslos zu seinen Füßen. Unbemerkt von Paul, der zu sehr mit anderen Gedanken beschäftigt war. Sic transit gloria mundi.

»Du hast echt ein Händchen für Problembräute!«, analysierte Attila. »Die Lolita-Tochter von einem Russen. Wie viel Ärger willst du dir einhandeln, Alter? Der macht dich so was von platt, wenn der merkt, dass du was von seinem Küken willst. Russen sind noch krasser als Türken, das weißt du aber schon!«

Paul protestierte. Zunächst empfand er diese Art der Klassifizierung von Völkern unangebracht und auch unzutreffend.

Ihm fehlte allerdings auch die Erfahrung mit Völkern aller Art, insoweit behielt er seine Kritik für sich.

Attila kriegte sich derweil gar nicht mehr ein: »Weißt du, was Russen mit ihren Opfern machen, Alter? Da würdest du dir wünschen, dass es nur ein Pferdekopf im Bett wäre. Da wachst du mit deinem eigenen Kopf unterm Arm auf!« Attila hatte einen orientalischen Hang zur Übertreibung. So was kam davon, wenn ein germanisierter Romano-Ungar den Klischeelibanesen mimte.

Attila hatte bedauerlich wenig Zeit mitgebracht und schlug die Einladung, über Nacht oder wenigstens zum Abendessen zu bleiben, aus. Er hatte vor dem Haus einen VW-Bus stehen, vollgepackt mit Kleiderspenden, die er für seine Flüchtlinge zusammengeschnorrt hatte. Attila hatte die Zeit als Zivildienstleistender in der Münchener Asylbewerberunterkunft nicht mehr losgelassen, und deshalb arbeitete er nun als Sozialpädagoge für die Caritas – in einer Asylbewerberunterkunft. Sie trugen die Umzugskartons in die Wohnung hoch und verabschiedeten sich dann.

»Wir sehn uns die Tage. Pass auf dich auf, Bruder«, sagte Attila zu ihm und zwinkerte ihm zu.

Paul war gerührt: »Ja, Alter. Fahr vorsichtig. Danke«, erwiderte er.

12.

BRUCHZEICHEN:

Markierungen, die von Jägern verwendet werden (meist Zweige bestimmter Bäume)

Draußen war es finster. Paul lungerte im Wohnzimmer auf der riesigen roten Couch herum und las mit gelegentlichem Schmunzeln Onkel Oscars Anweisungen und Aufzeichnungen.

Im Hintergrund lief halblaut Pink Floyds »Shine On You Crazy Diamond«. Eine der wenigen CDs, die Sandra ihm in die Kisten gepackt hatte. Oscars Musiksammlung war Paul noch ein wenig fremd. Nicht, dass er Jazz oder klassische Musik nicht mochte. Er kannte sie nur nicht. So recht hatte er sich nach wie vor nicht in den Umstand hineingefunden, hier nicht Gast, sondern Hausherr zu sein, und deshalb hatte er bislang so gut wie nichts verändert. Es war nicht so, dass ihm alles widerspruchsfrei gefallen hätte, im Gegenteil. Er wusste vielmehr gar nicht, wo er anfangen sollte mit den unzähligen dringend angezeigten Veränderungen. Hier hatte zuletzt ein alter Mann gelebt, aber das eben sehr intensiv. Paul war im Vergleich eher noch ein Wohn-Fliegengewicht. Die Bilder an der Wand zum Beispiel: Onkel Oscar hatte nicht etwa ein, zwei oder drei Bilder aufgehängt. Ein Porträt, möglicherweise von einem berühmten Ahnen, eine Stadtansicht von Königsberg und dann vielleicht einen Picasso oder einen Nolde, um Geschmack zu beweisen? Das hätte Paul durchaus gebilligt. Es hätte genügt und zu Onkel Oscar gut gepasst. Aber Oscar, der Maßlose, hatte zwanzig, dreißig, vierzig Ansichten von Königsberg herumhängen. Ganze Stammbaumwälder von verschrobenen Ahnen. Daneben Noldes, Picassos, Chagalls und Nonames, Fotografien, Lithografien, Holzschnitte, Schlachtengemälde, Kindergekritzel, Architektenentwürfe und Prototypenzeichnungen. Landschaften und Stillleben, gerahmt, gepinnt, genagelt und getackert von der Decke bis zum Parkett hinunter, im

Bad, im Flur, in der Küche, selbst im Schlafzimmer. Große und kleine Bilder, mächtige und sanfte, knallbunte, hässliche, rührende, wertvolle und lächerliche. Etliches davon mochte »original« sein. Manchmal aber waren es auch einfach Bildchen, die schlampig aus einem Buch herausgeschnitten worden waren. Fotoschnappschüsse oder Postkarten. Ein verwirrendes Universum, man konnte kaum den Blick von den Wänden lassen. Der Betrachter wurde unablässig genötigt, in eine neue, fremde Welt einzutauchen und darin regelrecht zu ersaufen. Der chaotische Bilderreichtum der Wohnung reflektierte Oscars Kopf an den Wänden. So ungefähr musste es da drin ausgesehen haben. Und was nicht verbildlicht war, das stand geschrieben. Die paar Regale hatten lange schon nicht mehr ausgereicht, und so hatte Oscar früh die Kunst des Stapelns für sich entdeckt. Natürlich gab es da ganz normale Bücherstapel, auf dem Wohnzimmertisch oder neben dem Bett. Doch das eigentlich Eindrucksvolle waren jene Stapel entlang der Wände, die bis hinauf zur Decke reichten und diese, Säulen gleich, zu tragen schienen. Wie der Riese Atlas das Himmelsgewölbe. Nach welchem System man in solch einem Stapel ein Buch finden wollte? Oder, soweit dies gelingen mochte, wie man es herauszog, ohne vom Rest des getürmten Wissens erschlagen zu werden? Eines der Geheimnisse, die Onkel Oscar mit ins Grab genommen hatte. Vergeblich hingegen suchte man in Oscars Wohnung im ersten Stock der Kanzleivilla einen Fernseher. Oscar hatte niemals einen besessen und sich diesem Medium auch konsequent verweigert. Lieber hatte er Musik gehört. Unnötig zu sagen, wie er Schallplatten und CDs aufzubewahren pflegte. Dabei sei am Rande angemerkt: Diese heillos überfrachteten Räume wirkten mitnichten ungepflegt. Onkel Oscar war ein Kulturmensch gewesen, kein Messie. Die Räume wirkten lebendig, bewohnt eben, voll überbordender Lust am Menschsein, am Wissen, am Schönen. Doch wie sollte man sich einen solchen Kosmos untertan machen? Damit diese Welt sein Eigen war, wäre es notwendig gewesen, dass Paul all die Bücher las, die Bilder betrachtete, ihre Geschichte und Herkunft kennenlernte. Die Lieder und Stücke auf den Tonträgern hörte. Denn andernfalls war es bisweilen schlicht demütigend, hier zu leben. Stets konfrontiert mit dem eigenen Unwissen, der mangelnden Bildung, der fehlenden Kultur. Und nun? Was tun? Fort mit alledem? Zwischen leeren weißen Wänden ein eigenes Leben um sich errichten? In München hatte Paul immerhin auch eine hübsche Wohnung zurückgelassen. Auch ein paar gute Bücher besessen. *Die Alexanderschlacht* von Albrecht Altdorfer an der Wand. Obwohl ... hatte nicht Onkel Oscar ihm das Bild geschenkt? Allerdings hatte Sandra sich dort sehr heftig selbst verwirklicht, und es war gar nicht so viel Platz für Paul geblieben. Nun ja ... jetzt verwirklichte sie sich in seiner Wohnung ganz allein. Man würde das mit der Miete klären müssen.

Paul könnte hier dasselbe tun? Doch er wagte es nicht, etwas zu verändern. Er wollte noch ein wenig warten. In München und auch hier. Sandra hatte ihm zwei Kisten mit Kleidung und Kleinkram mit der Post geschickt, jetzt kamen Attilas vier Kartons noch hinzu. Ein Leben aus sechs Pappschachteln.

Dabei war er an diesem Ort durchaus zu Hause. Schon als Kind hatte er auf diesem Sofa gelegen, gelesen und Musik gehört, die Bilder betrachtet und vor sich hin geträumt. Es gab schlechtere Orte, die dringender der Veränderung bedurften, als diesen hier. Und er spürte Onkel Oscar auf diese Weise umso deutlicher. Kein schlechtes Gefühl. Er vermisste ihn über alle Maßen. Er hatte ihn in all den Jahren des seltsamen Exils vermisst, das Oscar ihm aufgebürdet hatte. Und jetzt, wo er ganz fort war, fühlte er sich noch mehr allein gelassen in der viel zu großen, fremden Welt. Onkel Oscar war sein mächtiger

Beschützer gewesen. Seine Lebensversicherung für alle denkbaren Unglücksfälle.

In der Wohnung über ihm rumpelte es wieder. Vorhin hatte es begonnen. Es hatte geklungen, als ob jemand ein schweres Möbelstück verschieben würde. Ganz langsam, kratzend, dumpf quiekend. Im Obergeschoss war Paul in all den Jahren nie gewesen. Manchmal hätte es sich angeboten, einmal einen Blick hineinzuwerfen, weil die Wohnung vorübergehend leer gestanden hatte. Aber Oscar hatte es ihm nicht angeboten, und Paul war es immer klar gewesen, dass es unangemessen gewesen wäre, Fragen zu stellen.

Jetzt klang es so, als wäre ein schwerer Gegenstand auf den Boden gefallen.

Die Person, die neuerdings das Dachgeschoss bewohnte, war angeblich eine gewisse »Barbara«. Nicht mehr die Allerjüngste, hatten die Damen in der Kanzlei mit seltsam verschwörerisch pikiertem Unterton verlauten lassen. Viel mehr wusste Paul bislang nicht. Nicht einmal den Nachnamen dieser Dame, geschweige denn persönliche Details oder gar belastbare Erkenntnisse über ihre Befähigung, regelmäßig und pünktlich die Monatsmiete zu bezahlen. Er würde sich auch um diese Angelegenheit beizeiten kümmern müssen.

13.

FEUCHTBLATT:

das weibliche Geschlechtsteil bei Rehen

Ein greller Lichtblitz, begleitet von einem harmonischen Dreiklang. Pauls neues Smartphone auf dem Wohnzimmertisch machte auf sich aufmerksam.

Eine Nachricht von einer unbekannten Nummer. Das war nicht allzu überraschend. Mit der Beerdigung seines alten Telefons hatte Paul die meisten seiner Kontakte verloren. Unbekannte Nummer bedeutete zumindest: nicht Sandras Nummer. Er erwiderte ihre Kontaktversuche seit dem letzten Telefonat möglichst entweder gar nicht oder mit knapp getippten Abwimmelfloskeln, und ihm war klar, dass sie ihn nun allzu bald zur Rede stellen würde.

»Sorry, dass ich störe. Wollte nur mitteilen, dass ich superfleißig war. Sie arbeiten bestimmt noch? Maja.«

Maja Rivinius! Wenn das nicht nach einem mehr als fadenscheinigen Vorwand für eine Kontaktaufnahme klang! Von der richtigen Antwort hing nun alles ab. Einerseits musste Paul ihr Spiel mitspielen. Sie tat, als wollte sie über ihren Fall sprechen. Andererseits war weder sie noch er ernsthaft an einem juristischen Diskurs interessiert. Hier ging es um etwas Tiefgründigeres. Er musste rasch die Kurve ins Private kriegen. Eloquent, cool, lässig, charmant, unwiderstehlich, in knappen Worten. Niemand mag Schwafler. Beim Nachdenken wurde ihm klar, dass er vor allem schnell reagieren sollte. Wozu es eigentlich schon zu spät war. Ewig würde sie nicht auf eine Antwort warten. Wenn sie sich erst wieder etwas anderem oder, schlimmer noch, jemand anders zugewandt hatte, war das Zeitfenster zu, die Chance vertan. Flirten unter Zeitdruck lag Paul überhaupt nicht. Das war wie Speeddating.

»Ohne Fleiß kein Preis …«

Nein. Das löschte Paul sofort wieder. Besserwisser-Spießerreime würden ihn direkt ins Aus manövrieren.

»Per aspera ad astra …« Auch Scheiße. Humanistische Schlaumeiereien würden ihn als »Nerd« brandmarken. Den bat man um Mathenachhilfe, knutschen wollte keine mit ihm.

So konnte das unmöglich weitergehen. Was würde Attila schreiben?

»Hänge auf der Couch rum. Kann ich helfen?«

Na, ging doch. Jetzt noch ein Semikolon, ein Minuszeichen und einmal »Klammer zu«, und schon zauberte das Smartphone ein zwinkerndes Grinsegesicht dazu.

»Danke. Ich mach mal Pause. Ist total psycho! Kann mir Sie gar nicht auf der Couch vorstellen. Mit Krawatte?« Ebenfalls ein Zwinkergesicht dahinter.

Das flutschte ja richtig! Damit war der dienstliche Teil bereits abgehakt. Und sie wurde richtig frech!

»Klar. Bei uns Anwälten wächst die Krawatte bereits als Kind direkt aus dem Kehlkopf. Wir legen sie nie ab.« Senden.

War das jetzt zu zynisch? Offensichtlich nicht.

»Ich wusste es! Ihr Anwälte seid genetisch total neben der Spur. Gibt es noch andere organische Auffälligkeiten?«

Meine Herren! Madame ließ ja nichts anbrennen. Das war doch ein dezent angelegtes »Du« gewesen? Und eine Steilvorlage für Unanständigkeiten!

»Wir Juristen denken gerne GROSS …«

Nein, auf keinen Fall. Viel zu plump. Löschen.

»Denken Sie nach? Hat es Ihnen die Sprache verschlagen? War nur Spaß.«

Sie war ungeduldig. Und wohl auch unsicher, ob sie zu weit gegangen war. Wie charmant.

»Was unsere berufsspezifische genetische Überlegenheit betrifft, haben wir Anwälte einen Schwur geleistet: Kein Normalsterblicher darf in das Geheimnis eingeweiht werden. Wer dagegen verstößt, verliert seine Geheimkräfte.«

Irgendwie kindisch, oder? Zu spät, schon gesendet.

»Upsi. Dann werde ich nicht weiterbohren. Ich will natürlich im Kampf gegen den Stalker meinen prachtvoll ausgestatteten Anwalt mit seinen vollen Superkräften behalten!!!« Grinsegesicht.

Da kam noch mehr …

»Ich vermute, Frau Colossa steht auch total auf Ihre Superkräfte?«

Holla! Sie checkte seinen Hintergrund …

»Sie meinen meine Mutter?« Grinsegesicht.

Wie weit konnte er gehen? Ein bisschen vielleicht noch.

»Oder meinen Sie die nackte Brünette neben mir auf der Couch – das ist nicht Frau Colossa. Wir sind nur befreundet.«

Ach, was soll's. Einer ging noch: »Oh, ich sehe gerade, dass bei meiner hübschen Freundin die Luft entweicht, dabei hatte ich sie doch extra prall aufgepustet?«

Die Sekunden vergingen. Es kam keine Erwiderung. Er war zu weit gegangen …

Lichtblitz, Dreiklang: »Ach so einer sind Sie! Sie haben wohl Angst vor echten nackten Frauen?«

Ganz unrecht hatte sie nicht. Abgesehen davon hatte man nun die Ebene der Schlüpfrigkeiten endgültig erreicht. Es war nicht allzu schwer abzusehen, wohin das führte. Wollte Paul das? Mit einer Mandantin? Einer so jungen? Die Antwort lautete: »Das Einzige, wovor ein Colossa Angst hat, ist die Angst an sich. Wenn eine Frau hier bei mir nackt ist, werde ich sie gebührend zu wärmen wissen. Die Pflicht eines Gentleman.«

Die Textbotschaften flogen nun rasch hin und her.

»Ulala! Ich dachte, die gibt es nur im Kino.«

»Stimmt. Aber wie immer gibt es Ausnahmen.«

»Mein Anwalt ist ein Ausnahme-Gentleman?«

»Seien Sie sich dessen versichert, Madame.«

»Was bin ich doch für ein Glückspilz. Sie versprechen mir also: Wenn ich nackt bei Ihnen bin, muss ich nicht frieren?«

Es ging um … nun um was schon … Sex! Jetzt wäre der Moment, noch auszusteigen aus diesem wackligen kleinen Kahn, der in einen ganz unkontrollierbaren Kanal hineintrieb. Noch konnte Paul die Sache in einen Scherz verwandeln, das Thema wechseln. Erwachsen, rational und klug handeln. Paul aber tippte lieber: »Ich habe im Lauf der Zeit einige sehr bewährte Methoden entwickelt, nackte Frauen warm zu halten.« Das wäre also der Moment der Weisheit gewesen, der jetzt unwiederbringlich vorbei war. Paul grinste breit.

14.

EINSTAND:

Rückzugsfläche für Wildtiere, die sie zum Schutz oder als Ruheraum aufsuchen

Er ging in den Turmerker hinüber. In jedem Stockwerk war das winzige Turmzimmerchen der besondere ästhetische Akzent der Etage. Allein schon wegen der bebilderten Buntglasfenster. Als Onkel Oscar die Fenster übernommen hatte, waren es nur hübsch arrangierte farbige Scherben gewesen. Irgendwann hatte er einen Künstler, ohne Zweifel ein Mandant, beauftragt, Motive zu entwerfen. Es waren immer drei hohe Fenster nebeneinander wie ein Altar. Unten in der Kanzlei zeigte das Triptychon Szenen aus dem Leben des großen römischen rechtsgelehrten Besserwissers Cicero. Hier oben in der Wohnung sah man das Lieben und Leiden von Romeo und Julia – in der Mitte der berühmte Veroneser Schmachtbalkon. Und oben? Paul hatte sich nie damit beschäftigt, was das kleine Dachfenster im dritten Stock eigentlich zeigte. Da würde er morgen einmal hinaufblicken.

Im Turmerker stand ein Tisch mit vier Stühlen. Wer dort allerdings ein Schachbrett erwartet hatte, der kannte Oscar Colossa nicht. »Schach ist ein Spiel für Leute, die sich langweilen wollen.« Auf seinem Tisch fand sich vielmehr ein einfach gestaltetes Mühlespielbrett mit goldenen und silbernen Münzen als Spielsteine. Wer von Onkel Oscar jemals hier hoch in seine Gemächer gebeten worden war, der wusste, dass es echte Münzen waren. Wertvolle. Antike mitunter. Und dass jede davon, abgesehen von ihrer Herkunft, eine ganz individuelle Geschichte zu erzählen hatte. Die Anekdoten waren mit ihrem Meister untergegangen. Niemand hatte sie jemals niedergeschrieben. Wer Onkel Oscar gekannt hatte, hatte im Übrigen nie zweimal den Fehler gemacht, sich auf eine Partie Mühle mit ihm einzulassen. Es nahm immer den gleichen Weg: Oscar erzählte beiläufig eine kleine Geschichte zu einer der Münzen, und dann schlug er einen binnen weniger Züge vernichtend. Oscar hatte behauptet, er sei niemals im Leben selbst in Mühle geschlagen worden. Sicher eine Lüge – aber eine, die man ihm gerne abgenommen hatte. Spaß machte es nicht, mit ihm zu spielen. Tricks verraten wollte er einem auch nicht. Mühle war für ihn einfach ein unterhaltsam boshaftes, kleines Unterwerfungsritual gewesen.

Seltsam. Maja antwortete nicht mehr.

Auch im Turmerker hingen Bilder. Auffällig war ein mannshohes. Typische Jugendstilornamente. Pastellfarben, viel Blau und Grün. Eine vornehm blasse, fast unbekleidete, nachdenklich den Kopf abstützende, sehr üppige Frau. Eine Nymphe vielleicht, eine herbstliche Göttin. Wie Paul wusste, barg das Bild jedoch ein tieferes Geheimnis. Es offenbarte sich, wenn man das Gemälde aufklappte. Dahinter nämlich versteckte sich Onkel Oscars kleine Hausbar. Zunächst hatte man beim Öffnen einen kleinen, reizvollen Widerstand zu überwinden. Einen starken Magneten, der die Tür verschlossen hielt. Hatte man das Bild etwa zu einem Drittel aufgeklappt, ging ein Licht an. Öffnete man es noch weiter, begann eine Spieluhr, »Claire de Lune« von Debussy zu klimpern. Onkel Oscar hatte nie geleugnet, dass er Kitsch mochte. Allerdings musste es exklusiver Kitsch sein. Jene Art, die vergessene Kindheitsträume auftaut. Es gehörte allerdings wahre Größe dazu, sich dazu zu bekennen.

Die Bar war von oben nach unten dreigeteilt. In der obersten Etage diverse Flaschen schottischen Whiskys. In der Mitte etliche weitere Klassiker aus dem Reich der Spirituosen sowie ein Satz Gläser. Die unterste Abteilung war durch eine weitere Tür verschlossen. Paul war häufiger in den Genuss gekommen, seinem Onkel beim Öffnen der Bar zuzusehen, aber die untere Tür hatte er nie bemerkt. Ein Kühlschrank vielleicht? Für Eiswürfel?

Nein, denn bei genauerem Hinsehen entpuppte sich der kleine Türknauf als Zahlenschloss.

Das Ding war ein verdammter Tresor! Paul staunte. Darauf hatte ihn keiner vorbereitet.

Tresore sprechen dieselben Nervenbahnen in unserem Kopf an wie Weihnachtspäckchen. Eine schamlose Neugier wird dabei aktiviert. Das Besondere an einem Tresor ist, dass man in ihm, anders als bei den meisten Weihnachtspaketen, Wertvolles vermutet. Und wenn Onkel Oscar das Gefühl hatte, etwas in einem Tresor verbergen zu müssen, dann mochte dessen Wert entweder außergewöhnlich hoher materieller Natur sein – oder noch höherer ideeller. Vielleicht beides? Die Spielstein-Münzen der Mühle hatten den Gegenwert eines Mittelklassewagens. Was hatte Oscar dann erst einem Tresor anvertraut?

Eine Frage, die den nächsten Tag abwarten musste, denn Paul hatte nicht die geringste Ahnung, mit welchen Zahlen er dem kleinen Drehknauf zu Leibe rücken musste. Ein paarmal probierte er wahllos herum, aber bald gab er auf. Sicher war hier Fräulein Christiane der richtige Ansprechpartner. Sie sofort zu kontaktieren wagte Paul nicht. Wollte er auch nicht. Die Stimmung war gerade so wunderbar wollüstig. Gewesen jedenfalls.

Mittlerweile war eine beachtliche Zäsur in der Konversation eingetreten. Paul hatte inzwischen keine ernsten moralischen Bedenken mehr. Diese Grenze hatten sie ohne Zweifel überschritten. Hoffentlich hatte Maja in der Zwischenzeit keinen dummen Anruf bekommen, der ihm nun die ihm gebührende Aufmerksamkeit streitig machte. Oder schlimmer noch – eine technische Panne. Warum meldete sie sich nicht mehr?

»Frieren Sie denn gerade?«

Ein Testballon. Sie sollte wissen, dass er wartete.

Paul nahm sich ein Glas, blickte über die Flaschen und entschied sich für einen Whisky, in Erinnerung an den Nachmittag mit Maja. Er schloss das Bild der herbstlichen Nymphe, die Spieluhr verstummte.

Immer noch keine Antwort.

Gerade als Paul zu schmollen begann, kam eine neue Nachricht.

»Der Spinner ist draußen. Ich kann ihn durchs Fenster sehen. Ich hab Scheißangst. Was soll ich tun? Ich ruf Papa an!«

Paul lief ein Schauer über den Körper. Wie bei einem kalten Windhauch. Er bekam richtig Gänsehaut. Er rief Maja an. Sie ging nicht dran. Sicher telefonierte sie mit ihrem Vater. Bestand Grund zur Sorge? Dass dieser Typ nachts vor ihrem Haus herumlungerte, wussten sie ja. Eigentlich eine gute Gelegenheit, ihn zu erwischen!

»Unbedingt fotografieren! Mit dem Handy!!!«, simste er ihr.

15.

KLAGEN:

Lautäußerung des Wildes bei Angst oder Schmerz

Mitten in der Nacht wurde Paul auf der Couch durch ein lautes Knirschen geweckt. Jener unschöne Klang kam, wie bereits alle anderen gewalttätigen Geräusche den ganzen Abend zuvor, aus dem Obergeschoss. Was mochte diese Barbara nur treiben? Paul hatte noch lange auf eine Nachricht von Maja gewartet, doch vermutlich hatte sie, wie angekündigt, ihren Vater alarmiert und nicht weiter an ihn gedacht. So war er in einer außerordentlich unbequemen Haltung in tiefen Schlaf gefallen, von wirren Träumen gehetzt, die nur ein Gefühl, jedoch keine Erinnerung hinterlassen hatten. Das laute Krachen hatte diesen Zustand nun gegen halb drei in der Nacht unterbrochen. Er hatte kurz etwas getrunken, die Lichter ausgemacht, sich umgezogen und war ins Bett gekrochen. Was ihn allerdings nicht davor rettete, dass der Couchschlaf sich am Morgen bitter rächte.

Als er wieder an seinem Schreibtisch saß, spürte er das erste Mal dieses Stechen oder Ziehen, vielleicht konnte man es auch als Brennen bezeichnen. Es quälte ihn vom linken Schulterblatt bis in den Nacken hinauf.

Fräulein Christiane hatte seine Missstimmung natürlich auf Anhieb bemerkt. Mehr noch: Sie war vom ersten Moment an liebevoll und fürsorglich an diesem Morgen. »Du siehst nicht aus, als hättest du eine erholsame Nacht gehabt, Paul. Magst du vielleicht lieber oben arbeiten? Ich halte dir das Telefon vom Hals, und du nimmst dir ein oder zwei Akten mit?«

Aber Paul wollte lieber an seinem Schreibtisch sitzen.

Sozusagen als Krönung ihres Wohlwollens hatte Fräulein Christiane ihm eben einen Teller mit einer zerstückelten Banane gebracht. »Das hilft immer!«

Paul hatte noch nie gehört, dass Bananen gegen irgendetwas helfen würden. Im Gegenteil: Bananen aß man, wenn man eigentlich Lust auf einen Schokoriegel verspürte, die Waage im Badezimmer oder Sandra einem jedoch bereits vor dem Frühstück ein schlechtes Gewissen eingeredet hatten. Vielleicht war es also gar nicht die Banane, die Fräulein Christiane gemeint hatte, mit »es würde immer helfen«, sondern das Darreichen einer zerkleinerten Frucht als solches! Freundliche Zwischenmenschlichkeiten zur Steigerung des Wohlbefindens?

Fräulein Christiane kündigte nun einen Anruf von Maja an. »Soll ich sie dir durchstellen?«

»Ja, danke, geben Sie sie mir.«

»Hast du deine Banane schon aufgegessen?«

Paul musste jetzt natürlich schmunzeln. »Ja, Fräulein Christiane. Es hat wirklich geholfen.«

»Fein. Ich stelle durch.«

Auf dem Display des Telefons erschien eine neue Nummer.

»Rechtsanwalt Colossa.«

»Hallo. Hier ist Maja Rivinius.«

Das wusste Paul ja eigentlich bereits. Aber so begannen Gespräche eben.

»Wie ist es Ihnen gestern Abend noch gegangen? Haben Sie Ihren Vater erreicht?«

»Er ist gleich zu mir gekommen. Aber es war schon zu spät.«

»Zu spät?«

»Der Typ war schon weg. Wenn Papa ihn erwischt hätte, wäre sicher was passiert!«

»Ja. Nun. Gut, dass nichts passiert ist. Wie geht es Ihnen heute?«

Paul und Maja Rivinius beschlossen, den Tatort gemeinsam zu besichtigen. Das ließ sich gut mit dem Elf-Uhr-Termin verbinden, weil Paul ohnehin in Nürnberg war. Man würde sich also gegen eins beim Haus treffen. Vielleicht konnte der Vater dazukommen. Man wollte dann die fertiggestellten Aufzeichnungen auch noch einmal miteinander durchgehen, sodass Paul die einstweilige Verfügung zügig auf den Weg bringen konnte. Wunderbar. Bei dem gesitteten Gespräch war es ihm unmöglich, eine Zweideutigkeit unterzubringen oder zu flirten.

16.

WAIDWUND:

das Wild hat einen Schuss ins Gescheide
(die Eingeweide) erhalten

Jetzt blieb ihm noch eine halbe Stunde, um, weiter schmerzgeplagt, den Elf-Uhr-Termin beim Amtsgericht vorzubereiten. Paul schleppte sich zu Fräulein Christiane ins Vorzimmer. »Ich brauche was gegen diese Schmerzen. Ich halte das nicht länger aus. Wenn ich weiter funktionieren soll, muss ich Medikamente nehmen. Haben wir was da?«

Fräulein Christianes Gesichtsausdruck war schwer zu deuten. »Armer Paul. Ich schicke Lilli in die Apotheke.«

Eine knappe Viertelstunde später schob sie jedoch nicht Lilian Draxler, sondern Micha mit einer silbernen Tube in der Hand durch die Adlertür. »Schmier ihm das Zeug großzügig auf den Buckel. So lange, bis es eingezogen ist. Dann wasch dir die Hände. Und fass dir bloß nicht in die Augen«, befahl Fräulein Christiane barsch.

So hatte Paul sich das nicht vorgestellt! Er überlegte, wie er, ohne allzu undiplomatisch zu wirken, gegen diese Sache protestieren konnte. Wenn Micha ein Mann war – wohin mochte das führen? Micha war denkbar ungeeignet für eine solch heikle, intime Mission entlang seines Rückens!

Dabei gab sich Micha allergrößte Mühe: »Ich creme Sie sehr gerne ein, Chef.«

»Nun, ähm, ja. Eigentlich übertreibt Fräulein Christiane. Es ist halb so schlimm. Ich wollte nur sicherheitshalber für den Abend … Ich muss jetzt auch dringend los.«

Micha zögerte und umklammerte die silberne Cremetube regelrecht. War das ein Augenklimpern gewesen? Er sah sich schon mit entblößtem Oberkörper dasitzen und Micha mit cremeverschmierten, heißen Händen an ihm herumkneten.

»Lassen Sie mir bitte die Creme einfach hier.«

Micha legte die Tube an den Rand der Schreibtischplatte. »Sagen Sie einfach Bescheid, jederzeit gerne.«

Einige Augenblicke später hörte Paul glockenhelles Lachen aus dem Vorzimmer. Fräulein Christiane und Lilian Draxler.

Zwanzig Minuten blieben Paul noch, die Akte für den Termin beim Amtsgericht zu studieren. Eine Ordnungswidrigkeit. Beschuldigt wurde eine Frau namens Adelheid Dauphin. Er blätterte durch die Akte und fand eine Gesprächsnotiz von Onkel Oscar aus dem letzten Herbst, flüchtig mit dem Füller gekritzelt. Darin der ulkige Satz: »Ball flach halten, Öffentlichkeit?« Paul googelte den Namen und staunte nicht schlecht. Sie war niemand anderes als die Ehefrau des Landtagsabgeordneten Matthias Seefelder. Scheinbar hatte sie ihren Mädchennamen behalten. Bilder zeigten sie als Hutträgerin mit Glamourtouch. Respekt. Das konnte nett werden. Paul fragte Fräulein Christiane: »Adelheid Dauphin?«

»Hast du die Akte gelesen?«

»Ich wollte gerade damit anfangen.«

»Wir möchten nicht, dass die Presse Wind von der Sache bekommt.«

»Verstehe.« Neugierig blätterte Paul weiter.

17.

ABKOMMEN:

mit einem Schuss präzise so
treffen, wie man gezielt hat

Er kam auf den allerletzten Drücker vor dem »Justizpalast« in Nürnberg an – in Wahrheit einfach ein altes Gerichtsgebäude. Keine Spur von Palast. Eines mit einer recht spektakulären Vergangenheit freilich. Hier, im Sitzungssaal 600 hatten die alliierten Richter erfahren dürfen, dass es in Nazideutschland eigentlich nur hilflose Bürokraten gegeben hatte, die ahnungslos Befehle hatten ausführen müssen. Besonders überzeugend war ihr Gejammer allerdings nicht gewesen, denn die Hälfte von Hitlers Schergen wurde gleich vor Ort aufgeknüpft, der Rest weggesperrt. Paul hatte sein Rendezvous mit der Gattin des vielleicht zukünftigen Ministers im zweiten Stock des Hauptgebäudes. So viel zur Theorie. In der Praxis fand Paul nämlich keinen Parkplatz. Der Anwaltsparkplatz war wegen Bauarbeiten geschlossen, sämtliche Nebenstraßen waren heillos zugeparkt, und zu hoffen, direkt vor dem Gericht eine freie Lücke zu finden, grenzte an religiösen Fanatismus. Er hatte noch drei Minuten. Alles, was auch nur im Entferntesten, selbst in missbräuchlichster Analogiebildung, als Parkraum interpretiert werden konnte, war belegt. Wobei … Unmittelbar gegenüber dem Haupteingang befand sich eine Reihe besonderer Parkplätze. Die eine Hälfte war Schwerbehinderten vorbehalten. Der Rest war mit dem Schild »Halteverbot – nur Dienstfahrzeuge« gekennzeichnet. Die Behindertenparkplätze waren alle zugeparkt. Von Rechtsanwälten. Nicht behinderten Rechtsanwälten. Auf den Behördenparkplätzen stand lediglich eine einsame große Limousine mit Münchner Kennzeichen, sonst alles frei. In Deutschland gilt der Hinweis »nur Dienstfahrzeuge« eben noch etwas. Sitzungssaal 600 hin oder her: Einem Behinderten den Parkplatz wegnehmen ist eine Sache. Aber einem

Offiziellen der Obrigkeit stellt sich hierzulande keiner in den Weg.

Außer einer, der sich jetzt gerade behutsam und schüchtern auf die äußerste dieser Eliteverräumflächen tastete. Dort den Motor abstellte. Sich umblickte. Verstohlen aus dem Wagen schlüpfte.

Paul hatte keine andere Wahl. Noch eine Minute bis zum Showdown. Was konnten sie schon mit ihm machen?

Das Bundesverwaltungsgericht hatte einmal entschieden, dass »Abschleppen« nur die Ultima Ratio sein dürfe, wenn alle anderen Möglichkeiten ausgeschöpft waren. Paul durchwühlte das Handschuhfach des Defender und fand schließlich ein leicht vergilbtes Opernticket. *Wozzeck* von Alban Berg. Freiwillig hatte Onkel Oscar sich das atonale Machwerk sicher nicht angetan. Man mochte ihm wünschen, dass seine Begleiterin ihn dafür gebührend belohnt hatte.

Paul kritzelte mit einem Kugelschreiber auf die Rückseite des Tickets: »Rechtsanwalt, gehbehindert. Telefonisch erreichbar unter …« Am Ende versagte der Kugelschreiber dann auch noch bei den letzten zwei Ziffern. Aber wenn die das britische Kennzeichen sahen, würden sie gar nicht erst versuchen, ihn anzurufen. Wenn sie das aber nicht vorher versucht hatten als »Ultima Ratio«, dann durften sie den Defender auch nicht abschleppen.

Rechtsanwalt sein bedeutet, wie ein ganz normaler Mensch zu denken, um dann anders zu handeln.

Heute hatte er seine Robe parat. Und auch seinen Ausweis. Er durfte ohne Kontrolle hinein.

Noch eine halbe Minute. Gegenüber der Treppe befand sich eine Toilette. Paul musste immer austreten, wenn er eine Gerichtsverhandlung vor sich hatte. Sicher eine biologische Reminiszenz an die Zeit der Mammutjäger. Bevor sie in den

Kampf Auge um Auge mit dem Giganten zogen, mussten alle kurz Pipi vor der Höhle machen. Mit voller Blase tötet es sich schlecht.

In Gerichtstoiletten stellt sich immer die Frage: Wo stellt man seine Aktentasche ab, und vor allem, wohin mit der Robe? Der Boden vor den Pissoirs und den Waschbecken ist in allen Gerichtstoiletten der Republik, ganz gleich ob morgens um acht oder nachmittags um vier, ob wilhelminischer Altbau, Siebzigerjahre-Fensterfrontenungeheuer oder kubistischer Oberflächenbunker, flächendeckend klebrig besprenkelt. Der Verdacht drängt sich auf, dass es sich dabei nicht nur um Wasser handelt. Vielleicht streiten hier Juristen über die Grenze von bedingtem Vorsatz und bewusster Fahrlässigkeit und vergessen beim wilden Gestikulieren, dass sie eigentlich die ins Porzellan eingravierte Fliege treffen sollten?

Konnten sich die Leute gerade an einem solch ehrbaren Ort nicht ein wenig mehr zusammenreißen? Immanuel Kant hatte höchstwahrscheinlich seinen kategorischen Imperativ nach dem Besuch einer Gerichtstoilette in Königsberg erdacht. Die ursprüngliche Version hatte gelautet: »Hinterlasse das Klo immer so, wie du dich selbst gern draufgesetzt hättest.« Den Rest hat er dann später dazugedichtet …

Nachdem er getan hatte, was getan werden musste, hastete Rechtsanwalt Paul Colossa die Treppen hinauf in den ersten Stock. Ein unangenehmer Geruch hing in der Luft. Es erinnerte entfernt an … Nein, jetzt identifizierte Paul die Quelle. Der fiese Dunst kam aus der Gerichtskantine unten im Keller des Gebäudes. Wie ein Kamin sogen die Treppenhäuser einen frittieröl- und kohlgeschwängerten Dampf aus der Küche hinauf in die Gerichtsflure. Gleich gab es dort unten Mittagessen. Heute war wohl Frittieröl- und Kohltag?

Sitzungssaal 151. »Guten Morgen, sind Sie Frau Dauphin?«

Die Frau starrte ihn an. Sie war also die Falsche. Paul hatte es gewusst. Im Innersten hatte er es gefühlt. Das musste ja passieren.

»Geht es Ihnen nicht gut, Herr Colossa? Sie wirken so verkrampft. Haben Sie Schmerzen?«

Glück gehabt. Sie war es doch. Natürlich. Paul irrte sich nie bei Leuten.

»Äh ja, furchtbar. Seit ich aufgewacht bin. Ich ertrage es kaum. Ich habe überlegt, eine Salbe daraufzureiben, aber …« Nun, er musste ja nicht ins Detail gehen.

»Genau wie bei Ihrem Onkel. Der hatte auch immer diese schlimmen Verspannungen. Aber das bekommen wir schon wieder hin. Drehen Sie sich doch einmal um.«

Ein Afrikaner am Fenster blickte irritiert herüber. Zwei Polizisten sprang die unverhohlene Neugier schier aus dem Gesicht. Adelheid Dauphin begann, völlig ungerührt mit kräftigen Händen an Pauls Schultern herumzuwalken. Er musste sich zusammenreißen, um nicht bereits nach wenigen Augenblicken beglückt und erleichtert zu stöhnen. Diese Frau hatte die Hände einer Göttin. Einer Massagefee.

»Haben Sie sich die Sache angesehen? Ich habe Oscar gesagt, dass ich das meinem Mann unmöglich erklären kann. Das müssen Sie abbiegen, mein lieber Paul!«

Keine bedauernden Worte zu Onkel Oscars Tod? Egal. Sie durfte ihn auch gern als ihren lieben Paul bezeichnen, wenn sie nur nicht aufhörte. Der Schmerz war praktisch verschwunden. Warme Wellen liefen durch seinen Körper und erfüllten ihn mit einem beinahe wollüstigen Kribbeln.

»Ja, natürlich …«, grunzte er mehr, als dass er sprach.

»Und – wie wollen Sie es anstellen? Möchten Sie noch mit Fabrice sprechen?«

Bevor er sie fragen konnte, wer in aller Welt Fabrice war, hatte sie dem Afrikaner am Fenster bereits energisch zugenickt. Der schlurfte schüchtern und zögerlich heran. Wie sich herausstellte, war er mitnichten Afrikaner, sondern ein französischer Militärpilot, der derzeit auf einem NATO-Stützpunkt in Bayern stationiert war. Vor allem aber war er der Kronzeuge in dem Fall.

18.

AASJÄGER:

eine Person, die die Jagd unwaidmännisch betreibt

Eine gute Viertelstunde später, im Sitzungssaal 151 des Amtsgerichts Nürnberg, befragte die Richterin am Amtsgericht Hansjakob den sechsundfünfzigjährigen Polizeiobermeister Lothar Pasiziel. Die Richterin war eine zierliche Person. Unter einem schafottartigen Pony trug sie eine gewaltige Brille.

»Sie sagen, der Motor des Wagens lief?« Sie hatte die Stimme eines kleinen Mädchens.

Der Polizist hatte seine dünnen, kastanienbraun gefärbten Haare mehr oder minder kunstvoll über seine Halbglatze drapiert. Seine Nase war etwas röter als gesund. Er nahm die Kindfrau hinter dem Richtertisch sichtlich nicht ernst. Geradezu arrogant schilderte er, wie der Streifenwagen nachts mit aufgeblendeten Scheinwerfern auf den Parkplatz gefahren war: »Die beiden Personen, also der ... dunkelhäutige Herr ... und die Dame, haben uns zunächst gar nicht bemerkt. Die haben versucht, ihr Auto aus dem Graben zu schieben. Als wir sie ansprachen, ist es dann zu einer Streiterei gekommen, dabei hat die Dame einige sehr unangemessene Vokabeln verwendet.« Es war sonnenklar, dass er genau wusste, um wen es sich bei »der Dame« handelte. Nur zu gern hätte er einige Exempel ihrer unangemessenen Vokabeln zum Besten gegeben und sich noch vertiefend zu dem »dunkelhäutigen Herrn« eingelassen. Süffisant grinsend wartete er, dass die Vorsitzende in dieser Richtung nachfragen würde.

»Wie haben Sie sich denn den beiden vorgestellt? Und warum ist es gleich zum Streit gekommen? Haben Sie ihnen nicht angeboten zu helfen?«

Jetzt machte Pasiziel einen fatalen Fehler: Er lachte laut auf und rief: »Ob wir den zwei Besoffenen geholfen haben? Soll das ein Witz sein?«

Die Richterin fixierte ihn und sprang auf. Unvermutet brüllte sie den Polizeibeamten mit sich überschlagender Stimme an: »Wenn Sie noch ein einziges Mal in meinem Sitzungssaal einen der am Verfahren Beteiligten verbal oder wie auch sonst herabwürdigen, wird das dienstliche Konsequenzen haben! Und wenn Sie noch ein einziges Mal dumm herumlachen, wenn ich Sie als Zeuge vernehme, werde ich Sie mit einem Ordnungsgeld belegen. Ich weiß nicht, wie ernst Sie Ihren Dienst nehmen. Ich kann Ihnen aber versichern, dass ich meinen Dienst verdammt ernst nehme. Und jetzt beantworten Sie meine Fragen!«

Sie setzte sich wieder hin, kratzte mit einem Bleistift winzig kleine Buchstaben auf ein Blatt Papier und wiederholte die Frage nach dem laufenden Motor.

»Ich glaube schon, dass der Motor lief.« Pasiziel nestelte nun nervös an der grünen Schirmmütze herum, die er auf dem Schoß liegen hatte.

»Es ist keine Frage des Glaubens. Lief der Motor? Oder lief er nicht? Oder wissen Sie es nicht? Und wenn Sie es nicht wissen, dann sagen Sie mir, warum Sie in Ihrem Ermittlungsbericht geschrieben haben, dass der Motor lief? Es ist nämlich entscheidend, ob hier zwei Personen an einem Auto mit laufendem oder mit abgestelltem Motor herumhantiert haben, verstehen Sie mich?« Richterin Hansjakob sah ihn gar nicht an. Sie kritzelte wieder Buchstaben.

Pasiziel war nur noch ein Schatten seiner selbst. »Also, wenn ich es in den Ermittlungsbericht geschrieben habe, dann wird es ganz sicher so gewesen sein.«

Die Richterin ließ nicht locker. »Das beantwortet meine Frage nicht. Wissen Sie hier und heute, ob der Motor an war oder aus?«

»Es ist schon eine Weile her …«

»Wenn Sie mir sagen wollen, dass Sie es nicht mehr wissen, dann tun Sie das doch einfach.«

Pasiziel wäre offensichtlich gerne aufgestanden und davongelaufen.

»Ja … also, ganz genau weiß ich es nicht mehr.«

»Aber ungenau wissen Sie es schon noch?«

»Äh, nein.«

Paul war fasziniert. Fasziniert in der Art, wie Menschen in düsteren Zeiten es vielleicht bei einer öffentlichen Hinrichtung gewesen sein mochten.

Von der Richterin kam nur noch ein »Mhhh«. Sie kritzelte wieder. Die Stimmung im Sitzungssaal war eisig.

»Wie kamen Sie auf den Gedanken, dass Frau Dauphin alkoholisiert das Fahrzeug geführt hat, von dem Sie nicht einmal mehr wissen, ob der Motor gelaufen ist?«

»Das hat man gemerkt. Man hat es … ähm … gerochen und auch, weil sich die Dame so stark echauffiert hat …«

»Wann haben Sie die Frau über ihre Rechte belehrt?«, legte die Richterin den Finger in die nächste Wunde.

»Belehrt? Ja also … später im Büro auf alle Fälle einmal …«

»Und auf dem Parkplatz?«

Der Polizist rutschte unruhig auf seinem Stuhl hin und her. Man musste sich um seine Dienstmütze langsam Sorgen machen. Außerdem hatte er sich eine seiner gefärbten Haarsträhnen von der Glatze gewischt, die jetzt verloren zur Seite wegstand wie ein abgeknickter Schiffsmast nach einem Sturm.

»Frau Richterin, die Uhrzeit weiß ich nicht mehr so genau …«

»Die Uhrzeit ist mir nicht wichtig. Wann im Verlauf des Gesprächs haben Sie sie belehrt?«

Wenn die Frau so weitermachte, würde sie Pauls Job als Verteidiger gleich mit erledigen!

»Also, die hat da herumgeschrien, und da habe ich ihr gesagt, dass sie das noch bereuen wird. Ich meine, so etwas würden Sie sich auch nicht gefallen lassen, in dem Ton, oder? Ich bin dann natürlich auch deutlich geworden …«

Die kleine Hansjakob bohrte unerbittlich weiter: »Sie haben sie also nicht gleich am Anfang belehrt, als Sie gemerkt haben, dass da möglicherweise eine Trunkenheitsfahrt im Raum steht, sondern Sie haben sich lieber herumgestritten, verstehe ich das richtig?«

Der Beamte stammelte nur noch: »Ja … wir mussten uns ja erst … einmal ein Bild verschaffen! Ich … komme ja nicht zu einem Unfall dazu und dann belehre ich gleich jeden dort …«

Die Richterin lehnte sich zurück und legte den Bleistift auf ihr Pult. O weh.

»Wie ich das verstehe, haben Sie diese Frau bewusst in einen eskalativen Streit verwickelt, um eine Aussage zur Fahrereigenschaft zu provozieren. Sie haben absichtlich auf eine Belehrung über ihre Rechte verzichtet! Eine Atemalkoholmessung haben Sie nicht vor Ort, sondern erst später auf dem Revier durchgeführt, und abgesehen davon haben Sie selbst die betroffenen Personen nie am Steuer des Fahrzeugs, sondern lediglich außerhalb beobachtet. Und dabei war der Motor aus, richtig so weit?«

Paul hatte für einen Sekundenbruchteil das Bedürfnis, den armen alten Pasiziel in den Arm zu nehmen. Ihn zu beschützen und zu kämmen.

Der Polizist starrte nur verblüfft. »Ja, also … ich weiß nicht ganz genau …«

»Und dann haben Sie das auch noch falsch in Ihrem Bericht niedergelegt. Bewusst falsch! Ich werde in Erwägung ziehen, ob diese Angelegenheit für Sie noch dienstliche Konsequenzen hat.«

Pasiziel schloss die Augen und ließ den Kopf auf die Brust sinken.

Paul hatte das Spektakel die ganze Zeit über mit wahrhaft größtem Erstaunen beobachtet. Es gibt so einen unausgesprochenen Justizgrundsatz, nach dem Polizeibeamten im Zeugenstand immer alles geglaubt wird. Entweder hatte diese Richterin noch nichts davon gehört, oder unausgesprochene Justizgrundsätze waren ihr egal – was bei einer Richterin allerdings Anlass zur Sorge gab. Paul flüsterte seiner Mandantin zu: »Die Sache läuft glänzend.« Nun war er mit Fragen dran und widmete sich den Resten von Pasiziel. Er tat ihm beinahe leid. Das war ja fast wie Leichenfleddern.

»Herr … Polizeiobermeister … Pasiziel …« Paul setzte die Worte ruhig, aber bestimmt. »Was Sie da abgeliefert haben, ist, nun sagen wir einmal … eine sagenhaft schlampige, eine regelrecht unverschämte Ermittlungsarbeit. Eine richtige Sauerei, wie man in Bayern sagt. Sie haben uns hier eine frei erfundene Geschichte aufgetischt, obwohl Sie überhaupt nichts in der Hand haben. Hätten Sie Ihren Job ordentlich erledigt, wäre diese ganze Veranstaltung hier, diese Farce, nicht notwendig. Sie würden nicht die Zeit meiner Mandantin, nicht meine Zeit und nicht die Zeit der Frau Vorsitzenden stehlen. Von den Steuergeldern, die diese Zeitverschwendung kostet, will ich gar nicht reden.«

Beifall heischend blickte Paul hinauf zur Richterin. Gerade als er weitersprechen wollte, unterbrach sie ihn.

»Herr Verteidiger …«

Wie sie das betonte, klang »Verteidiger« nach einem abstoßenden, einem kriechenden Lebewesen aus der untersten Schublade der Evolution.

»Sie dürfen den Zeugen gerne befragen. Wenn Sie eine Rechtsmeinung äußern wollen, können Sie dies gerne im Anschluss an die Beweiserhebung tun. Ihre private Ansicht interessiert hier niemanden.«

Paul verschlug es die Sprache, und bevor er etwas erwidern konnte, brüllte sie mit fiepender Keifstimme: »Wenn Sie hier in meiner Verhandlung aber glauben, Sie könnten ungestraft Polizeibeamte im Dienst beleidigen, dann sind Sie falsch gewickelt!« Und in normaler Saallautstärke fügte sie giftig hinzu: »Haben wir uns verstanden?«

Welch eine Furcht einflößende kleine Person. Woher diese Abgründigkeit? War sie im Kindergarten immer gehänselt worden, und hatte sie sich zum Ziel gesetzt, sich eines Tages bitter bei allen dafür zu rächen? Dann führte sie jetzt mit Justitias Schwert die geeignete Waffe.

Natürlich hätte Paul einen Befangenheitsantrag gegen die Richterin abschießen können. Aber womit wollte er den begründen? Damit, dass sie ihn offenkundig hasste? Na und? Diese Harpyie hasste eben alle Menschen. Also schluckte er seine Eitelkeit hinunter und brachte den ohnehin schon gewonnenen Prozess wie ein großer Junge zu Ende.

Um exakt fünfundfünfzig Minuten nach elf Uhr erhoben sich alle Anwesenden im Sitzungssaal zu den Worten: »Im Namen des Volkes ergeht folgendes Urteil ...« Dann wurde Frau Dauphin freigesprochen, die Verfahrenskosten einschließlich Pauls Honorar übernahm die Staatskasse, und das Geheimnis der Nacht auf dem Parkplatz blieb für alle Zukunft unaufgeklärt.

Als sie wieder draußen auf dem Gang standen, war Paul heftig hin- und hergerissen, wie er sich nun der Mandantin gegenüber verhalten sollte. Einerseits hatte er das angestrebte Ziel mehr als erreicht. Ein Freispruch erster Klasse! Ein Anlass, sich gebührend feiern zu lassen. Andererseits aber musste man schon atemberaubend begriffsstutzig sein, wenn man tatsächlich glauben wollte, Paul hätte hier irgendetwas gerissen. Dieser Prozess hatte sich ganz von selbst gewonnen. Wäre Paul nicht anwesend gewesen, wäre es auch nicht anders gelaufen. So gesehen also eher ein Anlass, sich rasch zu verdrücken. Dieser unausgeglichene Zustand wirkte sich nicht nur auf Pauls Psyche, sondern auch auf seinen Rücken nicht positiv aus. Vorbei war der Zauber der magischen Berührung von eben. Da war es wieder, jenes infernalische Stechen, das nun sogar so heftig wurde, dass Paul das Gefühl hatte, ja, dass der Schmerz ihm Schluckbeschwerden bereitete. Im Körper hängt eben alles zusammen. So stand Paul also vor seiner Mandantin und ihrem Begleiter, die ihn beide erwartungsfroh anblickten, und anstatt etwas dem Anlass Angemessenes zu sagen, versuchte Paul, wieder und wieder zu schlucken – was von Mal zu Mal weniger erfolgreich gelang.

Schließlich ergriff Frau Dauphin die Initiative: »Na, das lief ja ganz gut, oder?«

Paul antwortete mit vom zwanghaften Schlucken extrem angerauter Stimme: »Ja.«

»Und wie geht es jetzt weiter?«

Paul war sich ganz sicher, dass er kein Interesse an einer weiteren Konversation hatte. Er dachte eher an … ein Krankenhaus?

»Na dann«, löste die Mandantin, nicht ohne einen Hauch von Gereiztheit, die Situation auf. Sie stöberte energisch in ihrer Handtasche, zog eine Visitenkarte heraus und drückte sie Paul in die Hand. »Kommen Sie mal bei mir in der Praxis vorbei. Das mit dem Rücken scheint mir eine psychosomatische Geschichte zu sein.« Dann blickte sie ihren Begleiter auffordernd an, der nickte Paul schüchtern zu, und die beiden zogen von dannen.

19.

EINFAHREN:

ein Höhlen bewohnendes Wild
kriecht in seinen Bau

Maja Rivinius residierte in einer Siedlung, die in den 1970er-Jahren vermutlich einmal wegweisend chic gewesen sein mochte. Heute waren die weißen Flachdachbungalows, umgeben von meterhohen und scharfkantig glattrasierten Thujabollwerken in düsterem Grün, nur noch ein Denkmal der Spießigkeit. Zwischen den Häusern gab es kleine Wege, die dank der hohen Hecken eine tunnelartige Beklemmung vermittelten. Links und rechts alle paar Meter eine Gartenpforte. Ab und an der seltene Blick in ein eingewachsenes Vorstadtidyll mit kugelförmig beschnittenen Obstbäumen, in dem ein Rentner die ersten frühlingshaften Triebe im Gehölz mit der Gartenschere übereifrig kastrierte.

Inmitten dieses dahinsterbenden Mahnmals der umgekehrten Bevölkerungspyramide wurde also ein junges Mädchen von seinem Stalker belagert. Paul war etwas zu früh dran, obwohl er in der Nähe des Gerichts noch einen Döner gegessen hatte – »Mit allem« oder doch vorsichtshalber lieber ohne Zwiebeln – und obwohl er sogar noch eine halbe Stunde im Defender hatte schlafen können. Was wiederum ein Fehler gewesen war, denn danach konnte er den linken Arm vor lauter Schmerzen überhaupt nicht mehr bewegen. Wenn es am Ende gar keine Verspannung war, sondern etwas wesentlich Dramatischeres? Schulterkrebs? Doch er hatte in dem ganzen Unglück auch ein Quäntchen Glück abbekommen, denn weil er zu früh kam, traf er Maja allein zu Hause an. Zwar telefonierte sie sogleich mit ihrem Vater, doch der kündigte sein Eintreffen mit einer Vorlaufzeit von nicht weniger als fünfzehn Minuten an. Fünfzehn Minuten allein mit Maja.

Heute zeigte sie ihr Haar offen, was äußerst sinnlich wirkte.

Sie trug einen sehr engen gelben Rock über einer blickdichten schwarzen Strumpfhose und einen gnadenlos über den Brüsten spannenden schwarzen Rollkragenpullover.

»Espresso?«

Durch einen kleinen Flur mit Garderobe waren sie in das große, helle Wohnzimmer eingetreten. Eine zimmerhohe Panoramascheibe blickte in den thujagrünen Garten hinaus, darin ein trostloser Tümpel mit verrotteter Vegetation, der zu geeigneter Jahreszeit ein hübscher Teich sein mochte ... Vielleicht mit einer beleuchteten Fontäne in der Mitte? Offen zum Wohnzimmer eine geräumige Küche, abgetrennt nur durch eine breite Theke mit zwei Barhockern. Der Raum war strahlend weiß, so wie alles in dem Haus. Weiß, öde und leer. Paul, verwöhnt vom Horror Vacui seines Onkels, fühlte sich inmitten des grellen Weiß wie ein mit Nadeln auf einen Objektträger eines Mikroskops gestecktes Insekt im Biologieunterricht.

Zwischen Majas Beinen wuselte der weiße Plüschköter herum.

»Oh! Ja, gerne, mit viel Zucker bitte.«

Es war fraglos Absicht, dass der Raum so steril wirkte. Umso stärker musste einem das glänzend rote Ledersofa, der glänzend rot lackierte kleine Tisch davor, die glänzend roten Hocker und der rot-weiß gemusterte Teppich, dazu das rote Regal voller weißer Bücher auffallen, ein paar rote dazwischen. Vor allem aber das wandfüllende, raffiniert angestrahlte rote Bild mit den weißen Farbspritzern. Originell? Ein weißer Raum voller roter Akzente. Elend elegant. Ungemütlich vor allem. Doch was wollte man von einem reichen Kind erwarten, das sein eigenes Haus einrichten sollte? Welche andere Wahl hatte sie gehabt, als einen Innenarchitekten damit zu beauftragen, es extravagant zu gestalten?

Sie setzten sich nebeneinander auf die zwei Hocker an der Küchentheke.

»Ich würde gerne einmal um das Haus gehen und mir ansehen, wo der Stalker sich nachts so herumtreibt.«

»Klar! Er hat ziemlich viele Spuren hinterlassen. Widerlich!« Der reine, gesunde Hass sprang ihr aus dem Gesicht. »Haben Sie solche Sachen öfter? Stalker meine ich?«

»Nein, eigentlich nicht. Ich kenne das nur aus dem Fernsehen. Ich dachte eigentlich, das passiert nur Prominenten.« Es war nicht klug von Paul, sich so bloßzustellen, aber er wollte Maja lieber nicht belügen.

»Ja, das denken alle. Aber einem Mädchen aus meiner Schule ist es auch passiert. Der Vater ihrer Freundin. Können Sie sich das vorstellen? Der Typ war verheiratet, hatte zwei Töchter und war richtig, richtig alt!«

Paul sagte nichts.

Zum einen fiel ihm nichts wirklich Passendes ein. Außerdem ertappte er sich bei einem Anflug von Mitleid für diesen alten Sack. Der hatte sich vermutlich in einer Art und Weise zum Narren gemacht, die er nie wieder würde geraderücken können. Vielleicht hatte er durch seine Albernheit alles verloren, was er ein Leben lang aufgebaut hatte? Solche Affären konnten sich nur Rockstars leisten, keine ganz normalen alten Männer. Paul wollte gar nicht mehr über die Geschichte erfahren.

Zudem besorgte ihn die Aussage »richtig, richtig alt«. Die Entfernung dieses Mädchens zu »richtig alt« und Pauls Abstand dazu waren doch unterschiedlich. Weil alt eben relativ ist. So gesehen war selbst er relativ alt. Zu alt, um schon wieder auf den engen Pulli der jungen Frau zu starren, schlürfend über den Rand der Kaffeetasse? Aber sie signalisierte durchaus nicht, dass es sie störte.

»Hatten Sie auch mal einen Stalker?«

Paul musste sofort an Sandra denken. Sie hatte am Vorabend schon wieder angerufen. Zweimal. Einmal in der Kanzlei, einmal auf dem Handy. Und als er an Sandra dachte, begann auch der Rücken gleich wieder schmerzhaft zu ziehen, und es war, als krümmte sich Pauls ganzer Körper ein winziges bisschen zusammen auf dem Barhocker wie eine Feder.

»Ich glaube, Männer sind da eher auf der sicheren Seite, solange sie nicht berühmt sind.«

Maja lachte. »Vielleicht werden Sie ja noch berühmt!«

Paul hörte, wie sich ein Schlüssel an der Haustür zu schaffen machte, die Tür öffnete sich, schloss sich wieder. Schritte. Dann trat ein hochgewachsener, schlanker Mann Ende fünfzig ein. Graues, elegant geschnittenes Haar. Eine randlose Brille. Dunkler Anzug, knielanger Mantel, rote Krawatte. Eine herrische, den Raum sofort ergreifende Gestalt. In dem freundlichen, blassen Gesicht, in den wässrigen, graublauen Augen konnte man keine Regung ablesen, die einem diesen Menschen erklärt hätte. Das musste Victor Rivinius sein. Einen russischen Maschinenhändler aus Kaliningrad hatte Paul sich anders vorgestellt. Nicht konkret anders, allgemein anders eher. Grobschlächtiger, kumpelhafter, nicht so feingliedrig. Victor Rivinius war weniger der Typ Russenmafia als das Format Schachgroßmeister.

»Guten Tag, Herr Colossa!« Seine Stimme war leise und ungewöhnlich hoch, beinahe weiblich. Er sprach mit ganz leichtem Akzent. »Ihr Onkel fehlt uns allen sehr. Dennoch sind wir froh, dass wir nun Sie haben. Maja hat Sie bereits begrüßt?« Er ging zu seiner Tochter hinüber und küsste sie auf die Stirn. »Wollen wir gemeinsam nach draußen gehen und es uns ansehen?«

Paul leerte seine Tasse in einem Zug, und dann standen sie auch schon auf der Treppe vor der Haustür. Draußen wartete, wie Paul überrascht feststellte, ein junger Kerl im schwarzen Anzug und hatte offensichtlich die ganze Zeit schon da gewartet. Paul hatte ihn beim Kommen nicht bemerkt. Kurz rasierte Stoppelfrisur, ein etwas trübseliger Blick aus braunen Augen.

Die Nase war auffallend breit. Asiatische Züge. Recht dünn insgesamt und sehr jung. Er sagte kein Wort, als die kleine Gruppe aus dem Haus kam.

»Das ist Grischa«, bemerkte Victor Rivinius beiläufig und gleichgültig. »Mein Fahrer.«

Paul fand diesen Jungen sehr bemerkenswert. Der hatte etwas in seinen Zügen, das einen auf Anhieb ansprach. So eine unerschütterliche Grundnettigkeit. Umso mehr erschrak er darüber, wie unsichtbar der Knabe für Maja und ihren Vater zu sein schien. Die ganze Zeit über hielt er schüchtern Abstand, sagte niemals ein Wort.

Victor Rivinius begann mit seiner »Führung«, indem er sich auf die untersten der drei Marmorstufen, die zur Haustüre hinaufführten, kniete und auf eine einzelne Zigarettenkippe zeigte.

»Hier stand er«, kommentierte er den Fund. Paul wusste nicht, was Vater und Tochter Rivinius jetzt von ihm erwarteten. Er hatte sich die Sache ein wenig spektakulärer vorgestellt. Auch der Postbote konnte die Kippe hinterlassen haben.

Maja sah auf den knienden Vater, blickte zu Paul hinüber und in den grauen Nachmittagshimmel hinauf, wo gerade die Wolken aufgerissen waren und einen Fleck strahlendes Hellblau preisgaben. »Schöne Luft heute«, bemerkte sie, als wäre sie ganz woanders.

Schöne Luft? Nach den frühlingshaften Tagen war es heute plötzlich wieder eisig geworden. Abgesehen davon: Wie konnte Luft schön sein? Maja Rivinius war schön. Ein Schmetterling ist schön – außer diese mottenhaften. Ein Sonnenuntergang ist schön. »Schön« ist etwas, das man beglückt ansehen kann. Nicht nur ansehen. Ein »schöner Tag« zum Beispiel, den macht nicht allein sein Äußeres dazu, blauer Himmel, sanfte Brise. Das hat man nach einem Nuklearangriff auch. Gute Stimmung, heiteres Lachen und Unbeschwertheit gehören freilich dazu. Eine

»schöne Seele«. Gesehen hat so eine auch noch keiner. Genauso wenig wie eine »schöne Idee« – bestenfalls deren Umsetzung, beispielsweise durch Leonardo da Vinci oder Antoni Gaudí. Und so verhält es sich natürlich auch mit einer »guten Idee«. Deren Güte kann man genauso wenig sehen. Abgesehen davon ist natürlich nicht jede gute Idee automatisch auch eine schöne Idee. Mochte es sein, wie es wollte: Paul fand die Luft jedenfalls nicht schön.

»Wir haben alle liegen lassen«, riss Victor Rivinius Paul aus seinen Gedanken.

»Alle?«

»Ja, es gibt viele. Diese hier haben wir zuletzt gefunden. Kommen Sie mit mir!«

Die kleine Expedition zog weiter, auf die andere Seite des Hauses, zum Gartenteich und dem Panoramafenster. Grischa in einigen Metern Abstand hinterher, der kleine weiße Hund hingegen hüpfte um Majas Beine herum. Es gab da ein eisernes Tor, durch das man in den Garten hineinblicken konnte. Es wurde offenbar nie genutzt, dornröschenhaft rankte sich kahles Rosengeäst durch das Gitter.

Victor Rivinius und seine Tochter bewegten sich ganz vorsichtig vor dem Tor, als wollten sie vermeiden, auf Glasscherben zu treten. Als Paul zu Boden blickte, erkannte er die Ursache. Auch hier lagen Zigarettenkippen. Es mussten Dutzende sein.

»Einunddreißig«, flüsterte Maja ungefragt, als sie Pauls Blick über den Boden wandern sah.

Paul überlegte: »Wenn eine Zigarette ungefähr drei Minuten lang brennt … und vielleicht hat er ja nicht gleich eine an der anderen angezündet …«

Jetzt sah Paul im Gesicht von Victor Rivinius das erste Mal eine emotionale Regung. Es war der Ausdruck absoluter Überraschung. So mochte Cäsar geblickt haben, als ihm sein Ziehsohn die Klinge in den Leib rammte. Als wäre das angesichts der Freunde, mit denen Brutus sich in letzter Zeit umgeben hatte, für den alten Legionenlenker nicht absehbar gewesen!

»Dann stand er hier mehr als zwei Stunden!« Victor Rivinius war entsetzt. Er flüsterte, als wäre der Geist des Stalkers noch zugegen. Offenbar erkannte er erst jetzt die eigentliche, die innere Dimension des Häufchens.

Ja, natürlich! Auch du, mein Sohn Brutus! Und wo sonst, wenn nicht an diesem perfekten Ort mit Logenblick ins Wohnzimmer des Opfers, sollte sich der zudringliche Bewunderer bei seinen Besuchen aufhalten? Und warum nicht zwei Stunden lang, wo ihn hier doch wirklich niemand auch nur im Geringsten gestört hatte?

Paul drehte sich zu Maja um, und auch sie verarbeitete offensichtlich noch schreckensstarr die Erkenntnis, wie lange der Exfreund letzte Nacht hier der Vergangenheit nachgetrauert haben musste.

»Verdunkeln Sie die Wohnzimmerfenster nachts?«

»Nein. Das geht gar nicht. Es gibt keine Rollos und auch keine Vorhänge. Er sieht so schön aus, der Garten bei Nacht. Der Teich ist im Sommer beleuchtet. Und die Hecke bietet ja eigentlich Sichtschutz.«

Dass die Hecke eben nur »eigentlich« Sichtschutz bot und dass uneigentlich Spanner bequem durch die Gartentür glotzen konnten, musste er jetzt nicht mehr ausdrücklich erwähnen.

»Das ist aber noch nicht alles, Herr Rechtsanwalt.« Victor Rivinius hatte sich wieder gefasst. »Sehen Sie das da?« Er zeigte durch die Gitter der Tür in den Garten. Im Gras konnte Paul ein kleines Ding erkennen, ein zerknülltes rosafarbenes Etwas. Einen Sekundenbruchteil dachte er an einen geplatzten Luftballon – bis es nunmehr an ihm war, einen schockartigen Moment überwältigender Logik zu erfahren: Natürlich war das da kein

Luftballon. Wie naiv. Es war ein Kondom. Und soweit man von hier aus erkennen konnte, befand sich eine milchige Flüssigkeit darin. Ekel stieg in Paul hoch.

Er umklammerte die kalten Eisenstäbe wie ein nach Befreiung strebender Häftling und glotzte auf die widerliche kleine Latexlarve.

»Was haben Sie gestern Abend gemacht, während …« Er konnte das unmöglich aussprechen, und dafür war Maja sichtlich dankbar.

»Ich war im Internet. Ich saß auf meiner Couch und habe mir Musik angehört. Und nebenbei habe ich … ähm … gechattet …« Maja blickte Paul durchdringend an. Natürlich. So fügte es sich ineinander. Jetzt war die Sache nicht mehr abstrakt. Jetzt war Paul ein Teil davon geworden. Während er mit Maja neckische Wortspielereien ausgetauscht hatte, hatte ein Perverser zugesehen und sich einen runtergeholt. Paul fühlte sich besudelt. Wieder blickte er zu dem Kondom. Aus einigem Abstand reckte nun auch Grischa den Hals und versuchte zu sehen, worauf alle da blickten.

»Aber warum mit Kondom … ?« Maja blickte in den Garten, als könnte der kleine rosa Schandfleck ihre Frage selbst beantworten.

»Damit du genau weißt, was er getan hat«, beantwortete Rivinius die Frage seiner Tochter.

»Zumindest haben wir jetzt etwas Handfestes. Zigaretten sind das eine, aber das hier, da kommt kein Richter dran vorbei. Und so abartig es auch ist: Eine bessere Möglichkeit, einen DNA-Abgleich zu machen, werden wir nicht bekommen. Wir könnten auch ein paar von den Zigarettenstummeln verwenden. Da müsste man Speichel nachweisen können am Filter.« Paul flüchtete sich in Sachthemen.

»Aber wir können nur die Zigaretten mit dem Präservativ

vergleichen«, gab Victor Rivinius skeptisch zu bedenken. »Dann wissen wir, dass der Raucher und der ... also dass es derselbe ist. Aber wir wissen noch nicht, dass es Pius war.«

Das hatte Paul nicht bedacht. Aber so schwer konnte das doch nicht sein? Maja hatte Jahre mit dem Kerl verbracht. Es musste irgendwelche genetischen Fingerabdrücke aus dem einst gemeinsamen Leben geben. Ein altes Kleidungsstück, Haare an einer Bürste? Paul ging alle Möglichkeiten mit ihr durch.

»Nein, wirklich nicht. Ich habe mich so furchtbar vor ihm geekelt, als er damit angefangen hat, mir nachzuheulen. Da habe ich sofort alles weggetan.«

Paul dachte intensiv nach. Wo hinterließ ein Mensch im Zusammenleben Spuren? Wonach suchten die Spezialisten nach einem Kapitalverbrechen? Hautschuppen bleiben immer übrig – aber wie wollte man nachweisen, von wem sie stammten? Fingerabdrücke gab es sicher auch. Aber da war kaum DNA dran.

»Hat er Ihnen nicht mal einen Brief geschrieben oder eine Postkarte?«

Maja zögerte kurz.

»Majenka – mir habt ihr eine Karte aus der Schweiz geschrieben!«, erinnerte sich Rivinius.

»Wer hat die Karte geschrieben? Er oder Sie?«

»Ich«, antwortete Maja bedauerlich spontan. »Da sind sicher keine Spuren von ihm dran.«

Paul wollte noch nicht aufgeben. »Und wer hat die Briefmarke draufgeklebt?«

Gemeinsam entschieden sie, dass eine gewisse Wahrscheinlichkeit bestand, dass Pius Brendel damals mehrere Postkarten, die Maja beim Schokoladetrinken im Hotelrestaurant geschrieben hatte, zum Versenden bei der Rezeption abgeliefert hatte und dass es durchaus zutreffen mochte, dass er dort die Briefmarken aufgeklebt hatte und dass es nicht auszuschließen war, dass er dazu, in bewährter Manier, die Briefmarken mit der Zunge abgeleckt hatte. Dann konnte man die Briefmarke mit dem Kondom und den Kippen vergleichen.

»Haben Sie vielleicht Gefrierbeutel im Haus? Und ein paar Einmalhandschuhe?«

Maja zögerte erkennbar, trottete dann aber nachdenklich davon, während Paul mit Victor Rivinius zurückblieb. Grischa blickte kurz Maja nach, dann zu Victor Rivinius wie ein Wachhund, der in einen Zielkonflikt geraten war, konnte sich dann jedoch nicht entscheiden und blieb hilflos stehen.

»Ich habe nie verstanden, was meine Tochter für diesen Mann empfindet«, merkte Rivinius vertraulich an, als Maja außer Hörweite war. »Ich versichere Ihnen, ich bin kein gewalttätiger Mensch. Aber wenn ich erfahre, dass der Mann tot ist, habe ich kein Problem damit.«

Natürlich. Letzten Endes war er eben doch ein russischer Geschäftsmann. Allerdings, um bei der Wahrheit zu bleiben: Wenn Paul erfahren hätte, dass der Mann tot sei, hätte auch er kein besonderes Problem damit gehabt.

20.

ABLIEBELN:

einen Jagdhund für gute Arbeit
loben und streicheln

Bei seiner Rückkehr am späten Nachmittag fand Paul die Meute in gehobener Stimmung vor. Fräulein Christiane, Lilian Draxler und Micha standen um den Empfangstresen und lachten ausgelassen, als er durch die Tür kam. Kein Zeichen autoritätsbedingten Stimmungswechsels durch das Auftauchen des »Chefs« war spürbar. Aber damit rechnete Paul ohnehin schon länger nicht mehr.

»Und, wie ist es gelaufen?«, erkundigte sich Fräulein Christiane, die immer noch lachte.

»Der Stalker hat ein Kondom voll mit Sperma in den Garten von Maja Rivinius geworfen«, verkündete Paul.

Mehrstimmige Bekundungen des Ekels und der Entrüstung in den Lauten »Ähhh« und »Bahhh«, dann tadelnd Fräulein Christiane: »Paul, du Ferkel, wie kannst du uns ohne Vorwarnung solche Geschichten zumuten! Ich meinte eigentlich, wie du die Sache mit der Frau Landtagsabgeordneten hinbekommen hast.«

Ach, darauf war sie aus. Nun gut. Das waren jene ganz großen Momente, die man nicht allzu oft erleben durfte. Paul hätte es jetzt gerne noch kurz mit einem Pokerface versucht, doch er konnte nicht verhindern, dass sich ein breites Grinsen auf seinem Gesicht breitmachte.

Alle blickten ihn gebannt an, und er ließ, unnötig freilich, doch dramaturgisch passend, noch einige Sekunden verstreichen.

»Freispruch erster Klasse«, brach es dann aus ihm heraus.

»Jawoll! Mein Prachtjunge!«, jubelte Fräulein Christiane und klatschte mit der flachen Hand auf den Tresen. Kein Wunder. An diesem Mandat hing mehr als das mickrige Honorar einer kleinen Strafsache. Es war um den guten Ruf des Ladens gegangen. Um Oscars Erbe. Um die Frage, ob der junge Colossa es genauso draufhatte wie der alte Haudegen. Und die Antwort würde Frau Dauphin brühwarm jeder ihrer Patientinnen, jedem ihrer leidgeplagten Verehrer sanft zwischen die Schulterblätter kneten. Schade eigentlich, dass sie nicht auch ihrem einflussreichen Gatten beim Abendbrot einflüstern durfte, wie der junge Colossa sie und ihren Liebhaber rausgehauen hatte. Aber es lag in der Natur der Sache, dass gerade dieser besonders geeignete Multiplikator niemals von der Ruhmestat erfahren durfte.

Paul verzichtete darauf, die gute Stimmung mit den echten Details aus dem erfolgreichen Feldzug zu schmälern. Manche Anekdoten müssen an der Luft trocknen, bis man sie, hauchdünn geschnitten, mit Genuss verkosten kann. Wie italienischer Schinken. Oder wie im Sport: Niemand fragt später, wer am albernsten ausgesehen hat, als er dem Ball hinterherhüpfte – Hauptsache, es wurden Millionen aufs Konto überwiesen. In Pauls Fall nicht ganz sechsstellig, nur knapp siebenhundert. Doch auch ihm war längst klar, dass es hier nicht um Geld gegangen war.

Fräulein Christiane hatte inzwischen eine Flasche Sekt aus dem Kühlschrank der Kanzleiküche hervorgezaubert. Sie füllte vier Gläser, und gemeinsam schwelgten sie in Erinnerungen.

»Dr. Colossa hat immer gesagt: Wozu brauche ich das Gesetz zur Rechtsfindung. Ich weiß auch so, wo rechts ist«, erinnerte sich Micha lachend, als sie miteinander anstießen.

Mit einer Lesebrille, weit auf die Nase geschoben, blickte Onkel Oscar abwesend über sie alle hinweg. Paul fiel jetzt erst auf, dass Fräulein Christiane ein großes Schwarz-Weiß-Bild des Kanzleigründers hinter dem Tresen aufgehängt hatte. Die typischen dicken Tränensäcke, Lachfalten im ganzen Gesicht. Auf dem Foto brannte eine Kerze, die das markante Antlitz pointiert ausleuchtete. Oscar trug ein Hemd, den obersten Knopf gelöst, die Krawatte gelockert. Ja, genau so hatte er ausgesehen. Dick geworden war er in den letzten Jahren. Obwohl er eigentlich sowieso nie schlank gewesen war. Wie rot das Gesicht war, sah man gnädigerweise auf dem Schwarz-Weiß-Bild nicht. Seine weißen Locken waren am Bildrand abgeschnitten.

Alle schauten jetzt zu Oscar auf, und es wurde leise.

21.

STRECKE:

die Gesamtheit aller getöteten
Tiere bei einer Jagd

Draußen vor dem Buntglasfenster war es dunkel geworden. Paul saß wieder an seinem Schreibtisch und blickte mürrisch auf zwei Stapel mit Akten, die er zu seiner Linken und zu seiner Rechten aufgetürmt hatte. Ursprünglich war es nur ein einzelner Stapel gewesen, den Fräulein Christiane für ihn errichtet hatte. Doch der glich eher einer Säule und war so instabil, dass ein Abrutsch, eine Aktenmuräne sozusagen, gedroht hatte. Daher also die Zweiteilung, mit der Paul allerdings durchaus unglücklich war. Zwei Stapel wirken, psychologisch gesehen, doppelt so arbeitsintensiv wie ein Stapel. Mürrisch stierte Paul durch die breite Lücke, die er sich zwischen den Dokumententürmen geschaffen hatte.

Nun gab es verschiedene Möglichkeiten, an die Angelegenheit heranzugehen. Naheliegend wäre gewesen, einfach oben anzufangen und sich nach unten durchzulesen. Aber das erschien Rechtsanwalt Colossa zu banal. Denkbar wäre auch, die gesammelten Werke zunächst einmal kursorisch zu sichten und zwei neue Stapel zu bilden – mit wichtigen und weniger wichtigen Akten. Das allerdings barg das Risiko, dass der so entstehende »Wichtig-Stapel« besonders viel Arbeit barg und es deshalb besonders lange dauern dürfte, ihn abzutragen. Paul entschied sich deshalb, aus beiden Stapeln erst einmal die besonders dicken Akten herauszuziehen. Das hatte den klaren Vorteil, dass beide Türme damit sofort sichtbar kleiner wurden und weniger beängstigende Schatten warfen. Die erste Akte platzte fast, so fett war sie. Und alt dazu, sie war im Jahre 2008 angelegt worden. Paul blätterte lustlos darin herum, um sich zu orientieren. Eine Klage gegen eine Berufsunfähigkeitsversicherung. Erste Instanz Landgericht Regensburg, zweite Instanz

Oberlandesgericht Nürnberg und … unglaublich. Die Sache lag jetzt beim Bundesgerichtshof in Karlsruhe! Vorn in der Akte fand Paul den Brief einer Rechtsanwältin aus Karlsruhe, die Onkel Oscar vertröstete, dass es noch eine Weile dauern würde. Am BGH durften nur speziell dort zugelassene Rechtsanwälte Schriftsätze einreichen und Termine wahrnehmen. Mit dem normalen robentragenden Pöbel gab man sich dort nicht ab. Also gab es für ihn hier nichts zu tun. Großzügig entschied Paul sich dafür, dass er das fette Stück nicht vor Juni wiedersehen mochte, und verpasste der Schwarte mit dem Kugelschreiber ein Wiedervorlagedatum in ferner Zukunft.

Jetzt einmal etwas ganz anderes. Im rechten Stapel steckte eine üppige rote Akte. Vielleicht eine Strafsache? Neugierig zog Paul daran, doch sie steckte fest. Also zog er heftiger, was die Akte auch löste – jedoch nicht nur diese, sondern auch etwa zwanzig andere, und der ganze obere Teil des rechten Stapels rutschte vom Schreibtisch auf den Boden und verbreitete sich dort wüst und unter Preisgabe zahlreicher loser Schriftstücke und Formulare. Das Wort »Scheiße« ist zwischenzeitlich derart arriviert in unserer Alltagssprache und insoweit weitestgehend losgelöst von seiner ursprünglichen Bedeutung, dass es unnötig erscheint, Rechtsanwalt Paul Colossa zu verteidigen, weil er es nunmehr lauthals herausbrüllte.

Ein wenig befreite das Fluchen ihn von seiner Pein, doch ungeschehen machen konnte es das Missgeschick nicht, und so blieb Paul keine Alternative dazu, all die verstreuten Papiere mühselig aufzuräumen. Immerhin brachte das mit sich, dass Paul einen Blick in das eine oder andere Geheft werfen musste, das er, seinem ursprünglichen Arbeitsplan folgend, sonst mit Missachtung gestraft hätte. Was Paul besonders erstaunte, war die Seelenlosigkeit vieler Fälle, die er hier entdeckte. Zwangsvollstreckung, letzte außergerichtliche Mahnung, gerichtlicher

Mahnbescheid. »Inkasso« nannte der Fachjargon dieses Metier. Es genoss nicht eben einen noblen Ruf. Andere Leute um ihr Erspartes erleichtern, das war keine karitative Betätigung. Die Beträge, die hier der Durchsetzung harrten, waren meist nicht besonders üppig. Zweihundert Euro hier, vierhundertfünfzig dort. Das Honorar aus einer solchen Lappalie überstieg selten die Hundert-Euro-Schallgrenze. Da hatte Onkel Oscar sich ja einer wirklich prickelnden Leidenschaft hingegeben! Paul kämpfte gegen ein Gähnen an.

Und was gab der Aktenstapel sonst noch her? Verkehrsordnungswidrigkeiten. Schwarz-Weiß-Fotos von nasenbohrenden Rasern. Erlaubt gewesen war sechzig, gefahren fünfundneunzig – abzüglich Toleranz. An so was verdiente man vielleicht achthundert. Auch nicht die Welt.

Das Üppigste, was die Papierwüste auf dem Fußboden hergab, war eine Kündigungsschutzklage. Leichte Beute. Die Leute waren immer schwer enttäuscht, wenn sie erlebten, wie es beim Arbeitsgericht zuging. Da hatte einen der bösartige Boss nach monatelangem Mobbing mit einem fadenscheinigen Grund gefeuert. Viele Wochen war man mit Rachegelüsten schwanger gegangen und hatte daheim seine Familie genervt. Gewaltige Abfindungsfantasien beseelten die Tagträume der Mandanten. Und dann dauerte die Sache beim Richter keine zehn Minuten. Ein kurzes Hin- und Hergeschacher der Anwälte. Unverständliche Floskeln wurden mit dem Richter ausgetauscht. Dann flüsterte einem sein Anwalt ins Ohr, man solle tausend Euro Abfindung akzeptieren. Das sei ein exzellenter Deal. Wenn man weiterstreite, würde es weniger werden. Währenddessen starrten einen der gegnerische Anwalt und der Richter in ihren schwarzen Kitteln erwartungsfroh an. Der Boss selbst war gar nicht erst erschienen. Hinten im Raum saßen scharrend, knisternd, flüsternd, sich räuspernd, blätternd, handytippend, an den Schnallen ihrer Koffer spielend bereits Dutzende weitere Anwälte, wie die Geier über einem in der Steppe verendeten Zebra kreisend. Sie harrten ungeduldig ihrer eigenen Termine. Konnten die nicht wenigstens draußen warten? Im Schlepptau hatten sie jeweils ihre eigenen verängstigten Mandanten, die in diesem Augenblick bereits ihr Schicksal erkannten – doch nun war es zu spät. Gleich würde auch ihr Anwalt ihnen eine unerträgliche Abfindungsempfehlung ins Ohr flüstern, dann wäre ein Lebensabschnitt vorüber und man würde sich überlegen müssen, wie man es daheim Weib und Kind erklären sollte, was da bei Gericht geschehen war. Man war doch im Recht gewesen? Also warum nur tausend Euro? Güteverhandlungen beim Arbeitsgericht, das war nur für die Anwälte das schnelle Geld. Zehn Minuten Arbeit, zweitausend Euro Honorar, so ungefähr im Schnitt.

Als Paul alle Papiere wieder einsortiert hatte, blieb er auf dem Boden sitzen. Ernüchtert? Enttäuscht? Verängstigt? Was hatte er erwartet? Onkel Oscars Arbeit war ihm immer außergewöhnlich erschienen. Spannende Mandanten. Geheimnisse. Skandale. Mauscheleien. Aber doch nicht Blitzer und Inkasso. Wie hatte Onkel Oscar mit solchem Kleinkram seinen Lebensunterhalt finanzieren können? Paul rechnete den Stapel, den er gerade durchwühlt hatte, einmal hoch. Einschließlich der Kündigungssache waren es vielleicht dreieinhalb Tausend Honorar. Und das waren ja keine Tageseinnahmen, vermutete er. Das war eine Woche, ein ganzer Monat vielleicht. Was blieb da bestenfalls hängen? Zehntausend im Quartal? Davon musste er dann noch die Kosten des Personals bezahlen! Allein Fräulein Christiane verdiente ohne Zweifel ein Vermögen! Und dann hatte so eine Kanzlei laufende Kosten ohne Ende. Strom und Heizung, Leasingkosten für Computer, Telefone, Kopierer. Ausgaben für Rechtsanwaltssoftware, Internetdatenbanken, Fachzeitschriften, Gesetzeskommentare, die jedes Jahr neu angeschafft werden mussten, weil die Gesetze sich ja andauernd änderten! Und dann noch die Haftpflichtversicherung für anwaltliche Kunstfehler. Das alles ging in die Tausende. Und sein eigenes Gehalt? In München hatte er gut verdient. Ziemlich gut sogar. Insgeheim hatte er sich beim Antritt von Oscars Erbe durchaus Hoffnungen gemacht, hier sogar in eine noch höhere Liga aufzusteigen. Doch mit dem Stapel, den er gerade gesichtet hatte, steuerte er mit riesigen Sprüngen auf die Pleite zu! Wie hatte er den Laden nur übernehmen können, ohne vorher einmal die Zahlen zu überprüfen! Natürlich, er hatte Onkel Oscar einfach blind vertraut. Das war mal wieder typisch Anwalt. Übervorsichtig, wenn es um fremde Angelegenheiten ging, und selbst jeden Wisch unterschreiben, der einem hingehalten wird, ohne auch nur mal drüberzufliegen.

Danke, Onkel Oscar! Paul hatte plötzlich den schrecklichen Verdacht, er habe das Geheimnis gelüftet, was es gewesen sein könnte, das seinen Onkel in den Suizid getrieben hatte. Der drohende Bankrott!

Mit einem Satz sprang er auf, riss die Adlertür auf und bellte: »Fräulein Christiane – wie hoch war Onkel Oscars Umsatz im letzten Jahr?«

»Neunhundertvierzig…«, kam es wie aus der Pistole geschossen zurück. »…tausend. Ungefähr.«

Ganz gleich, wie gut sich einer im Griff hat, wie stark Erziehung und Disziplin ihn prägen, wie kunstvoll die Maske ist, die einer trägt, um sein wahres Ich vor der Welt zu verbergen: So wie jeder seinen »Preis« hat, so hat auch jeder eine gewisse »Schocktoleranz«, und wenn die einmal überwunden ist, dann quillt das echte, eigene Selbst heraus wie der Glibber aus einem aufgebrochenen rohen Ei. Was für ein Schock es ist, ob wunderbar oder grauenvoll, das spielt gar keine Rolle. Es kommt nur auf die Intensität an. Es muss ein unerwartetes, ein bahnbrechendes Element bestehen – das ist es, was eine einfache Überraschung von einem echten Schock unterscheidet. Wie der Einzelne darauf reagiert, hängt von seinem individuellen Wesen ab. Mancher pinkelt sich in die Hose, andere brüllen herum. Heulen ist nichts Ungewöhnliches. Paul erlebte genau solch einen Moment gerade. Er war also jetzt Millionär? Es dauerte etwa zwei Sekunden, bis die Information von seinem Gehirn grob bearbeitet worden war. Das limbische System, also das Raubtier im Gehirn, der Wolf, hatte die Nachricht schon kraftvoll durchgekaut. Der Neokortex, das also, was uns von Krokodilen wesentlich unterscheidet, benötigte anschließend noch ein paar Sekundenbruchteile, um die Folgen des Gehörten rational zu ergründen. Dann kam der koordinierte Befehl von oben: Reaktion jetzt – maximale Emotion freigegeben! Und Paul schossen ein paar Tränchen in die Augen. Er wurde rot. Gänsehaut bildete sich an seinen Armen. Er rang nach Luft. Dann lachte er laut und machte einen kleinen Hüpfer. Nichts wirklich Erwähnenswertes – dreißig Zentimeter höchstens.

Man muss an dieser Stelle schon einmal erwähnen, dass solche Momente großer Gefühle nicht ideal dazu geeignet sind, Seriosität auszustrahlen. Es ist nicht der Zustand, in dem die Mannschaft den Kapitän des U-Boots erleben möchte, wenn man von oben die Schraubengeräusche eines feindlichen Schiffs hört. Da ist der gelassene, eiskalte Typ gefragt, der lässig seine Kommandos gibt: »Gefechtsbeleuchtung, alle Maschinen Stopp, vorn fluten. Abtauchen auf dreihundert. Ganz ruhig, Männer.« Herumhüpfen mit Tränen in den Augen sorgt für Unruhe, wenn draußen krachend Wasserbomben bersten. Andererseits hinkt der Vergleich natürlich, denn außer Fräulein Christiane war sowieso niemand mehr im Boot um diese Uhrzeit, und um die aus der Fassung zu bringen, brauchte es schon ein bisschen mehr als einen flennenden Kommandanten, um im Bild zu bleiben. Abgesehen davon hatte Paul ja keine Panikattacke! Es war Freudentaumel. Fast eine Million im Jahr? Und das in einer mickrigen Wald- und Wiesenkanzlei? Spektakulär!

Als er sich beruhigt hatte, machte er unverhohlen seiner Neugier Luft. »Und woher kommt das ganze Geld? Die Sachen, die ich letzte Woche gemacht habe, waren alle eher …«

»Kleinvieh macht auch Mist«, konterte Fräulein Christiane liebevoll. »Du musst dich ja erst mal an den Laden gewöhnen. Die Leute, die Abläufe. Ich weiß, dass das alles nicht so leicht ist. Aber wenn du bereit bist …?«

Paul stand da wie ein kleiner Junge vor dem Nikolaus.

22.

FANG:

das zähnestarrende Maul eines Raubtiers

»Wir haben verschiedene Einnahmequellen. Einige sind stabil. Andere kommen und gehen. Der wichtigste Grundpfeiler ist Inkasso. In manchen Jahren macht es drei Viertel unseres Umsatzes aus.«

Paul dachte an die Rechnungen und Mahnbescheide, die er eben vom Fußboden aufgeklaubt hatte, und konnte sich keinen rechten Reim darauf machen, wie man damit eine Dreiviertelmillion verdienen sollte.

»Wir haben ein paar ganz große Mandanten. Unternehmen, die ihr gesamtes Mahn- und Inkassowesen über unsere Kanzlei laufen lassen. Dieses Geschäft haben wir teilweise ausgelagert in eine ›Limited‹, die wir in London angemeldet haben. In manchen Jahren versenden wir zehntausend Mahnungen!«

Paul war überwältigt. »Wir haben ein Büro in London, in dem irgendwelche Leute Tausende Mahnungen abwickeln?«

»Sei nicht albern, Paul«, erwiderte Fräulein Christiane streng. »Natürlich haben wir kein Büro in London. Wozu auch? In London ist das nur gemeldet. Aus steuerlichen Gründen und …« Sie rang um eine Erklärung. »Es war eigentlich eine Schnapsidee von Dr. Colossa, weil er an seinem Auto unbedingt britische Kennzeichen haben wollte. Aber dann hat sich zufällig herausgestellt, dass die Ummeldung nach London ein echter Lottogewinn für uns war.«

Von »steuerlichen Gründen« hatte Paul nicht die geringste Ahnung. Ein leichtes Gruseln überfiel ihn bei dem Gedanken, dass er sich zukünftig damit beschäftigen müsste. Wie grauenhaft langweilig das klang.

Fräulein Christiane nahm ihm seine Angst schnell. »Das läuft alles automatisch. Das macht ein Computer. Der erfasst die Adressen, rechnet die Beträge aus, fertigt die Schreiben. Wir liefern monatlich dann einfach eine Statistik an unsere Kunden, und der Computer gibt sogar Empfehlungen ab, welche Forderung man weiterverfolgen sollte und welche nicht. Dafür haben wir einen Algorithmus programmieren lassen.« Algorithmus. Fräulein Christiane sprach das Wort geradezu wollüstig aus, so stolz schien sie darauf zu sein. »Die faulen Eier werden ausgebucht. Schuldner, bei denen man gleich sieht, dass sie dunkelrot in der Schufa sind, exotische Namen haben oder in Wohngebieten leben, die für besonders niedrige Vollstreckungsquoten bekannt sind. Die meisten sauberen Schuldner zahlen nach der Mahnung sofort. Nur einer von hundert geht am Ende vor Gericht. Sogar die Klagen formuliert uns der Computer weitestgehend vor. Nur unterschreiben muss man noch – das ist dein Job. Zu Gericht musst du aber nicht selber. Wir haben Partnerkanzleien, die das für uns machen.«

Paul schwirrte der Kopf. Darüber hatte Onkel Oscar nie mit ihm geredet. Das hatte mit seiner Vorstellung von anwaltlicher Tätigkeit nichts zu tun. Das war industrialisiertes Massengeschäft. Ein Computer, der selbstständig Klagen vorbereitet? Ein Abmahnalgorithmus, der Drohbriefe verschickte? Das war Science-Fiction. Ziemlich unheimlich.

»Hat Onkel Oscar sich das ausgedacht?«, fragte er zögernd.

»Traust du deinem Onkel so etwas Modernes etwa nicht zu?«

Sie hatte recht. Paul hatte eine hoffnungslos romantisierende Vorstellung von Onkel Oscar als Rechtsanwalt gehabt. Als knallharten Geschäftsmann hatte er ihn nie erlebt. Aber das war er ganz offensichtlich gewesen. Es war fast beleidigend, ihm das nicht zuzutrauen.

»Dann schicken wir hier also jeden Tag stapelweise computergefertigte Anwaltspost raus?«

»Unsinn. Hast du in den letzten Tagen einen Lkw gesehen, der Post abgeholt hat? Hast du dir irgendwann die Finger beim Unterschreiben wundgekritzelt? Das haben wir alles outgesourct an verschiedene Druckereien. Die spucken das Schreiben versandfertig mit deiner Unterschrift aus, und es geht gleich in die Post.«

»Mit meiner Unterschrift!? Aber woher ...?«

»Ach, komm schon, Paul. Gescannt natürlich!«

»Ist das legal?«

»Bislang hat sich kein Schuldner beschwert.« Fräulein Christiane konnte ein eiskalter Besen sein!

»Aber das muss doch bekannt sein? Ich habe nie von unserer Kanzlei in diesem Zusammenhang gehört. Da müsste es doch einen Riesenwirbel geben, wenn ein Anwalt so massenhaft Inkasso betreibt? Wenn du zum Beispiel die Kanzlei Waldmann-Freiberg bei Google eingibst, die große Abmahnkanzlei, dann bekommst du sofort eine Million Treffer von ›Opfern‹ und genauso viele von Leuten, die schlaue Tipps geben, wie man sich gegen diese ›Abzocke‹ wehren kann. Einen guten Ruf haben die übrigens nicht gerade. Was machen wir anders?«

»Wir betreiben unser Inkasso nicht unter unserem guten Namen.« Verschwörerisch konnte Fräulein Christiane auch ganz gut.

»Aber wenn das nicht unter Colossa läuft – welchen Namen besudeln wir denn dann mit diesem Schmuddelkram?«

»Wenn du nach uns im Internet suchst, solltest du es einmal mit ›Consul‹ versuchen. So heißt unsere fiktive Londoner Filiale. Erschrick aber nicht. Schuldner sind keine dankbare Klientel. Die schreiben keine netten Sachen! Doch in dieser Branche gilt ein besonders schlechter Ruf als besonders gute Referenz.«

»Consul. Wie nett. Römisch dekadent.«

»Pecunia non olet«, konterte Fräulein Christiane. »Aber wie gesagt: Der Herr muss sich damit die Finger nicht schmutzig machen. Das läuft ganz von allein.«

»Mit meiner Unterschrift! Die Sie mir geklaut haben!«

»Was heißt hier geklaut? Du bist der Erbe. Und es ist ja immer noch deine Unterschrift.« Dass Fräulein Christiane Sarkastisch am besten konnte, war ja ohnehin klar. Das war quasi ihre zweite Muttersprache.

»Und was ist das für Kleinkram, den ich da auf dem Schreibtisch habe? Das sind auch Mahnbescheide. Ich dachte, unser Inkasso erledigen wir ›konsularisch‹ und nicht mit Handarbeit?«

»Das sind Freunde deines Onkels. Quasi privat. Außerdem wollte Dr. Colossa immer ein bisschen Handarbeit machen, wie du es nennst. Er mochte das leicht verdiente Geld, und er konnte es auch gut ausgeben. Aber in erster Linie war Dr. Colossa ein richtiger, mit allen Wassern gewaschener Anwalt. Er liebte seinen Beruf – obwohl er manchmal sagte, dass er es bedauere, nicht Richter geworden zu sein. Das hätte ihm auch gut gefallen.«

Das stimmte in Wahrheit gar nicht. Darüber hatte er oft mit Paul gesprochen, als es aufs Examen zugegangen war. Da hatte er ganz anders geklungen: »Ein Richter kann nicht gerecht sein. Er verwaltet das Recht nur. Sie nennen es Systemgerechtigkeit – in Wahrheit ist es das Recht des Stärkeren. Nur als Anwalt kannst du es wirklich hinbiegen. Da musst du dich nicht an die verdammten Paragrafen halten. Es geht nur um die Sache. Da kannst du mit allen Tricks für deine Leute kämpfen und musst nicht hilflos zuschauen, wie sie vor deinen Augen absaufen. Außerdem verdienst du viel mehr als die armen Bürschlein auf der Richterbank. Im Sitzungssaal haben sie den Samtkragen an, und du als kleiner Anwalt da unten hast nur einen einfach genähten Stoffkragen an der Robe. Aber daheim ist es dann umgekehrt! Da sitzt der Anwalt auf Samt und der Richter auf Holz. Und jetzt frag dich mal, wo du mehr Zeit verbringen willst – daheim oder bei Gericht? Also hör auf mit den Flausen im Kopf und werd ein anständiger Anwalt.«

Als hätte Fräulein Christiane in seinen Augen gelesen, unterbrach sie seine Gedanken: »Dein Onkel hat seine Arbeit nicht wegen des Geldes gemacht, Paul. Ihn haben die Fälle fasziniert. Deshalb hat er auch jeden Mandanten genommen, der hereinkam. Und das waren manchmal Gestalten, ich sag es dir! Er hat sich selber vor manchen gegraust. Er hat sie in Kategorien eingeteilt, von eins bis vier.«

»Ja, ich weiß.«

»Aber er hat nie einen weggeschickt! Und wie oft sind wir auf unserer Kostennote sitzen geblieben, wenn Dr. Colossa wieder so einen gestrandeten Habenichts retten musste. Irgendeinen wie ein Christbaum tätowierten Spielautomatenprofi mit einem Vorstrafenregister wie ein Telefonbuch. Da war er richtig fanatisch, hat ausgeklügelte Strategien entworfen, als würde er einen millionenschweren Bankvorstand aus der Untersuchungshaft befreien wollen. Was er übrigens auch schon gemacht hat. Ach ja, die JVA! Das war sein allerliebstes Steckenpferd. Wenn Dr. Colossa einen Mandanten in Haft besuchen durfte, freute er sich wie ein Kind. Als Allererstes tauschte er die Stühle aus, hat er mir immer erzählt. In den Anwaltssprechzimmern in der JVA gibt es nämlich nur einen winzigen Tisch und daran stehen zwei Stühle. Ein gepolsterter für den Anwalt. Und einer ohne Polster für den Häftling. Und Dr. Colossa stellte dem Häftling immer seinen mit dem Polster hin und nahm sich den harten.«

»Im Polster sind sicher auch viel mehr Keime«, bemerkte Paul süffisant.

»Du Dummschwätzer. Dein Onkel war ein Menschenfreund. Bevor du schlaue Sprüche von dir gibst, musst du erst mal zeigen, was du für einer bist!«

Doch Paul wusste nur allzu gut, dass Oscar kein völlig uneigennütziger Menschenfreund gewesen war. Er war ein Netzwerker, der immer überlegt hatte, wann er jemanden vielleicht noch einmal brauchen konnte. Eine Spinne, die auch kleine Fliegen nicht verschmähte, die sich zappelnd im riesigen Netz des Onkels verfangen hatten. Nur dass Onkel Oscar die Art von Spinne gewesen war, die nicht hinbalancierte, um die kleinen Tierchen, die sie mittels ihrer klebrigen Fäden eingefangen hatte, zu verspeisen. Sie, vollgepumpt mit Spinnengift, genussvoll bei lebendigem Leibe auszulutschen, wie andere Kollegen das mitunter möglicherweise tun würden. Nein: Oscar hatte die kleinen Tiere wie die großen in seinem Netz gefesselt. Hatte sie zwar nicht mehr freigelassen – aber sie emsig gehegt und gefüttert, damit sie ihm prall zu Diensten blieben. Eine »Win-win-Spinne« gewissermaßen. Ob Onkel Oscar freilich hin und wieder nicht doch auch mal eins ausgesaugt hatte, wer weiß? Spinnen sind auch nur Menschen.

Lange plauderten die beiden an diesem Abend, tauschten Erinnerungen aus, rätselten über die Zukunft. Als Fräulein Christiane durch einen Griff nach ihrem Mantel schließlich das Ende der Audienz andeutete, fragte Paul völlig unvermittelt: »Wissen Sie die Kombination von Onkel Oscars Tresor oben in der Wohnung?«

»Von welchem Tresor?« Entweder spielte sie brillant, oder sie wusste wirklich nichts von dem Geheimnis im kleinen Turmerker.

»Oben in der Wohnung ist ein Tresor, im unteren Teil der Schnapsbar im Turm. Kennen Sie den nicht? Es sind sechs Ziffern. In Oscars Aufzeichnungen habe ich nichts gefunden. Ich dachte, Sie wissen vielleicht …?«

Doch Fräulein Christiane wühlte nur in ihrer Handtasche nach dem Schlüsselbund. Auch sie war also nicht in alle Geheimnisse des rätselhaften Dr. Oscar Colossa eingeweiht gewesen. Die Arme. Jetzt tat sie Paul leid. Hätte er doch den dummen Tresor nicht erwähnt. Was vermutete sie wohl darin?

23.

ABFANGEN:

Töten des Wildes mit blanker Waffe

Draußen im Dunkeln roch es nach Erde und nach Frühling. Um die Straßenlaternen schwirrten die ersten Insekten. Ein Motorroller surrte vorbei. Paul stand vor der Villa und blickte an der Fassade hinauf. Alles war finster im Haus, bis auf das Fenster im obersten Stock, wo die mysteriöse Barbara wohnte. Jetzt löste sich auch das Rätsel um das Bild auf ihrem Fenster: Es war der Blondschopf Siegfried, der alte Nibelunge, der mit langem Spieß und glänzender Rüstung einen grünen Lindwurm niederrang. Oder war es der heilige Michael? Dem Drachen war das wohl einerlei, der blutete grässlich aus dem Hals.

Es mochte an der kalten Abendluft liegen oder an Pauls Mitgefühl für die gemeuchelte Echse auf dem leuchtenden Fenster: Er spürte plötzlich wieder jenen reißenden Schmerz, der ihn seit den Morgenstunden schon begleitet hatte und ihn jetzt durchdrang wie ein glühendes Schwert. Paul fingerte in seiner Brusttasche nach der Visitenkarte der untreuen Gattin des Landtagsabgeordneten. Morgen würde er die Dauphin aufsuchen und sie um Erlösung von diesen Qualen bitten.

Spät in der Nacht wachte Paul noch einmal auf. Diesmal war er klug gewesen. Abends hatte er noch ein wenig mit seinem Smartphone im Internet gesurft, auf der Suche nach dem Schlagwort »Consul«. Erstaunlich. So viel Hass! Dabei hatten all diese Leute doch ihre Rechnungen nicht bezahlt! Es gab ganze Internetforen, die sich ausschließlich mit der Frage befassten, was zu tun sei, wenn der »Consul« einem einen Brief schickte. Witzig, alle diese neunmalklugen Besserwisser. Aber auf Dauer zog einen diese Art von Recherche doch ziemlich runter. Lieber hatte er noch ein wenig in einem Wissenschaftsmagazin geblättert, das sein Onkel abonniert hatte. Flüge zum Mars und Weiße

Haie. Zähne geputzt mit dem letzten Rest aus Onkel Oscars Zahncreme und dann nicht auf die Couch, sondern direkt ins Bett. Versucht, sich den Rücken mit der silbernen Cremetube selbst einzureiben. Es war wie verhext. An die verfluchte Stelle, wo es wehtat, kam er einfach nicht heran. So brannte es nun rundherum infernalisch, die Stelle selbst aber stach, von keinem Klecks Salbe bestrichen, weiter boshaft vor sich hin.

24.

FEUCHTGLIED:

männliches Geschlechtsteil beim Schwarzwild

Auf dem allerdirektesten Wege übrigens war Paul aus dem Bad kommend dann doch nicht in sein Bett geschlüpft. Ein Viertelstündchen hatte er noch bei den Spieluhrklängen von »Claire de Lune« vor der geöffneten Tür der kleinen Bar verbracht. Keinen Tropfen angerührt! Aber ungefähr zweihundert Kombinationen am Tresor durchprobiert. Erfolglos. Irgendwie war Paul trotzdem zufrieden. Es wäre langweilig gewesen, wenn sich das Geheimnis so einfach hätte lüften lassen. Dieser Erfolg wollte verdient sein!

Jetzt war es mitten in der Nacht. Der helle Lichtblitz und der polyfone Klang des Telefons auf seinem Nachttisch rissen ihn aus einem Traum, der noch einige Momente nachwirkte. Attila war da gewesen und eine Figur, die die unangenehmen Facetten von Sandra und die angenehmen Seiten von Lilian Draxler vereinte. Attila hatte sie geküsst, und in dem Moment hatte sich diese Gestalt in Micha verwandelt, mit kleinen kecken Brüsten ausgestattet und gleichzeitig mit einer stattlichen Erektion … Ein Satyr? Paul hatte zugesehen, war aber unbemerkt geblieben. Was insoweit gut war, als auch er in dem Traum nackt gewesen war.

»Schlafen Anwälte um diese Zeit eigentlich schon?« Eine Nachricht von Maja!

»Ich kann nicht für meine Kollegen sprechen, aber ich hatte es gerade probiert.«

»Sorry. Wollte Sie nicht wecken. Dann schlafen Sie mal gut weiter.«

»Jetzt, wo Sie mich geweckt haben, werden Sie mich doch nicht im Stich lassen?«

»Soll ich Ihnen eine Gutenachtgeschichte erzählen, Herr Rechtsanwalt?«

»Aber bitte nichts zu Gruseliges. Ich träume sehr heftig!«

»Soso. Träumen Sie nur bei Gruselgeschichten heftig, oder darf ich Ihnen auch keine anderen spannenden Geschichten erzählen?«

Pah! Dieses ordinäre kleine Biest. Paul war begeistert.

Etwa eine Stunde und rund zweitausend unsinnige, unterhaltsame, unanständige Buchstaben später prangte das Bild eines sehr wohlgeformten, entblößten weiblichen Bauchnabels auf dem kleinen Bildschirm von Pauls Smartphone. Er hatte alle Tricks der Schmeichelei und Überredung aufgewendet, ihr diese Intimität zu entlocken, und am Ende war es dann ganz schnell gegangen. Wer weiß, vielleicht wäre sie auch zu mehr bereit gewesen? Aber Paul hatte sich nicht getraut, zumal am Folgetag wieder ein gemeinsamer Termin in der Kanzlei vereinbart war.

25.

ZUKUNFTSBOCK:

junger, gut veranlagter Hirsch

Wenige Stunden später gab das Smartphone erneut lautstarke Klänge einer Gitarre von sich. Diesmal waren es allerdings keine sinnlichen Textbotschaften, sondern der Wecker.

Pauls Schmerzen wachten mit ihm auf. So heftig, dass er keinen Bissen Frühstück herunterbrachte.

Im Stehen bediente er sich in der kleinen Küche neben dem Wohnzimmer an der silberfunkelnden Kaffeemaschine, die nach einigem Blinken und Surren einen wunderbar dampfenden Espresso heraussprotzte. Paul blickte aus dem Küchenfenster in den langsam ergrünenden Frühlingsgarten. Weißer Tau benetzte in diesig kalter Luft Gras und Bäume.

Alle diese kleinen und großen Genüsse des Lebens hatte Onkel Oscar einfach so aufgegeben. Warum? Fräulein Christiane wäre die Einzige gewesen, mit der er darüber hätte sprechen können. Doch sie machte keine Andeutungen. Hätte sie reden wollen, so hätte sie es sicher längst getan.

Kurz vor acht war noch niemand unten in der Kanzlei. Es roch nach Papier und Holz und ein wenig nach Ozon. Der riesige Kopierer war über Nacht an gewesen. Paul schaltete das Licht im Empfangsbereich ein und blickte kurz in den dicken ledernen Terminkalender.

Fräulein Christiane mochte es nicht gern, wenn Paul selbst etwas in den Kalender eintrug, und so beschränkte er das auf Notfälle – wie heute eben. Er machte einen Bleistiftstrich durch den gesamten Vormittag und schrieb darunter »Arzt«. Das war streng genommen gelogen, denn Frau Dauphin war wohl keine Ärztin, soweit Paul das zu beurteilen vermochte. Dennoch war »Arzt« eine Aussage, die sicherstellte, dass sein Personal ihn an diesem Vormittag nicht mit Telefonaten und Mandanten belästigen würde. Vielleicht empfänden sie Sorge, vielleicht sogar Mitleid, weil der Chef so unangemeldet medizinische Hilfe in Anspruch nehmen musste. Paul tat sich bei dem Gedanken fast selbst ein wenig leid.

26.

LOSUNG:

Kot des Wildes

Das Haus des Landtagsabgeordneten Seefelder und seiner abtrünnigen Frau lag in einem früheren Vorort von Neustadt. Ein Dorf, das mit den Außenbezirken über die Jahre zusammengewachsen war. Es war ein altes, geschmackvoll saniertes Hofanwesen. Ein stolzes Statement des Politikers: Da komme ich her, da glaube ich dran. Eine faustdicke Lüge, denn schon sein Großvater hatte die Landwirtschaft aufgegeben und war nach Nürnberg gezogen. Dieses Haus hatten die wohlhabenden Eltern seiner Frau gekauft, als er noch ein mausgrauer kleiner städtischer Beamter gewesen war. Das, woran Seefelder glaubte, hatte mit Heimat und Herkunft vermutlich so wenig zu tun wie Umfrageerfolge mit Sachkompetenz. Apropos geschmackvoll saniertes Hofanwesen: Auf den ersten Blick nicht erkennbar gab es da einen Anbau. Farblich im selben Ochsenblutrot wie das Hauptgebäude. Vom Stil her allerdings ... ein Kasten mit Schlitzen. Wie für Bienen. Man konnte so etwas gut finden oder auch nicht.

In ebenjenem Anbau befand sich, wie ein geschmacksverirrter Neonschriftzug bekundete, das Wohlfühlatelier von Frau Dauphin. »Wohlfühlatelier« stand da wörtlich, ebenso wie auf der Paul überlassenen Visitenkarte. Warum eigentlich hieß die Dame »Dauphin« und nicht Seefelder? Nützlich war es nicht unbedingt. Jedenfalls nicht für Seefelder. Gab sicher jede Menge dummer Fragen, die dem politischen Fortkommen abträglich waren. Und was war das für ein Name? Klang französisch. Sie aber sprach es »Daufin« aus wie »Delfin« und nicht »Dohfäh«, im ursprünglichen Sinne des Erfinders. Er klingelte an der Tür.

»Paul, was machen Sie denn hier?«

»Sie hatten doch gestern gesagt, ich soll einmal ...«

»Ja, aber mein Lieber – doch nicht einfach so ohne Termin! Was glauben Sie, wie viel bei mir los ist!« Sie blickte ihn forsch an, als wartete sie auf eine Entschuldigung. Paul hatte sich die Sache ehrlich gesagt anders vorgestellt und kam sich jetzt vor wie ein Idiot.

»Oh, das hatte ich … Also, das tut mir jetzt leid … Ich werde einfach anrufen und noch einmal …« In Wahrheit gedachte Paul, sich nie wieder bei der Frau zu melden und die Angelegenheit in jene Rumpelkammer seines Bewusstseins zu verschieben, in der sich bereits zahlreiche andere vergleichbar peinliche Begebenheiten verräumt fanden und darauf harrten, vergessen zu werden. Dummerweise jedoch tauchten sie beim Träumen regelmäßig wieder auf.

»Unsinn, kommen Sie herein. Zwanzig Minuten haben wir. Wir müssen uns eben beeilen. Sie sind mir vielleicht ein Draufgänger, Paul!« Jetzt kicherte sie. Kaum war die eine Peinlichkeit galant vom Tisch gewischt, bahnte sich die nächste an! Paul war alles andere als ein Draufgänger – jedenfalls nicht, was diese – relativ gesehen – ältere Politikergattin anbelangte! Er nahm sich vor, Annäherungsversuche jedweder Art unmissverständlich abzuwehren, betrat aber willig das Haus und hängte seinen Mantel an die Garderobe. Erst kommt das Fressen, dann die Moral – wobei »Fressen« in Pauls Vorstellung hier sinnbildlich für Nackenmassagen, Spritzen, Schmerzmedikamente, Salben, Fangopackungen oder was auch immer stand, Hauptsache, es beendete seine Folter! Nun standen sie in einem kleinen Vorraum mit einer Empfangstheke. Die Wände waren in pastellfarbenen Braun- und Grüntönen gestrichen, auf denen hier und dort krakelige Schriftzüge abgebildet waren. Vermutlich chinesisch? Irgendwelche Weisheiten, die so allgemein verbindlich waren, dass sie immer zutrafen und einem nie weiterhalfen? Adelheid Dauphin nahm seine Daten auf und beantwortete damit die Frage, ob diese Behandlung vielleicht ein Freundschaftsdienst werden könnte, mit Nein. Auch seine Krankenkassenkarte interessierte sie nicht. »Diese Behandlung wird leider nicht von den Kassen übernommen«, stellte sie beiläufig und ungefragt fest. Zu fragen, in welcher Höhe er folglich aus eigenen Mitteln würde bluten müssen, wagte er nicht – obschon er eine gewisse Sorge verspürte, als er einen Wisch unterschrieb, von dem er aus lauter Beklommenheit kein Wort gelesen hatte. Er war doch Anwalt! Grundgütiger! Wie konnte er nur? Aber hier handelte es sich erneut um einen typischen Fall von »diligentia quam in suis«: die »Sorgfalt in eigenen Angelegenheiten«. Wenn in einem Vertrag die Haftung auf Sorgfalt in eigenen Angelegenheiten eingegrenzt wurde, dann meinte das interessanterweise eben nicht, dass man sich verpflichtete, ganz besonders achtsam zu sein. Im Gegenteil: Gemeint ist damit, dass man schludrig und unvorsichtig sein darf, nachlässig, oberflächlich, sprunghaft und unüberlegt, wie man es wirklich nur dann ist, wenn es um eigene Belange geht. Das eigene Auto. Den eigenen Laptop. Die eigene Gesundheit. Und Anwälte sind eben in eigenen Angelegenheiten erfahrungsgemäß noch schlampiger als Normalsterbliche.

Auch das Behandlungszimmer zeichnete sich durch Pastelltöne aus. Orange und mehr oder minder Gelb. Wenn man Senf gelb fand. Außerdem lag ein intensiver Geruch in der Luft, der Paul fast den Atem raubte.

»Machen Sie Ihren Oberkörper frei, Paul. Legen Sie sich mit dem Bauch auf die Liege. Das Gesicht in den Ring.«

Warum in aller Welt nannte sie ihn immer nur Paul? Onkel Oscar musste mit ihr in dermaßen vertraulichem Ton über ihn gesprochen haben, dass sie nicht anders konnte, als ihn beim Vornamen zu nennen. Also entblößte er demütig seinen Oberkörper und legte sich auf die Behandlungsbank, an deren Ende ein gepolsterter Ring war, in den er sein Gesicht einfügte. Für Augenblicke kam ihm das Bild eines Kickboxers in den Sinn. Die trugen doch auch solche seltsamen Kopfschutzteile, die das Gesicht zusammenpressen wie Dörrobst? Auf eigentümliche Weise war es durchaus bequem. Anfangs fühlte sich auch die Massage noch bequem an. Angenehm. Entspannend. Man konnte abschalten und die Gedanken treiben lassen. Zum Beispiel zu Maja Rivinius. Doch schon bald musste Paul seine Gedanken wieder heimholen, denn die erstaunlich kräftigen Hände an seinem Rücken begannen, ihn zu zwicken und zu walken, zu kratzen und in seine Muskeln hineinzubohren, dass ihm Hören und Sehen verging. Tränen schossen ihm in die Augen, und er winselte. Das allerdings war seiner Peinigerin offenbar völlig egal. Auch sie atmete heftig, keuchte und ächzte bei ihren brutalen Kniffen und Griffen. Ansonsten war es ganz still im Raum. Gestöhne und Schmerz. Irgendwann, gefühlt dauerte es viel zu lange, war es vorbei.

Die Dauphin ging zu einem Waschbecken und drehte das Wasser auf. »So. Den Knoten haben wir zerschlagen, mein Lieber. Aber das Problem haben wir damit noch nicht beseitigt. Sie dürfen sich aufsetzen und das Hemd wieder anziehen.«

Paul folgte gehorsam. Er fühlte sich nicht gut. Der ursprüngliche Schmerz war immerhin verschwunden. Dafür empfand er nun ein Brennen am ganzen Rücken. Er vermutete, dass dieser von oben bis unten zerkratzt und zerschunden sein musste.

»Zehn Minuten haben wir noch für die Anamnese.« Sie saß nun vor ihm auf einem kleinen Hocker, er ließ die Beine von der Folterbank herunterbaumeln. Heute trug sie natürlich keinen extravaganten Hut. Sie hatte ihre extrem lockigen dunkelbraunen Haare zu einem schlichten Pferdeschwanz gezwungen. Offenbar waren die Haare gefärbt, denn sie zeigten einen winzigen Grauansatz. Sie trug ein weißes T-Shirt, eine Jogginghose und diese typischen weißen Krankenschwesternclogs. Kein Zeichen von Eitelkeit. Paul war inzwischen auch relativ sicher, dass seine Angst, sie könne ihn verführen wollen, unbegründet war. Obgleich er im Augenblick mental und körperlich zu schwach gewesen wäre, ernsthaften Widerstand zu leisten. Paul verdrängte den absurden Gedanken schnell wieder, um sich dem nun folgenden Gespräch mit ganzer Aufmerksamkeit zu widmen.

»Waren Sie heute früh auf der Toilette?«

Paul zögerte kurz. Hoppla. Die Frage war ihm gleich auf Anhieb unangenehm, aber es war ja quasi etwas Ärztliches, mehr oder minder, da wurde das Eklige zum Symptom und dadurch quasi ein Stück weit geadelt. »Ähm … ja. Schon.«

»Und war Ihr Stuhl weich oder hart?«

Herr im Himmel! Paul war pinkeln gewesen. Er war nicht … Also er hatte ja nicht einmal gefrühstückt, und überhaupt war dieses Thema eines der Themen, über die Paul nicht zu reden bereit war. Unter keinen Umständen. Niemals und mit niemandem. Das versuchte er nun auch mit den ihm zur Verfügung stehenden verbalen Mitteln zu verdeutlichen: »Äh … ach so, ich dachte. Also ich war nicht … Ich hatte noch kein Frühstück und deshalb …«

»Also hatten Sie noch keinen Stuhlgang?«

Paul schüttelte energisch den Kopf. Er war froh, dieses Thema nun hinter sich gelassen zu haben.

»Wann hatten Sie denn zuletzt Stuhlgang, Paul?«

Am liebsten hätte er geantwortet »noch nie«, wenn er die Sache dadurch hätte abbiegen können. Offen gestanden wusste er es spontan auch gar nicht so genau. Die Sache war nämlich die: Wenn Paul auf Reisen war und nicht in gewohnter und vertrauter Umgebung, gestaltete sich das ganze Prozedere tendenziell schmerzhaft. Und wenn er sein augenblickliches Leben so betrachtete, konnte man es durchaus als eine Art Reise ansehen. Er lebte zwar nun in der Wohnung im ersten Obergeschoss der Villa, aber er war dort noch nicht wieder zu Hause. Und er war zwar bereits mit der wunderbaren Badewanne vertraut – aber mit dem WC hatte er sich noch nicht in jener notwendig intimen Art angefreundet, die für eine gesunde und regelmäßige Befreiung seines Darms wünschenswert und hilfreich erschien. Wie sollte er ihr all das offenbaren, ohne darüber zu reden?

»Also … ich weiß nicht …«

»Haben Sie Probleme beim Stuhlgang?«

»Hm.«

»Ich verstehe. Haben Sie … würden Sie es als Verstopfung bezeichnen?«

»Ich weiß nicht so genau …« Konnte sie nicht endlich das Thema wechseln? Der Gedanke, mit einer Mandantin über dieses Thema zu sprechen, war wirklich befremdlich! Paul vermied es genau genommen selbst, darüber mehr als nötig nachzudenken, aber es zum Mittelpunkt einer Konversation zwischen zivilisierten Menschen zu machen? Das ging nun wahrlich zu weit.

»Dann ist Ihr Stuhlgang vermutlich hart, und Sie haben Schmerzen beim Pressen?«

O Gott. Bitte mach, dass es aufhört! »Hm.«

»Ja, das dachte ich mir schon.« Sie kritzelte mit einem Bleistift in ein kleines blaues Büchlein. Irgendwo in der Mitte. Die erste Hälfte des Werks war anscheinend schon vollendet. War das blaue Heft ihr »braunes Tagebuch«? Hielt sie hier die Klogespräche mit Dutzenden, vielleicht Hunderten fremder Menschen fest? Gab es dort nun einen Eintrag mit dem heutigen Datum, in dem sinngemäß für die Ewigkeit der Satz bewahrt wurde: »Rechtsanwalt Paul Colossa hat harten Stuhl, der ihm Schmerz beim Pressen verursacht«? Vielleicht löschte in den nächsten Sekunden ein gewaltiger Meteorit alles menschliche

Leben auf der Erde aus. Und in zweitausend Jahren gruben außerirdische Forscher dieses Büchlein aus, so wie unsereiner das römische Herculaneum, und jene Nachricht über seinen harten Stuhl war alles, was der Nachwelt über Paul Colossa erhalten geblieben sein würde? Vielleicht das einzige schriftliche Zeugnis über Zivilisation in Neustadt?

Wie sich jedoch herausstellte, widmete sich das blaue Büchlein auch noch anderen faszinierenden Fragen. »Spüren Sie mitunter ein schmerzhaftes Ziehen bis in die Fersen?«

Paul war unendlich erleichtert. Er würde ihr jede beliebige Frage über seine Fersen beantworten, in aller Ausführlichkeit!

»Also, ich sollte dazu vielleicht sagen, dass ich an den Fersen immer schon mit meiner Hornhaut kämpfe, und da kommt es durchaus auch einmal vor …«

»Ich will nur wissen, ob es schmerzhaft zieht.«

Paul war fast ein bisschen eingeschnappt. Es gab so viel mehr zu sagen über seine Füße, aber …

»Nein. Ziehen eigentlich nicht.«

»Interessant. Kribbeln in den Fingerspitzen?«

Paul überlegte angestrengt. Gerne hätte er dazu etwas zu berichten gehabt, doch … »Nein. Auch nicht.«

Sie hielt kein Wort in ihrem Buch für die Ewigkeit fest. Gab es denn gar nichts anderes Bemerkenswertes über Paul zu schreiben außer Pressschmerz beim Stuhlgang?

»Schmerzt Ihre Kopfhaut?«

Paul fühlte in seine Schädeldecke hinein und musste kurz an *Lederstrumpf* denken. Er hatte das Buch als Kind gelesen und wochenlang Albträume gehabt. Da hatte es einige Gestalten in der Geschichte gegeben, denen die Kopfhaut ordentlich geschmerzt hatte – während sie mit einem gekonnten Schnitt eines Indianermessers von ihrem Träger abgetrennt wurde. Aber seine eigene Kopfhaut? Er hatte einmal einen Sonnenbrand auf der Kopfhaut gehabt, trotz seiner dichten Haare. Eigentlich interessant – aber nach dem gerade durchlebten Fersenfiasko traute er sich nicht, die Sache anzusprechen, und konnte abermals nur mit einem knappen »Nein« glänzen.

»Sind Sie gereizt, werden schnell zornig?«

Oh ja! Wenn das kein Volltreffer war. Paul war vom Wesen her durchaus eher schüchtern, und es dauerte eine ganze Weile, bis ihn einmal einer aus der Reserve lockte. Paul war ein höflicher Mensch, der sich gut in andere hineinversetzen konnte. Aber wehe, wenn einer seinen Rubikon überschritt. Für solche Situationen hatte Paul eine Art zweite Persönlichkeit anzubieten. Dann wurde er zum aggressiven Choleriker. Davon berichtete er der Therapeutin, doch sie schien erneut unzufrieden mit seiner Antwort und schrieb nur ein, zwei Worte auf. Ja was wollte sie denn von ihm?

»Verspüren Sie großen Durst auf Kaltes?«

Das nun hatte die Wirkung eines Zauberspruchs auf Paul. Außer dem Espresso hatte er an diesem Morgen noch nichts getrunken. Er war ohnehin nicht so sehr der durstige Typ. Aber als in diesem Augenblick die Frage nach einem kalten Getränk aufgeworfen wurde, war es, als schnüre sich gleichsam Pauls Kehle zu. So trocken wurde sein Hals, dass er kaum eine Antwort hervorzukrächzen vermochte.

»Ähm … jetzt, wo Sie es sagen … haben Sie vielleicht ein Glas Wasser für mich?«

Adelheid Dauphin strahlte triumphierend über das ganze Gesicht. »Ich hatte es mir schon gedacht!«, rief sie aus, während sie zu einem kleinen Beistelltisch ging, auf dem eine Karaffe Wasser mit einigen Gläsern stand. Paul verging fast beim Klang des glucksenden Nass, mit dem sie ein Glas auffüllte. Mit einem tiefen Zug leerte er das Glas, einschließlich des Eiswürfels. Als jener sich allerdings in seinem Mund befand, identifizierte Paul ihn als Stein. Was hatte der in einem Trinkglas verloren? Paul nahm ihn aus dem Mund und hielt ihn verwundert hoch.

»Bergkristall«, klärte die Nektarspenderin ihn auf. »Er versetzt das Wasser in positive Schwingungen.«

»Ah«, antwortete Paul, doch er verstand nicht. »Könnte ich noch eins haben?« Den Stein versenkte er vorsichtig wieder im Glas.

Während Paul, diesmal etwas vornehmer und in kleinen Schlucken, sein zweites Glas leerte, füllte die Dauphin aus einer winzigen Glasampulle etwas in eine teebeutelgroße Plastiktüte, beschriftete sie mit einem Lackstift und gab sie ihm. »Bryonia C30«, erläuterte sie. Genau das stand auch auf der Tüte. Darin befanden sich sechs winzige weiße Kügelchen. »Heute und morgen jeweils drei Stück, ja? Eines morgens, eines mittags, eines am Abend. Das sollte das Problem von Grund auf lösen.«

Globuli. Paul hatte viel davon gehört. Nichts Gutes, ehrlich gesagt. Im besten Fall ein Placebo. Im schlechtesten Fall Hokuspokus. Und was bedeutete das in seinem konkreten Fall? Entweder er blieb der Vernunft treu, dann würde es nicht wirken. Oder es wirkte, dann war das der Beweis dafür, dass er als abergläubischer Idiot durchging. Ergo? Egal. Hauptsache, der Schmerz blieb weg. Das nämlich war augenblicklich der Fall. Paul war im Moment völlig schmerzfrei. Das hatte diese Frau vollbracht. Was also immer sie ihm als Nächstes befahl: Er würde es wieder befolgen. Wenn sie verlangte, dass er dreimal am Tag winzige Zuckerkügelchen futterte, dann würde er diese Kügelchen eben, verdammt noch mal, schlucken.

»Danke. Vielen, vielen Dank!«, sagte er in einem beschämten, geradezu jämmerlichen Ton, als er sein Hemd zuknöpfte. Draußen wartete schon ein sehr dicker Mann mit wucherndem schwarzen Vollbart, wilden Locken und schlauen Schweinsäuglein. Der nächste Patient. Als er aus dem Raum trat, starrte ihn der Dicke unverhohlen neugierig an, sagte aber kein Wort, sondern watschelte an Paul vorbei durch die Tür ins Behandlungszimmer. Schräge Type. Bestimmt so ein soziophober Internetjunkie.

27.

MAHLEN:

Wild reibt sich am Baumstamm, um sich von Schädlingen zu befreien

Die frische Luft vor der Tür ließ Paul schwindeln. Oder waren es die weich gekneteten Muskeln? Paul, der Wurm. Kein Rückgrat mehr zu spüren. Wer kriecht, kann nicht stolpern. Er blickte auf die Uhr. Mittags hatte er den Termin mit Maja. Er war furchtbar müde.

Im Defender drehte er das Radio laut auf, um wach zu werden, hörte aber kaum hin. Das Seltsame an diesem antiquierten Fahrzeug war, dass es gleichermaßen behaglich und unbequem, sicher und laut war. Es gab keinen Platz für den rechten Arm. Das Lenkrad war viel zu nah an der Tür, und es gab auch keine Auflage. Was doppelt lästig war, weil Paul sich immer noch nicht so recht daran gewöhnt hatte, auf der falschen Seite zu sitzen und mit links zu schalten. Stures Volk, diese Briten. Paul blickte in den Rückspiegel. Blass sah er aus. Teigig. Seine wirren Locken hingen ihm in die Stirn. Genau aus diesem Spiegel hatte auch die Queen herausgeschaut, wenn sie hineingeschaut hatte. Wenn sie über einen ihrer Landsitze mit dieser Kiste gecruist war. Ganz allein vermutlich, bestenfalls begleitet von einem Polizeimotorrad. Das musste so Ende der Achtziger gewesen sein? Fall des Eisernen Vorhangs und Ärger mit den Schwiegertöchtern. Paul Colossa hatte sich nie mit der Queen beschäftigt, aber das Gefühl, dass ihre behandschuhte Hand denselben Steuerknüppel in den vierten Gang geprügelt hatte, faszinierte ihn nicht nur ungemein, es schuf auch ein intimes Band. Sie wusste freilich nichts von ihm und er wenig von ihr – aber würde ihr einer sagen, dass er gerade in ihrem alten Defender unterwegs war, würde einer sie an die alten Zeiten erinnern, so würde sie sicher wehmütig schmunzeln.

Verdammt. Ob die Königin auch so müde gewesen war?

Wenn ja, hätte sie sicher Verständnis für das, was Paul jetzt machte. Er konnte unmöglich in die Kanzlei zurückfahren und einfach in seine Wohnung spazieren, um dort zu schlafen. Er war der Chef. Wenn er da war, mitten am Tag, würde er arbeiten müssen. Präsenz und Stärke demonstrieren. Disziplin. Die Queen verließ sicher auch nicht einfach ihr Büro im Buckingham-Palast und knallte sich nebenan auf die rote Samtcouch. Aber wenn sie allein mit dem Defender auf Tour war? Was sprach dagegen, kurz vor der Brücke über den malerisch in der Vormittagssonne glänzenden Neustädter Kanal mit seinen Seerosenblättern in einen Feldweg abzubiegen, der in ein kleines Waldstück führte? Das Radio auszuschalten, sich den Wecker am Telefon auf zwanzig Minuten einzustellen und den Sitz in die Liegendposition zu stellen? Bestimmt war die Queen sofort eingeschlafen. Paul schlief auch schon.

28.

BEIHIRSCH:

ein schwacher Hirsch

Es war gegen halb elf, als Paul wieder an seinem Schreibtisch saß. Wie erwartet, hatte der Eintrag in den Kalender einiges an Unruhe bei seinem Team ausgelöst. Unruhe in Form von Sorge bei Lilian Draxler und Micha, die eine gewisse Alarmiertheit durch den Begriff »Arzt« empfunden hatten und nun getröstet wirkten. Unruhe in Form von Gereiztheit bei Fräulein Christiane, die das Wort Arzt in keiner Weise beeindruckt hatte, umso mehr jedoch der Eingriff in ihre Terminnotierungshoheit. Jetzt aber war wieder arbeitsam geräuschvolle Stille eingekehrt. Hin und wieder das Klingeln eines Telefons, das Piepen des Faxgeräts, das Surren des Druckers. Gelegentlich wurde Paul eine Postmappe zum Unterschreiben vorgelegt. Er hatte sich längst abgewöhnt, das zu lesen, was er da alles unterschrieb. Anträge auf Kontenpfändung, Akteneinsichtsgesuche, Einwohnermeldeamtsanfragen. Inzwischen brauchte Paul für die knapp dreißig zu signierenden Schriftstücke in der Mappe etwa genauso viele Sekunden. Bereits jetzt beobachtete er dabei, wie seine einst sehr ästhetisch anmutende Unterschrift immer mehr zu einem verstümmelten Gekrakel degenerierte.

Nach den Unterschriften diktierte Paul eine Klage zum Arbeitsgericht. Ein leitender Angestellter eines großen Landtechnikherstellers, der gerade von einem noch größeren Landtechnikhersteller übernommen worden war. Und der hatte jetzt das Rasiermesser angesetzt und feuerte auf Teufel komm raus das gesamte mittlere Management. Schlecht für Herrn Berthold, Pauls Mandanten. Der hatte dem Unternehmen siebzehn Jahre treu gedient und verdiente brutto zuletzt hundertfünfzigtausend im Jahr. Dafür mussten seine Landtechnikkunden viele Furchen in den Acker ziehen! Wenn Berthold gehen musste, dann nur mit einer satten Abfindung. Paul griff zum Taschenrechner. Mindestens zweihunderttausend. Und das war die Schmalspurrechnung. Berthold hatte Frau und Kinder und auch noch eine kranke Oma im Keller. Umgekehrt wollte die Firma den gesamten Vertrieb nach Stuttgart verlegen, und da wollte Berthold auf keinen Fall hin, hatte er gejammert: Jedes Wochenende pendeln, Affäre mit der Sekretärin? Hatte er alles bei seinem Exchef erlebt, und der sei dann an einem Herzinfarkt gestorben. So einer war Berthold nicht, hatte er Colossa gebeichtet. Das glaubte Paul ihm sofort. Berthold war vielmehr ein wirklich hoffnungsloser Fall. Und er hatte zudem eine Hasenscharte. Paul musste für ihn einen guten Deal aushandeln.

Paul diktierte: »In Anbetracht der dargestellten Umstände erscheint die Kündigung daher aus allen Gesichtspunkten sozial ungerechtfertigt. Dennoch verschließt sich Herr Berthold einer gütlichen Einigung nicht grundsätzlich. Ohne dass es sich hierbei bereits um ein konkretes Angebot handeln würde, rege ich eine Abfindung in Höhe von zweihunderttausend Euro an …«

Paul drückte die Pausetaste des Diktiergeräts und blickte auf die gelben Flecken, die die trübe Sonne durch das Buntglasfenster auf den Boden malte. Er dachte darüber nach, was man mit zweihunderttausend anfangen könnte. Ein hübsches Boot kaufen und ab in die Karibik? Die ganze Scheiße einfach hinter sich lassen? Aber Berthold war Mitte fünfzig, hatte eine fettig glänzende Halbglatze – und diese Hasenscharte. Er konnte seine Krawatte nicht ordentlich binden. Er hatte Paul von seinem Salzwasseraquarium vorgeschwärmt, in dem er bei sich daheim im Keller einen echten Oktopus hielt. Im selben Keller vegetierte auch die pflegebedürftige Oma. Hoffentlich nicht in derselben salzigen Lauge wie der Krake. Nein, Berthold würde sicher keine Affäre mit seiner Sekretärin haben. Dieser Bursche würde überhaupt niemals irgendeine Affäre haben. Und Berthold würde deshalb auch keine zweihunderttausend Abfindung kriegen, obwohl sie ihm eigentlich zugestanden hätten. Dass ein Berthold überhaupt jemals in dieser Gehaltsklasse gelandet war, war eher ein Unfall gewesen. Ein typisches Beispiel dafür, dass Mittelständler kein vernünftiges Controlling betreiben, sondern die Dinge einfach laufen lassen. Sonst wäre Berthold schon viel früher ausgesiebt worden.

Berthold hatte eigentlich nicht Paul, sondern Dr. Oscar Colossa erwartet, als er den Termin in der Kanzlei vereinbart hatte. Weil der Colossa so einen guten Ruf hatte. Berthold war höflich geblieben und hatte sich seine Enttäuschung über den jungen Anwalt fast nicht anmerken lassen. Berthold würde vermutlich immer höflich bleiben, selbst wenn man eine Zigarettenkippe an seinem Revers ausdrückte und ihm ins Gesicht spuckte. Berthold war so ein erbärmlicher Wicht! Trotzdem war Paul eingeschnappt, und es wurde ihm sonnenklar: Er musste in dieser Sache mehr denn je zeigen, was er draufhatte! Er musste genau diesen Berthold retten. Ganz speziell Berthold, dem musste er es zeigen. Den durfte er nicht enttäuschen. Er spulte das Band zurück und hörte sich den letzten Satz noch einmal an. Dann diktierte er »zweihundertfünfzigtausend Euro«. Für weniger würde er Berthold nicht hergeben!

29.

BOCKFIEBER:

der aufgeregte Gemütszustand eines Jägers kurz vor dem Schuss

Kurz vor zwölf brachte Paul einen Stapel fertig bearbeiteter Akten sowie einige mit Diktaten gefüllte kleine Kassetten nach vorn zur Empfangstheke, wo Fräulein Christiane sie entgegennahm und sogleich zu Micha und Lilian Draxler ins Nebenzimmer delegierte. Eigentlich gehörte es nicht unbedingt zu Pauls Aufgaben, fertige Arbeit persönlich im Vorzimmer abzuliefern. Aber Paul verfolgte einen Plan. Wo er nun schon so weit gekommen war, würde es jetzt vielleicht weniger auffallen, wenn er sich nach nebenan ins Wartezimmer verdrückte – den einzigen Raum mit Fenster direkt hinaus auf die Straße. Alle Heimlichkeit scheiterte jedoch an Fräulein Christiane, die Paul vollkommen durchschaut hatte und ihm durch die Wartezimmertür zurief: »Frau Rivinius müsste jetzt eigentlich jeden Moment kommen …« Man konnte ihr Grinsen beinahe hören.

So stand Paul nun also am Fenster und wartete. Ein weißer Kleinbus fuhr vorüber, mit Holzlatten auf dem Dach. Auf der Seite in großen roten Buchstaben: »Miller – Arbeiten mit Holz«. Und drunter noch ein frecher Schriftzug: »Immer ein bisschen besser«. Ein recht erbärmlicher Anspruch, dachte Paul sich. Warum nur ein bisschen besser? Warum nicht viel besser? Signifikant erfolgreicher als die Konkurrenz? Das wollte dieser Miller doch mit seinem Sprüchlein vermutlich andeuten. Oder war Miller dann doch zu bescheiden, um solch dicke Bretter zu bohren? War diese Dachlatte für den kleinen Zimmermann vielleicht zu hoch gelegt? Paul empfand es als einen der lästigsten Flüche unserer Zeit, dass Hinz und Kunz neben dem ordentlichen Namen neuerdings auch irgendeinen saudummen Spruch bieten musste.

Ein silbernes Auto fuhr vorbei. Und noch ein silbernes und

dann ein rotes. Würde Maja überhaupt mit dem Auto kommen? Vielleicht fuhr sie Zug? Doch diese Vermutung wurde widerlegt durch eine große schwarze Mercedes-S-Klasse-Limousine mit getönten Scheiben, die jetzt vor dem Haus auf der Straße anhielt. Grischa sprang aus der Fahrertür heraus, wieder im dunklen Anzug, blass und hektisch rannte er um das Auto herum. Paul war enttäuscht. Er hatte erwartet, dass Maja allein käme, ohne ihren Vater. Grischa riss die Tür hinten rechts auf und stellte sich hilfsbereit daneben auf wie ein Zinnsoldat. Über dem Autodach tauchte ein aufwendig geflochtener dunkelblonder Zopf auf. Maja sagte etwas zu dem jungen Mann und wandte ihr Gesicht dann dem Haus zu. Tolstoi hüpfte auf der Straße umher. Paul machte rasch einen großen Schritt zurück, es wirkte sicherlich nicht besonders seriös, wie er hier aus dem Fenster seines eigenen Wartezimmers starrte.

Niemand sonst stieg aus dem Auto. Sie war also doch allein gekommen! Paul lächelte breit, als er zügigen Schritts zu seinem Schreibtisch zurückkehrte, und vermied dabei sorgsam den Blick zu Fräulein Christiane. Ja, ja, schon klar. Na und? Er schloss die Adlertür gerade im selben Moment, in dem sich die Haustür der Villa öffnete.

Einen Augenblick später klingelte sein Telefon … »Fräulein Rivinius wäre dann da …«

»Schicken Sie sie bitte gleich zu mir.« Paul hatte ganz schwitzige Hände!

Und dann trat Maja ein. Immer noch die junge Frau Anfang zwanzig, aber eben … Heute Leggings mit einem dunkelrot-dunkelgrünen schottischen Tartanmuster und einem wieder einmal sehr, sehr eng anliegenden dunkelroten Strickpullover. Sah das elegant aus? Jedenfalls extravagant. Egal. Paul war hingerissen. Madame schien bester Laune. Mit schalkblitzenden Augen legte sie ihren Leitzordner auf Pauls Schreibtisch.

Paul erhob sich aus seinem Stuhl und präsentierte lächelnd ebenfalls einen Aktenordner. Das rettete ihn zunächst einmal über das Preisgeben der trockenen Kehle hinweg. Es war schon eine verdammte Last, mit einer dermaßen selbstbewussten Person konfrontiert zu werden. Woher nahm sie das nur? War wohl das Oligarchen-Gen. Nun denn. Erst einmal Zeit gewinnen, um die Schnappatmung wieder herunterzuventilieren: »Tasse Kaffee?« Bumm, bumm machte die Pumpe und ließ die graugrüne Krawatte hüpfen. Der kleine Köter stromerte im Zimmer herum. Paul beobachtete ihn aus den Augenwinkeln. Fühlte sich hier wohl ganz zu Hause?

»Danke, Fräulein Christiane hat mir schon Kaffee angeboten.«

Sie kannte die Rituale. Dabei war sie erst zum zweiten Mal bei ihm.

»Nun, was hast du mir …« Jetzt war ihm ein »Du« herausgerutscht. Er fühlte, wie er schon wieder rot wurde. Scheiße! Wie konnte er das jetzt retten? Eigentlich gar nicht. Einfach noch einmal anfangen. Gegen das dumme Grinsen im eigenen Gesicht ankämpfen. Half ja alles nichts. »Was haben Sie denn da Schönes mitgebracht?«

»Ach das? Nichts Besonderes, dasselbe wie beim letzten Mal eigentlich. Blöder alter Stalker belästigt mich seit Monaten und so. Was machen wir denn da am besten, Herr Anwalt?« Freches Biene-Maja-Grinsen.

»Ja, am besten setzen wir uns erst einmal hin, Frau Rivinius, und dann könnten wir es mit einem Antrag auf einstweilige Verfügung nach dem Gewaltschutzgesetz versuchen.«

Maja Rivinius flötete mit übertrieben dramatischem Staunen: »Das klingt ja außerordentlich vielversprechend! Ich hoffe sehr, du bist der richtige Mann für solche Angelegenheiten?«

Dieses kleine Biest. Das war jetzt natürlich kein Versehen

gewesen! Waren sie jetzt also beim Du angekommen, einfach so? Nur weil es ihm mal rausgerutscht war? Das ging doch nicht … Obwohl es natürlich vieles einfacher machen könnte! Dennoch. Er würde die direkte Anrede lieber geschickt umschiffen. – Das konnte ja heiter werden. Prompt spürte Paul an der linken Schulter dieses … so ein leichtes Stechen war es eben wieder. Wo hatte er die verdammten Globuli? Während er mit der linken Hand in seinem Aktenordner von der Mitte aus nach vorn blätterte, suchte er mit der rechten in seiner Hemdtasche. Da war es, das kleine Plastiktütchen. Er fischte es heraus und versuchte, als wäre es das Selbstverständlichste der Welt, eine der winzigen weißen Kugeln herauszuholen. Aber es war eben nicht das Selbstverständlichste der Welt, es sah bestimmt irgendwie nach Drogen aus. Oder nach Vollidiot. Und so kam prompt die Frage, die er jetzt am wenigsten gebrauchen konnte: »Was hast du da?«

Wie penetrant sie ihn duzte!

»Ähm … das ist …« Paul musste lesen, was Adelheid Dauphin auf die Tüte gekritzelt hatte … »Bryonia«.

»Glaubst du an Homöopathie?«

Sie glaubte vermutlich, dass sie einen Anspruch darauf hatte, ihn zu duzen, nachdem er sie bedrängt hatte, ihren Bauchnabel für ihn zu entblößen?

»Eigentlich nicht. Es ist nur wegen meiner Nackenschmerzen … ich dachte …« Er wusste selbst nicht, was er dachte!

Blitzschnell legte er das Kügelchen auf die Zunge und suchte nach einem neuen Gesprächsthema.

Tolstoi hatte sich jetzt wieder an Majas Füßen zusammengerollt, sodass Paul ihn nicht sehen konnte. Hoffentlich begann er nicht doch zu müffeln. Darüber wollte Paul lieber auch nicht mit Maja reden.

»Ich denke, wir sollten das Ganze historisch aufbauen. Also

nur um mal eine Vorstellung von dem zu entwerfen, was wir tun: Das Gewaltschutzverfahren im einstweiligen Rechtsschutz unterscheidet sich grundlegend vom normalen zivilrechtlichen Verfahren, weil nämlich auf Beweise verzichtet wird.«

Ja, das war ein gutes Thema!

»Wir müssen überhaupt nichts beweisen, wir müssen es nur glaubhaft machen! Das bedeutet: Wir müssen den Richter davon überzeugen, dass es wahr sein könnte. Es genügt, dass es wahrscheinlich ist. Und damit er das beurteilen kann, müssen wir ihm Dinge an die Hand geben, die er gleich und sofort auf seinem Schreibtisch prüfen kann. Ohne Nachfragen. Ohne Zeugen zu befragen. Wir müssen ihm Dokumente geben, Fotos, solche Sachen. Schriftliche Zeugenaussagen sind auch sehr gut, in Form der eidesstattlichen Versicherung. Das ist so eine Art Schwur auf Papier. Wenn wir Glück haben, wird er unseren Antrag prüfen, die Glaubhaftmachung überzeugt ihn, und er winkt uns sofort durch!«

Maja wirkte neugierig, aber nicht wirklich beeindruckt. »Und was beantragen wir?«

»Wir beantragen ein Kontaktverbot. Wir beantragen, dass er sich … ähm …« Jetzt steckte Paul fest. Er musste sich zwischen »dir« und »Ihnen« entscheiden. Ein »Du« brachte Paul einfach nicht heraus. »Dass er sich nicht weniger als fünfzig Meter nähert.« Na also, ging doch. Er redete jetzt einfach schneller, dann fiel es ihr vielleicht gar nicht auf. »Außerdem verbieten wir ihm, zu schreiben oder anzurufen oder vor dem Haus herumzulungern, oder was er sonst eben noch so macht, um Nähe zu suchen.«

»Hm, okay. Und wenn er das trotzdem macht?«

»Also, das Gewaltschutzgesetz sieht verschiedene Sanktionen vor. Zunächst eine Geldstrafe für jeden Verstoß. Wenn der Täter kein Geld hat oder er wahnsinnig penetrant ist, sogar Haft.

Außerdem erlaubt das Gewaltschutzgesetz den Einsatz der Polizei. Eine kuriose Sache übrigens, dass ein Zivilrichter quasi die Polizei aktivieren darf!«

Paul sah Maja erwartungsvoll an.

»Ja«, erwiderte sie nichtssagend. Sie fand es wohl nicht so kurios. »Aber das bedeutet, dass er weitermachen muss? Sonst wird er nicht bestraft? Davon abhalten kann ihn das Gericht nicht?«

Paul war ratlos. »Warum sollte er weitermachen? Ich meine … die Aussicht auf eine hohe Geldstrafe wird ihn sicher nicht gerade ermutigen, oder?«

»Aber wenn er verrückt ist?«

Paul zögerte. Sie hatte vollkommen recht. Er musste an die mit Blut geschriebene Nachricht denken. Wo der Stalker das Blut wohl herhatte? Das wollte Paul lieber gar nicht so genau wissen. Aber er durfte Maja jetzt nicht verunsichern …

»Dafür haben wir doch die Polizei! Die können wir sofort anrufen. Das richterliche Kontaktverbot wird sogar bei der Polizei hinterlegt! Die wissen also auf der Stelle, was Sache ist, wenn du anrufst!«

»Ich hab doch gesagt, dass ich keine Polizei will! Und bis die kommt, ist er vielleicht schon wieder weg. Und wenn er mir etwas antut, dann ist es mir ziemlich egal, ob danach die Bullen kommen!«

Langsam war Paul mit seiner Weisheit am Ende.

»Natürlich können wir keinen Schutzschild bauen, der ihn abhält. Das ist klar. Aber das sind doch alles sehr wirksame Maßnahmen, finde ich, und es ist sicher besser, als einfach weiter zuzuschauen!«

»Ich weiß schon.« Sie klang nun fast mitleidig. »Du gibst dir bestimmt Mühe, aber du kannst dir nicht vorstellen, wie sich das für mich anfühlt! So ausgeliefert. Ich habe das Gefühl, dass er mit mir machen kann, was er will.«

Wohin war der verdammte Altersunterschied jetzt verschwunden? Paul könnte, wenn man es sportlich betrachtete, fast ihr Vater sein! Das musste sich doch in diesem Gespräch irgendwie niederschlagen? »Also, wie gesagt: Wir sollten historisch vorgehen. Wir fangen da an, wo es angefangen hat. Da war die Trennung nach dem Urlaub in Ägypten, richtig?«

»Historisch, nicht hysterisch, meinst du?« Jetzt zeigte sie ihm wieder die Biene Maja zum Glück. Paul lächelte zurück. Recht geben wollte er ihr lieber nicht, sonst wäre sie am Ende noch beleidigt.

»Na ja, wir sind abends bei mir im Haus gewesen ... Er hat mich gestreichelt und wollte mich küssen, und da bin ich aufgestanden und habe meinen ganzen Mut zusammengenommen und gesagt, dass wir reden müssen, und dann habe ich zu ihm gesagt, dass ich Schluss machen will, und habe es ihm erklärt. Und er hat einfach nur dagesessen und hat nichts gesagt. Aber dann ist er aufgestanden und hat mich ins Gesicht geschlagen! Einfach so! Total krass! Und ich habe erst mal nur dagestanden und ...«

»Ja, ich erinnere mich, darüber hatten wir schon gesprochen«, unterbrach Paul den plötzlichen Redefluss. »Aber wir müssen noch weiter vorn anfangen. Die Beziehung dauerte zwei Jahre ungefähr, bis es zu diesem Abend kam?«

Erst gingen sie signifikante Ereignisse der Wochen nach der Trennung durch. Die in den Garten geworfenen Gegenstände. Die Zigarettenkippen. Jede Kleinigkeit hatte Maja aufgeschrieben und sauber mit Datum und Uhrzeit vermerkt. Dann begannen sie gemeinsam, Brendels E-Mails und SMS zu lesen. Erst solche, die namentlich gekennzeichnet und dem Stalker ohne Zweifel zuzuordnen waren. Dann die anonymen Nachrichten, die von erfundenen Adressen versendet worden waren. Wort für Wort diktierte Paul sie ab.

»Ziffer einunddreißig Doppelpunkt Dienstag Komma einundzwanzigster Januar zwanzig Uhr zweiundvierzig Komma E-Mail von Absender abcdzweidreivierfünfsechssieben @ Zeichen gmail Punkt com Anführungsstriche kursiv Text - Du gehst nicht an dein Telefon Komma Du antwortest nicht auf meine Schreiben aber ich muss unbedingt mit Dir sprechen und Dir sagen wie leid es mir tut - Punkt Schlussstriche Absatz fett gedruckt Glaubhaftmachung Doppelpunkt Ausdruck der E-Mail in Kopie Anlage Nummer einunddreißig.« - »Was ist die nächste Nachricht?«

Zwischendurch öffnete sich die Bürotür. Micha kam mit einem Tablett herein. Eine Flasche Mineralwasser, zwei Gläser und zwei Tassen Espresso. Wunderbarer Geruch. Auf jedem Unterteller lag ein Schokoladenkeks.

»Kurz vor drei! Kaffeepause!« Das strahlende Lächeln von Micha erweckte den Verdacht, es könne eventuell sogar im Dunkeln leuchten. »Haben Sie vielleicht schon ein paar Kassetten für uns? Dann könnten wir mit dem Tippen beginnen?«

Paul händigte zwei volle Tonbänder aus.

»Mag der kleine Hund vielleicht ein bisschen Wasser?«

Das wäre ja noch schöner! In freier Wildbahn müssen Wölfe tagelang ohne alles auskommen, da würde dieses kleine Exemplar doch wohl ein paar Stunden durchhalten?

Während sie tranken, auch der kleine Hund, aus einem tiefen Teller aus der Kanzleiküche, bei dem Paul sich schwor, ihn sofort danach wegzuwerfen, damit er niemals wieder auf seinem Tisch landen konnte, arbeiteten sie weiter. Nun kamen sie zu den »handfesteren« Übergriffen.

»Haben wir Fotos von dem Kondom?«

»Ich habe es hier!«

»Mein Gott - bloß nicht! Mir genügt ein Foto!«

Maja blätterte in ihrem Ordner und präsentierte schließlich

eine Klarsichtfolie, in die das Objekt eingeklemmt worden war. Paul stand vom Schreibtisch auf, umrundete ihn und hielt sein Smartphone hoch. Näher als einen Meter brachte ihn nichts in der Welt an das widerliche rosa Stück heran. Das Smartphone blitzte auf, und Paul sendete das Resultat an den Drucker. Tolstoi machte schlabbernde Schmatzgeräusche. Das passte wunderbar zu dem Foto.

»Was ist mit den Kippen passiert?«

»Ein paar habe ich dabei.« Das hier war wirklich ein Ekel-Härtetest.

»Heldenhafter Einsatz«, kommentierte Paul ironisch.

Während Maja, inzwischen selbst etwas angewidert, die stinkende Folie mit den Zigarettenstummeln wegblätterte, fragte sie: »Was machen wir denn jetzt mit der DNA-Probe? Wo kriegen wir die so schnell her? Und wir haben immer noch keine Vergleichs-DNA vom Täter!«

»Ach, wir haben hier so viel Material gesammelt, ich glaube nicht, dass wir das überhaupt brauchen«, beruhigte Paul sie. Dann begann er, einem unbestimmten Gedanken nachjagend, in seinem eigenen Ordner hin und her zu blättern.

»War Brendel öfter betrunken? Oder war vielleicht was mit Drogen?«

Maja blickte erstaunt von ihren Unterlagen auf. »Was? Nein. Er hat gern Wein getrunken, und dann hat er auch mehr geraucht als sonst, aber egal wie viel, er war nie betrunken oder so! Sonst gar nichts. Im Gegenteil, er ist eigentlich ziemlich sportlich.«

»Dann verstehe ich das nicht. Einerseits war er quasi ein regelrechter Gentleman-Stalker. Nachstellen, ja, schon. Lästige Schreibereien und Telefonterror, aber immer irgendwie kitschig und blumig und … na ja, fast höflich. Ich meine … er hat eben gekämpft. Das ist normal, oder? Und dann andererseits dieses total abartige Zeug! Diese mit Blut geschriebene Morddrohung, mein Gott – das ist wirklich Psychopathenoberliga! Oder dieses ekelhafte Kondom. Als er das gemacht hat, muss er zugedröhnt gewesen sein. Auch diese primitive, rohe Sprache bei den Drohungen. Und die Schreibfehler. Als hätte er zwei Persönlichkeiten.«

Maja starrte ihn erschüttert an. Es dauerte eine Weile, bis sie wieder auftaute.

30.

ORGELN:

das Schreien des Rothirschs in der Brunft

Inzwischen hatten sie Ziffer 151 im Schriftsatz erreicht, und das vierte Tonband war halb voll diktiert, aber fertig waren sie immer noch nicht.

»Jetzt müssen wir die Zeugenaussagen niederschreiben …« Paul seufzte, inzwischen sichtlich angeschlagen. Das Tablett mit den Tassen und der fast leeren Wasserflasche stand trostlos auf dem Schreibtisch. Auf dem Boden lagen stapelweise lose Blätter, die keine Verwendung gefunden hatten. Dazwischen pennte Tolstoi, leise schnarchend.

»Ich habe keinen Bock mehr auf diese Scheiße«, fluchte Maja plötzlich. »Das muss doch reichen? Wie viel brauchen wir denn noch, um nachzuweisen, dass mir dieses Riesenarschloch das Leben zur Hölle macht? An jedem einzelnen verschissenen Tag! Ohne Pause!«

»Nur noch die eidesstattliche Versicherung«, beschwichtigte Paul sie. Die Nachmittagssonne tauchte den Raum in honigfarbenes Licht. Paul stand auf und kippte ein Fenster. Sein Blick schweifte über all die Bücherrücken. Er mochte wetten, dass in keiner einzigen dieser Urteilssammlungen, keinen der Kommentare und Gesetzestexte auch nur ein Sterbenswörtchen über einen Fall wie diesen stand. So was hatte es offiziell in Deutschland früher schlicht und einfach nicht gegeben. »Stalking«, das war was für Hollywoodstars. Doch Paul hatte inzwischen viel im Internet dazu gelesen, um sich auf den Fall vorzubereiten. Jede dritte Frau wird, so sicher wie das Amen in der Kirche, irgendwann im Leben von einem Stalker verfolgt, heißt es. Schwerwiegende Fälle dauern im Schnitt vier Jahre lang und führen in der Regel zu einer posttraumatischen Belastung. Wie krank das alles war! Selbst er, als Außenstehender, fühlte sich schmutzig. Besudelt von den Ereignissen. Und genervt. In den letzten Stunden hatte er ein kleines Stück heile Welt eingebüßt. Lag es daran, dass er Maja Rivinius so nahegekommen war? Oder lag es an dem besonderen bösen Zauber dieser Geschichten?

»Eine Stunde noch, dann sind wir fertig und machen was Schönes, okay? Versprochen!«

Aufmunternd blickte er sie an. Sie war auf ihrem Stuhl regelrecht in sich zusammengesunken. Doch seine Worte verfehlten ihre Wirkung nicht.

Als hätte er ein Gummitier aufgeblasen, hoben sich ihre Schultern, der Kopf streckte sich. »O ja! Was Schönes!«

Paul fragte sich, ob er ein bisschen zu viel Luft hineingeblasen hatte. Doch als sie nun begannen, die höchstpersönliche Aussage von Maja Rivinius als Diktat aufzunehmen, strömte ein Teil der frischen Luft gleich wieder aus ihr heraus.

Paul war aufgestanden und lief mit dem Diktiergerät im Raum hin und her. Immer wieder verschwand er dabei hinter Majas Rücken, sodass sie sich zu ihm umdrehen musste, während er ihre Aussage auf Band aufnahm.

»Fräulein Christiane, jetzt folgt eine Zeugenaussage, bitte auf ein weißes Blatt Papier ohne Briefkopf drucken«, diktierte er. »Eidesstattliche Versicherung der Maja Rivinius, bitte die Adresse einfügen. Absatz. Ich wurde durch Herrn Rechtsanwalt Paul Colossa über die rechtlichen Konsequenzen einer eidesstattlichen Versicherung belehrt.« Paul sah Maja von der Seite an: »Wenn wir hier lügen, bringt uns das in den Knast!« Maja nickte nur, und Paul sprach weiter in sein Diktiergerät: »Nachfolgendes versichere ich an Eides statt …«

»Kannst du dich bitte hinsetzen oder wenigstens aufhören, hier herumzurennen«, mäkelte Maja gereizt.

»Tut mir leid. Wenn ich laufe, kann ich besser denken.«

Viel später kam Fräulein Christiane wieder ins Zimmer und

wünschte den abgekämpften Stalkerjägern noch viel Erfolg und ein schönes Wochenende. Paul blickte auf die Uhr des Computers; es war kurz vor sechs.

Eine gute Stunde später schloss er mit theatralischer Geste den Ordner, nahm die Kassette aus dem Gerät, heftete sie an die Akte und sah Maja durchdringend an. »Hunger?«

»Ja … aber ich mag nirgends hingehen …«

Sie lud sich selbst ein. Dem würde er ganz bestimmt nicht widersprechen.

»Darf ich Tolstoi mitnehmen …?«

Ach ja. Maja hatte Tolstoi unter den Arm geklemmt.

Sie machten die Lichter aus. Maja in Pauls Büro, Paul im Vorzimmer.

Von der Straße irrlichterte Laternenschein durch das Cicerofenster im Nebenraum und legte einen blauen Farbstreifen auf den Boden. Die beiden waren nur Silhouetten. Bürogeister. Paul schloss die Eingangstür ab, und sie stiegen die knarzende Treppe hinauf zur Wohnung. Es roch nach Holz und Putzmittel.

31.

WURZELN:

die Nahrungsaufnahme des Dachses
(»der Dachs wurzelt«)

Pauls Gefühle waren in diesem Moment gemischt. Wäre Paul Schauspieler gewesen, hätte er es leicht als Lampenfieber identifizieren können. Aber er war eben Rechtsanwalt. Wobei … wenn er sich recht entsann, hatte er ein vergleichbares Gefühl gerade in den Anfangsjahren auch immer wieder einmal bei Gericht erlebt. Wenn man sich einbildete, der Sache in keiner Weise gewachsen zu sein und gerne in einer Ritze des Parketts verschwunden wäre. Aber letztlich war es dann doch immer … zu Ende gegangen. Es wäre übertrieben zu sagen, dass es immer gut ausgegangen war. Das liegt nun einmal in der Natur der Sache, dass Anwälte Prozesse verlieren. Es liegt selten daran, dass der Mandant einfach im Unrecht ist. Das Gewinnen oder Verlieren insbesondere von Prozessen hat mit Rechthaben so gut wie nichts zu tun. Prozesse verliert man, weil der Richter ein Idiot ist oder weil der Staatsanwalt ein Idiot ist oder Gutachter oder weil die Zeugen nichts taugen oder der gegnerische Anwalt ein Idiot ist oder, natürlich, weil der Mandant ein Vollidiot ist. Vor allem aber werden Prozesse verloren, weil Anwälte sie verkacken. Den Wink des Gerichts mit dem Zaunpfahl nicht kapieren. Sich stur in eine Sache verrennen, die der Mandant eigentlich viel entspannter sieht. Manchmal kennen sie auch wegweisende Neuentscheidungen des Bundesgerichtshofs dummerweise nicht, oder man hat schlicht und einfach von der ganzen Sache keine Ahnung und weiß nicht mal den Namen des eigenen Mandanten, den man zum ersten Mal im Leben gerade vor der Tür des Sitzungssaals gesehen hat, so wie Paul Adelheid Dauphin. Die Akte eben kurz unten im Auto auf dem Gerichtsparkplatz gelesen. Aber auch solche Termine gehen vorbei, und sogar solche Prozesse gewinnt man mitunter, auch wenn man nicht genau begreift, warum. Aber alle diese über Jahre gesammelten Erfahrungsschätze halfen Paul in seiner augenblicklichen Lage nicht wirklich weiter, denn er befand sich nicht auf vertrautem Terrain, also vor Gericht, sondern auf unvertrautem romantischen.

Mit einem lauten Schnappen öffnete Paul das Türschloss zur Wohnung, machte das Licht im Flur an, und sie traten ein. Paul war verlegen. Maja schwieg. Paul zog die Schuhe aus, zupfte dabei ungeschickterweise erst am falschen Teil der Schleife, sodass die sich verknotete. Es kostete wertvolle Sekunden in der Hocke, den Knoten zu lösen – in völliger Stille. Hocken ist eine sehr unmännliche Körperhaltung. Helden trifft man eher selten in der Hocke an. Außer wenn sie auf dem Schlachtfeld ihre Notdurft … aber nein. Daran wollte Paul eigentlich nicht denken. Als er wieder stand, war auch Maja besockt. Lächelnd kniete Paul nieder, hob ihre Turnschuhe auf, stellte sie neben seine. Das war schon eher heldenhaft. Niederknien vor einer Maid. Er nahm ihr die Jacke ab, die sie über dem Arm trug, und merkte, dass er seine unten in der Kanzlei vergessen hatte. Das Handy aus seiner Hemdtasche legte er auf die Kommode. Dann endlich brachte er ein paar Worte heraus, die eigenartig fremd klangen. Im Flur hatte Paul lange nicht geredet. Mit wem auch? So hörte sich das also an.

»Ja … hier wohne ich. Kleine Führung?«

Maja war ebenfalls überraschend schüchtern. Vielleicht tat sie auch nur so? »Gerne! Warte … Tolstoi, Platz!« Das Tier rollte sich zusammen und starrte sie mit seinen schwarzen Knopfaugen an. Es war das erste Mal, dass ein Tier in seinem Zuhause war. Ziemlich archaische Sache irgendwie. Willkommen bei den Jägern und Sammlern?

Majas Blick wanderte. Schon im Flur hingen natürlich Bilder. Dies und das, französische Impressionisten, die Konstruktionsskizze eines Segelschiffs und Fotos von Unbekannten. »Das ist in Königsberg!« Maja zeigte auf ein Schwarz-Weiß-Bild. Ein Ruderboot, das an einer Festungsmauer vorbeizog, darin Männer, die dem Fotografen mit Strohhüten zuwinkten.

»Fangen wir vielleicht hier links an?« Paul wusste nämlich nicht, ob das Bild aus Königsberg war. Auch nicht, wer die Personen darauf waren. Genauso wenig, warum es hier hing. Wie bei jedem Bild gab es ohne Zweifel eine Oscar-Anekdote dazu, die Paul genauso wenig kannte. Und das war überhaupt das Problem an der augenblicklichen Situation: Paul kannte diese Wohnung einfach nicht gut genug, um damit Eindruck zu schinden. Paul lockerte den Krawattenknoten ein wenig und öffnete den obersten Hemdknopf. Nicht dass er hier noch erstickte.

»Das hier ist das im Zweifel etwas überdimensionierte Ankleidezimmer«, verkündete Paul, als er durch die Tür zur Linken trat, und machte die strahlende Lichterbatterie an. Sie standen in einem großen Raum, dessen Wände gänzlich aus Schranktüren bestanden. Sie waren kunstvoll perspektivisch bemalt, mit Säulen, Vorhängen und Vasen, und ließen den Raum noch größer wirken. Ein Saal, das Boudoir eines absolutistischen Fürsten. Oscar, der Dekadente. Ein Schrank und eine Tür am Ende des Raums grenzten das prachtvolle Gemach vom Schlafzimmer ab. Paul überlegte kurz, blickte zu Maja. Die sah sich fasziniert um und bemerkte seinen Blick nicht. »Na ja, da nebenan ist dann noch das Schlafzimmer …«

»Ah«, sagte Maja nur. Mehr traute sie sich in diesem Augenblick auch nicht. Sicherlich hätten beide gerne gemeinsam das Schlafzimmer besichtigt – doch dreitausend Jahre abendländischer Kultur ließen sich nicht so ohne Weiteres wegwischen. Also Licht aus, Tür zu, zurück in den Flur. Das Bad mit dem Whirlpool wagte er nicht einmal zu erwähnen. Da hätte er auch gleich seine Hose aufknöpfen können.

»Nun zu den repräsentativen Räumen.« Paul tat sich mit

diesem Teil der Führung wieder deutlich leichter. Von der Schlafzimmersache einmal abgesehen: Wie hätte er Maja erklären wollen, dass in den Schränken ausschließlich Sachen in der Kleidergröße Oscar hingen und er selbst aus einem Koffer lebte, weil er nicht wusste, was er mit den Klamotten des Onkels anfangen sollte? Die wie Oscar rochen. Wie Oscar aussahen. Trauer war kompliziert und irrational. Einige der Schränke hatte er noch nie geöffnet.

Paul machte das Licht im Wohnzimmer an, und Maja kämpfte erkennbar einen Sekundenbruchteil damit, den Unterkiefer nicht herunterklappen zu lassen, als sie das Kaleidoskop von Bildern und Büchern und den hübschen kleinen Turmerker mit dem Mühlespieltisch erblickte. Ja, das war ein wunderbarer Raum. Und nein, so konnte er das nicht stehen lassen. So konnte er sie nicht stehen lassen. Er kam sich vor wie bei Cyrano de Bergerac. Onkel Oscar, die alte Langnase, lieferte hier die flotten Sprüche aus dem Off, die er, Paul, der tumbe Tor, der Angebeteten vorbetete? Nein. Entweder war das hier die große Paul-Colossa-Show, oder die Show fiel aus. Klappe zu, Affe tot, Vorstellung entfällt. Keinesfalls wollte er die Suppe mit Oscars Lorbeeren würzen.

»Alles von Onkel Oscar. Ich habe die Wohnung praktisch nicht verändert, seit mein Onkel gestorben ist. Ich will es nicht. Oder ich kann es nicht. Oder vielleicht beides. Ich habe hier einen wichtigen Teil meiner Kindheit und meiner Jugend verbracht. Mein Onkel war ein Großer. Nicht nur allgemein, sondern vor allem für mich.«

Erstaunlich, aber das waren offensichtlich genau die richtigen Worte gewesen! Paul stand mitten im Raum, als er sie sagte. Und Maja ging sofort zu ihm. Stellte sich vor ihn hin. Legte ihm die Arme um den Hals. Paul war wie elektrisiert! Würde sie ihn jetzt küssen? Hätte er eben die Gelegenheit nützen sollen, sich im Bad ganz kurz die Zähne zu putzen? Doch sie küsste ihn nicht. Sie legte den Kopf an seine Schulter, drückte ihn fest und sagte: »Es tut mir so leid.« Sonst sagte sie nichts! Aber es war ein großartig schöner Moment für Paul, der sehr lange dauerte. Sie hielten sich einfach. Zwei Verlorene. Dann streichelte er ihr über den Hinterkopf. Wie fest der Zopf sich anfühlte.

»Hast du Hunger?« Jetzt hatte er den Bann gebrochen! Das war ein Du gewesen, und es war ihm ganz leicht über die Lippen gekommen.

»Wie ein Wolf!« Sie entließ ihn aus der Umarmung.

»Dann zeig ich dir mal meine Küche.« In der Spüle standen noch ein schmutziger Topf, ein Teller und eine Gabel. Ein leeres Weinglas stand ebenfalls herum und eine Espressotasse. Das Fenster war gekippt. Kälte kam herein. Es war fast dunkel draußen, was einen einsamen Vogel nicht von seinem melodischen Trällern abhielt. Frühling!

»Du grässlicher, schlampiger Junggeselle!«, sagte Maja und kicherte. »Obwohl … im Grunde habe ich die Wahl, dass ich hier entweder dein schmutziges Geschirr dulden muss oder irgendeine Frau, die Ordnung hält … hmmm.«

»Und was wäre dir lieber?«

Sie antwortete nicht, sondern öffnete den Kühlschrank.

»Haaaaaaaaallllooooo«, rief sie laut und blickte in das elektrisch beleuchtete weiße Innere.

»Was machst du da?«, fragte Paul irritiert.

»Dein Kühlschrank ist so leer, dass ich mich gefragt habe, ob man vielleicht ein Echo hört. Mach mal das Fenster zu. Ist ungemütlich.«

Sie holte eine Eierschachtel und eine halb leere Weißweinflasche aus dem Kühlschrank. »Damit hast du mich in deine Wohnung gelockt? Verdammter, mickriger Minimalist«, tadelte sie ihn und grinste breit. »Darauf kannst du dir echt was einbilden. Dir ist schon klar, dass die Konkurrenz nicht schläft? Mein Vater hat Freunde bis in den Kreml. Die haben Kaviar im Kühlschrank. Immer! Wenn du bei denen einen Kühlschrank aufmachst, steht ein voll ausgerüsteter Koch drin, sagt ›Dobre djin!‹ zu dir und erfüllt dir jeden Wunsch! Jeden, verstehst du?«

»Ich habe Nudeln im Schrank, glaube ich …«

»Paul! Wie erbärmlich. Brat mir sofort diese Eier und mach mich schnell betrunken, damit ich darüber hinwegsehen kann!« Sie war außer sich vor Heiterkeit.

»Du wirst schon sehen!«, konterte Paul verschwörerisch, holte eine kleine Bratpfanne aus dem Schrank, stellte sie auf den Herd und drehte das Gas auf niedrige Flamme.

»Du willst mich echt mit Spiegeleiern beeindrucken?«

»Klar«, gab Paul an. »Wachteln, Kaviar und Trüffel kann jeder. Der Meister beweist sich in Spaghetti al burro, Spiegeleiern und Bratkartoffeln. Bratkartoffeln sind heute aus.«

So gefiel er Maja. Das merkte man sofort. Sie mochte Männer, die von sich überzeugt waren. Was auf Paul eigentlich nicht hundertprozentig zutraf. Aber er wusste, dass es von ihm erwartet wurde, und er war nicht so dumm, nicht mitzuspielen.

»Schraubverschluss?« Mit übertrieben angewidertem Blick öffnete Maja die Weinflasche. »Hast du Pappbecher dazu?« Dabei sollte sie wissen, dass ein Schraubverschluss nach neuesten Erkenntnissen das Aroma des Weins wesentlich besser erhielt als ein in der Regel doch minderwertiger Korken mit fragwürdigem Eigenleben bis hin zu Schimmelbildung. Mit Pappbecherniveau hatte ein Wein mit Schraubverschluss beileibe nichts zu tun. Wobei … diese konkrete Flasche hatte beim Discounter gerade mal drei Euro gekostet. Aber das musste Paul ja nicht unbedingt vertiefen. Maja machte ein paar Schranktüren auf und fand schließlich zwei Weingläser, die sie füllte. Paul experimentierte derweil mit den Eiern herum. Um der

Wahrheit die Ehre zu geben: Paul war kein Koch. Nicht nur kein guter, sondern gar keiner. Aber Attila! Der hatte es wirklich drauf. Und Paul hatte oft genug danebengestanden, wenn Attila mit erbärmlichsten Zutaten ein Festmahl zauberte. Also, das vollkommene Spiegelei? Erstens vermeiden, dass der Dotter seine perfekte runde Tautropfenform verliert. Das erreicht man entweder, indem man das Ei gekonnt direkt in die Pfanne schlägt – wobei einem die Physik jedoch ein Schnippchen schlagen kann –, und schon zerrinnt der süße gelbe Saft auf seinem weißen Bett. Oder man trennt Weiß und Gelb so wie in grauer Vorzeit Mägdelein und Buben in der Schule, um sie später, wenn sie die nötige Reife erreicht haben, wieder zusammenzubringen. Paul ließ also unter den durchaus faszinierten Blicken von Maja das glibberige Eiweiß in ein Trinkglas fließen und den großen orangen Tropfen Dotter, der unbeschadet zurückblieb, in ein zweites.

»Oh, Paul, willst du etwa einen Kuchen für mich backen?«

Paul ignorierte den Spott, holte Butter aus dem Kühlschrank.

»Gibst du mir mal diese …« Paul zeigte auf ein etwas überdimensioniertes Essbesteck mit drei großen Zinken.

Maja ergriff es und sah Paul belustigt an. »Was ist das?«

»Für die einen ist es ein Fluch, für die anderen eine … Gabel«, kalauerte er.

Maja kicherte.

Paul säbelte mit dem Werkzeug ein großes Stück Butter ab und ließ es in die warme Pfanne gleiten, wo es sogleich schäumend schmolz und herrlich duftete.

Maja nippte an ihrem Wein und beobachtete Paul, ihre Errungenschaft, zufrieden.

»So!«, verkündete Paul mit wichtiger Miene. Dann ließ er langsam das flüssige Eiweiß in die kleine Pfanne fließen, es breitete sich aus und füllte sie schließlich blubbernd und Blasen werfend. »Die Kunst liegt in der Langsamkeit …«, sagte er und zwinkerte Maja zu.

»Soso«, antwortete die vielsagend. »Das habe ich schon öfter gehört …«

»Ja – das retardierende Moment.« Inzwischen war der Boden der Pfanne weiß. Paul salzte und pfefferte ihn mit großem Schwung, was ihm ein lautes Lachen seiner Zuschauerin einbrachte, die ihm nun sein Weinglas reichte. »Maestro – ein wenig Inspiration?«

Kling … die Gläser trafen sich, und für einen durchaus nicht kurzen Moment blickten sie einander in die Augen. Auch die Finger hatten sich berührt, aber das war keine Absicht gewesen. Oder? Doch das hielt Paul nicht lange aus, und er wandte sich wichtigtuerisch wieder seiner Pfanne zu.

»Jetzt erst tritt der Dotter auf die Bühne!«, zitierte er den großen Attila, ohne dass Maja das ahnte. Und der Zauber gelang. Genau in der Mitte des weißen Betts kam die gelbe Perle rund und unversehrt zum Ruhen.

»Ich mag es, wenn der Dotter einen weißen Hauch hat …« – Paul gab natürlich nur vor, laut nachzudenken, eigentlich sollte es eine Anzüglichkeit werden –, »… der sich wie ein Negligé über den nackten, glänzenden gelben Tropfen legt, alles verschleiert und doch nichts verbirgt.«

»Paul!«, prustete Maja. »Man sollte dir verbieten, Eier in Gegenwart von anständigen Frauen zu braten!«

Während Paul einen Teller auf die Pfanne legte und das Gas leicht aufdrehte, um den beschriebenen Effekt zu erzielen, betrachtete Maja das die Küchenwand ganz ausfüllende Ölgemälde einer barocken Jagdgesellschaft, die sich um eine erkennbar angetrunkene Dame von hohem Stand auf dem Waldboden niedergelassen hatte, um zu schlemmen. 1740, unbekannter Künstler, doch das wusste Paul nicht, und Maja interessierte es auch gar nicht.

Etwas später saßen sie im Wohnzimmer bei Tisch und zelebrierten ihr spartanisches Mahl. Spiegelei ohne Beilage, danach Nudeln mit Butter, dazu Weißwein. Auf dem Tisch stand natürlich eine Kerze – Paul hatte eine Weile unauffällig mit den Blicken in Oscars Musiksammlung gestöbert, doch das alles erschien ihm einfach zu riskant. Zu viel E-Musik. Letztlich hatte er schlicht das Radio eingeschaltet, und sie hörten harmloses und unverdächtiges Gedudel.

»Ich fliege übers Wochenende bis Dienstag nach Kaliningrad und weiter nach Moskau. Mit Papa«, eröffnete Maja mitten im Gespräch zu Pauls Entsetzen. »Neue Geschäfte, ein paar Leute kennenlernen, Kontakte pflegen, Wodka trinken …« Sie blitzte mit den Augen und hielt Paul ihr Weinglas hin. Viel gab die Flasche nicht mehr her, Paul schenkte ihr den Rest ein und dachte darüber nach, dass er vor wenigen Momenten ihre Geschichten über die männliche Konkurrenz aus dem Kreml noch für Wichtigtuerei gehalten hatte. War er eifersüchtig? Schon, ehrlich gesagt. Aber jetzt bloß keine Schwäche zeigen. Heute hatte er die Chance, seinen Claim so nachhaltig abzustecken, dass die gesamte russische Oligarchie mit all ihren Petro-Rubeln und Kalaschnikow-Dollars ihm nichts mehr würde anhaben können. Maja war zu ihm gekommen, und er hatte nicht darum gebeten. Also Nerven behalten.

Das ärmliche Mahl war rasch verputzt. Als Nachspeise gab es eine bereits angebrochene Tafel Nussschokolade, die Maja mit größter Verachtung strafte – »Das ist ja nur Fett und Zucker, überhaupt keine Schokolade!« – und größtenteils allein verspeiste.

»Spielst du Mühle?« Paul stand auf und brachte die Teller in die Küche. Kaffee hatte sie abgelehnt, aber es gab da ja noch den geheimen Schrank. Maja betrachtete das Bild einer eleganten Frau mit einem Pudel, die einen eleganten Boulevard in einer eleganten Stadt entlangschlenderte. »Nein. Ich mag keine Spiele.« Eine interessante Lüge. »Wo hat dein Onkel alle diese Bilder her?«

»Für jedes einzelne gibt es vermutlich eine tolle Antwort. Ich allerdings kenne sie nicht«, erwiderte Paul mit inzwischen deutlich erstarktem Selbstbewusstsein und öffnete die geheime Bar. Wieder erklang »Claire de Lune«, das zog den Blick des Mädchens an. Sie betrachtete die Fenster. »Dein Onkel war eine alte Seele.«

»Eher ein alter Schwerenöter, glaube ich!« Paul blieb seiner Devise treu: keine Cyrano-Spielereien. Die Paul-Show oder keine. Er holte eine Flasche Whisky und zwei Gläser heraus. »Wollen wir sehen, ob der dem Stoff aus dem Buch unten in der Kanzlei Konkurrenz machen kann?«

»Highland Park?«, las Maja das Etikett von ihrem Stuhl aus vor. »Ist das gut?«

»Willst du, dass ich behaupte, ich sei jemand, der sich mit Schnaps auskennt? Das ist was für alte Männer. Aber es gibt eine simple Methode, es herauszufinden!«

»Ich hatte schon befürchtet, wir wären am Ende, als du mir den letzten Schluck von deinem Schraubverschlusswein eingeschenkt hast«, sagte Maja glucksend.

»Am Ende sind wir zwei noch lange nicht«, orakelte Paul dagegen.

Wieder stieg der intensive, in diesem Fall jedoch weit gefälligere und weniger penetrant an Terpentin und Holzkohle gemahnende Duft von Gerstenmalz in den Raum, und der schottische Hochlandgeist ließ den beiden jungen Menschen bald die Kehlen glühen. Genau genommen glühten auch ihre Gesichter. Sie saßen nebeneinander auf dem Sofa, Paul hatte den Kopf nach hinten gelehnt und die Augen geschlossen.

32.

RAUSCHZEIT:

die Paarungszeit des Wildes

Maja saß im Schneidersitz und beobachtete ihn. »Du bist müde?«

»Nein. Gar nicht. Wirklich. Es ist der verdammte Nacken. Seit zwei Tagen …«

»Magst du, dass ich dich massiere?«

Paul setzte sich auf und öffnete die Augen. Es war ihm klar, wohin das führte.

»Würdest du …?«

»Los, zieh dein Hemd aus.« Diese Lady machte keine Gefangenen!

Paul gehorchte, knöpfte linkisch das Hemd auf, scheiterte beinahe an den Handgelenken und drapierte es schließlich über einen Stuhl. Dann legte er sich längs über das ganze Sofa auf den Bauch. Maja stieg über ihn und setzte sich auf seinen Po. »Für einen Anwalt hast du einen ziemlich kräftigen Rücken«, verkündete sie anerkennend.

Das hörte Paul gerne. Er hatte nämlich gerade eher über die Wirkung seines ebenfalls ziemlich kräftigen Hüftspeckrings nachgedacht. Paul Colossa hatte soeben jedwede Kontrolle über die Situation abgegeben. Er konnte Maja nicht einmal sehen, geschweige denn Einfluss darauf nehmen, was sie als Nächstes tun würde. Im Radio sang eine sanfte Frauenstimme zu einer Gitarre. Eine Demonstration männlicher Verführungsrituale war das hier definitiv nicht. Aber es fühlte sich sehr, sehr gut an, wie Maja da auf ihm saß. Wenn sie die Kontrolle unbedingt wollte, na gut! Paul wusste nicht, wem er sie in diesem Moment lieber überlassen hätte.

Majas Hände fühlten sich ganz anders an als die seiner Therapeutin. Kleiner. Feiner. Filigraner und schwächer. Vor allem aber waren Majas Hände eiskalt. »Dein Rücken ist wunderbar warm!« Sie dachte offenbar dasselbe, nur aus anderer Perspektive. Ungeübt und mit viel zu wenig Kraft drückte sie hier und dort an seinem Nacken und seinen Schultern herum. Nirgends auch nur annähernd lange genug, um eine physiotherapeutisch relevante Wirkung zu hinterlassen. Aber das war Paul dermaßen egal in diesem Moment. Er spürte, dass es Liebkosungen waren, nicht orthopädische Kunstgriffe. Und mit jedem streichelnden Druck der zarten Hände wurden diese wärmer, was das Wohlbehagen, das Paul dabei durchströmte, unermesslich steigerte.

Jetzt hörte sie auf? Sie stützte eine Hand auf ihn, und er hatte das Gefühl, sie würde schwerer. Aus den Augenwinkeln sah Paul, wie Majas dunkelroter Strickpullover neben dem Sofa zu Boden glitt. Dann spürte er ihren warmen Atem in seinem Nacken. Schnupperte sie etwa an ihm? Und jetzt … ein warmer, feuchter Kuss auf seinem Nacken. Zugleich spürte er leicht kratzend den Stoff ihres BHs und die warme Haut ihres Dekolletés auf seiner Haut. Lang anhaltend war dieser Kuss. Eine kleine Ewigkeit. Paul war gleichermaßen entzückt wie unendlich hilflos. Sein Gesicht musste aussehen wie eine überreife Tomate. Gott sei Dank hatte er es in die Sofakissen gedrückt, wobei er in diesem Moment eigentlich das dringende Verlangen nach deutlich mehr Atemluft verspürte. Und die auf dem Bauch liegende Position war gar nicht mehr bequem. Und erst seine Gedanken! Er musste sich regelrecht und im wahrhaftigen Wortsinn auf die Zunge beißen, um diesen magischen Moment nicht durch irgendeinen Wortwitz, einen dummen, scharfsinnigen Kommentar, eine alberne Bemerkung, infantiles Geplapper wie eine Seifenblase zerplatzen zu lassen. Es war eine dieser kleinen Zeitkapseln, die man sich später immer wieder in allen Nuancen genießerisch ins Gedächtnis ruft – die man aber in dem Augenblick, in dem sie sich entfalten, in dem sie als unverdünnte Essenz, wie ein Säuretropfen, in die Realität hineinplatzen, nicht recht zu nehmen weiß. Eine Köstlichkeit, viel zu heiß in den Mund genommen.

Paul fühlte sich wie ein kleiner Junge, der an seinem Geburtstag mit geschlossenen Augen ins Wohnzimmer geführt wird, nachdem er sich sehnlichst ein kleines Modellflugzeug gewünscht hatte zum Zusammenbasteln – und als die Binde von den Augen gezogen wird, steht da ein riesiger, ferngesteuerter Hubschrauber mit echtem Verbrennungsmotor auf dem Tisch. Wie sollte man in einem solchen Moment als kleiner Junge ausschauen? Welchen Gesichtsausdruck, welche Jubelgeräusche erwarten die Eltern, die Großeltern und die Geschwister bei einer dermaßen überwältigenden, alle Hoffnungen überflügelnden Überraschung von einem? Und das natürlich vollkommen zu Recht!

Dabei war der kleine Junge wie erstarrt und wollte erst einmal nur ganz still begreifen und sich orientieren.

Maja würde nun sicher erwarten, dass er sich zu ihr umdrehte. Sie mit seinen kräftigen Armen an die behaarte Brust zog und leidenschaftlich auf den Mund küsste. Gekonnt mit einem einzigen Griff den Verschluss ihres BHs öffnete. Aber Pauls Brust war nie besonders stark behaart gewesen. Und seine Arme waren nicht wirklich kräftig. Und im Mund hatte er einen eigenartigen Geschmack, eine chemische Reaktion des Weins mit dem Ei vielleicht oder den Nüssen in der Schokolade? Ein Geschmack jedenfalls, den er ungern in Majas Mund übertragen wollte. Ein Königreich für eine Zahnbürste.

Obwohl sie ja eigentlich auch Ei gegessen hatte? Und sie seine Brust aus dieser Perspektive gar nicht richtig sehen konnte? Und … wie schwer konnte das zierliche Wesen schon sein? Warum in aller Welt konnte sich Paul nicht einfach gehen lassen?

Maja setzte sich wieder aufrecht in ihre Reiterposition und kraulte seine Haare zärtlich. Sie wusste, wie es lief. Sie hatte alles unter Kontrolle, machte alles richtig.

Jetzt wäre der Zeitpunkt gewesen, wo Pauls Gehirn an irgendwelche Muskeln irgendwelche Signale hätte senden sollen. Auch Pauls Gehirn wusste das. Dummerweise nur war kein Strom in den Nervenbahnen. Das Gehirn hatte den Zettel »Bitte nicht stören« an die Tür gehängt und scherte sich einen Scheißdreck um Signale. Paul musste an den Biologieunterricht bei Frau Weiland in der zwölften Klasse denken. Riesenaxiome bei Tiefseekraken. Das waren die Könige der Nervenleitbahnen. Das Oktopusbild saugte sich unpassenderweise an seinem inneren Auge fest und tat seiner bis eben durchaus noch prächtigen Männlichkeit nicht gut. Das fehlte jetzt gerade noch. Ein Ausfall der Primärwaffe?

Während Pauls Gehirn sich mit dem Kraken herumärgerte, anstatt sich Maja zu widmen, erreichten umso mehr Strom und Signale in denselben unpassenden Sekunden Pauls Smartphone, das immer noch draußen im Flur auf der Kommode lag und nun damit begann, infernalisches polyfones Gedudel und Vibrieren zu verbreiten.

Wieder spürte Paul, wie Maja ihr Gewicht verlagerte. Und sie nahm ihre Hände aus seinen Haaren. Währenddessen hörte das Gedudel auf, aber die Stimmung hatte weiteren Schaden genommen. Wenn Paul eben schon unentschlossen gewesen war, so war er jetzt regelrecht gelähmt.

Manchmal regeln sich die Dinge von ganz allein. Dummerweise hatte man in diesen Fällen kaum Einfluss darauf, ob im Guten oder weniger Guten. In diesem Fall, zu Pauls Unglück, zum weniger Guten, und zwar dergestalt, dass das verdammte Smartphone erneut zu schreien und kreischen begann.

»Das scheint richtig wichtig zu sein!« Es gelang Maja nicht

im Geringsten zu verhehlen, dass sie überhaupt nicht amüsiert oder angetan war von der Situation, sondern eher genervt, am Rande von gereizt. »Willst du vielleicht drangehen? Es klingt nach einem Notfall.«

Paul wollte nicht drangehen. Aber er konnte es auch kaum ertragen, es einfach weiterklingeln zu lassen. Unsichtbar wäre er gerne gewesen. Stattdessen lag er noch immer halb nackt auf seinem Sofa, das Gesicht in ein Kissen gedrückt. Maja allerdings stieg nun von ihm herunter. Das Telefon verstummte. Paul wollte gerade etwas zu ihrer Notfalltheorie antworten, doch da begann auch schon die dritte Klingelrunde, und so stand Paul wortlos auf und begab sich schleppenden Schritts in den Flur. Nun konnte er Maja endlich sehen. Ihre weiße Haut, ihre schmalen Schultern, ihre schön geformten Brüste, die üppig aus einem Büstenhalter aus weißer Spitze herausquollen – aber nicht für ihn. Nicht mehr.

33.

ANFLIEHEN:

das flüchtige Wild prallt gegen ein Hindernis

Da lag der tönende, vibrierende, blinkende Quälgeist, und das Display zeigte unheilverkündend an: »Sandra«. Und darunter lag nach wie vor ... der Hund. Und starrte ihn an. Den hatte Paul ganz vergessen. Hier im Flur also kam alles zusammen.

Warum rief Sandra dreimal an? Nein – jetzt das vierte Mal? Vielleicht hatte Maja recht, und es war wirklich ein Notfall? Aber warum rief sie ihn dann an? Dumme Frage. So einfach war es eben nicht. Nur weil er sich wünschte, sie würde in einer Umlaufbahn des Jupiters kreisen und ihm nie wieder in die Quere kommen, war das Problem noch lange nicht aus der Welt. Sie war nämlich offensichtlich noch auf der Erde. Jetzt gerade. Und sie rief ihn an, wen sonst, weil vermutlich tatsächlich irgendein Notfall eingetreten war, der Paul moralisch fordern würde, mehr als irgendwen sonst. Eine Verpflichtung welcher Art auch immer, der er sich nicht würde entziehen können. Paul war keiner, der sich einer Pflicht entzog. Keiner, der Leute im Stich ließ. Er war selbst zu heftig im Stich gelassen worden. Erst von seiner Mutter. Dann von Onkel Oscar. Er wusste, wie sich das anfühlte. Das würde er keinem antun. Nicht einmal Sandra. Gerade Sandra nicht, obwohl ihm klar war, dass sie ihn ausnützen wollte. Dass sie ihn dominieren würde. Egal, Paul würde sie trotzdem nicht hängen lassen. So also nahm er das Telefon in die Hand, schwer wie Blei, und drückte den kleinen grünen Hörer. »Hallo?« Er redete leise, was aber wenig half, das war ihm klar. Radio hin oder her: Maja würde es brennend interessieren, wer ihr da gerade in die Parade gefahren war, und sie würde mit spitzen Ohren auf jedes Wort lauschen, das er sprach.

»Oha! Der Herr geht an sein Telefon! Das war ja kaum noch zu erwarten. Ich dachte mir schon, dass ich es noch öfter versuchen muss. Weißt du eigentlich, dass du mich seit Tagen ignorierst?«

»Äh, nein, Sandra. Ich ignoriere dich nicht, ich bin nur …«

»Was machst du denn gerade so Wichtiges, dass man dich erst nach zehn Minuten Klingeln drankriegt?«

»Ehrlich gesagt, ist es gerade nicht …«

»Bist du allein oder ist etwa jemand bei dir? Es ist nach neun.«

»Also ich habe gerade noch Mandantschaft …«

»Bist du im Büro?«

»Nein, aber …«

»Wo bist du denn dann, bitte? In der Wohnung?«

»Ja, ich … wir …«

»Sind da mehrere Leute? Seit wann nimmst du Mandanten mit zu dir nach Hause? Sind da auch Frauen dabei?«

»Es ist nur … ähm … nur Frau Rivinius. Sie ist die Tochter von …«

»Du hast die Tochter von jemandem bei dir? Wie alt ist diese Frau, Paul?«

»Ich bitte dich, Sandra, das ist doch jetzt … kann ich dich vielleicht später … oder besser vielleicht morgen in aller Ruhe … ich kann jetzt gerade wirklich nicht …«

Paul hatte die Tür vom Flur zum Wohnzimmer nur angelehnt, doch nun öffnete sie sich, und Maja lehnte im Türrahmen. Sie hatte ihren roten Pullover wieder angezogen und hielt ihr – neu gefülltes – Whiskyglas in der Hand.

»Paul, ich finde es so erbärmlich, ich finde es so zum Kotzen, dass du jetzt mit Frauengeschichten anfängst, wo es bei uns im Moment so kriselt. Du kannst nicht immer weglaufen!«

Paul war nicht der zornige Typ. Nicht im ersten Anlauf – noch dazu, wo er sich gerade doch eher ein wenig unglücklich in die Zange genommen fühlte. Maja versuchte gar nicht, heimlich zu lauschen. Sie hörte offenkundig und demonstrativ einfach zu!

Die Sache mit der kriselnden Beziehung aber ging selbst Paul jetzt zu weit, und er erkannte sich selbst kaum wieder, als er sich nun sagen hörte: »Sandra – du hast mich doch rausgeschmissen! Aus meiner eigenen Wohnung! Du hast mich vor die Tür gesetzt, als bei mir gerade alles zusammengebrochen ist, anstatt mir zu helfen und mich zu trösten. Und jetzt nervst du mich mit irgendwelchem Beziehungsscheiß? Wir haben keine Beziehung mehr. Ich bin weg! Du wohnst in München, ich wohne in Neustadt. Das ist alles!«

Diese Botschaft hätte durchaus wirken können. Die Worte waren mit genügend Pathos vorgetragen worden und klangen auch ehrlich, authentisch, lebensnah. Leider aber sah es die über Jahre gewachsene Rollenverteilung zwischen Paul und Sandra nicht vor, dass Paul solche Texte rezitierte. Solche Passagen waren immer Sandras Part gewesen, und so stand der kurze Monolog seltsam deplatziert im Raum … sekundenlang … und implodierte dann unter einem keifenden Wortschwall aus Pauls Telefon, dem der kluge Jurist nichts entgegenzuhalten hatte. Mit Stumpf und Stiel ging er nun unter im folgenden Gespräch, und Maja dachte sich fraglos das ihre, während sie am Türrahmen lehnte, Schluck für Schluck ihren Alkohol leerte und fasziniert lauschte.

34.

FANGSCHUSS:

ein Schuss, der abgegeben wird, um nicht unmittelbar tödlich getroffenes oder angefahrenes Wild endgültig zu töten

Irgendwann endete das Telefonat. Bezeichnenderweise schloss Paul mit den Worten: »Es tut mir leid.« Erbärmlicherweise meinte er es auch ganz ehrlich. Etwas tat ihm tatsächlich leid. Er fühlte sich schuldig und schäbig. Obwohl er keine Ahnung hatte, warum eigentlich. Was hatte er falsch gemacht? Irgendetwas eben. Aber andererseits war das Gespräch immerhin endlich vorbei. Jetzt war nur noch Maja da, und er würde sehen, was da noch zu retten war. Sie stand nach wie vor in der Tür und beobachtete ihn wie ein spannendes Krabbelvieh, das gerade an der Limonadenflasche emporklettert. Nicht liebevoll.

»Puh …«, eröffnete Paul den Versuch, Terrain zurückzugewinnen. »Wo waren wir stehen geblieben?«

Maja machte keine Anstalten, die Tür zu räumen, um ihn durchzulassen. Also musste er, wie vor Petri Himmelspforte um Einlass bettelnd, warten.

»Ich glaube, zuletzt haben wir herausgefunden, dass unsere Freundin sauer auf uns ist, weil wir eine andere Frau in der Wohnung haben«, ätzte Maja.

»Sandra ist nicht meine Freundin, also nicht mehr, wir haben uns …«

»Getrennt? Willst du das sagen?« Hochgezogene Augenbrauen waren nie, wirklich niemals ein gutes Zeichen. »Ich habe eher den Eindruck, dass deine Freundin das nicht so richtig mitbekommen hat. Ich meine – allein schon, dass sie dich abends anruft?«

Paul wäre jetzt beinahe herausgerutscht, dass ihr Exfreund sie, Maja, ja auch abends anrief, auch nachts, Dutzende Male, weshalb sie ihn jetzt vor Gericht zerren wollte – aber im allerletzten Moment konnte er diesen Einwurf noch unterdrücken.

Da hätte er sich auch gleich auf ihren Pulli übergeben können. Paul hatte gelernt, dass es sich manchmal in Streitgesprächen mit Frauen empfahl, nicht auf jede Äußerung zu antworten, weshalb er sie nun einfach mit einer Art Dackelblick anschaute. Er hatte nämlich auch damit positive Erfahrungen gesammelt. Aber Maja bemerkte den Blick offenbar nicht oder aber er beeindruckte sie nicht im Geringsten.

»Weißt du, Paul, ich glaube, es wäre gut, wenn du dir was überziehst. Es ist ziemlich bizarr, wenn du hier halb nackt herumstehst.«

Sehr witzig. Sie stand doch in der Tür und ließ ihn nicht durch. Und sie hatte ihn doch aufgefordert, sich auszuziehen. Aber das war in einem früheren Leben, jedenfalls in einer anderen Version dieses Lebens gewesen.

Maja geriet jetzt in eine ganz besondere Stimmung. »Überhaupt – ich weiß nicht, was ich von Männern halten soll, die Frauen in ihre Wohnung mitnehmen, obwohl sie andere Frauen in anderen Wohnungen haben!«

Interessant formuliert. Paul war natürlich klar, dass es erneut toxisch wirken würde, wenn er nun den logisch durchaus angezeigten, diplomatisch allerdings ungeeigneten Hinweis darauf einwarf, dass Pius Brendel ja gleichfalls ein verheirateter Mann gewesen war. Was also sollte man von einer Frau halten, die sich ungeachtet dessen mit solch einem Mann einließ?

»Weißt du, Paul, du solltest dringend deine Prioritäten klären, bevor du irgendwelche Spielchen mit mir treibst.« Maja war jetzt rot im Gesicht, aber anders rot als vorhin. Ihre Wut war übertrieben, Paul schrieb es dem Alkohol zu, was die Situation allerdings nicht erfreulicher machte.

»Maja, ich würde dir gerne die ganze Geschichte erzählen ...«

Es war wie in einem beschissenen Film, in dem auch immer eines zum anderen kam, nur weil jemand nicht ausreden durfte!

Aber solche Situationen gab es offensichtlich auch im wahren Leben, denn anstatt Pauls vollkommene und umfassend befriedigend logische Erklärung anzuhören, wurde Maja nun regelrecht laut und ließ ihre erwachsene Überlegenheit, die sie bislang so eindrucksvoll vor sich hergetragen hatte, dem typischen spätpubertären Charme einer Zwanzigjährigen weichen: »Kennst du die denn schon? Die ganze Geschichte? Vielleicht hättest du dir das mal vorher überlegt, bevor du mich hier nachts in deine Wohnung lockst und nackt ausziehst!«

»Aber …« Also das war ja nun in mehrfacher Hinsicht falsch, nur gelang es Paul weiterhin nicht, die Situation mittels reiner Vernunft aufzuklären.

»Ich will jetzt nach Hause!« Verdammt, sie hatte Tränen in den Augen!

Paul war am Ende.

»Willst du nicht vielleicht …?« – Nein, sie wollte offensichtlich nicht, das sah man ihr an.

Paul wusste, er durfte sie so nicht gehen lassen. »Ich habe schon ein bisschen zu viel getrunken, aber …« Jetzt auf sicherheitsbewussten Vollidioten zu machen, half auch nicht wirklich. »Egal, ich fahre dich natürlich!«

»Du musst mich nicht fahren. Ich würde lieber laufen, als mit dir zu fahren, du Penner. Außerdem steht Grischa unten mit dem Scheißwagen und wartet auf mich. Gib mir meine Scheißjacke.«

Der Wagen hatte also all die Stunden draußen auf sie gewartet. Hätte die Nacht eine andere Wendung genommen, dann hätte der blasse Kerl im kalten Wagen schlafen müssen. Das war eine andere Welt. Da konnte Paul nicht mithalten. Er reichte Maja ihre Jacke, die sie ihm aus der Hand riss und gar nicht erst anzog. Sie knallte ihr leeres Whiskyglas auf die Kommode und starrte Paul hasserfüllt an, während sie in ihre Schuhe schlüpfte.

Und als wäre das nicht genug: Jetzt stand auch noch der verdammte kleine Köter auf und knurrte Paul allen Ernstes an! Paul empfand es als skurril, andererseits war er trotzdem ein winziges bisschen besorgt, ob das Vieh ihn am Ende vielleicht beißen könnte.

Maja rettete ihn, was das betraf, packte den Hund unsanft und eilte zur Tür.

»Leb wohl, Paul!«, plärrte sie von der halben Treppe zu ihm herauf. Gleich so endgültig? Sie hatte ihren Ordner vergessen! Der war sicher noch unten in der Kanzlei. Nicht der richtige Moment, sie zu erinnern. Vielleicht ein Pfand, das er noch einsetzen konnte. Ein anderes Mal. »Gute Nacht, Maja, und eine gute Reise!«

»Ganz sicher!«, schrie sie.

Als die Haustür sich krachend geschlossen hatte, ging Paul in den Turmerker. Durch die bunten Romeo-und-Julia Fenster konnte er nicht auf die Straße sehen. Er hörte das Ploppen von schweren Autotüren, sah die Scheinwerfer eines Wagens, ein Motor surrte. Zügig entfernte sich das Geräusch, und Paul hörte bald nur noch ein Remake von Sinatras »New York, New York« aus dem Radio. Die Kissen auf der Couch waren zerknüllt. Auf dem Tisch standen Teller und Weingläser. Auf dem Boden lag neben Pauls Hemd die leere Highland-Park-Flasche. Respekt, die kleine Russin … Er trank den Rest des Whiskys in seinem Glas. Es war dann doch gar nicht so wenig, wie er gedacht hatte, und das angenehme Gefühl der Betäubung breitete sich in ihm aus. »If I can make it there, I'll make it anywhere …«

Draußen heulte noch einmal ein Motor auf, Paul schenkte dem zunächst keine Beachtung … doch dann … das war doch ein Motorrad!

Paul erstarrte. Verdammtes Buntglasfenster! Er fühlte sich sofort wieder nüchtern. Auf Strümpfen rannte er das Treppenhaus hinunter und riss die Haustür auf. Diesig kalte Luft. Um die Straßenlaternen hatten sich Heiligenscheine gebildet. Ein Hund kläffte. Ganz weit weg hörte Paul, wie der Motorradfahrer die Drehzahl hochzog, bis es kaum mehr auszuhalten war, und endlich in den nächsten Gang schaltete. Richtung Autobahn. Natürlich gab es viele Motorradfahrer in Neustadt. Das konnte auch irgendein anderer sein! Dafür sprach jede statistische Wahrscheinlichkeit. Oder eben Brendel. Dafür sprach Pauls Gefühl. Was hatte er die ganze Zeit hier unten gemacht? Sicher lag da ein Haufen Zigarettenkippen herum, der diese Frage hinlänglich beantwortete. An einer Stelle, von der aus man einen ungestörten Blick in die Wohnung hinauf hatte. Vielleicht sogar im Garten vor dem Küchenfenster. Paul war nicht in der Stimmung, danach zu suchen. Er hatte immer noch kein Hemd an …

35.

AUSFAHREN:

das Wild verlässt seinen Bau

Der nächste Tag war ein Samstag. Paul Colossa fuhr am frühen Nachmittag auf der Autobahn in Richtung München. Er hatte lange geschlafen. Wieder eine dieser Nächte, die auf der Couch begonnen und zu spät inmitten der Nacht im Bett geendet hatten. Das Gerüst seines neuen Alltags war noch arg filigran. Ein winziges Zelt, über dem der sternenkalte Kosmos das Rad der Unendlichkeit drehte. Ein gut organisierter Alltag kann einen vor dem Verrücktwerden retten. Bis eine Frau kommt und gnadenlos das kleine schützende Zelt fortreißt. So weilte er nun, nackt kauernd, in der eisigen Steppe unter dem schwarzen Himmel. Allein, verloren und haltlos.

Der Schmerz in seinem Nacken hatte eine neue Dimension angenommen. Eigentlich tat es nicht weh, es war vielmehr ein kribbelndes Taubheitsgefühl. Ein regelrechtes Absterben. Die Folge war, dass er sich weder nach links noch nach rechts umdrehen und auch nicht bücken konnte. Voller Inbrunst hatte er sich nochmals zwei Globuli verabreicht und andächtig gelutscht. Zwei hatte er jetzt noch übrig, und er hatte sich geschworen, nicht an ihrer wunderwirksamen Heilkraft zu zweifeln. Tatsächlich waren sie das Einzige, woran er im Moment auf der Welt überhaupt noch zu glauben bereit war. Aller andere feste Grund war unter seinen Füßen ins Wanken geraten, und er befand sich biografisch gesehen derzeit in einer Lebensphase des freien Falls.

Warum fuhr er noch mal nach München? Als Sandra ihn am Telefon dazu aufgefordert hatte, erschien es ihm notwendig und einleuchtend. Sie hätten etliches zu bereden, und es wäre unvermeidbar, dass er zu ihr kam. Er habe einiges falsch gemacht, und deshalb erschien es angezeigt, dass er Abbitte leistete. Natürlich.

Aber heute hatte er keinerlei Lust mehr, wegen Sandra quer durchs Land zu fahren. Er sah auch keinen Sinn darin, denn ihm war vor dem verhängnisvoll schicksalhaften Telefonat bewusst gewesen und ihm war auch jetzt wieder hell und klar, dass er nicht und niemals wieder mit Sandra zusammenleben wollte. Eine wie auch immer geartete Fernbeziehung war für ihn ein bedrohlicher Albtraum. Würde man ihn, Paul Colossa, nach seinen konkreten Wünschen in Liebesdingen fragen, so war ihm inzwischen der Wunsch erwachsen, es ernsthaft mit Maja Rivinius zu versuchen. Allen deutlich erkennbaren Widrigkeiten und moralischen Untiefen zum Trotz. Und wie sich am Vorabend eindrucksvoll gezeigt hatte, stellte Sandra hier ein Hindernis dar, das es zu beseitigen galt. Oder besser doch großräumig zu umfahren? Nachhaltig zu ignorieren, wenn es nach ihm ging. Aber da musste er jetzt durch. Er musste zu ihr fahren und Schluss machen. Bei dieser Gelegenheit konnte man auch gleich einmal klären, was aus der gemeinsamen Wohnung werden sollte, die Sandra weiter mietfrei bewohnte.

Links von ihm, neben der Autobahn, zogen die Schlote der Ölraffinerie von Ingolstadt vorüber, im Radio liefen die Stones. »It's the honky tonk woman – Gemme, gemme, gemme the honky tonk blues …«

Was die Queen wohl für einen Sender bevorzugt hatte? Klassische Musik vielleicht? Oder war sie insgeheim eine Liebhaberin irischer Kneipenmusik und frönte dieser Lust regelmäßig unbeobachtet bei einsamen Autofahrten durchs Hochmoor? Ob die Queen auch solchen Beziehungsstress gehabt hatte? Jedenfalls musste sie sich mit dem ihrer Kinder herumschlagen. Auch kein Spaß. Obwohl – hätte die Queen jemals Erlebnisse dergestalt gehabt, wie sie Paul letzte Nacht heimgesucht hatten, so würde sicherlich niemand je davon erfahren haben. Oder gerade erst recht? Wir wissen, wie geschwätzig Hausangestellte dieser Tage sind. Chauffeure, Reitlehrer und Leibwächter. Paul war froh, solchen Indiskretionen nicht permanent ausgesetzt zu sein.

Münchens neue Hochhaustürme erschienen nun durch Pauls Windschutzscheibe, bald darauf tunnelte er sich durch den Mittleren Ring. Paul verstand eigentlich nicht so recht, was die Leute an München für einen Narren gefressen hatten. Es lag eben ganz nett, so an die Alpen hingeworfen. Aber sonst? Nun gut, er war hier geboren worden und war in der Stadt aufgewachsen. Dass er sie liebte, war etwas anderes. Da war Irrationalität unausweichlich. Er war emotional an den Ort gekettet. Aber es entschieden sich ja auch scharenweise Leute, freiwillig dort zu leben, und damit entschieden sie ja auch, nicht in Berlin oder gar in Paris oder, warum nicht, in London oder New York zu leben. Und das verstand Paul nicht. Andererseits lebte er jetzt in Neustadt.

Immerhin war es Frühling in München. Heute herrschte zwar kein Föhn und der Himmel war bewölkt und keineswegs symbolträchtig weißblau oder sogar blauweiß, aber immerhin Frühling.

Weiter fuhr Paul im Defender der Queen, um den Kreisel des Siegestors mit seiner Quadriga herum, vorbei an den edlen Hallen der Ludwig-Maximilians-Universität. Paul war jahrelang von schlechtem Gewissen geplagt gewesen in diesen Säulenhallen. Die ersten Jahre auf der linken Seite der Ludwigstraße, im Universitätsgebäude am Geschwister-Scholl-Platz, wo er nur die allernötigsten Vorlesungen besucht hatte. Ehrlich gesagt nicht mal diese regelmäßig. In den späteren Jahren dann, als es aufs Examen zugegangen war, hatte sich das schlechte Gewissen auf die rechte Straßenseite, die Bibliothek am Professor-Huber-Platz, hinüberverlagert. Er hatte Übungsklausuren geschrieben und Definitionen gelernt. Was ist der Unterschied zwischen bedingtem Vorsatz und bewusster Fahrlässigkeit? Beim einen denkt sich der Täter angesichts drohender Kollateralschäden: Und wenn schon! Beim anderen denkt er sich: Es wird schon gut gehen …

Am liebsten erinnerte sich Paul an die zahlreichen Kaffeepausen, bei denen er für billiges Geld heiße Flüssigkeit aus einem Automaten in einen Plastikbecher hatte laufen lassen. Es schmeckte immer gleich, egal, ob man den Knopf für »Kaffee mit Milch« oder »Ochsenschwanzsuppe« gedrückt hatte. Solch ein voller heißer Becher war stets ein guter Vorwand gewesen, der Bibliothek und den Definitionen ein paar Minuten fernzubleiben.

Die Examensprüfungen, auf die sich die Studenten der Jurisprudenz vorbereiten, sind eigentlich kleine Kurzgeschichten – mitten aus dem Leben gegriffen: »Der Albert rammt dem Bertram bei einem Saufabend einen Barhocker in den Bauch und ein Stuhlbein bleibt im Bauchfell stecken. Albert bereut die Tat und zieht den Barhocker wieder aus Bertrams Eingeweiden heraus. Der aber stirbt, weil vorher nämlich das Holzbein die Blutung der verletzten Bauchschlagader gestoppt hatte, die sich nun pumpend entleerte. Im Sterben beichtet Bertram dem Albert, dass er seit Wochen eine Affäre mit dessen Frau hat und die beiden Alberts Kreditkarte bei romantischen Kneipentouren leer geräumt haben.« So in der Art ziehen sich juristische Klausurtexte über eine gute Seite Papier hin. Am Ende steht dann: »Wie ist die Rechtslage?«

Vom Prüfling wird verlangt, alle im Text wie Zecken verborgenen Problemkomplexe zu identifizieren, ihnen einen Paragrafen zuzuordnen und herauszufinden, warum der Paragraf zwar passend klingt, in Wahrheit aber trotzdem nichts taugt. Man schreibt dann Sachen wie: »Der Albert könnte sich hier wegen gefährlicher Körperverletzung nach § 224 StGB strafbar gemacht haben. Dazu müsste der Barhocker eine gefährliche Waffe gewesen sein. Eine gefährliche Waffe zeichnet sich dadurch aus … bla bla bla …«

Ein kapitaler Fehler in einer solchen Klausur wäre es, gleich auf das eigentliche Problem zuzurennen und es zu lösen – nämlich, dass der arme Bertram ja elend verreckt ist und jeder vernunftbegabte Staatsanwalt deshalb an Totschlag denken würde. Und der Verteidiger würde dann die Alkoholisierung ansprechen und aus der Affäre mit Alberts Freundin und dem Streit der beiden irgendeine Notwehrkiste zu stricken versuchen. Aber mit der Wirklichkeit im Gerichtssaal hatte die Juristenausbildung eben absolut nichts zu tun. In der Klausur galt es vielmehr, umständlich zu erläutern, dass das Herausziehen des Barhockerbeins aus den Eingeweiden des Albert ein Fall des Rücktritts vom versuchten Kapitaldelikt sein könnte.

Nach fünf Stunden taten einem üblicherweise furchtbar die Finger weh, und beim Abgeben der fünfundzwanzig DIN-A4-Seiten fiel einem dann ein, dass man das wichtigste Problem des Falls ja völlig übersehen hatte, die verdammte Kreditkarte, und man übergab sich deshalb draußen auf dem Gehweg erst mal, weil man das Gefühl hatte, nach vier oder fünf Jahren Lernens gerade die eigene Zukunft in die Tonne getreten zu haben.

Was einen nicht umbringt, macht einen nur härter. Wenn es einen nicht zeitverzögert doch umbringt. Es gab keine verlässlichen Statistiken über Alkoholismus- und Drogenopfer in Juristenkreisen. Nur in den Gerichtsfluren getuschelte Gerüchte, der Kollege Soundso wäre ja jetzt auch überraschend in die ewigen Berufungsinstanzen eingegangen …

Während Paul dem Horror dieser Jahre mit einem gewissen masochistisch-melancholischen Genussgefühl noch einmal in seiner Erinnerung nachspürte, näherte er sich dem mächtig am Ufer der Isar entlanggezogenen Bau des Deutschen Museums mit seinem Astronomieturm. In dieser noblen Nachbarschaft hatte er in den vergangenen Jahren gelebt. Manchmal glücklich. Es schien ihm, als sei das ewig lange her.

Es war halb fünf. Eine halbe Stunde noch bis zum Showdown mit Sandra. Sie hatten sich im Dreigroschenkeller verabredet. Die besondere Sensation war, dass dort abends irgendwelche Schauspieler oder solche, die es werden wollten, Texte aus Brechts *Dreigroschenoper* zum Besten gaben. Überraschend, wenn man das vorher nicht gewusst hatte. Nett, wenn man extra deshalb gekommen war. Störend, wenn man ein wichtiges Gespräch führen wollte. Nachmittags um fünf allerdings würden sie sicher noch ganz allein im Mief des Vorabends sitzen. Ohne Gesang. Der Dreigroschenkeller war Sandras Lieblingskneipe, und sie hatte entschieden: Dort möge er sich einfinden, um fünf, und hier war er also. Wie bestellt.

Er könnte natürlich auch zur Wohnung fahren. Er hatte den Schlüssel noch. Es war ja seine Wohnung. Andererseits, Sandra halb nackt mit einem Handtuch um den Kopf geschlungen beim Schminken? Jetzt stellten sich sogar seine Armhaare auf. Gänsehaut! Wenn das kein deutliches Signal war. Also Parkplatz suchen. Das war gar nicht so einfach. Genau genommen gab es in München keine Parkplätze, und wenn man dann doch mal einen fand, so stellte man, wenn man zurückkam und das Auto fort war, abgeschleppt, fest, dass es in München eben keine Parkplätze gab. Um sieben nach fünf entschied er sich für einen Behindertenparkplatz direkt vor dem Haupteingang des Deutschen Museums. Es würde schon kein Behinderter mehr um diese Zeit ins Museum wollen. Und wenn doch … das Leben war manchmal verdammt hart. Und er hatte britische Kennzeichen. Und fühlte sich im Moment ziemlich schlecht. Das musste als moralische Legitimation genügen. Er würde es an geeigneter Stelle wiedergutmachen.

Blick auf die Uhr auf dem Handydisplay … verdammt … Sandra war nicht besonders erbaut von jedweder Form der Unpünktlichkeit, und der Hinweis auf die berühmte »akademische Viertelstunde«, die man getrost zu spät kommen dürfe, löste bei ihr eine allergische Reaktion aus. Das wusste Paul. Deshalb rannte er jetzt.

Ihm blieb keine Zeit, den langsam größer werdenden blauen Himmelsfleck zwischen den grauen Wolken zu bemerken. Das magische Leuchten, das die Isarwellen reflektierten. Und auch nicht die große Stille über den Dingen. Paul rannte. Fern jeder sportlichen Eleganz und doch als Mittel des Vorankommens hilfreich genug. Letztlich brachte es ihn zum Ziel. Um genau Viertel nach pünktlich.

36.

ANKIRREN:

das Anlocken von Wild an eine bestimmte Stelle

Paul stürzte die Treppe in den Dreigroschenkeller fast hinunter und betrat sodann die rot gemauerten Gewölbe des früheren Kohlenkellers.

Allerdings war kein Mensch da, niemand hinter der Bar, kein Tisch besetzt. Totenstill. Paul wandelte durch die Backsteingewölbe, und schließlich sah er sie. Unter einem Rundbogen. An einem kleinen Tisch mit kunstvoll schäbigen Stühlen, direkt neben einem alten Klavier.

Sandra lächelte. Erstaunlich. Sein Zuspätkommen kostete ihn also nicht den Kopf. Wer hätte das gedacht. Sie trug den knielangen grünen Faltenrock und eine weiße Bluse mit einer grünen Kette aus dicken Plastikperlen. Die Kette war neu. Den biederen Rest kannte Paul. Nur die Frisur … Grundgütiger! Sandra hatte sich die Haare schneiden lassen. Wie nannte man das? Pagenkopf? Während das Haar von Sandra bislang irgendwie undefinierbar dunkelbraun gewesen war, glänzte es jetzt metallic schwarz wie eine Schmeißfliege. Sie sah grauenvoll aus. Wie ein Transvestit. Paul spannte jede Faser seines Körpers an, um keine Reaktion zu zeigen, und begrüßte sie, um das Thema rasch hinter sich zu bringen, mit einer Kombination, die er sich spontan wie folgt zurechtgelegt hatte: »Hallo Sandra, tut mir leid, auf dem Mittleren Ring … du siehst toll aus … chic … hast du schon …«

Sandra konterte gewohnt souverän. Sie tat sich nicht schwer damit, jemanden zu demütigen: »Aber, Paul, was hast du denn an?«

Ja, was schon? Seine schwarze Cordhose, ein weißes Hemd und ein Sakko …

»Wo in aller Welt hast du diese grauenvolle Hose denn wieder ausgegraben? Ich dachte, von der hatten wir uns längst getrennt?«

Pah, von wegen wir. Von wegen getrennt. Paul hatte die halbe Examensvorbereitungszeit immer und ausschließlich nur diese eine unheimlich bequeme, durchaus intellektuell anmutende, zeitlose Hose getragen. Dann war das gute Stück plötzlich weg gewesen, Paul hatte es nie erwähnt. Wer verlor schon eine Hose? Aber er hatte getrauert. Und dann, als Attila die Umzugskartons vorbeibrachte, war sie wieder da gewesen!

Bevor Sandra noch weitere Fragen zu seiner Außendarstellung stellen konnte, hatte sich Paul auch schon gesetzt, blitzartig nach einer Karte gegriffen, die er sich, nach vorn gebeugt, vors Gesicht halten konnte, um Sandra nur nicht weiter anschauen zu müssen. Dummerweise schwieg Sandra, die sonst so Geschwätzige.

Na gut. Blickte er also auf, und da war auch schon der Blick, den er befürchtet hatte: ein überlegen fragendes Lächeln, das ihn zu einer Stellungnahme zwingen wollte. Zu welchem Thema? Paul versuchte einfach, Zeit zu gewinnen. Was, wie er wusste, letztlich zum Scheitern verurteilt war.

Sandra war eher der inquisitive Typ. Sie neigte dazu, zum Kern der Dinge vorzustoßen und dabei jenen Kern auch gleich zu spalten. Dennoch schleuderte er ihr eine absolute Belanglosigkeit in die fragende Miene: »Und … wie geht's dir so? Wie war dein Tag?«

»Wie immer. Warum fragst du? Du hast ein neues Leben. Also erzähl du mir, wie es dir geht!?«

»Mir geht's total beschissen.« Automatisch schossen ihm zwei bis drei Tränen in die Augen. Miese Nummer, das war Paul schon klar. Sandra war auch nur eine Frau, und er feuerte eine volle Breitseite auf ihre weiblichen Brutpflegeinstinkte ab.

»Paul, was ist denn los?«

Und schon begann Paul, zu jammern und zu lamentieren. Über die Schmerzen in der Schulter. Wie sich das anfühlte. Und er zog seine beiden verbliebenen Globuli aus der Jackentasche und zeigte sie Sandra, die nicht nur interessiert, sondern regelrecht euphorisch reagierte und ganz Feuer und Flamme war für sein Leid.

Es tat so saumäßig gut, einmal hemmungslos die ganze schwarze Galle des Lebens herauszurotzen. Bei jemandem, dem gegenüber man ohnehin nichts zu verlieren hatte und überdies auch gar nichts gewinnen wollte.

Jetzt kam ein männlicher Schwarz-Weiß-Träger an den Tisch. Keineswegs übrigens, um eine Bestellung aufzunehmen. Vielmehr kroch er auf allen vieren. Plötzlich schoss seine rechte Hand nach vorn, und er packte einen unsichtbaren Gegenstand, den er in der Tragetasche verschwinden ließ, die er – eigentlich zur Aufbewahrung seiner Geldbörse – um die Hüften trug. Dann machte er kehrt und kroch kopfwackelnd wieder davon, ohne die Gäste an dem Tisch auch nur eines Blickes gewürdigt zu haben.

Sandra war nun von ihrem Spannungsbogen herabgestürzt und blickte irritiert hin und her zwischen dem kuriosen Servicemenschen, der zwischenzeitlich um die Ecke davonwackelte, und dem neu zu unterjochendem Exabhängigen ihr gegenüber.

Es war Paul nie aufgefallen, aber Sandra hatte, wie sie so dasaß, spektakuläre Ähnlichkeit mit einem Huhn, und als sie jetzt noch den Kopf hin- und herdrehte … Hühner müssen angeblich den Kopf bewegen, um dreidimensional sehen zu können …

Einige Meter entfernt robbte erneut eine Bedienung vorbei. Sandra gewann rasch ihre Fassung zurück und gackerte schrill: »Entschuldigung!«

Der junge Mann mit aufwendig verzottelten, platingelb gefärbten Haaren und schwarzem, scharf konturiertem Ziegenbart blickte erschrocken vom roten Fliesenboden auf. Er hatte die Anwesenheit von Gästen zu so früher Stunde nicht erwartet. Es hatte etwas Slapstickhaftes, wie er sich nun hochrappelte und servil herbeigetrollt kam. Ein Riesenbursche, sicher gut über zwei Meter.

»Sagen Sie mal, was ist denn hier los?«, giftete Sandra ihn an.

»Verzeihen Sie vielmals …« Der Kerl hatte einen ausgeprägten österreichischen Akzent. »Der Chefin ist eben eine Perlenkette zerrissen, und jetzt suchen wir …«

Eigentlich eine gute Geschichte. Aber nicht gut genug für Sandra.

»Vielleicht bringen Sie uns zwischendurch mal zwei Tassen Kaffee? Aber waschen Sie sich erst die Hände, nachdem Sie hier den Boden betatscht haben, bevor Sie unsere Tassen anfassen!«

Paul hatte eigentlich keinen Kaffee gewollt. Die hatten hier ein sehr schmackhaftes Weißbier, das man aus Bügelverschlussflaschen trank. Überhaupt hätte er Alkohol jetzt zu schätzen gewusst. Doch es war nicht der richtige Moment für Rechthaberei. Das würde nur Zeit kosten. Die Sache verzögern.

Wie eine Hypnosekünstlerin begann Sandra erneut, sich seiner zu bemächtigen. »Ach, Paul …« Das gespielte Mitleid glückte ihr nicht. »Du brauchst wirklich mal ein bisschen heile Welt, glaube ich.« Da hatte sie sicherlich recht. »Weißt du, was wir zwei jetzt machen? Wir trinken unseren Kaffee, dann gehen wir nach Hause. Ich lasse dir ein heißes Bad ein, und dann schlüpfen wir ins Bettchen, und ich besorg es dem armen Paul mal wieder ordentlich.«

Paul gelang es nicht zu verhindern, dass ihm die Züge entgleisten und im Zuge des entspannten Gesichtsmuskeltonus auch der Kiefer schlaff herabklappte.

Während er ein »Wow …« herauspresste, um Zeit zu gewinnen, kramte er so unauffällig wie möglich sein Handy aus der Seitentasche seines Sakkos, aktivierte das Display unter dem Tisch, wählte Attilas Kontakt an und tippte rasend schnell: »Nitfall« – die Autokorrektur machte souverän einen »Notfall« daraus. Weiter fingerte er, mit Unterstützung der digitalen Worterkennung: »dreigeteilt«. Das passte zwar auch ganz gut als Beschreibung seiner Gefühlslage, aber für einen Notruf war es dann doch zu komplex. Mitdenkende Technik konnte lästig sein. Beim zweiten Mal klappte es: »Dreigroschenkeller.«

Nun hieß es hoffen und bangen. Entweder Attila würde seine Nachrichten lesen, den Ernst der Lage erfassen und ihn befreien oder … er würde mit Sandra im Bett landen. Die Stimmung in seinem Inneren war seltsam ambivalent. Da waren einerseits große Teile seines Bauchhirns und seines Neokortex, die entrüstet mit Spruchbändern und Plakaten durch seinen Geist marschierten und »Nie. Wieder. Die!« skandierten. Hätte er auf die Schar dieser Wohlmeinenden gehört, hätte Paul in keinerlei Gefahr geschwebt. Doch Paul hatte jene uralte juristische Weisheit vielleicht zu sehr verinnerlicht: »Semper audiatur altera pars.« Entscheiden kann man nur, wenn man beide Seiten gehört hat. Und auch in Pauls Innerem gab es jene abgründige andere Seite. Das limbische System, der Wolf in seinem Kopf. Weniger wortgewandt. Aber stark, hedonistisch und versaut. Dieser Teil flüsterte nun mit grunzender Stimme: »Leg sie flach.« Und der Wolf erinnerte ihn daran, dass es schon geraume Zeit her war, seit Paul zuletzt … Die verpasste Gelegenheit bei Maja hatte die Situation nicht gerade verbessert – im Gegenteil. Paul hätte seine Existenz niemals freiwillig auf dieses banale Thema reduziert, aber er war in dieser Frage nicht autonom, und so gab es nun in ihm eine helle Stimme, die nach Attila rief, und eine dunkle, die Attila zum Teufel wünschte und Sandras Angebot ernsthaft in Erwägung zog.

Von alledem bekam Sandra nichts mit. Sie versuchte nur, die abgrundtiefe Unhöflichkeit elegant zu übergehen, die Paul soeben an den Tag gelegt hatte, als er als Reaktion auf ein absolut unzweideutiges Angebot eine Nachricht unter dem Tisch getippt hatte. Paul machte es nicht wirklich besser, als er auf die ganz ruhig und ohne Vorwurf vorgetragene Frage: »Wem schreibst du?« die schlecht gelogene Antwort gab: »Ach … äh … niemand … nur …«

In diesem Moment brachte der blonde Riese zwei Tassen Kaffee und zündete nun auch noch beflissen die Kerze auf dem Tisch an, was ihm Sandras Wohlwollen einzubringen schien und ihre Aufmerksamkeit von Paul ablenkte.

»Wo kommen Sie denn her, wenn ich fragen darf? Sie klingen so ein bisschen …«, begann sie.

»Ja, a bisserl …« Der Kellner strahlte. »Aus Wien. Aber ich studiere derzeit in München.«

»Oh, wie aufregend. Was studieren Sie denn?«

»Ja … eigentlich katholische Theologie.«

Ach ja, dachte Paul, der sich aus der Sache lieber heraushielt. Der Bursche war lebensmüde. Small Talk mit Sandra konnte ein übles Ende nehmen. Und was hieß hier überhaupt »eigentlich katholische Theologie«? Und in Wirklichkeit etwas anderes, oder was? Aber das passte natürlich wunderbar zusammen. Die moderne Zauselfrisur und das Bärtchen. Was wollten wir denn damit einmal werden? Doch wohl kaum Priester? War Eitelkeit nicht eine der Todsünden? Und sicher war es auch eine Todsünde, Sandra gierig anzuschmachten. Dabei konnte das Paul doch eigentlich nur recht sein! An die sensiblen Themen waren sie bisher ja noch gar nicht richtig herangekommen, und es war reinstes Wunschdenken, dass Sandra ihre langen Finger nicht genüsslich in jede einzelne von Pauls Wunden hineinbohren würde, sobald sie wieder unter sich waren.

Der Bildschirm von Pauls Handy flammte blau auf. Sandra und der österreichische Theologe bemerkten nichts. Unterhielten sich über irgendwelche Kneipen in Wien. Woher kannte Sandra die? Sie war nie dort gewesen, jedenfalls nicht mit ihm. Egal.

»Scheiße Alter was los? 2 Minuten!«

Der Wolf war erledigt. Keine Zeit zu trauern. Die Vernunftfraktion hatte die Oberhand gewonnen und spottete. Das wäre eine Nummer geworden! Sandra hätte so was von einem Bettvorleger aus ihm gemacht! Allerdings war Paul sich auch darüber im Klaren, dass Sandra nicht erfreut sein würde, wenn Attila sich gleich zu ihnen gesellte. Ein paar Tage lang hatten sie zu dritt miteinander gewohnt. Ursprünglich nämlich war Attila sein Mitbewohner gewesen. Nicht unbedingt die beste Wohnerfahrung seines Lebens, musste Paul sich im Rückblick eingestehen. Attila war ein sehr eigenwilliger Mitbewohner gewesen, mit fragwürdigen Ritualen und gewöhnungsbedürftigem Tagesablauf. Später war Sandra bei ihm eingezogen, und da war Attila – übelste Verwünschungen in wenigstens zwei Sprachen ausstoßend – mit gepackten Koffern von dannen gezogen. Es war der Grundstein gewesen für den tief sitzenden Hass zwischen Sandra und Attila.

Es würde also keinen Jubel geben, wenn die beiden sich nun so überraschend begegnen sollten. Doch die Dinge kommen eben, wie sie kommen, und sie kamen wie folgt: Den Wiener Theologen übermannte sein Pflichtbewusstsein und er verließ den Tisch, obgleich nach wie vor keine anderen Gäste zu sehen waren. Sandra fand noch ein paar zusammenfassende Worte, die den Blondschopf nach dem netten Gespräch sicher unangenehm überrascht hätten – von wegen »ideologisch verbrämt« und »auf Dauer unerträglich, dieser Dialekt«, aber so war sie eben, die liebe Kassandra. Dann steckte sie ihr Riechorgan tief in die Kaffeetasse und schlürfte ein wenig, vermutlich nach Worten suchend, wie sie den schlüpfrigen Gesprächsfaden von eben wieder aufnehmen konnte – und dann …

»Alter …« Attila stand da, mit zerrissenen Jeans und Lederjacke und einem Motorradhelm in der Hand.

Was auch immer für eine Art von Notfall er erwartet hatte – auf eine Katastrophe von solchen Ausmaßen war er erkennbar nicht vorbereitet.

Paul versuchte es auf die ganz dämliche Tour – denn er erkannte, dass es immer noch besser war, etwas extrem Fadenscheiniges von sich zu geben, als die Sache sich selbst erklären zu lassen.

»O Mann, hallo, Attila, was machst du denn hier?«

»Ey, Alter … totaler Zufall, ich wollte gerade …« Attila war ein Mann, der hin und wieder in Probleme unterschiedlichster Art zu geraten pflegte und deshalb besondere Geistesgegenwart in Gefahrsituationen besaß. Zu behaupten er würde allen Ernstes am frühen Abend gegen sechs in ein Etablissement wie den Dreigroschenkeller gehen? Damit würde er seinem Freund Paul jedes Alibi nachhaltig durchkreuzen. So setzte er den Satz also klug fort mit: »… was für eine Freundin abholen. Hat sie gestern Abend hier vergessen …«

RESPEKT. Das war das Wort, das Paul ihm mit einem stummen, dankbaren Blick übermittelte, und weil Attila eine Rampensau war, die mit dem Publikum flirten konnte wie ein Kartengeber am Blackjacktisch, setzte er noch einen drauf: »Alter – aber ich bin schon enttäuscht, dass du in München bist und mir nichts sagst.« Und dann vollendete er das Husarenstück mit einem honigsüßen: »Hallo, Sandra, alles klar? Das mit den Kisten hat super geklappt, stimmt's, Paul?«

Mehr hätte er nicht tun können. Das war allen klar, und deshalb war ihm auch keinerlei Vorwurf zu machen, als Sandra sich jetzt mit hassfunkelnden Augen erhob, ihre Kaffeetasse nahm und das sicher fünfzig Grad heiße, ungezuckerte Getränk auf Pauls weißes Hemd schüttete. Paul konnte die Flüssigkeit für Sekundenbruchteile noch auf sich zufliegen sehen und hatte sogar genug Zeit, um zu erkennen, dass sein Gesicht verschont bleiben würde. Dann kam der klatschende und spritzende Aufprall, und Paul war verblüfft, dass es sich fast angenehm anfühlte, was die Temperatur betraf. Aber unangenehm, was die Situation anbelangte. Nach dem heißen Kaffee verspritzte Sandra noch ein paar heiße Worte: »Du feiger, kleiner Wichser. Das wird dir noch leidtun!« Und sie raffte Jäckchen und Täschchen zusammen und zog, einem subtropischen Wirbelsturm gleich, davon. Verfolgt von einem sehnsüchtigen Wiener Blick. Temperament wusste der zu schätzen und zu nehmen. Und seine Berufswahl war ja noch nicht endgültig. Die Wege des Herrn sind unergründlich …

»Alter!«, resümierte Attila und ließ sich ungerührt auf Sandras noch warmen Stuhl nieder. »Die haben doch hier dieses Weißbier mit der Plopp-Flasche, oder?«

37.

ABFÄHRTEN:

nach Spuren von Wild suchen

Etwas später spazierten die beiden durch die anbrechende Dämmerung. Überall in der Stadt brannten die Laternen und Leuchtreklamen. »Wie hast du es eigentlich geschafft, so schnell bei mir aufzutauchen?«

»Ich war eh in der Nähe.«

»Wo warst du?«

»Wir machen eine Fotoausstellung über die großen Flüchtlingslager im Foyer vom Gasteig.«

»Im Foyer vom Gasteig gibt's jetzt große Flüchtlingslager? Da werden sich die alten Damen freuen, wenn sie verdreckte Kinder und Frauen mit Zahnlücken sehen, bevor sie sich Beethoven anhören.«

Attila schnaubte. Ein Lachen? Verachtung? »Das sind keine Penner in den Lagern, das sind Scheißärzte und Rechtsanwälte, so wie du. Nur dass die denen halt so lange Bomben ins Haus geworfen haben, bis sie gesagt haben: Ich muss hier weg und meine Familie auch.« Ein glühender Blick aus Attilas Augen untermauerte das Statement, und er ergänzte: »Aber du siehst wie ein Scheißpenner aus, Alter. Schau dir mal dein Hemd an!«

Das Kaffeestigma hatte Paul fast vergessen. Beherzt zog Attila seine Lederjacke aus, streifte sich seinen Pullover über den Kopf und stand im T-Shirt auf dem Gehweg. Dort prangte in leicht ausgewaschenen Buchstaben: »Wer Visionen hat, sollte zum Arzt gehen.« War das nicht von Helmut Schmidt? Aber der hatte es sicher auch nur irgendwo aufgeschnappt. So war das mit fast allen Zitaten großer Leute. Alles geklaut. Und abgesehen davon passte der Spruch zu niemandem weniger als zu Attila. Was der vielleicht ahnte, denn jetzt zog er es aus und reichte es Paul. Der ekelte sich für einen Sekundenbruchteil vor dem körperwarmen, verschwitzten Kleidungsstück, doch dann überwog seine Zuneigung für den verschrobenen Kerl, der da halb nackt vor ihm in der Kälte stand. Der gute alte Samariter.

Als Paul sich das T-Shirt über den Kopf streifte, meldete sich der Wolf wieder. War der alte Beutegreifer inzwischen schwul geworden? Tatsächlich roch die Mischung aus Schweiß und Aftershave irgendwie gut. Paul musste an Micha denken. Warum ausgerechnet an Micha? Attila zog seinen Pullover wieder an, und die zwei Freunde zogen weiter.

»Wo gehen wir eigentlich hin?«, fragte Paul.

»Ich lauf nur neben dir her.«

»Hmm.« Paul war nicht in Entscheidungsstimmung. »Wir könnten hoch nach Haidhausen laufen. Wir sind eh fast am Rosenheimer Platz. Ins Mondial oder in den Augustiner?«

»Spinnst du, Alter? Zu Fuß?«

»Na ja …«

»Wir können auch nach Schwabing fahren.«

»Mit dem Auto oder was?«

»Scheiße, Alter! Mein Roller steht ja auch noch da!«

Knapp eine Dreiviertelstunde später saßen sie zufrieden im Defender. Mit unsinnigem Aufwand hatten sie den erstaunlich schweren Roller hinten hineingehievt.

»Warum hast du dich eigentlich mit Sandra getroffen, du Spack?«

Gute Freunde konnten mit entscheidenden Fragen durchaus auch mal ein wenig länger warten. Und diese Frage war ohne Zweifel entscheidend. Gleichzeitig war sie fast unmöglich zu beantworten.

Attila war in gefährlich ausgelassener, ja regelrecht alberner Stimmung.

Paul blickte ihn von der Seite an und beschloss, sich davon anstecken zu lassen. »Wie fandest du Sandras neue Frisur?«

»Kassandra? Supergeil, Alter!«

»Nicht dein Ernst? Sie sah aus wie ein verkleideter Mann?«

»Spinnst du total? Die Frau ist echt gestört. Aber extrem geil! Ich war immer neidisch auf dich!«

»Du bist doch krank.« So etwas wie Stolz stieg in Paul hoch. Immerhin war das hier nicht irgendjemand, der da auf ihn neidisch gewesen zu sein vorgab, sondern der einzigartige Attila.

Attila schraubte am Radio herum und suchte Musik. Sender für Sender missfiel ihm. Alles nicht seins. Doch dann drehte er laut auf und kurbelte die Seitenscheibe herunter. Paul tat es ihm gleich und drehte den Lautstärkeknopf noch weiter auf. Wenn man den Ellbogen heraushängen ließ, war genug Platz.

Paul grinste breit. »Smells Like Teen Spirit!«

»Ja, Alter! Die CD mit dem Baby unter Wasser!« Attila schrie fast. »Total komisch, dass das Steuer auf der falschen Seite ist!«

Doch das interessierte Paul gerade nicht. Dang-dang-dang. Babamm-bam-zääääääng! Die Musik brachte seinen Körper zum Beben, sein Herz raste wild, und beinahe hätte er einen frühmenschenhaften Schrei aus dem offenen Fenster auf die beleuchteten Fassaden der reichen Stadt losgelassen. Warum eigentlich nicht? Attila entlud sich mit einem Handflächen-Trommelwirbel auf dem Armaturenbrett. »She's overboard and self-assured, oh no I know a dirty word …«

»Hello, hello, hello, how low …« Und Paul und Attila sangen es wieder und wieder.

Als Nirvana zu Ende war, drehte Attila das Radio leise und näherte sich Paul mit dem Gesicht, sodass seine Nase fast dessen Ohr berührte. »Das war geil, Alter! So was von geil!« Paul traute sich gar nicht, in anzusehen, so nah, wie Attila an ihm dranklebte. Aber der lehnte sich zum Glück gleich wieder in seinen Sitz zurück, nicht jedoch, ohne weiter zu schwelgen. »Weißt du, das ist einfach die Essenz von Glück … gemeinsam …« Er ließ das so im Defender hängen, obgleich die großen Worte für die enge Fahrgastzelle fast ein wenig sperrig wirkten. »Jetzt sind eigentlich nur noch du und ich übrig, oder?« Er blickte Paul diesmal nicht an, sondern sein Blick verweilte im Ungefähren. »Alle haben jetzt ein Reihenhaus oder so … Ich mein, ich versteh das schon. So nestbaumäßig eben. Aber für uns ist es Scheiße, weil man abends nur mit Jüngeren rumhängt oder allein, und das ist alles nicht mehr so wie …«

… wie früher, wollte er vermutlich sagen.

38.

KESSEL:

das Lager einer Wildschweinrotte

Es war längst nicht mehr Nacht und doch noch nicht Morgen. Erste Lieferwagen in den Straßen, ein paar Taxen und hier und da ein Bus. Als die Kneipe geschlossen hatte, konnten sie die Bedienung, deren Handynummer Attila sich auf die linke Handfläche hatte notieren lassen, noch überreden, ihnen eine Flasche Weißwein zu überlassen. Doch irgendwann sind auch siebenhundertfünfzig Milliliter Soave, kreuz und quer durch verschlafene Nebenstraßen getragen, vorbei an längst geschlossenen Studentenkneipen, geleert. Die schön geformte Flasche blieb auf einem grauen Telefonverteilerkasten zurück, auf den jemand die Essenz seiner Lebenserfahrungen verewigt hatte: »Ich hab BOURNOUT schon lange hinter mir. Jetzt hab ich FUCK-OFF.«

Paul und Attila standen vor einer Wohnungstür im dritten Stock eines Gebäudes aus den Siebzigerjahren, das jedweder Modernisierung erfolgreich getrotzt hatte. Attilas WG.

In den frühen Morgenstunden, der Tag graute bereits im Zimmer, wachte Paul auf. Er lag in Attilas Bett. Großstadtgeräusche kamen durchs offene Fenster. Der Freund schnarchte auf dem Fußboden. An der Wand hing ein altes Willi-Brandt-Wahlkampfplakat. Paul war kotzübel, er hatte Sodbrennen und rasende Kopfschmerzen. Doch er war auch ein winziges bisschen glücklich. Auch wenn er sich noch so schlecht fühlte, so war er in diesem Moment doch ganz er selbst.

Am Vormittag dann ein Männerabschied: »Das T-Shirt kannst du behalten, Alter!«

Paul war gerührt. »Danke! Gute Sache das, gestern …! Danke, echt …«

Attila grinste väterlich und verschwand ohne weiteren Kommentar im Haus.

39.

WUNDBETT:

die Stelle, an der sich ein verletztes
Wild niederlegt, um zu verenden

Als Paul am frühen Sonntagabend auf seiner Couch aufwachte, herrschte im Wohnzimmer eine Stimmung wie in einer Kirche. Das Licht der Straßenlaternen durchdrang Romeo und Julia blau, grün und rot. Er hatte brennenden Durst, und seine Glieder fühlten sich schwer an wie Schlammbeutel. Gleichzeitig war es, als würde Lava durch seine Adern sickern. Ein krankes Gefühl von nutzlosem Energieüberschuss. Im Kühlschrank war nur Milch. Paul trank lieber Wasser aus der Leitung. Und gleich noch ein zweites Glas hinterher. Wie spät war es? Die Uhr am Herd zeigte 19:31. Was für ein verlorener Tag! In der Spüle standen immer noch die Teller von dem romantischen Abendessen mit Maja. Er angelte sich sein Smartphone vom Wohnzimmertisch. Eine Nachricht von Attila. »Alter, wir sind nicht mehr die Jüngsten!« Dem ging es also auch nicht besser. Immerhin. Ansonsten: keine Nachricht von der Russin. Wann wollte sie zurückkommen? Sonntag? Mittwoch? Paul hatte Hunger. Vielleicht fand sich etwas Genießbares unten in der Kanzleiküche.

Als das Stechen im Rücken sich beim Bücken nach den Schuhen wieder bemerkbar machte, fielen Paul auch seine Globuli wieder ein. Er hatte seit über vierundzwanzig Stunden keins mehr genommen! So konnte das natürlich nichts werden. Er ging zurück in die Küche, schüttelte im dortigen hellen Licht den Inhalt des Tütchens in seine Hand. Doch die zwei kleinen weißen Körnchen wollten nicht herauskullern. Heftiger schütteln. Die Kügelchen kamen, fielen auf die Hand und weiter … irgendwo auf die Endlosigkeit des Bodens. Verfluchte Scheiße. Wut half jetzt auch nicht. Er musste sie wiederfinden. Und tatsächlich – eins hatte er sofort und das andere … aber da war ja noch eins! Und das da drüben, war das jetzt ein Globulus?

Oder doch ein Salzkorn? Am Ende der Suche stand Paul unter dem Neonlicht der Spüle, und in den Falten seines Handtellers reihten sich nicht weniger als sieben auf. Manche größer, manche kleiner. Manche mehr, manche weniger ebenmäßig. Hätte man an seinen gesunden Menschenverstand appelliert, so hätte er vermutlich entschieden, dass das eine eher ein winziger Kieselstein zu sein schien und wenigstens zwei von den anderen mehr blau als weiß waren. Vielleicht Reinigungspulver für die Spülmaschine. Dann noch ein Salz- oder Zuckerkorn und ein undefinierbares Stück Dreck. Die beiden, die übrig blieben, das mussten wohl oder übel die Globuli sein … Das Problem war, dass Paul gesunden Menschenverstand und Globuli grundsätzlich nicht unter einen Hut zu bringen vermochte. Gerade als Jurist war er sich außerdem durchaus bewusst, dass es immer eine Kehrseite der Medaille, eine andere Meinung, eine alternative Betrachtungsweise gab. Irgendeinen Standpunkt musste ja auch der gegnerische Anwalt vertreten. Wäre immer alles glasklar, dann säße die eine Hälfte der Anwälte auf der Straße und die andere … eigentlich auch. Dort würde man sich mit den Richtern um die besten Plätze unter der Brücke prügeln – denn wofür braucht es Richter, wenn die Wahrheit auf der Hand liegt? Die Welt würde dann vermutlich von Pfarrern regiert. Aber zurück zu den Globuli. Im dümmsten Fall war es doch der kieselsteinähnliche Brocken, und er hatte Nummer zwei einfach nicht gefunden? Paul ging wieder auf die Knie, robbte wie ein dreibeiniger Hund über die Fliesen und fand tatsächlich ein weiteres Korn. Bei Lichte betrachtet … war das nicht eher grün als weiß? Was half es, nun waren es acht, und das Problem war ungelöst. Insoweit hatte es auch Vorteile, Jurist zu sein. Es mochte immer eine Vielzahl von Optionen geben – am Ende wurde entschieden!

Paul betrachtete die entlang seiner Lebenslinie aufgereihten

Kleinstteile und schleuderte sie sich sodann mit Todesverachtung in den Rachen. Alle acht. Mit der Zunge zerrieb er die Körnchen am Gaumen, und sofort breitete sich ein seifiger Geschmack in seinem Mund aus. Bald empfand er nur noch das Schaben eines kleinen Partikels, der nicht abschmelzen wollte. Wohl doch ein Stein. Er schluckte alles hinunter. Gut gemacht. Der Gesundheit war Genüge getan. Der Hunger jedoch blieb.

Im Kühlschrank der Kanzlei fand sich ein Kuchen. Etwas Nussiges. Für Pauls Geschmack ein wenig zu trocken. Er machte sich noch eine Tasse Espresso dazu und war gerade auf dem Weg in sein Büro, als er sich umentschied und ins Mandantenwartezimmer schwenkte. Er hatte eine Idee. Als er die dritte Hochglanzzeitung durchblätterte, wurde er fündig. Majestätisch strahlte sie ihm entgegen, die Queen. Ein bilderreicher Artikel über die Geburtstagsvorbereitungen des Staatsoberhaupts, in den Paul sich, genussvoll Kuchen mampfend, vertiefte, dazwischen ein Schlückchen Kaffee, heiß und süß. Tee wäre natürlich standesgemäßer gewesen. Paul staunte über die Menge an Blumen, die für den royalen Geburtstag laut diesem hervorragend recherchierten Artikel beschafft werden sollten. Hoffentlich machte das Wetter der Jubilarin keinen Strich durch die Rechnung! Paul war ein wenig besorgt deshalb. Ach – und wenn schon! Die Frau hatte den Zweiten Weltkrieg und die IRA überlebt, Thatcher ertragen und die Bankenkrise überstanden. Regen würde sie nicht einmal bemerken. Aber ach – das war ja interessant! Sie feierte ohnehin erst im Frühsommer? »Trooping the Colour«? Schade, dass die Artikel in diesen Zeitungen immer so kurz waren. Aber der Kuchen war ohnehin schon aufgegessen. Vielleicht ein kurzer Spaziergang. Im Büro lagen auf dem Boden immer noch allerlei Papiere herum. Ein kurzer und vorhersehbar enttäuschender Blick auf sein Handy, keine Nachrichten von Maja.

40.

NIEDERJAGD:

die Jagd auf kleines Getier

Es war kalt, aber die frische Luft tat gut. Der Himmel war ganz klar. In einigen der Nachbarhäuser waren die Fenster schon erleuchtet. Eine vornehme alte Siedlung, in der die Villa Colossa stand. Alles um die Jahrhundertwende gebaut und seit Generationen in Familienbesitz. Paul liebte erleuchtete Fenster. Die Vorstellung, was für Menschen dahinter wohl gerade saßen. Der Gedanke an beschauliche, kleine, heile Welten. Die verborgenen Abgründe.

Aus einem Gullydeckel hörte Paul ein eigenartiges Scharren und Poltern. Neugierig kniete er sich hin und blickte durch die dicken eisernen Ritzen hinab, doch er sah nur Schwarz. Ein Tier war dort hineingefallen und wühlte sich jetzt durch verrottendes Laub. Paul zog an dem Gitter. Es war schwer. Er ging in die Hocke und zerrte mit aller Kraft daran, da gab der Deckel plötzlich nach, und er konnte ihn mit lautem Knirschen auf den Asphalt ziehen. Er blickte sich um. Die Straße war menschenleer. War das verboten, was er da tat? Sachbeschädigung vielleicht? Aber er hatte den Deckel ja nicht beschädigt und würde ihn sicher auch wieder schließen, wenn er die herumkruschende Kreatur dort unten aus ihrem finsteren Gefängnis geborgen hätte. Wobei ihn die Frage eines möglichen Verbots im Grunde weniger beschäftigte als die offensichtliche Peinlichkeit seines Handelns. Was sollte er sagen, wenn ein Nachbar mit seinem Dackel vorbeilief und den Herrn Rechtsanwalt über einen offenen Gully gebeugt fand? Er könnte behaupten, etwas sei ihm hineingefallen. Der Hausschlüssel! Das wäre eine logische Erklärung. Andererseits … wenn es ein freundlicher Nachbar war, würde er vielleicht versuchen, ihm zu helfen. Dann würde nicht nur sein Alibi auffliegen, sondern dann würde auch noch offenbar werden, dass er gelogen hatte. Ein unentschuldbarer Affront, gerade gegenüber einem so netten Nachbarn. Letztlich gab es keinen Königsweg aus diesem Dilemma. Paul durfte nicht auffliegen, er musste schnell sein und auf sein Glück vertrauen. Fortuna fortes adiuvat.

Der Schacht war verdammt tief. Wie wollte er dort hinunterkommen? Er musste sich auf den Bauch legen. Verflucht. Die Straße war schmierig und ein wenig feucht. Er trug immer noch Attilas T-Shirt. Dem machte das sicher nichts aus. Kalt war ihm. Und aus der Tiefe stieg ein säuerlich modriger Geruch. Wie im Herbst auf dem Friedhof. Als Paul mit der rechten Hand schon tief unten im Dunkeln war und mit den Fingerspitzen die ersten Blätter spürte, hielt er inne. Was machte er da? Was mochte das für ein Wesen sein, das er gerade zu retten versuchte? Es ging Paul dabei weniger darum, wie rettenswert es war. Ob nun Maus oder Igel, das war Paul gleich. Wir alle auf dieser Welt hängen an unserem Fünkchen Seele, und Paul wollte nicht den Richter spielen. Aber wenn das Wesen sich der Rettung widersetzte, und das womöglich mit kleinen Zähnen oder Klauen? Oder gar einem Stachel? Vielleicht war es ja irgendein exotisches Haustier, das einem fanatischen, terrariumbegeisterten Anwohner beim Reinigen seiner plexigläsernen Behausung ausgebüxt war? Ein Skorpion oder eine Riesenspinne?

In der Antike hatte es eine Philosophenschule gegeben, die sich »die Skeptiker« nannten. Ihr Oberguru war ein gewisser Pyros gewesen. Der war dermaßen »skeptisch«, dass er schlichtweg jedwede Realität bezweifelte. Auch die Realität von Steilhängen oder bissigen Wachhunden zum Beispiel, weshalb seine Schüler ihn regelmäßig aus lebensbedrohlichen Notlagen retten mussten. Paul war leider der Letzte seiner Art. Ihn würde keiner retten.

Die oberste Schicht der Blätter war fast trocken, aber darunter wurde es richtig glitschig. Paul musste weiter hinunter, der Kopf musste mit hinein ins Loch. Modergeruch und Dunkelheit umfingen ihn von allen Seiten. Jetzt spürten Pauls Fingerspitzen etwas Lebendiges, Warmes. Fell und sich bewegende Muskeln. Größer als eine Maus und ohne Stacheln. Was mochte das sein? Er hörte Sandras Stimme in seinem Hinterkopf: »Niemand ist so saublöd und greift in einen Gullyschacht. Was wird das wohl sein, ein pelziges Tier in einem Kanal!«

Also eine Ratte?

Paul hatte nichts Gutes und viel Schlechtes über Ratten gehört. Aber Pauls Neugier und sein Jagdtrieb waren stärker. Er packte beherzt zu und angelte seine Beute hoch ans Licht. Wütend und mit erstaunlicher Kraft wand sich das kleine haarige Etwas in seinem festen Griff – aber es biss nicht. Es kratzte nur sanft. Oben angekommen ließ Paul seine Beute einfach auf die Straße fallen und richtete sich rasch auf. Nicht dass das Tier ihm am Ende noch ins Gesicht sprang! Was sich Paul da nun unter dem dämmrigen Himmel auf dem schwarzen Asphalt offenbarte, überraschte ihn doch. Er erkannte das Wesen sofort, obgleich er noch nie eines lebendig, so von Angesicht zu Angesicht, gesehen hatte. Nur aus Zeichentrickserien und Bilderbüchern war es in seine Kinderwelt gekrochen.

Ein Maulwurf!

Glänzend schwarz, mit nassem, samtigem Fell, einer überdimensionalen rosigen Nase und großen Grabekrallen. Und der Bursche schrie – er war mächtig wütend! Es war ein leises Krächzen, aber doch deutlich zu vernehmen. Behände machte das Kerlchen sich zur Straßenmitte auf den Weg, doch da wartete nur ein weiterer Gully auf ihn. Paul war unschlüssig, was er nun mit seinem Schützling unternehmen sollte. Einfach in einen Garten setzen? Das würde sich rasch bemerkbar machen. Die braunen Haufen waren unübersehbar und vertrugen sich keineswegs mit einem gepflegten Rasen. Nein, dieser Geselle musste in die Wildnis, und dahin führte nur ein Weg. Mit zwei großen Schritten hatte er den Schwarzpelz wieder eingefangen, und wenig später fuhren die beiden im Defender stadtauswärts. In Pauls kräftiger rechter Hand hatte das Fellbündel bald jeden Widerstand aufgegeben und harrte der Dinge, die da kämen. Mit Blick auf einen dunklen, braun glänzenden Acker, der gerade frisch gepflügt worden war, verließ Paul die Straße und lenkte die starken Scheinwerferkegel in einen Feldweg. Ein Stück vor ihm glitzerte die beleuchtete Stadt vor dem dunklen Himmel in sonntagabendlicher Stille. Rechter Hand dunkler Wald. Am Rande des Ackers setzte er den Maulwurf ins Gras, und in atemberaubender Geschwindigkeit war dieser auch schon im Boden verschwunden. Kein Abschied. Kein Blick zurück. Jeder muss sich eben um seine Angelegenheiten selbst kümmern. Schlaf gut, kleiner Krteček, sagte Paul.

In diesem Moment hörte er irgendwo in der vor ihm flimmernden kleinen Stadt das laute Aufheulen eines Motorradmotors. Paul zuckte zusammen und ärgerte sich im gleichen Moment über seine eigene Hasenfüßigkeit. Sicher war das nicht der verfluchte Stalker – und selbst wenn, was wollte der ihm anhaben? Paul war trotzdem froh, als er wieder in der Sicherheit seines Defender saß.

Daheim holte Paul sich den restlichen Kuchen aus dem Kühlschrank und nahm ihn mit nach oben in seine Wohnung, wo er versuchte, keine Angst zu haben. Wovor auch? Den verbleibenden Abend verbrachte er damit, mittels seines Smartphones im Internet nach Fotos der Queen mit ihrem – respektive seinem – Defender zu suchen. Von denen es erstaunlich viele gab! Besonders reizend fand Paul eine Aufnahme, auf der die Königin in den Außenspiegel lächelte. Später duschte er sich noch die Mühsal der letzten Stunden mit heißem Wasser vom Leib –

sanus per aquam. Danach betrachtete er sich, nackt und dampfend, die krausen, halblangen Haare schwarz und nass und glatt am Kopf klebend, im Spiegel, den er immer wieder mit dem Handtuch klar wischen musste. Wie jung er da drin aussah. Nicht jung im positiven Sinne. Wie ein blasser, unerfahrener Hänfling. Paul überlegte, was dagegen zu unternehmen wäre, und kam schließlich zu der Entscheidung, sich für eine Weile nicht mehr zu rasieren. Ja, das war es, was ihm zu seinem Glück fehlte: ein Bart. Welche Art, das würde er entscheiden, wenn das Kraut ein wenig gewuchert war. Zufrieden mit dieser weitreichenden Entscheidung sank er todmüde ins Bett.

41.

SAUFÄNGER:

eine Klinge zum Abstechen von Schwarzwild

Durch ein unglaublich lautes Krachen aufgeschreckt fuhr Paul aus dem Schlaf. Das war Stunden später. Die verschrobene Obermieterin schien wieder Möbel zu rücken. Paul wollte sich schon genervt ins Kissen zurücksinken lassen, als er erneut ein Geräusch hörte, das klang, als hätte jemand in der Kanzlei mit Wucht eine Tür zugeschlagen. Dieses Haus war verflucht hellhörig.

Wer trieb sich nachts da unten herum? Besonders breit war das Spektrum wahrscheinlicher Optionen nicht. Am wahrscheinlichsten waren Szenarien, die vorsahen, dass die türenschlagende Person sich unberechtigt Zutritt verschafft hatte, in dem Glauben, am Wochenende würde es keiner bemerken. Am harmlosesten wäre noch ein ganz banaler Dieb. Der würde vermutlich schnell feststellen, dass es keine Kasse im Büro gab, und sich wieder trollen.

Denkbar wäre natürlich auch ein Dieb, der es auf Unterlagen abgesehen hatte. Paul selbst hatte derzeit keinen Fall, der besonders sensible Daten beinhaltete – aber wer wusste schon, was Onkel Oscar in seinem Archivkeller beherbergte?

Und Majas Stalker? Wenn der erkannt hatte, dass man hier an seiner Vernichtung arbeitete? Brendel könnte versuchen, die einstweilige Verfügung zu sabotieren. Oder er war völlig durchgeknallt und hatte es auf Paul abgesehen? Eifersucht! Ein Motiv für die schlimmstdenkbaren menschlichen Verfehlungen. Was, wenn der Psychopath ihm die Bude anzündete? Paul kannte dessen zwei Seiten. Den Liebesschmachter und den Verfasser der Blutdrohungen. Er sprang aus dem Bett. Sein Geist war hellwach, das Adrenalin weckte nun auch seine Gliedmaßen, durchströmte sie mit Angst. Und was wollte er nun dagegen unternehmen? Die Polizei anrufen? Es war Paul peinlich, hier zu sitzen und zu warten, bis in einer halben Stunde endlich ein Streifenwagen auftauchte, damit die Polizei dann vielleicht feststellte, dass Paul entweder in den rauchenden Trümmern seines Erbes verkohlt war oder sich alles nur eingebildet hatte. So las er, ohne mit der 110 zu plaudern, bloß die Zeit von seinem Smartphone ab. Viertel nach zwei. Er musste hinunter und nachsehen. Es war wieder ganz still. Paul brauchte eine Waffe. Hatte Onkel Oscar keine Pistole im Haus? Das hätte durchaus zu ihm gepasst. Der Tresor fiel Paul ein. Wenn es eine gab, dann war sie sicher dort drin. Und damit fiel diese Option flach. Mit einer Pistole hätte er sich dem Stalker sogar gerne in den Weg gestellt. Und Maja nach ihrer Rückkehr darüber berichtet, wie er den Spinner zur Strecke gebracht hatte. Mit einem Knüppel vielleicht? Da gab es nur den Wischmopp. Der war weder besonders angsteinflößend noch wirklich dazu geeignet, einen durchgeknallten Verbrecher unschädlich zu machen. Paul ging in die Küche und entschied sich für ein Brotmesser. Wie war das mit der Notwehr? Erstes Semester Jura: »Das Recht braucht dem Unrecht nicht zu weichen.« Die Klinge des Brotmessers war etwa zwanzig Zentimeter lang. Da würde das Recht dem Unrecht einige tiefe, klaffende Löcher verpassen. Waren Messer über Handtellergröße waffenrechtlich nicht verboten? Das galt anscheinend nicht für Küche und Herd. Aber wenn solche Dolche im Haushalt erlaubt waren, dann war es doch herzlich unsinnig, den Verkauf für die Straße zu reglementieren? Doch justizpolitische Erwägungen brachten Paul jetzt nicht weiter. Wichtiger schien ihm die Frage, ob er sich nicht besser etwas anziehen sollte? Er trug nur hellblaue Boxershorts. Aber anziehen kostete wertvolle Zeit. Er schlich also halb nackt und barfuß mit seinem Brotmesser die Treppe hinunter. Als er vor der Eingangstür stand, fiel ihm ein, dass es klüger gewesen wäre, einen Schlüssel mitzunehmen. Er wollte schon kehrtmachen, als er, einem Impuls folgend, den Türknauf einfach drehte. Da schwang die Tür leise nach innen auf. Hatte er nicht abgeschlossen? Es war dunkel im Vorzimmer. Kaum war er eingetreten, fiel ihm ein starker Geruch auf: Zigarettenqualm. Unter dem Türschlitz seines Büros drang ein Lichtschimmer hervor. Pauls Puls überschlug sich, und er hatte das Gefühl, sich übergeben zu müssen. Er hatte sich die Geräusche also nicht eingebildet. Besser doch die Polizei rufen? Aber das Handy war oben, und er würde sicherlich nicht laut telefonieren, während im Nebenzimmer ein gestörter Stalker seinen Schreibtisch zerlegte. Der Gedanke an Brendel allerdings löste in Pauls Innerem plötzlich etwas aus. Der Wolf meldete sich zu Wort und unterbreitete den Vorschlag, einfach mal ins Büro hinüberzugehen und den Eindringling mit dem Messer zu zerhacken. Ihn zu lehren, wer hier der Boss in der Höhle war. Was fiel diesem Arschloch eigentlich ein, fragte der Wolf. Hielt der sich für den Herrn der Welt? Paul wusste, dass es Brendel war.

Zornig schlich Paul zur Bürotür und blickte einen Moment lang das Wappen von Königsberg an, das im Dunkeln so gut wie nicht zu erkennen war. Er drehte sich um. Auch Onkel Oscars Bild war finster. Nun denn, also für Ehre und Vaterland oder so ähnlich. Barfuß, nackt und mit Brotmesser stieß er die Adlertür auf. Wer war hier der Psychopath!?

42.

HAHN IN RUH:

das Ende der Jagd (mit Hahn ist der Gewehrabzugshahn gemeint)

Dichter Zigarettenrauch schlug ihm entgegen und der Geruch nach altem Ofen. Im Licht der Schreibtischlampe saß, rauchend mit der Paul bereits bekannten Whiskyflasche in der Hand, die Füße auf der Tischplatte – Fräulein Christiane.

Blitzschnell nahm sie die Füße herunter und sprang aus dem Schreibtischstuhl auf. Die beiden blickten einander entsetzt an.

»Was machst du hier?« Eigenartig, dass sie ihn das fragte.

»Ich … ich hatte ein Geräusch gehört und dachte, dass ein Einbrecher …«

Auch Fräulein Christiane hatte keine Schuhe an, durch ihre Nylonstrümpfe blitzten rot lackierte Fußnägel. Im Vergleich zu Pauls hellblauem Höschen war sie im Übrigen recht förmlich gekleidet, mit Rock und Bluse, ein Mantel lag auf Pauls Schreibtisch. Als wäre sie gerade zum Arbeiten ins Büro gekommen. Wenn es nicht Sonntagnacht kurz vor halb drei gewesen wäre.

Paul war gar nicht verärgert. Er war besorgt. Das hier war irrational, es passte überhaupt nicht zu dieser Frau. Sie war offensichtlich übergeschnappt. Ein solches Maß an … Insubordination? Man konnte es nur als Hilfeschrei interpretieren.

»Es tut mir leid … ich dachte … ich wollte nur …« Wie wollte sie das auch erklären?

Aber das musste sie gar nicht. Paul ahnte, worum es ging, und war Gentleman genug, in solch einer Situation nicht auf Prinzipien herumzureiten. Andererseits konnte er nicht ewig so herumstehen. Etwas musste jetzt passieren, und Paul spürte, dass die Regie derzeit eher bei ihm lag.

»Krieg ich auch einen Schluck? Der schmeckt zwar nicht besonders, aber er haut ziemlich rein.« Natürlich war das keine richtig gute Idee nach dem Attila-Abend. Aber er konnte unmöglich nüchtern mit Fräulein Christiane auf eine gemeinsame Gesprächsebene kommen. Zumal sie es definitiv nicht war.

Sie reichte ihm also die Pulle, Paul legte sein Brotmesser auf den Schreibtisch und nahm einen kräftigen Schluck. Keuchend widerstand er dem Reiz, alles sofort wieder auszuspucken, und genoss dann einige Sekunden später das warme Gefühl, das sich zwischen Gaumensegel und Zwerchfell ausdehnte. Mit einem Satz schwang er sich auf die Tischkante und klopfte mit der Hand auf den freien Platz zu seiner Rechten. So hockten die zwei also einträchtig auf dem Schreibtisch, ließen die Beine baumeln, Schatten werfend, die über die Wände und Bücherrücken huschten. Paul nach wie vor praktisch nackt.

»Weißt du, warum er sich …? Hat er dir etwas geschrieben oder hast du oben irgendeinen Hinweis gefunden?«

»Nein. Ich dachte, Sie hätten es gewusst und wollen es mir nicht sagen.«

»Ach, Unsinn! Gar nichts habe ich gewusst.« Sie stierte ins Leere und zog an ihrer Zigarette, deren Spitze knisternd aufglühte.

Paul wartete, bis der Rauch wieder aus ihr herausquoll, aus Mund und Nase. Es roch nicht unangenehm.

»In den letzten Wochen hat er mir einfach nichts mehr erzählt.« Wieder ein kräftiger Zug. Sie nahm Paul die Flasche ab und trank einen großen Schluck. Nur noch viertel voll … sie musste schon eine ganze Weile hier sitzen. Paul wunderte sich, wo sie wohl die Asche und die Zigarettenkippe entsorgen wollte. Richtig glücklich war er mit der Situation nicht. Von wegen Rauchverbot in der Kanzlei!

»Ich dachte erst, dass er wieder einmal eine andere Frau gefunden hätte. Aber dann … das wäre mir sicher aufgefallen. Ihm ist auch immer sofort aufgefallen, wenn ein Mann in meinem Leben war. Er wurde dann richtig biestig …« Sie blickte zu Paul, um seine Reaktion zu erforschen.

Eine Menge Information auf einmal. Wie Paul die Sache auffasste, war da also wohl etwas gelaufen zwischen seinem Onkel und Christiane Wolff? Und das war sicher nicht platonisch gewesen. Das passte zu keinem der beiden. So etwas wäre ja nicht direkt abwegig, aber es brachte Pauls Weltbild trotzdem ins Wanken.

»Es war keine neue Frau. Ich glaube, er hat sich schon eine ganze Weile auf das hier vorbereitet. Spätestens seit ihr euch gestritten habt bei der Beerdigung. Das hat ihn völlig fertiggemacht. Da hat er dann …«

Paul blickte sie irritiert an. »Wir haben eigentlich nicht gestritten …« Aber Fräulein Christiane hörte gar nicht, was er sagte.

»Mit anderen Frauen bin ich immer klargekommen. Ich wusste: Eigentlich gab es für ihn nur mich. Und die andere. Die übrigen Frauen waren nur Zeitvertreib. Außer uns beiden. Sie und ich. Andere Frauen zählten nicht. Oscar war wie eine Katze, die gelegentlich einen Vogel schnappt, ihn aber nicht wirklich fressen will. Nur herumspielen. Ich wusste übrigens, dass ich an sie nie herankommen würde, das war das ungeschriebene Gesetz. Immerhin kamen die sonstigen Flittchen auch nie an mich heran. Und an sie natürlich erst recht nicht. Und ich hatte, wenn man es nüchtern betrachtet, viel mehr von ihm als sie. Sie hat er nur alle paar Wochen mal gesehen, früher. Später noch weniger. Mich jeden Tag. Bis zum Schluss.«

Die naheliegende Frage war natürlich: Wer in aller Welt war »sie«? Es hatte also eine First Lady im Leben von Oscar Colossa gegeben? Von der Paul niemals auch nur am Rande einer entfernten Andeutung erfahren hatte. Aber er hatte ja auch nichts davon gewusst, dass sein Onkel und Fräulein Christiane …

Genauso naheliegend, wie die Frage nach dieser Frau gewesen wäre, war die innere Überzeugung, die Paul davon abhielt, sie zu stellen. Entweder Fräulein Christiane rückte selbst damit heraus oder … eben nicht. Er würde sicher nicht in dieses brummende Wespengehäuse hineinstieren. Davon einmal abgesehen: Hatte sie seinen Onkel gerade »Oscar« genannt? Na ja. Wie auch sonst. Die Tatsache, dass sie ihn in zivilisierterer Umgebung als »Dr. Colossa« betitelte – so wie man das von einer langjährigen Fachkraft erwarten durfte –, hatte nichts damit zu tun, wie sich die beiden vermutlich nackt angeredet hatten. Diesen Gedanken übrigens vermochte Paul nicht mehr zu verdrängen, auch wenn er sich dafür innerlich grob zurechtwies. Er stellte sich Fräulein Christiane nackt in Onkel Oscars nackten Armen vor und schwankte bei diesem Bild zwischen Faszination und Widerwillen. Immerhin, Fräulein Christiane war eine wirklich ansehnliche Frau, die auch in ihrem Alter deutliche Reize ausstrahlte. Paul hatte keine Erfahrung mit Frauen in diesem Alter gesammelt, aber der Gedanke, mit Fräulein Christiane …? Es war nicht so abwegig, wie es eigentlich hätte sein sollen, bemerkte Paul verstört. Und umso heftiger schalt er sich dafür und versuchte, eine Flut neuer, unpassender Bilder zu verscheuchen, die wie ein Schwarm Mücken über dem Fluss vor seinem inneren Auge tanzten. War es etwa das, was Maja für Brendel empfunden hatte …?

»Wenn ich dich so ansehe, dann muss ich schon sagen …«

Was denn? Was wollte sie? Was musste sie schon sagen? Wie er aussah? Vielleicht eine gewisse Ähnlichkeit mit seinem Onkel? Oder ging es ihr vielmehr darum, dass auch Fräulein Christiane gerade das Bildermeer der Undenkbarkeiten durchkraulte? Sie waren möglicherweise gerade beide in moralischer Seenot. Der verdammte Whisky.

Mit einem Ruck sprang Paul auf, griff nach der Flasche und

entfernte sich zwei, drei Schritte. Ein Schluck Holzkohle und Terpentin, ein Brennen in der Kehle. Fräulein Christiane blieb sitzen, drehte sich um und ließ die Zigarette mit leisem Zischen in einen Kaffeebecher fallen, der neben der Computertastatur stand. So viel zur Entsorgungsfrage.

»Wie genau ist Onkel Oscar eigentlich gestorben? Also, wie hat er sich …?« Paul wollte die Unterhaltung um jeden Preis in eine andere Richtung lenken.

Fräulein Christiane blickte auf ihre baumelnden Füße und sprach nun leise und nüchtern. »Ich kam morgens ins Büro, und da saß er am Schreibtisch. Also eigentlich lag er mit dem Oberkörper am Schreibtisch. In seinen letzten Momenten hatte er wohl noch mit den Armen … Alles war vom Tisch heruntergewischt. Er war ganz kalt. Ich vermute, ein Gift. Vielleicht. Sie haben gesagt, es war ein astreiner Herzinfarkt, aber er hatte ja alles vorbereitet. Also hat er wohl irgendwas genommen, was einen Herzinfarkt auslöst. Oder was aussieht wie einer. Gefunden haben sie nichts. Ich auch nicht. Keine Tabletten oder so. Ich verstehe nicht, warum er es so gemacht hat …«

Es war still. Paul hatte dazu nichts zu sagen. Lieber noch einmal das Thema wechseln.

»Haben Sie nie daran gedacht, eine Familie zu gründen?«

Wie um Himmels willen war er ausgerechnet auf diese Frage gekommen? Aber jetzt, wo sie im Raum stand, interessierte ihn die Antwort durchaus. Fräulein Christiane lachte heiser. »Tausendmal! Vor allem in der Zeit, als du noch so ein kleiner Wichtel warst. So einen wie dich wollte ich unbedingt auch haben! Ich habe dich geliebt. Du warst so ein …« Sie ballte die Hände zu Fäusten und machte heftige, pantomimische Knuddelbewegungen. »Aber eine Familie wollte ich nur mit ihm. Ich bin keinem Kerl begegnet, der Oscar das Wasser reichen konnte. Aber irgendwann war die Zeit dann vorbei, wo man an

so etwas denkt. Das war auch eine Erleichterung, weißt du? So eine Hoffnung kann einen fast umbringen. Fast umbringen …«
Aus ihrer Handtasche kramte sie eine neue Zigarette und ein Feuerzeug. Sie hielt das Feuer viel zu weit hinten an den weißen Stängel, sodass dieser an allen möglichen Stellen zu glühen und zu kokeln begann.

Paul wurde die ganze Situation zu intim, zu weiblich. Das war nicht seine Gesprächswelt. Es tat ihm weh. Es ging zu nah. Es war zu ungeschützt. Paul war einer, den man allein gelassen hatte. Er konnte nicht umgehen mit so viel Nähe. Genauso wenig, wie er Mitleid ertragen konnte.

Er blickte sich im Raum um und suchte erneut ein anderes Thema. Ein ganz neues, ganz anderes.

»Hat Onkel Oscar hier noch andere Bücherverstecke außer der Whiskyflasche?«

»Haha!«, jubelte Fräulein Christiane. Ein Volltreffer, wie es schien. Die Mimik der Sekretärin hellte sich auf, als wären auf einem Dreimaster alle Segel gleichzeitig hochgezogen worden. Ein wenig wirkte sie dabei wie ein Clown, zumal nun auffiel, dass die Schminke um ihre Augen verwischt war. Offensichtlich hatte sie geweint, bevor Paul hereingekommen war. Natürlich. Paul war dankbar, dass ihm das erspart geblieben war.

»Diese Bibliothek ist ein Adventskalender! Da gibt es Bücher mit geheimen Dokumenten und solche mit verbotenen Fotografien und …« Fräulein Christiane rutschte von der Tischplatte herunter, nahm Paul den Whisky wieder ab und schlurfte barfuß, die Flasche links, die qualmende Kippe rechts, zu der Bücherwand hinter dem Schreibtisch. Sie suchte das Regal mit Blicken ab, steckte die Zigarette in den Mundwinkel und zog ein grünes Buch heraus. »Ha!«, kam es aus zusammengepressten Lippen wie bei einem Bauchredner.

Vordergründig wies der Umschlag des grünen Buches, das

sie da herausgezogen hatte, eine Festschrift aus den Achtzigerjahren zu Ehren eines emeritierenden Strafrechtsprofessors aus. Ob der tatsächliche Inhalt des Bandes mit dessen Lehre konform ging, ist ungewiss. Sollte der das Recht des Selbstschutzes gemäß der Devise »das Recht muss dem Unrecht niemals weichen« propagiert haben, so mochte es schon angehen. Denn darum ging es letztlich in dem Buch: Als Fräulein Christiane den Band triumphierend aufklappte, erwies sich auch diese Festschrift nämlich als sorgfältig ausgehöhlt und offenbarte eine darin verborgene Handfeuerwaffe nebst Munition. »Das ist Waltherchen ...« Fräulein Christiane strahlte Paul an. »Jedenfalls steht das drauf, und Oscar nannte das Ding immer so.« Tatsächlich stellte sich die schnörkellose, genau genommen hässliche Waffe als ein Fabrikat aus der Waffenschmiede »Walther« dar. Die berühmte Walther PPK. Immerhin war nun die Frage beantwortet, ob Onkel Oscar eine Schusswaffe besessen hatte. Offen gestanden hätte jede andere Antwort Paul wirklich überrascht, ja regelrecht enttäuscht. In seinem Kopf widerstritten in der Angelegenheit nunmehr zwei Gedanken. Der eine stammte offenkundig wieder einmal vom Wolf. Es war der »Hoho, haha, ich habe eine Waffe«-Gedanke, ein süßes Gefühl der Macht, aber auch der Sicherheit. Mit Verachtung blickte Paul auf das Brotmesser, das immer noch auf dem Schreibtisch lag. Der andere Gedanke stellte eine Verbindung zur mündlichen Prüfung im zweiten Staatsexamen her. Dort war er mit der Frage konfrontiert worden: »Stellen Sie sich vor, Sie erben das Häuschen Ihrer Großmutter, und beim Entrümpeln des Dachstuhls finden Sie in einem Schuhkarton eine alte Armeepistole. Wie ist die Rechtslage?«

Im vorliegenden realen Fall war es nun nicht die Großmutter, sondern Onkel Oscar, und es war auch kein Häuschen, sondern eine Villa. Ansonsten aber schien ihm die Sache im Rückblick doch recht prophetisch gewesen zu sein. Damals hatte er übrigens weitestgehend versagt, weil ein Ungeist ihm schalkhaft eingegeben hatte, doch einmal in die Richtung »funktioniert eh nicht mehr«, »historisches Sammlerstück« und »juristisch weitestgehend irrelevant« zu argumentieren. Was der Prüfer aber eigentlich hatte hören wollen, wäre ein Exkurs ins Waffengesetz gewesen. Dumm gelaufen. Insgesamt hatte es trotzdem noch sechs Punkte gegeben – von achtzehn. Außerdem hatte Paul aus der Prüfung etwas für das Leben gelernt: Dass er nämlich verpflichtet war, einen solchen Fund zu melden und das Stück idealerweise von der Polizei abholen zu lassen, es jedenfalls aber »unverzüglich« – die Rechtsdefinition dafür lautete »ohne schuldhaftes Zögern« – abzuliefern.

Sicher hatte auch Onkel Oscar das alles gewusst und hatte sich aus purem anarchistischem Widerstand stattdessen für die Aushöhlung der grünen Festschrift zu Ehren des strafrechtlichen Lebenswerks von Prof. Dr. Dr. hc. mult. Gregor Maria Himpl entschieden. Fasziniert trat Paul näher zu dem martialischen Artefakt, das Fräulein Christiane ihm verschwörerisch entgegenstreckte, und verspürte zunächst keinerlei Verlangen, es irgendwem auszuliefern.

»Los, nimm sie!«

Böse Eva, so musste das mit dem Apfel seinerzeit gelaufen sein. Und erkennbar hatte sich bei Adams Gefolgsmännern in puncto Gefahrgeneigtheit auch keinerlei Reifungsprozess vollzogen, weshalb der Herr Anwalt, anstatt es besser zu wissen, gierig nach der Knarre griff und sich daran freute, wie schwer sie in der Hand lag und wie wunderbar sie nach Maschinenöl duftete. »Funktioniert die?«, fragte Paul ungeniert.

Fräulein Christianes angesäuseltes Grinsen reichte jetzt von einem Ohr zum anderen. Sie legte das geöffnete Buch mit dem Geheimfach auf den Schreibtisch und tänzelte mit elegantem

Hüftschwung zum Regal gegenüber. Dort zog sie eine Urteilssammlung des Bundesverfassungsgerichts, in Leder gebunden, heraus und zeigte sie Paul.

Ein sauberer Durchschuss. Das Projektil war hinten in den Buchrücken eingetreten und vorn wieder herausgekommen. Den kleinen Krater, der dabei entstanden war, kannte Paul noch aus seiner Rechtsmedizinvorlesung. Die Leiche, die sie damals beim Zerlegtwerden begutachten durften, war aus der Isar gezogen worden und hatte auch so ein Einschussloch gehabt. Als Zugabe hatte es einen Diavortrag gegeben, bei dem in bunten Bildern gezeigt wurde, wie Leute sonst noch so gewaltsam vom Leben zum Tode gelangen konnten und welches Kaliber mit welcher Munition aus welcher Entfernung welche Art von Beschädigung an menschlichem Gewebe hervorzurufen geeignet war.

»Die Kugel steckt dahinter in der Wand!«, frohlockte Fräulein Christiane sensationslüstern, und Paul konnte dem Drang nicht widerstehen, in die Lücke zu greifen, die das herausgezogene Buch hinterlassen hatte, und mit dem Finger das Loch zu ertasten, das sich tatsächlich dort im Putz befand. Krass!

Draußen fuhr ein Auto vorüber. Paul zuckte instinktiv zusammen. Immerhin hatte er gerade eine Pistole in der Hand und ein Einschussloch im Büro. Da konnten sie ihn auch gleich mit einem qualmenden Joint erwischen. Verbotener ging nicht! Doch schnell holte ihn die Faszination des Augenblicks wieder ein.

»Ich hab den Schuss abgefeuert!«, triumphierte Fräulein Christiane und kicherte. »War eine Wette mit Oscar. Er dachte, ich traue mich nicht. Hab ich aber doch!« Verspielt blickte sie durch das Loch im Buch.

»Was war der Gewinn?«

Fräulein Christiane errötete, antwortete aber nicht. »Willst du mal schießen? Ich weiß, wie es geht!«

»Nein, mein Gott, wenn was passiert! Oder wenn uns einer erwischt. Das kostet mich meine Zulassung!«

Fräulein Christiane äffte ihn mit verstellter Stimme nach: »Das kostet mich meine Zuuulassung … ohhhh.«

Paul angelte sich die Flasche vom Tisch und nahm noch einmal einen tiefen, kratzenden Schluck, bevor er sich auf den kindischen Wettkampf einließ. Das konnte er sich unmöglich bieten lassen. Letztlich war Paul Colossa doch eher ein Jäger als ein Sammler. Er strich sich mit der Hand über die Wangen. Ein bisschen stoppelig fühlte es sich schon an, fand er. Und es war auch ganz schön männlich, wie er hier mit nackter Brust stand. Ein wenig kalt war es allerdings auch. Also lieber noch ein Schluck aus der Flasche.

»Okay. Und wenn uns einer hört und die Polizei ruft?«

»Es ist mitten in der Nacht, und außer uns ist keiner im Haus!«

»Diese Barbara … im Obergeschoss!«

»Barbara?« Ein abgründiges Zischen und Augenrollen offenbarte Fräulein Christianes Einstellung zu der Mitbewohnerin. »Wenn jemand ganz sicher nicht die Polizei ruft, dann diese …« Sie musste es nicht aussprechen. Es war klar, was sie meinte. Paul reichte ihr die Waffe. Sie ging zur Himpl-Festschrift und nahm ein feuerzeugartiges Magazin heraus, das sie mit erschreckender Kundigkeit und einigen kräftigen Tschack-tschack-, Ritsch-ratsch-Bewegungen an der Waffe, die unheimlich elegant und überzeugend wirkten, in den Griff der Pistole einführte. »Geladen und entsichert.« Ihr Ton war jetzt kühl und abgebrüht – das jedenfalls bildete sich Paul ein, dem sich die Nackenhaare sträubten, als er die Waffe wieder in die Hand nahm. Die wirkte noch schwerer als vorhin.

Jetzt hatte er den Grad größtmöglicher Illegalität fast überschritten. Zur Krönung musste nur noch eine Person verletzt werden. Strafrechtsprofessor Himpl hätte wahrscheinlich vom »point of no return« gesprochen und es mutmaßlich sehr ulkig klingen lassen. Himpl war gebürtiger Oberfranke gewesen. Seine Juristenlaufbahn hatte er unrühmlicherweise als Rechtsreferendar am Berliner Volksgerichtshof unter Roland Freisler begonnen, Hitlers Justizzirkus-Monsterclown, aber dafür konnte der junge Himpl vermutlich nichts. Oder war der Jubilar am Ende doch ein Jubilar … schloch? Egal, inzwischen war er ja komplett ausgehöhlt.

»Setz dich lieber hin«, regte Fräulein Christiane an. »Das hat einen ziemlichen Rückstoß, weißt du. Ziel einfach da drüben aufs Bücherregal und drück ab!«

Paul setzte sich auf seinen Schreibtischsessel, die Walther hielt er mit unnatürlich gespreizter Haltung von sich weg.

»Richte das Ding bloß nicht auf mich! Immer da in Richtung Regal. Es ist egal, wo du hinschießt. Die Bücher fangen die Kugel ab.«

»Und wenn … wenn das Ding in meiner Hand explodiert?«

Fräulein Christiane zögerte nur ganz kurz. »Ach, Quatsch. Los. Schieß endlich! Nimm beide Hände, damit du es nicht verwackelst.«

Paul hielt die Pistole in etwa wie beim Beten mit verschränkten Händen. Dabei ganz weit weg von seinem Gesicht. Er lehnte sich in den Sessel, zielte ungefähr in die Mitte des Regals, rechts vom Buntglasfenster, schloss die Augen, wandte das Gesicht ab und …

Er konnte nicht abdrücken! Die gewaltige Macht der Vernunft sperrte sich dagegen, es war, als wäre er gelähmt. Aber wie immer war da die andere Macht, und die fackelte nicht lange, und ehe Paul recht wusste, was geschehen war, hatte der Wolf den Abzug gedrückt. Es gab einen mächtig lauten Knall, Pauls Hände wurden mit einem kräftigen Ruck zurückgedrückt, sauer riechender, starker Rauch stand im Raum und …

Da war doch ein Klirren gewesen? Auf beiden Ohren hörte Paul einen lauten Pfeifton, Tinnitus. Aber nicht so laut, dass er nicht das kräftige »Scheiße!« von Fräulein Christiane ebenfalls gehört hätte, die zum Buntglasfenster eilte. Durch die Rauchschwaden konnte Paul, der sich irgendwie entrückt fühlte, beobachten, wie seine Sekretärin ein Loch in der Scheibe begutachtete. Sodann eilte sie wortlos aus dem Büro, und Paul hörte, wie sie die Haustür öffnete. Kalte Luft strömte herein. Kurze Zeit später stand Fräulein Christiane wieder im Zimmer und schüttelte sich vor Lachen. »Du hast eine Straßenlaterne abgeknallt!«

Auch Paul eilte nun auf die Straße. Es war ganz still draußen, der Himmel war weitgehend sternenklar, ein fahler Sichelmond stand über den dunklen Häusern. Nur die Laternen spendeten Licht. Bis auf eine. Die gegenüber der Villa war dunkel und seitlich zerbrochen. Es gab kein sauberes Ein- und Austrittsloch, vielmehr war ein Stück Glas weggerissen. Paul musste wieder an die Dias aus der Rechtsmedizin denken, da hatte es auch ein Bild von einem halbgesichtigen Mann gegeben. Immerhin. Paul hatte nur öffentliches Eigentum auf dem Gewissen, man stelle sich vor, ein nächtlicher Spaziergänger wäre in dem Moment vorbeigekommen! Wobei … der hätte den Kopf schon sehr hoch tragen müssen. Wie lang war so eine Laterne? Drei Meter wenigstens?

Gegenüber leuchtete das bunte Fenster von Pauls Büro in den Garten. An einer Stelle war das Licht etwas heller, da war das Schussloch. Da hatte der gute alte Cicero eigentlich eine Schriftrolle in der Hand gehalten. Der Rest des Hauses war finster. Barbara hatte kein Licht angemacht. Paul verspürte dennoch Panik. Er konnte die Ausgelassenheit seiner Mitarbeiterin gerade wirklich nicht teilen. Aber er war eben keine Frau. Männer können Ekstase einfach nicht so gut.

Fräulein Christiane sah die Sache übrigens ziemlich pragmatisch. »Jetzt mach dir nicht in die Hose. Kein Mensch kommt auf die Idee, dass das ein Schuss war. Die Scheißlampe ist halt kaputt. Hat irgendein blödes Kind einen Scheißstein geworfen. Wir rufen morgen bei der Stadt an und beschweren uns, dass die Scheißlampe nicht geht!«

Unglaublich, wie skrupellos sie war.

»Aber wenn die das Loch in meiner Scheibe sehen, wissen die doch sofort, was los ist!«

»Keiner wird sich Fenster anschauen, wenn er eine Laterne repariert!«

Sie hatte recht.

Die würden solche demotivierten Burschen in Orange vorbeischicken, die dann lustlos den Kopf der Laterne tauschten, auf verzogene Kinder fluchten und wieder verschwanden, an der Welt zweifelnd, dem Feierabendbier entgegen.

Jetzt erst bemerkte Paul, dass er immer noch die Pistole in der Hand hielt. Und nach wie vor nur blaue Boxershorts anhatte. Keine Schuhe. Fräulein Christianes Blicke folgten dem seinem an den haarigen nackten Beinen entlang zu seiner rechten Hand. »Hast du sie gesichert?«

»Sie sind witzig – woher soll ich wissen …«

»Ach, gib schon her. Und geh in das Scheißhaus zurück! Du siehst ja aus wie ein total durchgeknallter …« Sie nahm ihm die Waffe ab.

Es war angenehm, in die Wärme zurückzukehren, ungeachtet der Kombination aus Pulverdampf und Tabakrauch in seinem Büro, angereichert mit Whiskydunst.

Trotz aller Sinnverwirrung war Fräulein Christiane geistesgegenwärtig genug, um mit Tesafilm das Loch im Fenster notdürftig zu kitten.

»Und wie kommen Sie jetzt nach Hause? Mit dem Auto können Sie unmöglich fahren.«

»Ich brauche jetzt einen Spaziergang. Und du gehörst längst ins Bett! Morgen ist Montag. Da musst du dich wieder um die kleine Russin kümmern! Gefällt sie dir?«

»Frau Rivinius ist eine Mandantin. Es spielt doch gar keine Rolle, ob sie mir gefällt …«

Fräulein Christiane lachte herzhaft. »Pass bloß auf dich auf, du hast mehr von deinem Onkel, als gesund ist!«

»Wissen Sie wirklich nicht, welche Kombination der Tresor hat?«

»Nein!« Umständlich verstaute sie die Pistole wieder in ihrem Versteck.

43.

FÜHRIGKEIT:

die gute Zusammenarbeit zwischen Jagdhund und Hundeführer

Die montagmorgendliche Stimmung im Team war gedrückt. Aus dem Nebenzimmer kam ein schüchternes »Morgen« im leisen Chor von Lilian Draxler und Micha. Fräulein Christiane sah aus wie immer, redete aber nicht, sondern nickte ihm nur kurz zu. Alle Fenster standen sperrangelweit offen, trotzdem roch es im Vorzimmer wie in einer Spelunke und noch schlimmer in Pauls Büro. Ihm wurde sofort übel, und sein Gedanke an ein kleines Frühstück war augenblicklich verflogen. Paul bemerkte, dass er seit Tagen nichts Ordentliches mehr gegessen hatte.

Auf seinem Schreibtisch lag ein Stapel bedruckter Seiten auf einer Akte. Der erste Teil des Rivinius-Antrags. Sein Blick fiel durch das geöffnete Buntglasfenster auf die Straßenlaterne, die so aussah, als hätte jemand ein Stück davon abgebissen. Welche Schmach. Lustlos begann er, den Schriftsatz zu überprüfen. Es nervte ihn, so viel über Maja zu lesen, ihr damit so nah zu sein und dabei doch so weit weg von ihr. Kaum hatte Paul mit viel Seufzen und zahlreichen Unterbrechungen – immerhin einer angenehmen: Micha hatte Espresso gebracht – den Text durch, brachte Lilian Draxler den zweiten Stapel. Darauf hatte Paul jetzt wirklich keine Lust. Gelangweilt surfte er im Internet herum und landete bei einem Bericht über einen Mann, den ein Delfin angegriffen und schwer verletzt hatte. Jaja, die Clowns der Meere! War wohl ein Horrorclown gewesen.

Früher oder später würde er den neu gelieferten Stapel in Angriff nehmen müssen, denn er hatte Maja versprochen, das Teil zeitnah zu versenden, was doppelt schwer wog. Die einzige Chance, seinen guten Ruf bei der holden Maid wiederherzustellen: Er musste ihr Brendel auf dem Silbertablett servieren. Filetiert und entgrätet, mit einer frischen Zitrone.

Auch die Geschichte mit dem unglaublich dicken Mann, den man mit einem Feuerwehrkran aus seiner Wohnung hatte bergen müssen, über ein in die Hausfassade gebrochenes Loch, weil er nicht mehr durch die Türen gepasst hatte, interessierte ihn nicht. Wer brachte diese Mengen belanglosen Unsinn ins Internet? Und wo war das passiert? In Connecticut. Wo war das eigentlich genau?

Nachhaltige Ablenkung von der dringend zu erledigenden Arbeit brachte erst das Telefon. Fräulein Christiane klang sehr heiser. Kein Wunder.

»Du, Paul, da ist jemand von der Polizei für dich.«

Verdammt, waren die schnell! Paul wurde schwarz vor Augen. Wie den sprichwörtlichen Film sah er die mühsamen Jahre seiner Juristenausbildung vor seinem inneren Auge vorbeiziehen, Jahre vergeudeter Lebensfreude – und nun sollte alles umsonst gewesen sein? Weil er mit einer alten Pistole herumgespielt hatte? Das Leben war nicht fair. Doch tief in seinem Inneren glomm noch ein weiteres Gefühl auf. Es war der colossasche Kampfesmut. Sollten die doch erst einmal beweisen, dass er geschossen hatte! Gut … da waren Fingerabdrücke an der Waffe und Schmauchspuren an seinen Händen. Aber er war doch reichlich angetrunken gewesen, nicht wahr? Erst einmal sehen, wie sie die Sache angingen. Wie sie ihm überhaupt auf die Schliche gekommen waren. Verdammt. Was hatte er sich nur dabei gedacht. Niemand schoss in Deutschland ungestraft auf Straßenlaternen! Das traf die Leitkultur ins Mark. Noch dazu als Rechtsanwalt! Vereidigtes Organ der Rechtspflege … Er hatte es nicht anders verdient. Eine Schande für den ganzen Berufsstand war er.

Colossa entschied, dem Feind im Vorzimmer entgegenzutreten. Das hatte etwas Symbolisches. Die Schachbrettfliesen. Auf der einen Seite der Staat, ein mächtiger Turm. Auf der anderen

Seite … was war eigentlich ein Rechtsanwalt? Ein Pferdchen. Weniger Schlagkraft vielleicht. Aber er konnte um die Ecke – nicht nur denken, sondern auch springen.

Womit er nicht gerechnet hatte: Der gegnerische Turm war in Begleitung einer Dame erschienen. Und das nicht im übertragenen Sinn. Der Turm war ein drahtiger Glatzkopf mit grauem Schnauzbart. Braun·gebrannt, randlose Brille, Lederjacke und Jeans.

»Grüß Gott, Herr Rechtsanwalt. Mein Name ist Schwarz, Polizeioberrat. Ich leite die Polizeiinspektion Neustadt. Und das ist meine Kollegin, Frau Hauptkommissarin Braun.« Eine Frau, etwa im Alter von Fräulein Christiane, in einer der neuen blauen Uniformen, mit raspelkurz geschorenen blonden Haaren, zackiger Nase und messerscharfen graublauen Augen, reichte Paul eine erschreckend kräftige Hand. Schwarz und Braun. Hätten sie Schwarz und Weiß geheißen, hätte das toll zu seiner Schachbrettanalogie gepasst. Aber Schwarz und Braun? Er musste an den alten Schlager von der Haselnuss denken.

»Sie haben also die Kanzlei von Herrn Dr. Colossa übernommen …«, tastete der Polizeichef sich zögernd an Paul heran.

Was sollte Paul dazu schon sagen? Der Polizist wartete einen Augenblick, während Paul nach Worten rang. Ihm war ja durchaus auch daran gelegen, das Eis zu brechen! Vielleicht waren die Schläge dann weniger schmerzhaft?

Hauptkommissar Schwarz nahm erneut Anlauf: »Ein ganz tragischer Verlust für uns alle, der Tod von Ihrem Onkel, Herr Colossa. Das möchte ich schon einmal sagen. Also, mein herzliches Beileid!«

Der heimische Dialekt passte wunderbar zu dem Burschen. Es wäre befremdend gewesen, wenn ein hochrangiger bayerischer Polizeibeamter mit schnurgeradem Hochdeutsch dahergekommen wäre. Auch die Kollegin Braun murmelte unverständlich etwas Beileidbekundendes. Alles in allem war es doch immer wieder erstaunlich, wie umständlich Polizisten mitunter an ihre Delinquenten herangingen. Mit welch komplizierten Balzritualen sie einem vor dem Zugriff den Hof machen konnten.

»Ja … danke …«, antwortete Paul, noch immer um einen echten Eisbrecher verlegen.

»Ja … der Grund, warum wir … Also die Kollegin Braun und ich, sind wegen einer … wie soll ich das jetzt sagen … quasi delikaten Angelegenheit zu Ihnen gekommen, sozusagen, verstehen Sie?«

Hauptkommissarin Braun nickte zustimmend, doch Paul verstand natürlich keineswegs. Wollten sie die Waffe sehen? Ein Geständnis konnten sie nicht von ihm verlangen. Das hatte im weitesten Sinne auch etwas mit Berufsehre zu tun, hier nicht gleich jedem dahergelaufenen Bullen die Wahrheit in den Schoß zu heulen.

»Nun, ich helfe Ihnen natürlich gern. Was kann ich für Sie tun?«

»Wissen Sie … der Herr Dr. Colossa und ich, also wir, die Neustädter Polizei, haben über die Jahre viel miteinander erlebt. Das dürfen Sie mir glauben.«

Schmunzelte die mutmaßlich lesbische Kollegin da gerade fast unmerklich?

»Wissen Sie, das hat uns alle wirklich hart getroffen, mit dem Tod von Ihrem Onkel.« Er blickte Paul an.

Das hatten wir doch schon? Erwartete er Applaus?

»Ich selbst konnte leider aus dienstlichen Gründen nicht an der Beerdigung teilnehmen, aber Sie haben vielleicht bemerkt, dass die Polizei Neustadt einen eigenen Kranz …?« Paul hatte natürlich nicht auf die Kränze gesehen. Trotzdem wollte er es sich mit dem Mann nicht verderben und nickte langsam und vielsagend. Ein zufriedenes Grinsen breitete sich im Gesicht des Polizisten aus. »Die Kollegen, die bei der Feier dabei waren, waren sehr gerührt. Besonders diese spontane Geste … Sie wissen sicher … diese Sache mit den Mobiltelefonen …«

Jetzt begann der Polizeioberrat, seltsam mit den Augen zu blinzeln, und zuckte beim Weitersprechen immer wieder mit dem Kopf. »Das war ja eine … das war eine wirklich sehr … spontane Geste.«

Das hatte er bereits gesagt.

»Mein Kollege hat mir berichtet … also, er hat ebenfalls sein Handy … obwohl er selbst den Herrn Dr. Colossa persönlich eigentlich nicht gekannt hat …«

Es war, als würde ein Huhn etwas hervorwürgen. Der Mann war inzwischen auch zunehmend rot geworden. Wie würde er jetzt wohl den Bogen zur Pistole schlagen?

»Letztlich aber ist gerade diese … diese Angelegenheit mit den Handys … den Mobiltelefonen …«

Die Kollegin Braun sah ihn inzwischen ebenfalls besorgt an. Jetzt kam es bestimmt gleich!

»Da Sie quasi, mehr oder weniger, das einzige Familienmitglied vom Herrn Rechtsanwalt Dr. Colossa sind, hat uns der Herr Oberbürgermeister, der übrigens persönlich bei der Beerdigung anwesend war und der ebenfalls sein Mobiltelefon hineingeworfen … also, eigentlich kam die Anfrage zunächst von der Friedhofsverwaltung und ist dann über das Ordnungsamt zum Herrn Oberbürgermeister gegangen, und der hat dann angefragt, ob möglicherweise die Polizei …«

Paul gewann zunehmend den Eindruck, dass es hier gar nicht um Waltherchen, sondern um etwas vollkommen anderes ging.

»Letztlich ist die Sache die … also die Sache ist tatsächlich die …«

Gut Ding will Weile haben. Aber ob es nach so viel Weile noch gut war? Paul musste etwas unternehmen: »Herr …«, er blickte den im Gespräch havarierten Polizisten mitleidig an.

»Schwarz, Polizeioberrat …!«

»Ja, richtig. Herr Schwarz, Frau … Braun?«

Ein Nicken. Sie war wahrlich eher der stille Typ.

»Vielleicht setzen wir unser Gespräch in meinem Büro fort? Möchten Sie eine Tasse Kaffee?«

Der Polizeichef wirkte, als wäre er gerade vor dem Erstickungstod bewahrt worden.

Die zweite Runde hinter verschlossenen Türen ließ sich deutlich besser an.

»Herr Rechtsanwalt, der Herr Oberbürgermeister und ich haben uns gedacht, dass wir das alles zu Ehren von Herrn Dr. Colossa diskret behandeln möchten. Wir wollen vermeiden, dass die Geschichte am Ende noch Kreise zieht …«

»Das ist sehr freundlich von Ihnen, vielen Dank!«, sagte Paul in einem Ton, der mit diplomatischer Bestimmtheit eigentlich meinte: Kommen Sie endlich zur Sache.

»Wissen Sie, angefangen hat es damit, dass verschiedene Trauernde bei der Friedhofsverwaltung mitgeteilt haben, dass sie aus der Erde Klingeltöne hören. Man ist dem dann nachgegangen und hat festgestellt, dass die Geräusche aus dem Grabbereich Ihres Onkels stammen. Gleichzeitig gab es eine Reihe von Anfragen an die Friedhofsverwaltung von Leuten, die sich erkundigten, ob das Grab bereits geschlossen sei. Hintergrund dieser Anfragen war wohl, dass diese Personen offensichtlich Interesse daran hatten, wie soll ich sagen … also die Frage aufzuwerfen gedachten, ob eventuell vielleicht die Möglichkeit bestehen könnte … und sogar der Herr Oberbürgermeister hatte sich mit dieser Frage in eigener Sache schon intensiv beschäftigt … wobei natürlich alle Betroffenen unisono, das darf ich Ihnen versichern, in keinster Weise die Würde und im Speziellen die Totenruhe des Herrn Doktor …«

»Geht es darum, die Handys wieder auszugraben?«

Der arme Mann wirkte wie gelähmt von dieser niederschmetternden Wahrheit.

Letztlich rettete ausgerechnet die Kollegin Braun die Situation mit einem knappen und trockenen: »Ja. Einige davon klingeln immer noch. Tag und Nacht.«

Faszinierend, dachte sich Paul, und ein Hauch von Egoismus mischte sich dazu. Einen Moment lang hatte er an etwas Zombieartiges gedacht. Geräusche aus einem Grab! Aber es ging nur um die kleinen Handlanger … Sein neues Telefon war dem alten technisch klar überlegen – aber es gab da etliche Kontaktadressen und eine Reihe von Fotos auf dem Speicher des alten Geräts, die er schon gerne wiedergehabt hätte. Hinzu kam der Aspekt, dass es ohne Zweifel nicht in Onkel Oscars Interesse liegen konnte, seinen Nachruhm dadurch zu schmälern, dass sein Grab mit polyfonen Klangkaskaden die Andacht trauernder Friedhofsbesucher störte. Zugegeben: Dieser Teil des Problems würde sich über kurz oder lang von allein lösen. Wie lange mochte ein moderner Akku durchhalten – zweieinhalb Meter tief unter feuchter Erde? Paul wunderte sich, dass die Dinger überhaupt noch klingelten! Sein Akku war gewöhnlich nach zwei Tagen am Ende.

»Das Problem ist auch … gewissermaßen umweltrechtlicher Natur. Niemand weiß, wie sich die Batterien der Telefone langfristig unter der Erde verhalten werden, wissen Sie. Es könnten Giftstoffe ins Grundwasser gelangen!«

Unter einem Friedhof! Schon klar, dachte Paul – nickte aber verständnisvoll. Jede noch so fadenscheinige Begründung taugte, wenn man der Idee einer Grabschändung ohnehin durchaus offen gegenüberstand und nach einem moralisch verwertbaren Vorwand suchte. »Wir sollten das so rasch wie möglich machen. Vielleicht zu einer Tageszeit, wo wir nicht allzu viel Aufsehen erregen«, platzte Paul pragmatisch mit dem Abschluss seiner Überlegungen heraus.

»Freitagabend um achtzehn Uhr. Die Friedhofsverwaltung stellt einen Kleinbagger und einen Flutscheinwerfer bereit«, antwortete Hauptkommissarin Braun. Die hatten also längst alles geplant! Und die Braun war bei dem komischen Pärchen für die Drecksarbeit zuständig.

»Herr Colossa – uns ist natürlich bewusst, dass das ein sehr heikler Eingriff ist. Der Herr Stadtpfarrer Wiesener hat angeboten, ebenfalls anwesend zu sein und am Ende vielleicht für alle Beteiligten eine kleine Andacht zu halten?«

Wie Onkel Oscar es mit der Religion gehalten hatte, wusste Paul nicht. Jedenfalls hatte er nie über das Thema geredet, und das war, betreffend Onkel Oscar, ein starker Indikator.

»Nun, das wäre wirklich sehr nett …« Mehr Heuchelei brachte Paul allerdings in der Gretchenfrage nicht über sich.

Ein Windstoß durch das immer noch geöffnete Fenster wehte einige Blätter vom Schreibtisch und ließ den Klebestreifen über dem Einschussloch verdächtig flattern.

Paul sprang auf, fast etwas hektisch: »Ja, wunderbar, dann haben wir ja alles geklärt. Schade, jetzt hat uns Fräulein Christiane gar keinen Kaffee …«

Nur Augenblicke später standen sie wieder draußen im Vorzimmer und dann: »Ja, ganz herzlichen Dank noch einmal für Ihr großes Verständnis, und wir sehen uns wieder am Freitag …« Ab, Vorhang zu, Szenenapplaus – hätte jedenfalls gepasst.

»Was passiert mit den Handys, die keiner abholen will? Wer kriegt die? Du, oder?« Fräulein Christiane hatte offensichtlich an der Bürotür gelauscht. Ob sie das wohl öfter machte? Aber sie hatte durchaus recht. Das waren sicher ein paar Dutzend nagelneue Smartphones. Einige waren vielleicht kaputtgegangen, einige – wie das des Oberbürgermeisters – würde er abgeben müssen. Aber der Rest? Was die Dinger wert waren! Vielleicht kannte Attila jemanden …?

44.

ANSCHWEISSEN:

Wild durch einen Schuss verwunden

»Es wird beantragt, im Wege des einstweiligen Rechtsschutzes nach Gewaltschutzgesetz es dem Antragsgegner zu untersagen,

1. sich der Antragstellerin weiter als 50 m zu nähern;
2. sich der Wohnadresse der Antragstellerin weiter als 250 m zu nähern;
3. zur Antragstellerin in jedweder Form mittelbar oder unmittelbar Kontakt aufzunehmen, insbesondere persönlich oder durch Briefe oder durch Fernkommunikationsmittel wie Telefon, Mobilfunk, Telefax, E-Mail, soziale Netzwerke im Internet oder in vergleichbarer Form.
4. Für jeden Fall der Zuwiderhandlung wird dem Antragsgegner ein Ordnungsgeld in Höhe bis zu 250.000 Euro, nach Ermessen des Gerichts, bei Uneinbringbarkeit Ordnungshaft, auferlegt.«

Et cetera, et cetera …

Dann die vielseitige Begründung, die er mit Maja an jenem magischen Freitagabend entworfen hatte.

Seitdem herrschte Funkstille. Er hätte noch einige Unterschriften von ihr und ihrem Vater sowie seinem Chauffeur gebraucht. Deshalb hatte er ihr heute zweimal geschrieben. Ob sie noch in Russland war? Waren die Nachrichten nicht angekommen? Oder sie hatte noch keine Zeit gefunden, sie zu lesen? Es wäre doch reichlich albern, ihn als Anwalt zu ignorieren – in eigener Sache! Ganz gleich, was sie von ihm als Mann halten mochte … in ebenfalls eigener Sache.

Aber Albernheit hatte in der Menschheitsgeschichte schon als das brennende Zündholz für so manches historische Pulverfass gedient. Auf die Irrationalität der Menschen bis hin zur Selbstzerstörung ist immer Verlass.

Sie hasste ihn also und ignorierte deshalb seine sachlichen Anfragen. Nun gut. Er würde den Antrag eben ohne die Unterschriften einreichen. Und wenn Maja doch noch reagierte, konnte er die Unterschriften ja nachreichen. Wichtig war allein, dass es jetzt schnell ging. Im Idealfall war schon nächsten Vormittag das gerichtliche Kontaktverbot da.

Fräulein Christiane verabschiedete sich am Abend wortkarg. Den ganzen Tag hatten sie kaum miteinander geredet. Paul schlich, bedrückt und natürlich mit weiterhin drückenden Schmerzen und mit schlaff herabhängendem linken Arm, in seinem Büro herum. Seltsam – obwohl er den ganzen Tag das Fenster nicht geschlossen hatte, war der Rauchgeruch jetzt wieder stärker geworden. Das kam von draußen. Es war ekelhaft kalt geworden, und in der Nachbarschaft hatte offensichtlich jemand zu feuchtes Holz eingeschürt. Es wäre schön, wenn dieser Geruch Kindheitserinnerungen bei ihm wecken würde. Tat er aber nicht. Sie hatten schließlich nie einen Holzofen besessen. Die Last der ganzen Welt ruhte auf Pauls schmerzender Schulter, und er war mutterseelenallein.

45.

SPRENGRUF:

der Kampfschrei eines Platzhirschs,
um Nebenbuhler zu vertreiben

Am folgenden Mittwoch überschlugen sich die Ereignisse. Angefangen hatte es damit, dass Paul auf seinem Telefon eine Nachricht von Maja erhielt. Denkbar knapp, aber immerhin sachlich. »Sind aus Moskau zurück. Gibt es News vom Gericht? Ich schicke die Unterschriften per Fax.« Was sie dann auch tat. Paul dachte lange über eine angemessene Antwort nach und entschied sich für: »Willkommen daheim. Leider noch keine Nachricht. Die Unterschriften werde ich sofort weiterleiten.«

Tatsächlich war das morgens um halb zehn der aktuelle Sachstand gewesen. Um kurz vor elf sah es schon wieder ein wenig anders aus. Da nämlich trug Micha ihm die Akte auf den Schreibtisch. Obendrauf, mit einer Büroklammer befestigt, ein Fax vom Amtsgericht Nürnberg. Paul riss es aufgeregt herunter und las dann enttäuscht: Ladung zur mündlichen Verhandlung am Donnerstag um zehn. Schöne Scheiße! Warum mündliche Verhandlung? Was gab es da zu verhandeln? Warum hatte der Richter nicht einfach einen Beschluss im Büroweg gemacht? Die Sache war doch absolut klar! Der Verrückte machte Maja das Leben zur Hölle und sollte sich gefälligst von ihr fernhalten! Glaubte das Gericht vielleicht, die beiden würden sich wieder versöhnen und gemeinsam in den Sonnenuntergang reiten? Das kam davon, dass irgendein praxisferner Bürokrat die hirnrissige Idee gehabt hatte, Stalkingfälle den Familienrichtern zuzuordnen. Die wollten natürlich die heile Welt. Den Strafgerichten hätte man es zuordnen sollen! Wahrscheinlich war der Richter so ein weinerliches Mütterchen, das einen Termin angesetzt hatte, anstatt knallhart per einstweiliger Verfügung den Kontaktverbotbeschluss rauszulassen! Paul suchte auf dem Gerichtsschrieb herum.

Dr. Gelbfoss, Richter am Amtsgericht. Keine Eier in der Hose! Aber wenn einer schon Gelbfoss hieß! Vermutlich war er seine ganze Kindheit hindurch gemobbt worden. Von anderen Kindern in die Mülltonne gesteckt. »Gelbfuß, Gelbfuß ...!« Und dann war ein Riesenweichei aus ihm geworden. Sein sehnlichster Wunsch war es sicher immer gewesen, eine Frau zu finden, deren Namen er annehmen konnte. Aber so einen wollte keine. Vielen Dank für nichts, Herr Dr. Gelbfoss. Wie sollte er das Maja erklären?

Nachmittags um drei dann der dritte Ton vom Akkord: Das Telefon klingelte, und Fräulein Christiane kündigte Herrn Rechtsanwalt Doktor Matthias von Mehlsen-Angerschütz, Kanzlei Freiherr von Mehlsen-Plossau und Kollegen an. So, wie sie es betonte, las sie es von einem Zettel ab.

Oha, der Hochadel! Was wollten die denn in den bürgerlichen Niederungen?

»In Sachen Rivinius gegen Brendel.«

Da schau her! Maja hatte ja gesagt, dass der Stalker mit Pferden zu tun hatte. Da war der Adel nicht weit. »Stellen Sie ihn durch.«

Sekunden später: »Ja, Mehlsen hier ...«

Er dehnte das »e« ungewöhnlich stark. »Meeehlsn« ... So klang das. So ein bisschen nach Kohlenpott. Den restlichen Adelsklimbim ließ er einfach weg. Nun gut – er konnte ja auch nichts dafür. Klang fast sympathisch.

»Wir haben da gemeinsam diese unangenehme Sache abbekommen, Kontaktverbot nach Gewaltschutzgesetz, in Nürnberg! Wir sitzen in Düsseldorf. Das ist ein ganz schönes Stück. Und dann auch noch einstweiliger Rechtsschutz, Termin schon morgen! Das macht doch keinen Spaß, Herr Kollege, oder?«

Er sagte »Spasss«, mit einem ganz kurzen »a« und einem messerscharfen »ss«.

»Ganz herzlichen Dank erst mal, Herr Kollege, dass Sie sich kurz Zeit für mich nehmen. Bei diesen Opferanwälten ist das ja oft so eine Frage von Leben und Tod, die sind gar nicht dazu in der Lage, mal ein klares Wort unter Kollegen … aber mein Sozius sagte …«

Er betonte es wie »sachte«.

»… mein Sozius sachte mir schon, dass der Colossa einer ist, mit dem man mal zwei Takte offen reden kann!«

»Ja, gerne doch«, antwortete Paul. Was für ein Dampfplauderer! So einen war man in Bayern nicht gewohnt. »Vermutlich meinte Ihr Kollege meinen verstorbenen Onkel, Herrn Dr. Oscar Colossa. Ich habe die Kanzlei übernommen, aber ich freue mich trotzdem sehr über Ihren Anruf. Was kann ich für Sie tun?« Es raschelte. Er blätterte wohl.

»Wir haben das Ding vom Gericht durchgefaxt gekriegt. Ganz schön eilig haben Sie es ja! Also, ich hab mit dem Herrn Brendel mal über das geredet, was Sie da in Ihrem Antrag so geschrieben haben, Herr Kollege.«

Er betonte es wie »Antrach«.

»Riesenteil, da haben Sie wohl lange dran diktiert – mein lieber Scholli!« Mehlsen lachte verschwörerisch. »Sie können sich sicher vorstellen, dass so was für einen Mann in einer gesellschaftlichen Stellung wie Herr Brendel nicht das reine Vergnügen ist.«

Ja, das konnte sich Paul durchaus vorstellen. Besonders die Sache mit dem halb befüllten Präservativ.

»Also, ich hatte einige Mühe, dem Herrn Brendel auszureden, Ihre Mandantin gleich mal von der Stelle weg auf Unterlassung und Schmerzensgeld zu verklagen …«

Paul glaubte, er müsse vom Hocker kippen. Hatte er da gerade richtig gehört? Der werte Herr Kollege hatte Mühe gehabt, dieses Schwein Brendel davon abzuhalten, Maja zu verklagen?

»… das ist schon starker Tobak, den Sie da abbrennen. Der Herr Brendel ist immerhin verheiratet und ein erfolgreicher Geschäftsmann. Ich sehe da was im mittleren fünfstelligen Bereich, Schadenersatz, Schmerzensgeld, Sie verstehen schon. Nun ist Ihre Mandantin nicht unbedingt in ärmlichen Verhältnissen geboren – das sind ja wohl Russen, wenn ich das richtig verstanden habe? Aber ich denke, der Herr Papa wird sein Geld auch lieber anders anlegen als ausgerechnet beim Herrn Brendel … vor dem jetzigen Hintergrund und so …«

Er sagte das in einem unfassbar herabwürdigenden, süffisanten Ton. Paul schwieg. Mit einem Kugelschreiber kritzelte er gedankenverloren »50.000« auf ein Stück Papier und erschrak dann selbst vor der Zahl. Der Typ war wohl auf Koks? So viel kriegte man in Deutschland mit viel Glück für das berühmte »abbe Bein« – und da musste man schon Umstände für besondere Härte vortragen, warum der Verlust dieses speziellen Beins in diesem konkreten Fall von herausragender Tragik war und der Betroffene sein Bein deutlich schmerzlicher vermissen würde als andere Fußgänger. Man war ja hier nicht in Amerika!

»Keine Sorge, Herr Kollege«, fuhr der Wichtigtuer fort. »Ich habe die Sache im Griff. Ich habe meinem Mandanten klargemacht, dass die Geschichte noch viel weitere Kreise ziehen würde, wenn er jetzt so ein großes Fass aufmacht, und das will der Herr Brendel natürlich auch nicht.«

Jetzt war Paul an der Reihe: »Ja … ähm …« Nein, das konnte er besser. Paul strich sich mit der telefonhörerfreien Hand durchs Gesicht. Die Bartstoppeln waren deutlich zu spüren. Nachdem die nette Stimme aus dem Hörer jede Sympathie verspielt hatte, fiel es Paul deutlich leichter, seinem Gegenüber einen Kübel kaltes Wasser drüberzukippen. »Nun, Herr Kollege, die Sache ist die: Ihr Mandant ist ein Herr im besten Alter, der eine sexuelle Affäre mit einem jungen Mädchen hatte, eigentlich fast ein Kind. Und als das Mädchen das Ganze beendet, da wird der Herr zudringlich, beginnt, ihr nachzustellen und sie sogar zu bedrohen. Und noch ein paar ganz andere Sachen. Na ja. Sie haben das sicher alles besprochen. Dass dem Herrn Brendel das unangenehm ist, kann ich mir gut vorstellen. Ich weiß nur nicht, was meine Mandantin oder ich für Herrn Brendel in der Sache tun könnten. Er könnte meinen Antrag natürlich anerkennen und die Finger von Frau Rivinius lassen. Das würde sicher allen Beteiligten guttun. Es gäbe keinen großen Zirkus, und Sie müssten sich nicht so kurzfristig von Düsseldorf nach Nürnberg bemühen.«

Stille am anderen Ende der Leitung. Dann deutlich unterkühlt und viel adeliger: »Herr Kollege, ich sage das nur ungern, aber mit Ihrem Antrag haben Sie sich ziemlich weit aus dem Fenster gelehnt, und wenn ich sage, Sie, dann meine ich nicht Ihre Mandantin. Vielleicht sollten Sie darüber nachdenken, was passieren würde, wenn der Herr Brendel eine Unterlassungsklage sowohl gegen Herrn Rechtsanwalt Colossa als auch gegen Frau Rivinius auf den Weg bringt. Er könnte von Ihnen beiden verlangen, dass Sie keinen der infamen Vorwürfe in Ihrem halb garen Pamphlet mehr wiederholen, bei Zuwiderhandlung eine Geldstrafe im Bereich von fünftausend pro Äußerung? Gegenstandswert der Klage … hunderttausend Euro? Weil die Äußerungen nicht nur ehrenrührig, sondern auch geschäftsschädigend sind. Und vielleicht wird mein Mandant mich sogar beauftragen, bei der Rechtsanwaltskammer gegen Sie vorzugehen. Das ist immerhin vorsätzliche sittenwidrige Schädigung, was Sie da veranstalten. Ihnen ist doch klar, dass ein paar Zigarettenkippen und eine eidesstattliche Versicherung einen feuchten Kehricht wert sind? Entweder bieten Sie uns glaubwürdige Zeugen für den faulen Zauber, oder Sie werden kalt baden gehen, Herr Kollege. Vielleicht kontaktieren Sie lieber schon mal Ihre Anwaltshaftpflichtversicherung?« Mehlsen machte eine kunstvolle, unerträglich lange Pause, bevor er weiterredete. »Ich kann Ihnen Folgendes anbieten: Beide Parteien vereinbaren ein wechselseitiges Kontaktverbot. Jede Seite trägt ihre Anwaltskosten selber. Mein Mandant wird auf Schadenersatz und Schmerzensgeld verzichten. Das sage ich Ihnen von Kollege zu Kollege. Schriftlich werden wir den Verzicht nicht fixieren. Nur um sicherzugehen, dass das junge Fräulein nicht später auf dumme Gedanken kommt. Ich gebe Ihnen Zeit bis achtzehn Uhr, um zur Vernunft zu kommen. Überlegen Sie es sich gut, ob die Dame Ihnen Ihre Zulassung wert ist.«

»Tun Sie, was Sie nicht lassen können«, maulte Paul trotzig ins Telefon. Mehr fiel ihm jetzt auch nicht ein. Irgendwie hatte dieser Bursche ihn verunsichert.

Das Sechs-Uhr-Nachmittag-Ultimatum verging, ohne dass Paul etwas unternommen hätte. Abgesehen davon, dass er – nach langem Zögern und mit rasend schlagendem Herzen – Maja angerufen hatte. Gott sei Dank war nur ihre Mailbox drangegangen. In knappen Worten hatte Paul von dem Ultimatum berichtet und davon abgeraten, darauf einzugehen. Man würde sich dann am nächsten Morgen treffen. Sitzungssaal 241, Amtsgericht Nürnberg.

46.

FASELN:

der Hund sucht vergeblich, ohne eine Fährte zu finden

Und so war es Abend geworden. Und wieder Morgen. Paul stand bereits um halb zehn mutterseelenallein vor besagtem Sitzungssaal. Emsiges Treiben auf den Gerichtsfluren. Es war ein wetterloser Donnerstag. Nicht schön und auch nicht mies. Nicht kalt, aber alles andere als mild.

Ein unentschlossenes Licht lag in den Gerichtsfluren, als der Aufmarsch der Heere begann.

Um die Ecke bog ein sehr großer, korpulenter Mann in dunkelgrauem Anzug mit einer leuchtend roten Krawatte. Kam vermutlich direkt vom Flughafen? Rollkoffer, Anwaltsrobe über den Arm gehängt. Er hatte graublonde Locken, mit Pomade zu einem Seitenscheitel gezwungen, und eine Brille, weit vorn auf der Nase sitzend. Paul hatte sich wieder für seinen braunen Anzug, den Glücksbringer, wie er hoffte, entschieden und eine seriöse blaue Krawatte angezogen. Aber neben diesem Bullen wirkte er, rein optisch, wie ein Steigbügelhalter. Egal, es war ja keine Modenschau und auch kein Hau-den-Lukas. Nerven bewahren! Der Kollege Dr. von Mehlsen-Angerschütz war, erkennbar gut gelaunt, ins Gespräch vertieft mit einem deutlich schlankeren Mann, der jedoch ebenfalls einen guten halben Kopf über Paul hinausragte. Dunkel glänzendes, glatt gescheiteltes Haar, an den Schläfen erstes Grau. Sehr adrett, im Nadelstreifenanzug. Ein abstoßend arrogantes, faszinierendes und ewig jung wirkendes Gesicht. Das also war Pius Brendel. Der Stalker. Paul konnte sich schwer vorstellen, wie dieser Mann nachts vor Majas Haus onaniert haben sollte.

An seiner rechten Seite lief Frau Brendel Hand in Hand mit dem Sittenstrolch. Paul ging davon aus, dass sie ein ziemlich genaues Bild davon hatte, was man ihrem Mann vorwarf, und er fand es denkbar unpassend, wie loyal, ja hingebungsvoll sie ihn an der Hand hielt. Jede Frau mit einem Funken Ehre und Selbstbewusstsein hätte solch einen Widerling nachts mit seinem Gürtel stranguliert, anstatt ihn zu Gericht zu begleiten.

Paul fand die Frau ungemein attraktiv, und es dauerte einen Moment, bis er bemerkte, woran das lag. Sie sah aus wie Maja! Nur nicht mädchenhaft, sondern gereift. Dunkelgrünes, enges Kostüm, hochhackige Schuhe, schwere Goldkette. Das Haar zu einem strengen Zopf geflochten. Brendel hatte anscheinend ein verblüffend enges Beuteschema. Was sollte man davon halten? Und vor allem: Wie konnte diese Frau das ertragen?

Der Anwalt ging zur Tür des Sitzungssaals, blickte kurz auf den Terminaushang und nickte. Dann kehrte er zu seinem Mandanten zurück, ohne Paul eines Blickes zu würdigen. Die drei zogen sich in eine der mit Bänken versehenen Ausbuchtungen entlang des Gangs zurück und waren dadurch den Blicken entzogen.

Auftritt Maja Rivinius: Das Haar, ähnlich wie Brendels Gattin, zu einem Zopf geflochten, den sie allerdings um den Kopf gelegt hatte. Rotes Kostüm, hochhackige Schuhe, dicke Goldkette. Es würde verblüffend sein, die beiden nebeneinander zu sehen wie Mutter und Tochter oder wie ältere und jüngere Schwester. Neben ihr Victor Rivinius. Schwarzer Anzug, Krawatte altrosa, wieder ganz der Schachweltmeistertyp. Es war, als hätte der Russlandbesuch bei den beiden die Akkus neu aufgeladen. Sie strahlten etwas Unerklärliches, etwas dermaßen Oligarchenhaftes aus, dass man sich automatisch minderbemittelt fühlte in ihrer Gegenwart. Einige Meter hinter ihnen, wie ein Schatten, Familiensklave Grischa.

Beim Passieren der Nische, in der sich die Brendel-Fraktion verkrochen hatte, warfen die Herrschaften Rivinius nur einen kurzen Blick auf ihre Gegner. Sie zeigten dabei keinerlei Neugier und keine Emotionen. Die Reaktion der Gegenseite blieb Paul verborgen.

Victor Rivinius begrüßte Paul sehr freundlich. Maja wirkte hingegen wie in einem Kokon gefangen. Hölzern und distanziert wünschte sie einen guten Morgen. Eine in Wahrheit von der Situation völlig überforderte junge Frau. Was die Sache freilich alles andere als einfacher machte.

»Wie wird es abgehen?«, erkundigte sich Rivinius.

»Der Richter wird zunächst die Personalien aufnehmen und in den sogenannten Sachstand einführen. Dann wird er versuchen, die Parteien zu einer gütlichen Einigung zu überreden.«

Rivinius lachte, anscheinend belustigt von dieser Vorstellung. »Wann darf ich sprechen?«

Das war ein heikler Punkt, den Paul am liebsten dem Richter überlassen hätte. »Die Sache ist die …«, begann er um Worte zu ringen, und mied dabei Majas Blick. »Wir sind ja vor einem Familienrichter. Das ist ziemlich albern, weil unser Antrag nach dem Gewaltschutzgesetz mit Familienrecht gar nichts zu tun hat. Aber es ist so, dass die Familiengerichte eben für Gewaltschutz zuständig sind. Ja. Und bei den Familiengerichten ist die Öffentlichkeit ausgeschlossen.« Paul versuchte zu ergründen, ob Rivinius verstanden hatte, was er ihm da gerade zu sagen versuchte. Doch der sah aus, als würde er auf den wesentlichen Teil der Information noch warten. Auch Maja blickte interessiert und keineswegs so, als hätte sie begriffen, was Paul meinte.

»Sie dürfen nicht mit hinein. Nur Maja und ich.«

Betretenes Schweigen. Paul hatte Angst, dass es jetzt zu unkontrollierbaren Emotionen kommen könnte. Wütend herumbrüllender Vater? Heulende Tochter? Aber das entsprach nicht dem Stil seiner Mandantschaft.

»Darf Brendel seine Frau mit hineinnehmen?«

»Natürlich nicht«, antwortete Paul erleichtert.

Der Vorsitzende Richter Dr. Gelbfoss war ein strohiger Blondschopf mittleren Alters mit Hakennase und winzigen, blitzenden Äuglein. Er hatte etwas von einem Vogel. Allerdings keinem freundlichen Vogel. Er redete sehr leise, was alle dazu brachte, selbst noch leiser zu sein, um alles zu verstehen, was er zu verkünden hatte. Paul und Maja saßen, aus der Perspektive des Richters, rechts. Brendel und sein Anwalt ihnen gegenüber. Gelbfoss nahm die Personalien auf und eröffnete sodann die Sitzung, indem er aufstand und Paul über sein Pult einen Stapel Papier reichte.

»Die Gegenseite hat heute Morgen noch eine Antragserwiderung gefaxt, haben Sie die schon?« Er sagte das gelangweilt, obgleich es eine denkbar wichtige Information war.

Paul nahm den Stapel entgegen. »Nein, Herr Vorsitzender, das kenne ich nicht. Ich beantrage jetzt schon einmal eine Schriftsatzfrist zur Erwiderung. Ich kann das ja schlecht jetzt alles lesen!«

»Das werden Sie wohl müssen, Herr Rechtsanwalt Colossa. Immerhin waren Sie es, der es so eilig hatte und eine Einstweilige beantragt hat. Sie kennen die Spielregeln. Ich werde in jedem Fall heute noch über die Sache entscheiden.« Alles klar. Gelbfoss hasste Paul also. Prächtig.

Der Stapel war schwer. Über vierzig Seiten! Wie in aller Welt hatten die das in der kurzen Zeit zusammenschustern können?

»Vielleicht nehmen Sie sich einen Moment, es zu lesen?«, schnarrte der Richter desinteressiert.

Was blieb Paul denn anderes übrig?

Mehlsen saß gegenüber und las ebenfalls seinen eigenen Text noch einmal selbstgefällig grinsend quer. Natürlich hatte er absichtlich seinen Schriftsatz so knapp vor Termin eingereicht, damit Paul keine Chance mehr hatte, darauf zu reagieren. Seite für Seite zerpflückte er die Ausführungen, die Paul aufwendig mit Maja zusammengetragen hatte. Alles verkehrte er ins Gegenteil.

Maja sei es gewesen, die immerfort den Kontakt zu Brendel gesucht habe, nicht umgekehrt. Sie leide an einer Art Vaterkomplex. Es sei unter Alkoholeinfluss zwar in wenigen Einzelfällen zu Intimitäten gekommen, was Brendel zutiefst bedaure, jedoch könne von einer Beziehung keinesfalls die Rede sein. Er, Brendel, sei es dann auch gewesen, der die Sache rasch und konsequent beendet habe. Maja habe darauf hysterisch reagiert und sogar versucht, sich selbst zu verletzen. So gut wie keine der zitierten Nachrichten stamme von ihm. Es sei durchaus nichts Ungewöhnliches, dass Maja Lügenmärchen inszeniere. Brendel habe sie als regelrecht fabuliersüchtig, als ein Mädchen mit krassem Belastungseifer, ein kleines Lästermaul, kennengelernt. Das bestätigte Brendel in einer eigenen eidesstattlichen Versicherung, und zur Krönung kam noch Brendels Frau zu Wort, die über das Telefonat mit Maja berichtete und darüber, dass sie den Eindruck gehabt habe, Maja sei betrunken oder habe verbotene Betäubungsmittel genommen und rede wirres Zeug. Auch sie versicherte ihre Beobachtungen an Eides statt.

Paul war verunsichert. Es war Alltagsgeschäft im Anwaltsberuf, dass die Gegenseite eine wohlbekannte Geschichte in das genaue Gegenteil verkehrte. Das immerhin war die Aufgabe eines Rechtsanwalts – die Perspektive des eigenen Mandanten pointiert herauszuarbeiten. Aber das hier war starker Stoff. Oder besser gesagt: Es war unheimlich überzeugend. Paul war bei alledem ja nicht selbst dabei gewesen. Er verehrte Maja – aber kannte er sie? Es mochte durchaus sein, dass sie ein kleines, intrigantes Miststück war, das hier in teenagerhafter Manier versuchte, einen ehrbaren Mann, der einmal kurz moralisch ins Straucheln geraten war, rachsüchtig zu Fall zu bringen. War das nicht letztlich eine weitaus überzeugendere

Geschichte als die vom bösen Stalker? Ein Mitte Vierzigjähriger, der einer Siebzehnjährigen nachstieg? Jetzt, als er Brendel so vor sich sitzen sah, ernst und gedankenverloren ins Leere starrend – und Maja neben sich beobachtete, die mit hochrotem Kopf und mühsam unterdrückter Wut den Schriftsatz las, kamen ihm mehr als nur Zweifel. Es ging gar nicht mehr um die Frage, ob er diesen Fall gewinnen konnte. Es ging vielmehr darum, ob er das überhaupt ernsthaft wollte. Er fühlte sich wie ein Gladiator, der in einer Arena einem Widersacher gegenüberstand, den er nicht kannte. Einem Mann, den er nicht hassen mochte. Den er durchaus nicht zu vernichten trachtete. Ja, im Gegenteil, das zu tun, erschien ihm grundfalsch. Und wer hatte diese Spiele gestiftet? Eine kleine, neureiche, gelangweilte Russin, die sich heute einen Mann und morgen vielleicht einen gezähmten Löwen hielt, um sich beide am Ende des Tages ausgestopft als Trophäe über den Kamin zu hängen, dem hyänenhaften Gelächter ihrer Freundinnen preisgegeben, die sich gleichermaßen wohlstandsverwahrlost vor Langeweile verzehrten?

Maja hatte zu lesen aufgehört, und dicke, schwere Tränen liefen ihr über das hübsche Gesicht.

Damit hatte Paul nicht gerechnet. Wer konnte dieser stillen Seele auch nur ein Staubkorn Argwohn entgegenbringen? Wer so weinte, konnte doch nicht lügen? Wenn Maja aber nicht log, dann musste wohl Brendel lügen – beziehungsweise sein Anwalt log für ihn. Und das tat er leider brillant.

Dr. Gelbfoss hatte die ganze Zeit über still in Richtung der Fenster geblickt und flüsterte jetzt: »Haben Sie den Schriftsatz nun zur Kenntnis genommen? Können wir wohl weitermachen?«

Paul nickte kurz. Da der Richter ihn eigentlich nicht ansah, war unklar, ob er das Nicken überhaupt so recht registriert hatte. Jedenfalls fuhr er fort: »Wie Sie wissen, verlangt der Gesetzgeber, die Parteien eines Rechtsstreits zu einer gütlichen Einigung zu bewegen. Um Ihnen eine mögliche Entscheidung leichter zu machen, möchte ich Ihnen eine vorläufige Einschätzung der Sachlage aus meiner Sicht nicht vorenthalten.«

Er sagte das in einer tödlich monotonen Art und Weise, ohne jemanden im Raum tatsächlich erkennbar wahrzunehmen. Als wäre er blind. Vielleicht war er blind? So blind wie die Göttin Justitia selbst? Hatte er in der Kürze der Zeit eine Möglichkeit gefunden, die vielen Seiten, die Paul und Mehlsen in den letzten Tagen fabriziert hatten, in Brailleschrift zu übertragen, und war er stundenlang mit hochsensiblen Händen darübergestrichen, die Informationen in seine Finger aufsaugend? Wenn Gelbfoss blind war, dachte er vermutlich in völlig fremdartigen Kategorien. Majas Tränen konnte er natürlich nicht sehen, was mehr als bedauerlich war. Doch auch ein blinder Richter war ein Mensch, und auch er musste persönliche Sympathie entwickeln. Mochte er besonders tiefe Stimmen? Oder schnupperte er vielleicht insgeheim in den Raum hinein und ordnete den vier anwesenden Personen besondere olfaktorische Eigenschaften zu?

Pauls verschrobener Verdacht zerstreute sich sofort, als Dr. Gelbfoss begann, in der vor ihm liegenden Akte zu blättern, an einem Punkt innehielt und offenkundig sehenden Auges eine Passage in einem der Schriftsätze las.

»Soweit der Antragsgegner Brendel vorträgt, es habe keine Beziehung zwischen den Parteien gegeben, überzeugt mich das nicht. Frau Rivinius hat ausreichend glaubhaft gemacht, dass es eine gemeinsame Zeit als Paar gegeben hat. Ebenso neigt das Gericht nach bisheriger Würdigung dazu anzunehmen, dass die Trennung auf Veranlassung der Antragstellerin zustande kam und nicht, wie der Antragsgegner vortragen lässt, seinem Wunsch entsprang. Eine wichtige Rolle spielen die dem Gericht vorgelegten Textnachrichten. Auch wenn einige dieser Botschaften nicht durch den Antragsgegner unterzeichnet wurden, drängt sich dem Gericht bei Würdigung von Inhalt und Diktion der Botschaften der vorläufige Eindruck auf, dass diese vom Antragsgegner Brendel verfasst wurden. So weit dazu.«

Paul war überrascht, ja geradezu beflügelt. Ein wenig albern kam er sich allerdings auch vor. Warum hatte er sich gar so verunsichern lassen? Das war eben gute Arbeit, die sie da abgeliefert hatten. Weit mehr, als Anwälte üblicherweise vorlegten. Das konnte ein Richter nicht einfach so ignorieren. Brendel war ein verdammter Stalker, und Paul hatte ihn überführt. Jetzt bekam das Schwein, was es verdiente. Und dass dieser arrogante Sack Doktor von Mehlsen-Schlagmichtot mit ihm zusammen baden ging, konnte Paul nur recht sein.

Der Richter drehte nun den Kopf in Richtung von Maja und Paul – weiterhin, ohne einen von ihnen mit seinen winzigen Vogeläuglein direkt anzusehen.

»Die Frage, die das Gericht zu klären hat, ist, ob wir es in Anbetracht dieser Umstände bereits mit einer unzumutbaren, belästigenden Nachstellung im Sinne von Paragraf eins, Absatz zwei Gewaltschutzgesetz zu tun haben. Nur dann wäre das Gericht angehalten, ein Kontaktverbot anzuordnen.«

Dramatische Pause des Richters. Sein Blick wanderte wieder in Richtung Fenster. Weil er so leise redete, war es wirklich ungewöhnlich still im Raum, niemand raschelte in einer Akte oder klickte mit einem Kugelschreiber. Man konnte sogar die Geräusche aus dem Gang hören. Draußen schien einiges los zu sein. Ein intensives Gewirr von Stimmen.

»Um die Unzumutbarkeit zu beurteilen, muss das Gericht bewerten, was denn eigentlich zumutbar ist und ob diese imaginäre Grenze überschritten wurde. Gerade dazu ist wichtig zu erkennen, dass der Trennung der Parteien eine echte Liebesbeziehung vorausgegangen war. Die Parteien haben, jedenfalls zeitweilig, nach Einschätzung des Gerichts, Tisch und Bett geteilt, sind sogar miteinander verreist.«

Brendel und sein Anwalt neigten sich zueinander und wechselten leise einige Worte. Brendel blickte mürrisch, und auch das Grinsen aus der Visage des adeligen Anwalts war verschwunden. Der Richter wandte ihnen den Kopf zu und sah sie verblüffend direkt mit dem Blick eines Schmutzgeiers an. Sofort saßen die beiden wieder aufrecht und schwiegen. Paul blickte zu Maja hinüber und zwinkerte ihr zu.

»Gerade wenn die Beziehung eines Paares zerbricht, stellt dies für beide Beteiligten einen besonders gravierenden Einschnitt, eine regelrecht traumatische Belastung dar. Herr Brendel wurde verletzt. Er will sich vielleicht verteidigen, er verlangt Rechenschaft oder will um die verlorene Liebe kämpfen. Frau Rivinius hingegen will gerade deshalb besonders wenig Kontakt, will sich zurückziehen, sich eine neue Zukunft aufbauen. Die Bedürfnisse zweier Menschen, die sich getrennt haben, sind in besonderem Maße inkompatibel. Wenn also das Gericht einen Grad der Unzumutbarkeit feststellen muss, dann müssen wir definieren, was eigentlich normal ist, um vor diesem Hintergrund das Abnormale unterscheiden zu können. Die soeben beschriebene besondere Gemengelage nach einer Trennung erscheint dem Gericht nach eigener Erkenntnis und eigenem Ermessen der Normalzustand zu sein.«

Wieder ein Blick aus dem Fenster.

»Wenn es aber normal ist, dass ein verlassener Liebhaber nach einer Liebesbeziehung um seine Liebe kämpft, flehende Briefe schreibt und zu später Stunde anruft, dann wäre es unangemessen, ihn dafür zu bestrafen. Paare trennen sich. Sie weinen und schreien, fluchen und betteln, machen einander Vorwürfe und reagieren irrational. Das ist der Normalzustand. Und der Normalzustand ist zumutbar.«

Paul war überwältigt. Wie konnte man mit solch stringenter Logik zu einem so verqueren Schluss gelangen?

Er musste das unbedingt wieder hinbiegen. Er musste diesem perversen Vogel auf der Richterbank deutlich machen, dass es eine Sache war, eine Frau mit selbstmitleidigen Schmachtnachrichten zu überschwemmen, und eine ganz andere, ihr mit Blut geschriebene Morddrohungen zukommen zu lassen! Was sollte all diese verquere Logik? Wohlfeil formulierter Gedankenbrechdurchfall. Das war genau die Scheiße, die die Juristerei so in Verruf brachte.

Er richtete sich auf. Jetzt musste er emotional überzeugen. Zugegebenermaßen nicht Pauls größte Stärke.

»Herr Vorsitzender, ich verstehe sehr gut …« Doch weiter kam er nicht.

Die Tür des Sitzungssaals öffnete sich mit einem lauten Klacken der Türklinke, und herein kam, neben dem inzwischen noch stärker gewordenen, nun ungefilterten Tumult, den man schon vorhin aus dem Flur gehört hatte, ein Justizbeamter. Senfgelbes Hemd und ein beachtlicher, an den Seiten gezwirbelter schwarzer Schnurrbart.

»Entschuldigen Sie, ich muss Sie leider bitten, das Gebäude sofort zu verlassen.« Er hatte diesen wunderbaren deutschen Amtstonfall, der keinen Widerspruch duldete. Dieses ungeheuer Bedeutungsvolle.

»Darf ich fragen, was der Grund ist?«, flüsterte Dr. Gelbfoss. Doch in dieser Situation hatte seine Zauberstimme ihre Macht verloren.

»Was?«, plärrte ihn der offiziell erzürnte Justizbeamte an und zwang Gelbfoss tatsächlich, nun mit voller Stimmgewalt vorstellig zu werden.

»Warum?«, plärrte der Richter also zurück.

»Stiller Alarm. Wir haben eine Bombendrohung. Es kam

eine verdächtige Lieferung in der Poststelle rein und gleichzeitig ein Drohanruf.«

Man mochte von Bombendrohungen halten, was man wollte – diese war jedenfalls eine von der Sorte, bei der man eine gewisse Alarmiertheit hätte verspüren dürfen. Aber man konnte der Sache natürlich auch pragmatisch begegnen. Wie Gelbfoss.

»Auf welchem Weg werden wir evakuiert?«, fragte er den inzwischen sichtlich genervten, allerdings auch verunsicherten Beamten.

»Über den Hauptausgang, folgen Sie bitte einfach den anderen.«

Doch so leicht ließ Gelbfoss nicht locker. »Aber entschuldigen Sie, wenn die Bombe in der Poststelle ist – das ist doch direkt neben dem Hauptausgang? Und jetzt im Moment sind wir am anderen Ende des Gebäudes. Sie wollen uns also auffordern, uns der Bombe so gefährlich wie möglich zu nähern?«

Der Beamte öffnete den Mund, brachte aber nichts heraus. Ja, so fühlte sie sich an, die gelbfoss'sche Logik.

»Also, wenn Sie meine Meinung hören wollen«, setzte Gelbfoss seinen Gedankengang fort, »sollten wir einfach hierbleiben. Selbst wenn es eine wirklich riesenhafte Bombe wäre, was ich nicht annehme, weil eine solche wohl gar nicht in die Post passen würde, dann würde die doch schlimmstenfalls den Gebäudeflügel am Haupteingang rund um die Poststation einäschern. Wir würden hier hinten höchstens ein lautes Bumsen hören.«

Jetzt wurde der Justizbeamte zickig: »Ich muss Sie nochmals dringend bitten, das Gebäude jetzt sofort zu evakuieren«, sagte er in wieder sehr amtlichem Tonfall und verschwand sodann, ohne die Tür zu schließen, in der vorbeiströmenden Menschenmasse im Gerichtsflur.

Alle blickten auf den Richter. Der nahm sein Diktiergerät in die Hand und hielt fest: »... die Sitzung wird um zehn Uhr dreißig unterbrochen wegen eines Bombenalarms.«

Dann stand er auf, griff nach seiner Akte und verkündete: »Wir werden uns diesem Irrsinn widersetzen und die Verhandlung in meinem Büro fortsetzen.«

Keiner im Raum wagte, Gelbfoss zu widersprechen, und so trotteten sie nun nacheinander hinter dem Richter den Gang entlang, entgegen der bereits deutlich ausgedünnten Menschenmasse der Fliehenden, wo Frau Brendel und Herr Rivinius sich zu ihnen gesellten. Während Paul Majas Vater kurz ins Bild setzte, tat Mehlsen dasselbe mit Frau Brendel. Sie mussten sich, unter gelegentlichem Einsatz der Ellbogen, durch ein paar verbleibende Häuflein von Schwarzkitteln und Zivilisten drängen. In standesgemäßem Abstand folgte Grischa, den niemand aufklärte.

Das Büro des Richters war winzig klein. Nichts Persönliches. Keine Bilder, nicht mal eine Kaffeetasse. »Sehen Sie doch bitte einmal im Gang nach – da stehen immer Stühle herum.«

Bald hatten sie, Schulter an Schulter, die beiden Anwälte in der Mitte als quasi juristisches Bollwerk, Maja ganz links, Brendel ganz rechts, dem Richter gegenüber an dessen kleinem Schreibtisch Platz genommen. Die Tür war zu. Besenkammerjustiz. Ungerührt nahm Gelbfoss das Diktiergerät wieder in die Hand: »Die Sitzung wird um zehn Uhr vierzig im Richterbüro Zimmer Nummer zweihundertneunundzwanzig unter Ausschluss der Öffentlichkeit fortgesetzt.«

Paul war jetzt in Kampfeslaune: »Herr Vorsitzender, Sie haben gerade sehr sorgfältig abgewogen, was beim Ende einer Beziehung normal ist und was nicht. Ich denke aber, dass wir einige Fakten nicht vergessen sollten, die in diesem Fall nicht ganz so normal erscheinen. Wir haben hier einen Mann Mitte vierzig sitzen, verheiratet – der eine Beziehung mit einer Schülerin, quasi fast mit einem Kind …«

Jetzt lehnte Mehlsen direkt an Pauls rechter Schulter: »Herr Kollege, Frau Rivinius ist, so wie wir sie hier sitzen sehen, sicher alles Mögliche, aber bestimmt kein Kind!«

Paul drückte ihn mit dem Arm ein wenig weg, um sich ihm zuwenden zu können. »Vielleicht lassen Sie mich einfach einmal ausreden, Herr Kollege, ja? Sie ist zwanzig Jahre alt – Stand heute. Als Ihr Mandant mit ihr zusammenkam, war sie noch nicht einmal volljährig. Ein erwachsener, verheirateter Mann …«

Es war wie ein Ringkampf.

»Das hatten Sie schon erwähnt, Herr Kollege, und Ihre geheuchelte Moralpredigt erscheint mir recht aufgesetzt. Ich werde es nicht dulden, dass Sie meinen Mandanten hier zum Kinderfi…«

Mehlsen plusterte sich, sichtlich getroffen, gerade schon wieder zum Gegenschlag auf, als der Richter endlich dazwischenging.

»Meine Herren!« In dem engen Zimmerchen war es schwierig, ins Leere zu blicken. Deshalb musste Gelbfoss Mehlsen schon direkt fokussieren. »Ich möchte Sie in der Tat bitten, sich ein wenig zu mäßigen.« Es war nun natürlich nur eine winzige Drehung des Kopfs notwendig, und schon ruhte der Blick aus den Vogelaugen auf Paul. »Wobei ich dem Kollegen insoweit recht geben muss, dass die Frage der moralischen Bewertung des Miteinanders der Parteien eine deutlich untergeordnete Rolle spielt.«

Paul schielte zu Maja hinüber, die offenkundig nichts beizutragen hatte. Jetzt wären Tränen ein echter Eisbrecher gewesen. Erstaunt den eigenen Anwalt anzuschauen hingegen half weniger. Nun gut. Aufschlag Colossa: »Aber haben wir nicht spätestens dort die Grenzen des Zumutbaren überschritten, wo der Antragsgegner nachts vor dem Haus meiner Mandantin herumlungert, Zigarettenkippen anhäuft – und onaniert? Ist das denn bitte noch normal?«

Und schon preschte Mehlsen wieder vor, wenn auch nur mit dem massigen Oberkörper: »Wenn Sie unseren Schriftsatz gelesen hätten, dann wüssten Sie, dass mein Mandant das vehement bestreitet! Mein Mandant hat gar keine Zeit, nachts vor dem Haus der Antragstellerin herumzustehen! Wer weiß, welche Motten die Antragstellerin zu nächtlicher Stunde ins Licht ihres Fensters zieht. Mein Mandant jedenfalls liegt nachts bei seiner Frau im Bett, was diese auch an Eides statt bestätigt hat!«

Wie poetisch, das mit den Motten. Aber war es das etwa schon gewesen? Mehr kam diesmal nicht?

»Das sehe ich etwas anders«, konterte der Richter Mehlsen zu Pauls großer Überraschung. »Wie ich bereits ausgeführt hatte, gilt es zunächst, lediglich den jeweiligen Vortrag überzeugend glaubhaft zu machen. Die starke Häufung von Zigarettenkippen vor dem Haus der Antragstellerin scheint mir doch eine deutliche Sprache zu sprechen. Vor dem Hintergrund der mir vorliegenden schriftlichen Ausführungen, die ich, wie ich bereits sagte, ohne Weiteres dem Antragsgegner zurechne, scheint es mir auch nicht verwunderlich, wenn dieser zu später Stunde noch Frau Rivinius aufsuchte. Die Texte scheinen ja doch eine gewisse … wie soll ich sagen … romantische Ader des Herrn Brendel zu offenbaren.«

Mehlsen stöhnte gequält auf. »Aber das ist doch reine Spekulation!«

»Das ist eine auf Tatsachenvortrag beruhende Schlussfolgerung«, hielt Gelbfoss dagegen. »Wobei ich einen bedeutsamen Umstand noch nicht angesprochen habe …«

Jetzt endlich kämen sie zur Morddrohung. Paul blätterte in

seinem Schriftsatz, suchte die Seite mit dem Foto heraus und zeigte dem Richter triumphierend die Todesbotschaft: »Ich vermute, Sie meinen, dass unser kettenrauchender nächtlicher Besucher mit der Zeit noch ganz andere, weniger liebevolle Gefühle für seine jugendliche Flamme entwickelt hat …«

»Nein …«, wisperte Gelbfoss. »Was diese eigenartige Botschaft anbelangt, sehe ich ein Problem bei der Glaubhaftmachung. Ehrlich gesagt halte ich es für zweifelhaft, ob dieses Blutgeschmiere da, wenn es das tatsächlich ist, wirklich von Herrn Brendel stammt. Das passt nicht zum Rest der Geschichte. Genauso wenig übrigens wie das Präservativ. Und meine Zweifel dahingehend haben Sie bislang nicht ausgeräumt, Herr Rechtsanwalt Colossa.«

Paul war geschockt. Er wurde nicht schlau aus diesem verdammten Vogel. Die Kippen rechnete er ihm einfach so zu. Weil es gut ins Bild passte. Aber die Morddrohung nicht? Das war doch absurd.

»Was ich aber eigentlich anmerken wollte, ist, dass es im Grunde keine Rolle spielt, ob Herr Brendel nachts vor dem Anwesen von Frau Rivinius geraucht hat oder nicht, denn …« Wieder fokussierte er jetzt Paul. »Was ist das denn, Herr Rechtsanwalt Colossa, rein rechtlich gesehen? Wenn einer nachts vor einem fremden Haus herumsteht und Zigaretten raucht?«

Paul traute seinen Ohren nicht. Ja, was war denn das wohl? »Nachstellung, Herr Vorsitzender? Voyeurismus? Stalking!«

»Herr Colossa. Nur eines der drei Worte ist eine dem Recht bekannte Vokabel: das Nachstellen. Nach dem Wortlaut des Gesetzes muss das Nachstellen entweder unbefugt oder unzumutbar vonstattengehen.«

Nun starrte Dr. Gelbfoss ganz unvermittelt Maja an, die wie hypnotisiert wirkte. »Frau Rivinius – woher wusste der Herr Brendel eigentlich, dass er nicht vor Ihrem Haus stehen durfte?«

Was war das denn für eine völlig idiotische Frage? Paul behielt den Gedanken für sich, aber selbst Mehlsen schien verwirrt, obschon er natürlich gemerkt hatte, dass das wankelmütige Fähnchen sich wieder zu seinen Gunsten gedreht hatte.

Maja schwieg.

»Lassen Sie mich anders fragen, Frau Rivinius: Wann genau haben Sie Herrn Brendel gesagt, dass Sie keinerlei Kontakt zu ihm wünschen, und wie haben Sie ihm das konkret mitgeteilt?«

Maja errötete und blickte Hilfe suchend zu Paul. Der begann sofort, in seiner Akte zu blättern. In dieser Akte befand sich keine einzige Nachricht, in der Maja Brendel mitgeteilt hätte, dass er sich, salopp formuliert, endgültig und nachhaltig bis zum Jüngsten Tag verpissen sollte. Sie hatte das eklige Gesülze vernünftigerweise vielmehr konsequent ignoriert. Und genau ihr gesunder Menschenverstand, so ahnte Paul, brach ihnen gerade das Genick. Dr. Gelbfoss wusste, dass sie keinen Joker aus dem Hut zaubern würden.

In diesem Moment bemerkte Paul, dass der Computerbildschirm, der die ganze Zeit neben Dr. Gelbfoss geleuchtet hatte, ausging. Ein Stromausfall?

»Frau Rivinius, Sie können nicht verlangen, dass man Sie in Ruhe lässt, ohne es vorher unmissverständlich kundzutun. Es ist freilich Ihr gutes Recht, jemanden aus Ihrem privaten Umfeld zu verbannen. Auch jemandem zu untersagen, Ihren Grund zu betreten. Wenn Sie es nicht wünschen, dann darf der Antragsgegner Ihnen nicht schreiben und auch nicht mit Ihnen reden ...« Wieder eine dieser Pausen. »Aber Sie dürfen nicht erwarten ...« – jetzt starrte er sie an, als würde er gleich loshacken mit seiner Schnabelnase –, »... dass der Herr Brendel Ihre Wünsche errät! Das ist ja typisch in der Kommunikation zwischen Frauen und Männern, nicht wahr?«

Maja antwortete nicht. Schockstarre.

»Aber Herr Vorsitzender«, sprang Paul in die Bresche. »Wenn mir einer mit dem Hammer auf den Kopf schlagen will, dann muss ich ihm doch auch nicht erst vorher schriftlich per Einschreiben mit Rückschein kundtun, dass ich das nicht will!«

»Da gebe ich Ihnen recht«, erwiderte Dr. Gelbfoss im Flüsterton.

»Frau Rivinius, hat Herr Brendel Ihnen mit dem Hammer auf den Kopf geschlagen, oder hat er nur …«

In diesem Moment erschütterte ein scheinbar tief aus dem Inneren der Erde kommendes, dumpfes Krachen den Raum. Dann vibrierten die Scheiben. Urgewaltig. Mehlsen sprang von seinem Stuhl auf. Brendel und Maja rissen die Augen weit auf, regten sich jedoch nicht.

»Das war dann vermutlich die Poststation«, bemerkte Gelbfoss trocken.

Mehlsen sank zurück.

47.

ROTTE:

eine größere Gruppe von
Wildschweinen oder Wölfen

Unfassbar, dass tatsächlich eine Bombe detoniert war. Ein Bombenattentat auf den Justizpalast! Sensationell. Paul musste sich zusammenreißen, um nicht laut »*Cool!*« zu rufen. Das war es natürlich. Angemessener wäre dennoch gewesen, sich Sorgen zu machen. Vielleicht hatte es Tote gegeben? Paul hatte außer dieser Leiche in der Rechtsmedizin und seiner Mutter noch nie einen toten Menschen gesehen. Onkel Oscars Sarg war schon geschlossen gewesen. Wenn die Detonation gerade Opfer gefordert hatte, dann waren die noch ganz frisch! Das Ganze mochte sechs bis sieben Augenblicke angehalten haben, dann hatte Paul den Wolf im Kopf wieder eingefangen. Er wurde wieder ganz vernünftig. Ein wohltuend sozialadäquates Gefühl der Sorge und Betroffenheit breitete sich in ihm aus, wie man es erwarten durfte, und er musste nicht mehr befürchten, unangenehm aufzufallen.

Die Tür des Büros wurde abrupt aufgestoßen, und Victor Rivinius blickte herein. Hinter ihm war Grischa zu sehen. »Es gab eine Explosion!«

»Das war auch hier drinnen nicht zu überhören«, schnauzte Gelbfoss ihn an. »Ich bitte Sie, draußen zu warten.« Aber Rivinius war immun gegen die Vogelstimme. »Meine Tochter wird jetzt sofort das Gebäude mit mir verlassen«, erwiderte er scharf und drohend. »Grischa!«

Der Junge kam hereingewieselt, stellte sich hinter Maja und legte ihr eine Hand auf die Schulter. Sie schielte schüchtern, regelrecht Hilfe suchend zu Paul hinüber, schob aber gleichzeitig den Stuhl nach hinten und stand auf.

»Ich fordere Sie noch einmal auf, den Sitzungssaal zu verlassen!«, fauchte Gelbfoss, der nun erstmals echte Emotionen, konkret eine Art unterdrückte Wut zeigte.

Aber es war, als wäre ein Bann von den Anwesenden gefallen. Auch Mehlsen stand jetzt wieder und sagte: »Das ist doch Irrsinn. Der Mann hat recht! Wir müssen hier raus!«

Sofort erhob sich Brendel neben ihm.

Paul schwankte noch. Es war in den vergangenen Minuten wahrlich nicht gut gelaufen für Maja und ihn. Wenn man die Sache jetzt also einfach abbrach, kassierte sein Antrag zumindest keine schallende Ohrfeige. Andererseits – wenn er jetzt als Einziger dem Richter die Treue hielt, der Musterschüler sozusagen, dann mochte der vielleicht noch umschwenken.

Unsinn. Die anderen waren schon draußen, und Paul folgte ihnen eilig, ohne sich noch einmal zu Gelbfoss umzudrehen. Psychopath.

Die menschenleeren Flure waren gespenstisch. Es gab offenbar keinen Strom mehr im gesamten Gebäude. Türen von Sitzungssälen standen offen und gewährten Einblick in eilig verlassene Verhandlungen. Akten lagen herum, Anwaltsroben hingen über Tischen und Stühlen. Die zwei kleinen Gruppen blieben dicht beieinander in den düsteren Gängen, aber doch getrennt. Auf der Fensterseite Rivinius, Maja, Grischa und Colossa. Auf der Innenseite des Flurs Mehlsen, Brendel und dessen Frau. Hintereinander, nicht nebeneinander. Beim Überqueren jeder Marmorfliese machte Mehlsens Rollkoffer klack, klack, klack. Das und ihre Schritte waren das einzige Geräusch im Haus. Justiz nach der Apokalypse. Sie erreichten das große Zentraltreppenhaus mit den steinernen Handläufen und gingen, weiterhin in zwei parallelen Reihen, links und rechts auf der Treppe, ins Erdgeschoss hinunter. Je weiter sie hinabstiegen, umso mehr verschaffte die Zivilisation sich wieder Gehör. Hier und da Rufe und einmal eine Polizeisirene. Schließlich erreichten sie die große Eingangshalle des Justizpalastes. Das Dröhnen eines Helikopters über dem Gebäude. Wie im Film, nur eben echt.

Sie staunten ehrfürchtig. Erwartet hatten sie, wie man das inzwischen mit einer gewissen Regelmäßigkeit aus dem Fernsehen kannte, Staub und rußgeschwärzte Trümmer. Umherhuschende Scheinwerfer, Rettungskräfte, Hunde, Funkgeräte, Schmerzensschreie? Aber was sie sahen, war ganz anders. Die monumentale Eingangshalle war fast menschenleer. Ein paar Polizeibeamte und Feuerwehrleute streunten untätig herum. Vor allem war der Eingangsbereich völlig intakt! Kein Kratzer, kein Krümel, der heruntergefallen wäre. Wie geleckt sah alles aus.

Die beiden Flüchtlingsgruppen standen nun vor den gesicherten Einlasstüren. Gewöhnlich öffneten sich die hüfthohen Schranken automatisch, wenn man sich ihnen von innen näherte. Jetzt blieben sie verschlossen. Ein Feuerwehrmann kam, mit regelrecht provozierender Gelassenheit, auf sie zugeschlendert. »Ja, wo kommen denn Sie her? Sind Sie nicht evakuiert worden?«

»Was ist denn passiert?« Mehlsen sprach es aus, alle hatten es gedacht. »Wir haben eine gewaltige Explosion gehört!«

»Ach so, ja«, antwortete der Feuerwehrmann. Er war möglicherweise Türke. Oder Tunesier? Albaner? Er hatte in jedem Fall etwas Orientalisches an sich. Frauen fanden ihn ohne Zweifel gut aussehend, überlegte Paul.

»Es gab da einen verdächtigen Gegenstand, der aus Sicherheitsgründen kontrolliert gesprengt wurde«, prahlte er mit wichtigtuerisch gespreizten Beinen. Er erinnerte Paul an Attila.

»War es eine Bombe?« Victor Rivinius stand vor der linken Schranke, Mehlsen vor der rechten.

»Nein. Nur so ein Stapel mit Akten in ’nem Paket.« Der Feuerwehrmann wirkte genauso enttäuscht wie Paul, als er diese erbärmlichen Nachrichten verkündete.

Das hätte ein Ereignis sein können, von dem man noch den Enkeln gerne erzählt hätte, dachte Paul bedauernd. Aber jetzt, nichts als Zeitverschwendung. Obwohl … Dank der kontrollierten Aktensprengung hatte Paul Zeit gewonnen. Vielleicht war ja noch etwas zu retten an der Brendel-Sache?

»Sicherheitshalber haben wir den Strom im Gebäude abgeschaltet. Sie müssen drüberklettern«, erklärte der Feuerwehrmann beflissen und sah vor allem Maja an.

Hinter den hohen Absperrungen des menschenleeren Gerichtsparkplatzes auf der vierspurigen Fürther Straße standen im leichten Nieselregen, teils mit Regenschirm, teils eine Jacke über den Kopf haltend, teils das Ganze stoisch ertragend, mitunter auch weniger stoisch, die Evakuierten. Auf der gesamten Länge des gewaltigen Justizpalastes hatte man die Straße gesperrt und die Menschen aus dem Gebäude dort zusammengetrieben. Interneterpresser, Unfallgutachter, neugierige Rentnerinnen, Ehepaare, die sich gerade scheiden ließen, Fachanwälte für Baurecht, Zeugen eines Banküberfalls, Justizbeamte, Crystal-Meth-Dealer, Richter der Handelskammer, zerstrittene Nachbarn, Dolmetscher für Mandarin, schimmelgeplagte Mieter, Gerichtsreporter, Staatsanwältinnen, Kantinenköche, Raumpfleger und Rechtspflegerinnen. Der ganze Menschenzoo, der Gerichte lebendig macht. Das komplette Programm quasi, auf die Straße gejagt. Der vollständige grauhaarige fünfte Senat des Oberlandesgerichts, einfach so, auf dem Asphalt plaudernd. Daneben zwei wütende Frauen mit Regenschirm, die sich in einer fremden Sprache ankeiften. Dahinter eine Gruppe von Rechtsanwälten in Robe, die sich vor Lachen ausschütteten. Vermutlich erzählten sie sich versaute Witze. Oder Anekdoten über Mandantinnen, letztlich dasselbe. Mehrere Schulklassen mit Lehrern sah Paul. Gerichtsbesuche sind sehr beliebt bei Lehrern. Ist ja fast alles öffentlich und kostet nichts. Alles in allem gut über tausend Menschen, die der Zufall und die Rechtsfindung hier vereint hatten.

Mehrmals mussten sie auf den wenigen Metern bis zu der riesigen Menschenmasse dieselbe Frage von Polizeibeamten ertragen: »Wo kommen Sie denn jetzt her?« Schließlich standen auch sie im leichten Nieselregen. Ein letztes Mal blickten die Gruppen sich an. Mehlsen nickte Paul jovial zu. Brendels Frau hatte geheult, ihre Schminke war zerlaufen. Ganz so gelassen nahm sie den Seitensprung des Gatten wohl doch nicht hin, mochte er formaljuristisch auch unangreifbar sein. Brendel und Maja sahen sich an und … Hatte Paul das gerade richtig gesehen? Hatte Brendel das Mädchen jetzt allen Ernstes angegrinst? Dann waren sie auch schon in der Masse untergetaucht.

Paul wandte sich Victor Rivinius zu, der mit rasender Schnelligkeit russisch auf Maja einredete.

»Herr Rivinius, ich möchte Ihnen gern erklären, was vorhin passiert ist«, begann Paul seinen Gang nach Canossa spontan und entschlossen.

»Meine Tochter hat mir alles berichtet.«

Paul verspürte ein sehr unangenehmes Gefühl im Magen.

»Sie haben richtig Gas gegeben, Herr Colossa, da bin ich sicher. Das war gut. Aber vielleicht waren wir mit dem falschen Vehikel unterwegs? Wissen Sie, was die Amerikaner sagen, wenn ihnen etwas nicht wichtig ist? Wenn sie finden, dass es sie nichts angeht? That's not my fucking business. Das sagen die Amerikaner. Habe ich in Kalifornien gelernt. Verstehen Sie? Not my fucking business.«

Ja, natürlich. Paul hatte die Tochter eines russischen »Geschäftsmanns« vor Gericht scheitern lassen. Er hatte Attilas Warnung noch deutlich im Ohr. Er musste diesem Mann dringend klarmachen, dass ihn diese Sache sehr wohl etwas anging, dass ihm dieser Fall wichtiger war, als Rivinius es sich in seinen kühnsten Träumen vorstellen mochte. Ohne ihm dabei freilich die Wahrheit zu sagen, reinen Wodka einzuschenken. Das wäre wiederum zu viel des Guten. Er musste ihm verklickern, dass es sehr wohl Pauls Business war. Aber natürlich nicht sein »fucking business«, sozusagen. Das wollte Paul lieber unerwähnt lassen.

»Wissen Sie, Herr Rechtsanwalt. Ich bin Geschäftsmann. Businessman. Und Brendel … der ist jetzt unser Geschäft. Er ist mein fucking business, verstehen Sie? Wir haben heute hart verhandelt, aber wir haben keinen Abschluss hingekriegt. Was machen wir? Wir gehen nach Hause. Wir analysieren unsere Schwächen, und morgen gibt es eine neue Runde. Bis das Geschäft abgeschlossen ist. Sind Sie dabei? Ist es Ihr fucking business, Rechtsanwalt Colossa?«

»Natürlich. Es ist mein … mein … ähm … Business. Ganz klar …« Was sonst sollte Paul auch antworten?

»Also dann. Wir treffen uns bei Maja.«

48.

ANBLASEN:

Jagdhornsignal zu Beginn der Treibjagd

Als Paul das zweite Mal den Bungalow von Maja Rivinius besuchte, saß Grischa auf den Treppenstufen. Der junge Mann hatte den Kopf mehr oder minder zwischen die Knie gesteckt, um die er seine langen, schlaksigen Arme geschlungen hatte. Und schluchzte erbärmlich. Paul stand ein paar Augenblicke lang einige Meter entfernt von ihm und rätselte, wie er die Situation auflösen könnte, ohne den armen Burschen allzu sehr in Verlegenheit zu bringen. Schließlich versuchte er, einfach an Grischa vorbeizuschleichen. Was der natürlich sofort bemerkte. Er schoss in die Höhe, starrte Paul mit rot geheulten Augen an, zog geräuschvoll den Rotz hoch und rannte davon.

Paul klingelte, leise kopfschüttelnd, an der Tür. Victor Rivinius öffnete ihm. Er versuchte, während er Paul leicht abwesend begrüßte, an diesem vorbei nach draußen zu blicken. Paul entschied, die eigenartige Begegnung mit Grischa für sich zu behalten.

Wie schon bei seinem ersten Besuch im Bungalow saß Paul an der kleinen Bar, die das rot-weiß designte Wohnzimmer mit der Panoramascheibe in den Garten von der offenen Küche abtrennte. Paul und Victor Rivinius auf der »Besucherseite«. Maja auf der Küchenseite. Alle drei Espresso aus weißen Tässchen trinkend. Jede Tasse sicher ein Vermögen wert.

Das weiße Fellknäuel Tolstoi hüpfte hechelnd zwischen den Beinen der Männer herum, bis Victor Rivinius seiner Tochter einen vielsagenden Blick zuwarf. Eilig sprang Maja auf und öffnete die Tür zum Garten. Wie ein Ball schoss das Hündchen hinaus. Klamme kühle Luft strömte herein, es regnete wieder stark.

»Wie wird es nun also weitergehen?« Rivinius hatte seinen Kaffee in einem Zug geleert, obwohl der glühend heiß war.

»Offen gestanden habe ich so etwas auch noch nicht erlebt. Tatsächlich ist es ja so, dass der Richter seine Entscheidung noch am Ende der Sitzung treffen sollte. Die Sitzung wurde aber nicht beendet. Rein formal gesehen, muss man wohl davon sprechen, dass die Verhandlung unterbrochen wurde. Also muss der Richter sie fortsetzen. Dazu muss er uns erst wieder neu laden. Ich schätze, dass er das heute noch tun wird, und wir machen wahrscheinlich Montag weiter.«

»Was wäre, wenn am Wochenende etwas Neues passiert?« Es war das erste Mal, dass Maja wieder sie selbst zu sein schien: »Ich meine … auf jeden Fall wird doch wohl etwas passieren? Der Typ glaubt doch jetzt, dass er tun darf, was er will, der Richter hat ihm doch …«

»Maja hat durchaus recht, befürchte ich«, bestätigte Paul. »Als ich Brendel vorhin sah, wirkte er so auf mich, als würde er grinsen …«

»Genau das habe ich auch gesehen!«, fiel Maja Paul aufgekratzt ins Wort und erntete dafür einen strengen Blick ihres Vaters.

»Aber wissen Sie, Herr Rivinius … vielleicht ist das genau unsere Chance. Eines ist doch klar: Deutlicher als mit unserem Antrag auf Erlass eines Kontaktverbots konnte Maja es Brendel nicht sagen, dass sie keinen Kontakt mehr will! Der Richter hatte kritisiert, dass sie das bisher nicht unmissverständlich genug gesagt hätte? Bitte schön!«

Rivinius und Maja nickten beide zustimmend. Paul schlürfte den Rest seines Espresso und betrachtete kurz fasziniert die schwarzen Krümel am Tassenboden. Was würde die Zukunft ihm bringen?

»Noch einen?« Das erste Mal lächelte Maja heute. Und sie lächelte nicht freundlich vor sich hin, sondern sie lächelte ihn richtig an. Vor dem Fenster scharwenzelte der Hund hin und her. War ihm wohl zu ungemütlich.

»Oh, gerne!« Während Maja aus einer blinkenden, surrenden und dampfenden Hightech-Kaffeezeitmaschine weiteren Espresso tröpfeln ließ, steigerte Paul sich in einen Schlachtplan hinein. Es tat gut, aus der Defensive zu treten. Angriff ist die beste Verteidigung.

»So, wie wir Brendel bisher erlebt haben, kann der doch keine Ruhe geben, dieser penetrante …« Paul hätte beinahe Pisser gesagt! Aber er tat es nicht. »Was also wird heute in seinem perversen Hirn passiert sein? Er hat Maja das erste Mal seit Langem live gesehen! Er hat gelernt, dass ihm nichts passieren kann. Das muss ein Fest für den Burschen gewesen sein. Der glaubt jetzt, er ist unsterblich und kann fliegen! Deshalb wird er auf jeden Fall am Wochenende irgendetwas anstellen. Das geilt ihn regelrecht auf! Bei dem ist das wie Suchtverhalten. Er braucht jetzt dringend wieder seine Droge. Und das ist Maja …«

Maja und ihr Vater neigten sich in gespannter Erwartung leicht nach vorn.

Paul redete jetzt auch ganz leise und verschwörerisch. Gelbfoss hatte ihn damit ziemlich beeindruckt. »Brendel wird herkommen. Nachts.«

Vater und Tochter neigten sich jetzt noch weiter vor, um jede von Pauls Flüsterdrohungen zu hören.

»Und wir packen ihn wie eine quiekende Ratte!«

Paukenschlag! Maja blickte entsetzt, und Rivinius zeigte erstmals eine echte Emotion. Er sagte etwas auf Russisch, schlug mit der Hand auf die Theke und lächelte breit und glücklich. Klare Sache, das war die Welt des Russen. Packen. Quieken. Dann vielleicht mit Betonbadehose in der Wolga schwimmen lassen? Oder in der Pegnitz.

»Ist so was denn nicht verboten?« Maja teilte die testosterongeschwängerte Euphorie der beiden Jäger nicht.

»Es gibt da den Paragrafen … ähm … ich glaube hundertsiebenundzwanzig in der Strafprozessordnung, man nennt ihn das Jedermann-Festnahmerecht.«

»Wie in Amerika?«, hakte Maja ein.

»Ich weiß nicht, wie es dort genau läuft. Bei uns ist es so, dass du jemanden packen darfst, wenn du ihn auf frischer Tat ertappst, und du darfst ihn festhalten, bis die Polizei kommt. Du darfst ihm sogar richtig wehtun oder ihn einsperren. Ist alles erlaubt. Wenn er dich angreift, ist es Notwehr. Dann darfst du ihn plattmachen. Wenn er dich wirklich gefährdet, darfst du ihn sogar erschießen oder erstechen oder erschlagen. Und außerdem gibt es die Besitzwehr nach Paragraf achthundertneunundfünfzig BGB. Ich meine – wenn einer ohne Erlaubnis einfach auf deinem Grundstück rumschleicht, obwohl er jetzt weiß, dass du es nicht willst, darfst du ihn auch packen!«

»Das sind gute Gesetze«, stellte Rivinius zufrieden fest.

»Das Recht muss dem Unrecht niemals weichen«, rezitierte Paul mit fast religiöser Überzeugung. Er stellte sich insgeheim vor, wie er selber, höchstpersönlich, Brendel vor Majas Haustür erwischen würde. »Jetzt hab ich dich, verlogenes Arschloch!«, würde er ihn eiskalt anfauchen. Und wenn Brendel mit Panik in den Augen auf ihn losstürzte, würde Paul Onkel Oscars Walther aus der Jacke ziehen und ihn wegblasen. Ein Loch in den Bauch, eins in die Brust und eins mitten ins Gesicht. Echte, handfeste Gerechtigkeit. Nicht nur dieser verschissene Papierkram, der doch keinem wirklich Angst machen konnte.

»Wie bauen wir die Falle?« Rivinius weckte Paul aus seiner Selbstjustizfantasie.

»Er wird nachts kommen. Und da muss einfach jemand auf ihn warten. Vielleicht mehrere Leute, die sich abwechseln?«

Paul überlegte einen Augenblick, doch er konnte gar nicht anders: »Ich bin natürlich dabei!«

Und siehe, wieder lächelte Maja ihn an, und auch Rivinius

betrachtete ihn nun anerkennend und adelte ihn dann mit dem vielleicht größten denkbaren Lob: »Sie sind genau wie Oscar. Kein Bürokrat. Ein guter Mann. Sie könnten ein Russe sein.«

Doch das sollte noch gar nicht der Höhepunkt sein. Als er etwas später im Defender saß, auf dem Heimweg nach Neustadt, ging eine Nachricht von Maja auf seinem Smartphone ein: »Danke, Du hast toll für mich gekämpft.«

Bedeutete das, dass Maja ihm verziehen hatte? Ein gewaltiger Ansturm von romantischen Gefühlen ließ ihn zurücktexten: »Für Dich würde ich bis zum Äußersten gehen!«

Na ja. Das war ziemlich untere Hormonschublade. Es kam trotzdem ganz gut an.

»Mein strahlender Ritter. Wie geht es Deinem Rücken?«

Verdammt. Den hätte Paul jetzt fast vergessen. Jetzt, wo man sie erwähnt hatte, machte die Rückseite sich sogleich wieder bemerkbar, und Paul wäre fast die linke Hand vom Steuer gerutscht, als der Stich ihm durch den Leib zuckte.

49.

JÄGERLATEIN:

frei erfundene oder maßlos übertriebene Anekdoten über Jagderlebnisse unter Waidmännern

Zurück in der Villa wurde er von seinem Team regelrecht bedrängt. Weniger, weil Fräulein Christiane, Lilian Draxler und Micha sich für den spektakulären Verlauf des einstweiligen Verfügungsverfahrens interessiert hätten. Es waren vielmehr die medial längst verbreiteten Nachrichten von der Bombe im Nürnberger Justizpalast, zu der man sich exklusive Details erhoffte. Sie standen um den Tresen von Fräulein Christianes Empfangstheke versammelt, und Paul befriedigte den Sensationshunger der Meute. Sobald er sein Publikum damit langweilte, auf Details der Brendel-Verhandlung einzugehen, unterbrachen sie ihn. Sie verlangten ausschließlich Fakten und Spekulationen aus erster Hand zum versuchten Attentat. Wie es sein könne, dass ein Bekenneranruf einginge, wenn es am Ende nur Akten gewesen seien und kein Dynamit? Das klänge doch nach einem recht eigenartigen Scherz?

Fräulein Christiane kannte das Rechtsgewerbe am längsten von allen und vertrat deshalb eine besonders krude, wenngleich bestürzend eingängige These: Das gesprengte Aktenpaket stammte sicher von irgendeinem verzweifelten Rechtsanwalt. Der hatte einen umfangreichen Schriftsatz mit mehreren Akten unvollständig abgeliefert. Vielleicht fehlten Unterschriften? Er hatte jedenfalls irgendeine letzte Frist versäumt. Fristen versäumen ist bekanntlich der tödlichste Rechtsanwaltsfehler überhaupt. Der schweißtreibende Albtraum jedes Advokaten. Die Konsequenz: Anwaltshaftung. Diese Haftung konnte so weit gehen, dass die Haftpflichtversicherung des Anwalts nicht ausreichte. In solchen Fällen ging es ans Privatvermögen des Rechtsverdrehers. Kurz gesagt: Eine versäumte Frist konnte einen Haus und Hof kosten. Wenn man aber dafür sorgte, dass einerseits klar war, dass das Aktenpaket pünktlich geliefert worden war, und andererseits dieses Paket durch eine gezielte Sprengung vollständig vernichtet wurde, dann müsste man dem Anwalt die Gelegenheit geben, es ein zweites Mal zu versuchen. Er würde eine Fristverlängerung erhalten. Und diesmal würde er keine Unterschrift auslassen. Notwendig dazu war nichts weiter als ein anonymer Anruf bei Gericht, der darauf hinwies, dass in dem Aktenpaket eine Bombe steckt. Das Paket wird gesprengt, die Akten werden bis zur Unkenntlichkeit zerfetzt und verkohlt. Der Anwalt hat mindestens drei Wochen Zeit, das Paket neu zu schnüren. Haus und Hof gerettet.

Das war natürlich nur so ein Gedanke. Aber …

»So hätte Dr. Colossa das Problem gelöst«, resümierte Micha mit Bewunderung.

»Aber nein, so etwas hätte Dr. Colossa nicht einmal zu denken gewagt«, erwiderte Fräulein Christiane mit gespielter Entrüstung und erkundigte sich sodann gnädigerweise doch noch nach dem Fall.

»Was für ein verrückter Richter, euch einfach festzuhalten! Wie geht es jetzt mit der Frau und dem Stalker weiter?«

»Wir haben ein paar Tage Zeit gewonnen. Wir werden Brendel am Wochenende eine Falle stellen. Wenn wir Glück haben, ertappen wir ihn auf frischer Tat.«

»Dann hat also noch jemand mit einem Zeitproblem den Bombenbonus bekommen …«, überlegte Micha laut.

»Noch jemand? Oder einfach nur derjenige welche? Paul … hast du heute früh ein Paket mit zum Gericht genommen …?«, scherzte Fräulein Christiane.

Doch das fand Paul gar nicht lustig. Am Ende würde ein ernsthafter Verdacht auf ihn fallen. Als Anwalt stand man ohnehin immer mit einem Bein im Knast. Und er hatte wegen der zerschossenen Straßenlaterne schon dauernde Gewissenspein. Überhaupt hatte man als Anwalt permanent Angst. Dass man etwas vergessen hatte. Übersehen. Nicht begriffen. Dass man dem Gegner unterlegen war. Vom Richter nicht ernst genommen wurde. Der Mandant enttäuscht? Am Ende geht es nämlich immer nur ums Gewinnen. Und man kann eben nicht immer gewinnen. Weil es immer mindestens einen Verlierer gibt. Also besteht eine wenigstens fünfzigprozentige Chance, bei einem Gang vor Gericht zu unterliegen. Und dadurch schwer traumatisiert zu werden. Verlieren macht überhaupt keinen Spaß! Es ist die verdammte Hölle! Wer als Rechtsanwalt behauptet, über diesen Dingen zu stehen oder sich inzwischen ein dickes Fell zugelegt zu haben, der ist schlicht und einfach ein Lügner. Und weil Gewinnen so wichtig ist, wichtiger als alles andere im Grunde genommen, kann es öfter, als man will, so weit kommen, dass man den Rand dessen streifte, was gerade noch erlaubt ist. Und wenn man so nah an Grenzen entlangschrammt und das zunehmend gewohnheitsmäßig tut, dann kann man, ganz unbewusst, versehentlich, für kurze Momente, diese Grenzen auch schnell einmal überschreiten. Dem Mandanten beim Lügen helfen. Einen Beweis etwas aufhübschen. Ein ungutes Dokument im Schredder verschwinden lassen. Nicht umsonst gibt es spezielle Anwaltsgerichte. Von Anwälten – für Anwälte. Weil man seinesgleichen einfach am besten kennt. Und keiner sonst sich die Dimension der Abgründe vorstellen könnte.

Eigentlich war Paul nicht der Typ für so etwas. Er hatte im Grunde nicht die Nerven dafür. Wenn Gewinnen nicht gar so großen Spaß machen würde, dann hätte er wegen des ständigen Verlierens den Job sicher längst an den Nagel gehängt. Andererseits … was wollte er sonst tun? Gärtner würde ihm vielleicht gefallen. Wobei: Auch Gärtner müssen andauernd kämpfen. Gegen Wühlmäuse, Nachtfrost, Blattläuse, Wurzelfäulnis …

Das Leben ist nicht fair zu Menschen, die im Grunde nur ihre Ruhe haben wollen.

Was Paul jetzt brauchte, war die heile Welt. Und zwar sofort. »Frau Draxler, könnten Sie mir eine Tasse Espresso bringen? Ich setze mich kurz ins Wartezimmer und lese ein bisschen.«

»Gerne, Herr Colossa.«

50.

RAUBZEUG:

Tiere, die nicht zum Jagdwild zählen und nur mit Genehmigung bejagt werden dürfen

Keiner wagte, ihm zu widersprechen. Zu fragen beispielsweise, warum er nicht in seinem Büro lesen wollte? Aber sie wussten natürlich auch nicht, dass es Paul viel zu peinlich gewesen wäre, eine dieser Hochglanz-Boulevardzeitschriften, auf die er es in diesem Moment konkret abgesehen hatte, auf seinem Schreibtisch auszubreiten. Die gehörten ins Wartezimmer.

Dort war es wahrlich behaglich! Es überraschte Paul immer wieder. Er genoss die bequeme Couch, legte die Füße auf den kleinen Tisch, auf dem die Zeitschriften sich stapelten. Er hatte gleich auf Anhieb gefunden, wonach er gesucht hatte, und vertiefte sich, süßen Espresso schlürfend, in die Bilderflut. Text stand in solchen Magazinen nicht viel. Es waren ja quasi Stalkerpornos, vornehmlich für Frauen. Angeblich.

»So rauschend feiert die Queen!« Und da strahlte sie ihn auch schon urgroßmütterlich an, im lilablassblauen Kostüm, mit passendem Hut, darunter die weißen Löckchen, aus einer Pferdekutsche winkend. Daneben ihr königlicher Gemahl, ein wahrer Kerl aus echtem Schrot und Korn. Nein wirklich, sollte das wahr sein? Er war halb Grieche und halb Deutscher? Paul staunte. Das machte ihn ja gleich noch sympathischer, und Paul fragte sich, ob der wohl auch einmal im Defender gefahren war. Und dabei vielleicht einige politisch nicht korrekte, verschrobene Anmerkungen über das Trinkverhalten der schottischen Untertanen seiner Gemahlin gemacht hatte? »Aber ich bitte dich, my Dear …!«

Ausgerechnet in diesem Augenblick vollkommener Idylle öffnete sich überraschend die Tür des Wartezimmers. Ein wildfremder Mann! Was wollte der hier? Er war ausgesprochen attraktiv. Mitte fünfzig, grau meliertes dunkles Haar, Typ Nachrichtensprecher. Tadelloser schwarzer Anzug, weißes, besticktes Hemd und … eine schwarze Krawatte? Paul hatte langsam, aber sicher genug von Friedhofsgeschichten.

Der Mann schien übrigens ebenso wenig erfreut, Paul zu sehen, wie umgekehrt. Natürlich, Neustadt war ein Dorf, da wollte man vermutlich niemandem begegnen, wenn man zum Anwalt ging. War einfach nicht dasselbe wie beim Friseur. Wer hier aufkreuzte, hatte ein Problem, das er selbst nicht mehr lösen konnte. Oder es war beim Lösen noch schlimmer geworden. Anders als beim Friseur war es in der Regel nicht die Art von Problem, über die man unverblümt offen sprach. Deshalb oblag es normalerweise auch der besonderen Sorgfaltspflicht der Rechtsanwaltsfachangestellten, Begegnungen von Mandanten im Wartezimmer zu vermeiden.

Der Mann grunzte unglücklich und beschämt einen Gruß, ohne Paul anzusehen, schnappte sich die nächstbeste Zeitung und verbarg sich dahinter.

Na, viel Spaß bei der Lektüre, dachte Paul. Auf dem Cover des Magazins ging es um islamistischen Terror. Das beruhigte den Mandanten sicher ungeheuer. Paul hatte seinerseits übrigens jeden Spaß an seiner Lektüre verloren. Wie sollte man sich entspannen in Gegenwart eines Mandanten? Mit einer schwarzen Krawatte. Das war doch von Anfang an ein ganz mieser Start. Was konnte er schon wollen, dieser Friedhofsgänger? Nichts Gutes, das war klar. Pauls Mobiltelefon vibrierte auf dem Tisch. Eine Nachricht von Fräulein Christiane. »Paul, dein Mandant ist da!«

Sehr witzig, dachte Paul, und genau das antwortete er ihr auch: »Sehr witzig!!!«

Zurück kam ein Smiley.

Paul überlegte, wie er aus der Sache am besten herauskam. Aus der Sache und aus dem Raum. Immerhin würden dieser

Kerl und Paul sich in wenigen Augenblicken ja schon wieder gegenübersitzen, und es war bereits jetzt abzusehen, dass das peinlich zu werden versprach.

Paul erhob sich langsam, und sofort blickte der Mann skeptisch über den Rand seines Terrormagazins. Paul nickte ihm verbindlich zu und verschwand wortlos durch die Tür. Sein Handy hatte er mitgenommen. Die leere Espressotasse ließ er zurück. Ob das den Mandanten beleidigte? Sicher fragte der sich, warum er keinen Espresso bekam.

»Fräulein Christiane, bieten Sie dem Mandanten bitte einen Espresso an.«

Sie blickte fragend. Nein, er würde ihr das jetzt nicht im Detail erläutern. Er musste sich für die nächste Begegnung mit dem Mann sammeln.

»Sagen Sie, Fräulein Christiane – wissen Sie, warum er da ist?«

»Es geht um Katzen, sagt er. Mehr wollte er nicht erzählen. Also soll ich ihm jetzt einen Espresso anbieten, ja?«

»Natürlich, habe ich doch gesagt!«

»Soll ich speziell erwähnen, dass Sie mich gebeten haben, ihm Espresso zu bringen? Ich hatte ihm nämlich Kaffee und Wasser angeboten, und er hat beides abgelehnt.«

Wo sollte dieses Gespräch noch hinführen?

»Ach so, nein. Lassen Sie es. Schicken Sie ihn einfach zu mir herein.«

Es war ein spannender Moment, als sich die Tür öffnete und der Mann in Schwarz hereingeschlichen kam. Er erkannte Paul nicht sofort, erst als er den Raum schon halb durchquert hatte. Dann blieb er abrupt stehen und starrte Paul an. Er drehte sich kurz zur Tür um, als wollte er sagen: Habe ich Sie nicht gerade im Wartezimmer …? Das sagte er aber nicht. Er sagte gar nichts, weshalb Paul ihn freundlich bat, doch am Schreibtisch Platz zu nehmen. Er warf einen kurzen, sehnsüchtigen Blick auf den Beistelltisch. Onkel Oscar hätte den komischen Kauz ohne Frage dort abgesetzt und ihn vom Schreibtisch aus bedient. Aber so weit war Paul noch nicht. Psychologisch gesehen. Da fehlte ihm noch ein Stück innere Größe und Abgebrühtheit.

»Ja«, sagte Paul und versuchte, es klingen zu lassen, als wäre es das Selbstverständlichste der Welt, »wir haben uns ja bereits im Wartezimmer kennengelernt. Ich bin Rechtsanwalt Colossa!« So musste man so was sagen. Genau in dem Ton.

»Franicek«, krächzte der Mann heiser und mit hoher Fistelstimme. »Von Franicek Bestattungen. Wir hatten die besondere Ehre, Ihren verstorbenen Onkel …«

Fast hätte Paul jetzt doch lieber die Wartezimmeraffäre vertieft. Bitte nicht noch mehr Gespräche über die mit Onkel Oscar zusammen vergrabenen Handys! Es war doch alles abgesprochen.

»Ihr Onkel hat uns viele Jahre lang sehr gut beraten …«, krächzte der Kerl weiter. Es war gar keine richtige Stimme. Es war so eine Art … Knistern, ein Raspeln. Na, das passte ja ganz gut zu einem Bestatter. Aber nicht zur Ausstrahlung dieses Mannes.

Paul fragte sich, mit welcher Art von Mandaten dieser Totengräber seinen Onkel in Anspruch genommen hatte. Und das auch noch über viele Jahre hinweg? Franicek spannte ihn diesbezüglich nicht lange auf die Folter.

»Ich hoffe, dass auch Sie uns gelegentlich behilflich sein können.« Er räusperte sich. »Ganz konkret hätte ich da zum Beispiel folgende Sorge.« Er starrte Paul an, räusperte sich erneut, blickte dann vor sich auf seine Knie und fuhr heiser fort: »Meine Nachbarin züchtet so … Katzen. Eine Menge Katzen. Die sind überall, wissen Sie. In ihrem Haus, in ihrem Garten …«, wieder ein Räuspern, »… auch in meinem Garten.« Ein regelrecht fanatisches Funkeln kam in seine Augen. »Und die Drecksviecher scheißen mir alles voll!« Voller Hass schoss es aus ihm heraus! Aber damit hatte er auch alle Kraft wieder verbraucht, blickte auf seine Knie und raspelte weiter hohe Töne. »Jetzt sind sie allerdings tot. Die Katzen. Fast alle. Die Nachbarin bildet sich ein, dass ich sie umgebracht habe. Weil ich mich immer beschwert habe. Und weil ich ja sozusagen vom Fach bin. Was den Tod betrifft. Also ... natürlich nicht den Tod von Katzen. Eben allgemein.«

Er tat Paul fast leid. Katzenmörder, das war ein harter Vorwurf. »Und natürlich haben Sie mit der Sache nichts zu tun ...«, redete er seinem Mandanten gut zu.

»Doch, schon. Ich hab sie alle vergiftet, das grässliche Gschwerl. Jetzt scheißen die mir nirgends mehr hin!«

»Oh ...«, war alles, was Paul dazu einfiel. Das war in der Tat eine mehr als unangenehme Eröffnung. Er fand den Totengräber jetzt plötzlich ein wenig unsympathisch.

»Die Polizei war da, und es gibt ein Riesengerede. Das ist auf Dauer geschäftsschädigend, wenn die Frau überall herumerzählt, dass ich Katzen umbringe. Die Leute mögen Katzen. Ich nicht. Aber das muss ja nicht jeder wissen, nicht wahr?«

»Ja, ich verstehe. Und was glauben Sie, könnte ich für Sie tun?« Am liebsten hätte Paul ihn hinauskomplimentiert. An einen Kollegen weiterempfohlen, der sich mit »so was« auskennt. Aber wer kennt sich damit schon aus? Ein Strafverteidiger? Dazu war die Sache dann doch zu klein. Katzen umbringen war juristisch gesehen auch nur eine andere Form von Sachbeschädigung. Vielleicht noch ein bisschen Tierquälerei, je nachdem, wie er es gemacht hatte. Das allerdings wollte Paul gar nicht im Detail wissen. Außerdem kannte er in Neustadt keine anderen Anwälte. Es hatte ein paar kurze Begegnungen bei Gericht gegeben, aber von Kennen konnte keine Rede sein.

Paul fand Katzen in Ordnung. Nicht im Speziellen, allgemein eben. Er hatte nie eine gehabt, kannte auch keine persönlich, aber grundsätzlich fand er Katzen nett. Hätte der Typ ihm erzählt, dass er die Vogelspinne seiner Nachbarin zertreten hätte oder ihre Giftschlange verknotet, das hätte Paul ihm nicht übel genommen. Aber Katzen vergiften, das war fortgeschritten morbide. So was macht man nicht.

Der Bestatter blickte Paul in die Augen, und da war wieder dieses irre Flackern. »Ich will, dass Sie der Frau einen Anwaltsbrief schreiben. Verbieten Sie ihr herumzuerzählen, dass ich ihre Katzen umgebracht habe. Und wenn sie es noch einmal macht, kommt sie vor Gericht und muss Strafe bezahlen!«

»Eine Unterlassungserklärung meinen Sie? Obwohl Sie sagen, dass Sie die Katzen in Wahrheit ja tatsächlich …«

»Das kann die nicht beweisen. Ich habe eine Substanz verwendet, die nicht nachweisbar ist. Ein Barbiturat. Das habe ich in der Schweiz besorgt. Außerdem hat mich keiner beobachtet.«

Würde er, Rechtsanwalt Paul Colossa, sich für so eine Sache hergeben, dann würde er sich zum Handlanger dieses Unholds machen. Andererseits war Paul Rechtsanwalt, nicht Pfarrer. Der Mann hatte, bei Lichte betrachtet, durchaus ein Recht darauf, dass keine Dinge über ihn verbreitet wurden, die nicht gerichtlich festgestellt worden waren. Es war keine Frage der Moral, sondern eine Frage der Beweislast. Und außerdem …

»Nun, Herr …« Paul hatte den Namen auf den Block vor sich gekritzelt. Er vergaß Namen so leicht. »… Franicek. Haben Sie eine Rechtsschutzversicherung?«

»Ich zahle es selber. Bar.«

»Nun gut. Ich denke, das sollte nicht so schwierig werden. Und Sie sind sicher, dass es keine Zeugen gab …?«

51.

SCHACHTEL:

ein nicht mehr Junge führendes
altes weibliches Wild

Jetzt endlich eine kleine Pause? Paul jedenfalls fand, dass er eine verdient hatte. Er stellte sich das recht behaglich vor, für ein gepflegtes Dreiviertelstündchen an der Couch zu lauschen. Als er oben an der Treppe stand, vor seiner Wohnungstür, hörte er ein unangenehm vertrautes Geräusch: das Rücken von Möbeln. Wieder diese Barbara! Schlief diese Person denn niemals? Konnte sie nicht einfach einmal still vor sich hin wohnen? Es rumpelte und quietschte so laut, dass man es durch das ganze Treppenhaus hörte, und es klang fast, als käme es direkt aus Pauls Wohnung.

Als Paul die Tür aufgeschlossen hatte, musste er feststellen, dass es nicht nur so klang. Die abenteuerlichen Geräusche kamen wirklich aus seiner Wohnung. Aus dem Wohnzimmer. Paul war gleichermaßen gelähmt wie alarmiert. Paul ertappte die Möbelrückerin in flagranti dabei, wie sie das eben noch mit bleierner Müdigkeit erträumte Sofa durch den Raum schob. Schnaubend und fluchend. Es dauerte etwas, bis sie Paul bemerkte, er mochte eine gefühlte halbe Minute stumm in der Tür gestanden haben! Aber dann erschrak sie zumindest angemessen. Ihr stark geglättetes, unnatürlich dunkelrot glänzendes Haar trug sie zu einem dicken Zopf geflochten. Aus ihrem Gesicht strahlten derart grellblaue Augen, dass kaum ein Zweifel an deren Unechtheit bestehen konnte. Die Farbe ergänzte sich auf absurde Weise perfekt mit einem so grellrot leuchtenden Lippenstift, dass Paul die Augen schmerzten. Ihr Make-up hatte die Dame mittels Spachteltechnik auf ihrem Antlitz verteilt. Apropos Schmerzen: Es gibt Düfte, die so penetrant sind, dass sie sich für die Definition »Duft« letztlich disqualifizieren. Auch wenn das hier entfernt an Früchte erinnerte: Es war keine

Wohltat. Eher etwas, was allergisches Niesen provozierte. Und dann diese Kleidung … Komplementärfarben passen ja angeblich immer zusammen. Aber die hier gewählten grellen Kunstfarbtöne taten es definitiv nicht. Es sah aus wie Braun, es wirkte wie Grün – und dennoch harmonierte es ganz und gar nicht. Und dieser Schal! War das Pink? Wohl eher die böse Stiefmutter von Magenta. Paul war auf Anhieb überzeugt: Bei dieser Person handelte es sich um eine Prostituierte. Eine, die ihre besten Jahre allerdings definitiv hinter sich gelassen hatte. Ernsthafte Zweifel daran erschienen unbegründet. Eine Bordsteinschwalbe wie aus dem Bilderbuch.

»Guten Tag, ich bin Frau Barbara«, stellte sich das schillernde Geschöpf nach einer kurzen Phase der Selbstfindung vor. Und das mit einer Stimme … wirklich und wahrhaftig wie direkt aus dem Himmel. Dieser Stimme musste man sofort verfallen. Ihr überallhin folgen. Alles tun, was sie befahl. Selbst die grauenhafteste Nachricht wäre ein Ohrenschmaus, vorgetragen in dieser Tonlage. Nie zuvor hatte Paul eine derart melodische, sanfte, freundliche, liebliche Stimme gehört. Wen interessierte, wie grell dieses Weib aussah? Frau Barbara. Paul hatte immer gedacht, das sei ihr Vorname. Sprach man sich in »diesen Kreisen« so an?

»Paul Colossa.« Seine eigene Stimme kam Paul hässlich und grob vor.

»Ja, das weiß ich«, flötete Frau Barbara zurück.

»Sie sind in meiner Wohnung …?« Paul sagte das, wie man jemanden fragt, ob er ein Glas Wasser wünscht. Nicht so, als wäre er verwundert oder wollte die Anwesenheit der fremden Frau in seiner Wohnung beenden. Obwohl das seine eigentliche Intention war. Aber er brachte es einfach nicht über sich, strenger mit diesem … Wesen zu sprechen.

Die Sirene sang weiter: »Ich bin gleich fertig. Ich konnte die letzten Wochen einfach nicht … es tut mir furchtbar leid. Aber in die Wohnung kommen und wissen, dass Oscar nicht da ist … Ich konnte mir nicht vorstellen, wie ich das aushalten soll. Aber jetzt … es fühlt sich richtig tröstlich an. Geht es Ihnen auch so?«

Ob Paul es tröstlich fand, in seiner eigenen Wohnung zu sein? Natürlich! Warum allerdings diese Frau, die er nicht kannte, nie zuvor aus der Nähe gesehen, bis heute niemals gesprochen hatte, es gleichfalls tröstlich fand, sich in seiner, in Pauls Wohnung, nicht in ihrer eigenen, aufzuhalten? Ein Rätsel.

Doch Paul haftete den Regeln der Zivilisation viel zu stark an, als dass er brüsk hätte werden mögen. »Ja, wirklich sehr traurig … Sie … kannten meinen Onkel?«

Hochgezogene, stark nachgemalte rasierte Augenbrauen. Stechender blauer Blick. Grelle, heruntergezogene Mundwinkel. Er war also wieder in einen Fettnapf getreten? Aber welchen und warum? Standen sie hier etwa nicht in seinen vier Wänden, war er nicht der Herr dieser Hütte, hatte diese Dame, sofern sie diese Bezeichnung überhaupt verdiente, nicht seine Gemächer betreten, ohne seine Zustimmung einzuholen, und hatte sie es etwa nicht versäumt, sich ihm rechtzeitig vorzustellen? Aber es half ja nichts. Es war wie im verdammten Profisport, den Paul grundsätzlich ablehnte und verachtete: Man mochte noch so sehr alles richtig gemacht haben – am Ende betrog einen ein dummdreist wichtigtuerischer Schiedsrichter mittels einer Fehlentscheidung um den verdienten Sieg. Gerechtigkeit? Eine Runde Gelächter für alle! Das da war eine Frau! Da gelten eigene Kategorien. Es ist fast immer unverdient, wenn eine Traumfrau sich dazu herablässt, mit einem Kerl Tisch und Bett zu teilen. Und an jenem Tisch und in jenem Bett geht es dann auch ungerecht weiter. Ist die Natur denn etwa gerecht? Was hat die arme alte Impala der gefräßigen Löwin getan? Hatte die nicht eben erst ein fettes Gnu vertilgt? War es wirklich nötig, auch dieses schlanke, elegante Geschöpf zu Fall zu bringen und ihm Knochen und Eingeweide herauszureißen? Nein, grausam ist sie, die Natur, und alles Mögliche, nur nicht gerecht. Und Frauen, die sind doch im Grunde das Zentrum der Natur? Diese Gaia-Göttin-Sache. Grob zusammengefasst kann man die Welt also in zwei Teile gliedern. In einen männlichen Teil – mitunter etwas ruppig, im Großen und Ganzen aber logisch nachvollziehbar und auf seine besondere Weise durchaus gerecht. Und in den weiblichen Teil. Völliges Chaos, absolute Willkür, unangemessen grausam und inakzeptabel nachsichtig im selben Augenblick. Und jener weibliche Teil, der macht gefühlte neunundneunzig Prozent des Kosmos aus. Das verbleibende männliche Prozent ist vernachlässigbar. Es grenzt an eine Karikatur, wenn Gott als alter Mann dargestellt wird! Wenn Gott in menschlicher Gestalt auftreten wollte, dann höchstwahrscheinlich kurvenreich, mit langem glänzendem Haar und melodisch zwitschernder Stimme. Und Frau Gott würde sagen: »Adam, los, geh hinaus und mach dir die Erde untertan!« Und dann würde sie ihm einen atemberaubend sinnlichen Kuss auf die Lippen brennen und fortfahren: »Und dann bring sie bitte in die Küche, aber zieh dir die Schuhe vor der Tür aus, ich habe vorhin erst gesaugt. Und nimm die leeren Flaschen mit runter. Du weißt, dass meine Mutter heute Mittag zum Essen kommt? Willst du dieses komische T-Shirt anlassen …?«

»Ich kümmere mich seit Jahren um die Kanzlei und um Oscars Wohnung! Seine Wäsche, die Einkäufe, Hausmeisterdienste …«, unterbrach Frau Barbara Pauls religiöse Visionen.

Oh, wie unfassbar peinlich! Deshalb war sie im Haus! Es gab also tatsächlich einen Deal zwischen »Frau Barbara« und seinem verblichenen Onkel? Und es war mitnichten die zwielichtige Art von Verabredung, über die Paul spekuliert hatte! Diese Dame – ihr den Titel abzusprechen, war höchst unangemessen gewesen – war Onkel Oscars Perle! Sein »Mädchen für alles«. Demütig senkte Paul den Kopf und wollte etwas sagen, doch …

»Außerdem habe ich mit Ihrem Onkel geschlafen. Dafür durfte ich kostenlos oben wohnen. Darüber müssen wir zwei uns auch einmal unterhalten …«

Jetzt lächelte Frau Barbara. Doch es war kein freundliches, sympathisches Lächeln. Eher ein … professionelles Lächeln, fand Paul, restlos überfordert.

»Bevor wir das tun, möchte ich Ihnen aber eine völlig veränderte Raumaufteilung empfehlen! Oscar hat sich immer dagegen gesträubt. Aber Sie scheinen mir sehr vernünftig zu sein … Also was hier völlig im Ungleichgewicht ist, in dieser Wohnung, das ist das Feng-Shui! Das kennen Sie doch sicher? Sie haben hier wirklich ganz, ganz miese Schwingungen, und deshalb muss diese Couch da unbedingt weg … und man sollte die Zimmer insgesamt ganz anders arrangieren …«

Sie warf einen Angst einflößenden, regelrecht begierigen Blick auf das Sofa und dann auf die Tür und danach wieder auf das Sofa und wieder auf Paul, der allerdings beabsichtigte, keinesfalls aus dem Türrahmen zu treten und den Verbleib des Sofas im Wohnzimmer unter Einsatz seines Leibes zu verteidigen.

»Ich habe da einige praktische Erfahrung!«, warb die Möbelrückerin weiter für ihren Sofakreuzzug. »Feng-Shui, das ist nicht das, wofür man es gemeinhin hält. Von wegen, einen teuren Innenarchitekten holen und den Raum arrangieren und fertig. Nein, nein, mein Lieber! Alles ist im Fluss, alles unterliegt andauerndem Wandel! Und deshalb muss man sich immer wieder neu anpassen! Ich verändere das Arrangement meiner Möbel beinahe täglich …!«

Eher nächtlich, dachte Paul, der jetzt endlich die Ursache der nervtötenden Dauerumzugsgeräusche begriffen hatte, des

Quietschens, Schabens und Polterns aus dem Obergeschoss. Ja, Paul hatte begriffen. Diese Barbara war eine völlig durchgeknallte Halbweltdame, die sein Onkel sich hier auf Basis eines sittenwidrigen Vertrags »gehalten« hatte, und er war nun der Erbe. Da war ihm der Defender der Queen deutlich angenehmer! Aber Paul hatte auch Mitleid. Diese Frau hatte sich bestimmt auf Onkel Oscar verlassen. Auch für sie war sein Selbstmord ein existenzbedrohender Schock gewesen. Er konnte ihr nicht ihre Lebensgrundlage entziehen. Man würde eine neue Verabredung zu treffen haben, bei der auch Geld eine gewisse Rolle spielen musste, denn … andere Dienstleistungen würde Paul sicherlich nicht in Anspruch nehmen! Abgesehen von der Haushaltshilfegeschichte. Paul blickte sich um. Sauber war es schon! Und vor der Küche standen volle Einkaufstüten.

»Kochen Sie auch?«

»Normalerweise schon. Aber heute war keine Zeit. Ich habe Ihnen eine Brotzeit in den Kühlschrank gestellt.«

Jetzt lächelte Paul. Die Männerwelt war so viel einfacher, als Frauen ahnten. Einfach und gerecht. »Oh! Vielen Dank! Also … ich schlage vor, wir schieben das Sofa erst einmal zurück und diskutieren das alles mal in Ruhe. Im Moment ist es nicht so ideal, ich muss mich dringend kurz hinlegen … weil … na ja, aber es war schön, Sie persönlich kennenzulernen … und vielen herzlichen Dank für die Hilfe!«

Als Barbara ging, nahm sie bedauerlicherweise die vollen Einkaufstüten mit. Außer ein paar eher spartanisch belegten Brotscheiben blieb sein Kühlschrank erbarmungswürdig leer.

52.

KUHLE:

Schlafmulde des Schalenwilds

Als Paul auf seinem entfengshuiisierten, also an seinen ursprünglichen Platz zurückgerückten, Sofa aufwachte, trommelte wieder kalter, finsterer Regen an die Scheibe. Er hatte unglaublich tief geschlafen, und es hatte einige lange Momente gedauert, bis er sich orientiert hatte. Paul hatte geträumt. Onkel Oscar war da gewesen. Paul hatte mit der Walther auf einen Motorradfahrer geschossen. Etwas Seltsames war mit dem Motorradfahrer gewesen … Paul erinnerte sich nicht. Nur ein schales Gefühl blieb zurück. Er war schweißgebadet und fröstelte. Ein Gefühl, als wäre er nur zu Gast in seinem Körper. Selbiger machte sich erneut durch grauenhafte Nackenschmerzen bemerkbar. Zudem hatte er schlimmen Durst. Sollte er sich am Ende irgendeinen ekelhaften Infekt eingefangen haben? Wenn er so recht darüber nachdachte, hatte er sich länger nicht mehr die Hände gewaschen. Das war der direkte Weg in den Abgrund. Nichts war so widerlich, so klebrig, speckig, schmierig, viren- und keimverseucht wie die feuchten, klammen Hände fremder Leute. Man würde nicht annähernd so viele Krankheiten von seinen Mitmenschen übertragen bekommen, wenn diese einem zur Begrüßung freundlich ins Gesicht spuckten, anstatt einem ihre Todeskralle zu geben, mit der sie gerade eben vorher noch … unvorstellbar. Schwindelig und benommen schleppte Paul sich in die Küche und trank ein großes Glas Leitungswasser. Sonst war nichts da. Er musste dringend einkaufen. Wobei … hatte diese Frau Barbara nicht angedeutet, dass sie das als ihre Aufgabe betrachtete? Warum tat sie es dann bitte nicht? Andererseits: Woher sollte sie wissen, was Paul gerne haben wollte? Nun gut – irgendetwas zu trinken auf jeden Fall. Alles außer Leitungswasser eben, das Paul wirklich verabscheute. Seinen

Durst damit zu stillen hatte etwas Barbarisches. Es erinnerte ihn an nach Schweißfüßen riechende Umkleidekabinen, Sportunterricht in der Mehrzweckhalle. Da hatten sie sich nach kräftezehrenden Sportstunden im Sommer auch immer unter die Wasserhähne gehängt. Den muffigen Geschmack hatte er tief in seinen Kindheitserinnerungen gespeichert.

Was hatte er da eben noch geträumt? Jetzt kamen ihm die Bilder wieder. Die Queen war auch da gewesen. Und Rivinius, mit dem er Englisch geredet hatte. Sie waren im Defender gefahren, dem Motorrad hinterher, die Queen am Steuer. Paul glaubte nicht an die prophetische Kraft des Träumens. Aber ihm war durchaus bewusst, dass sich da gewisse Mächte des Unterbewusstseins, die der wache Geist im Zaum zu halten vermochte, entfesselt Bahn brachen. Und so etwas kam dabei dann heraus. Vielen Dank, liebes Gehirn.

Eines hatte der Traum außerdem bewirkt: Er musste Maja sehen!

»Wir sollten heute Abend mit der Überwachung Deines Hauses beginnen. Pro Nacht drei Schichten. Ich komme gleich, okay?«

Es dauerte nur Sekunden, bis die Antwort sich klingend bemerkbar machte.

»Danke! Grischa, Papa und ich können Nachtschicht machen. Bin froh, dass Du kommst!«

Paul hoffte inständig, dass Brendel in dieser Nacht aufkreuzen würde, dann … Ja, was dann eigentlich? Einmal so richtig konkret – was würde er machen? Ihn fotografieren? Ein unscharfes Bild mit Kapuze? Nein. Er musste den Mann stellen! Ihn festhalten. Zivilverhaftung. Aber ob Brendel sich das bieten lassen würde? Ganz banal betrachtet: Brendel hatte bei Gericht den Eindruck hinterlassen, als wäre er einen Tick größer als Paul. Er war ein athletischer Typ. Paul war auch kein Handtuch, aber in einem Zweikampf mit diesem Burschen würde er eher die Rolle des Geheimfavoriten besetzen. Andererseits: Paul musste Brendel ja nicht mit bloßen Händen niederringen. Das einundzwanzigste Jahrhundert bietet durchaus differenziertere Mittel. Pfefferspray zum Beispiel! Das wäre elegant! Aber Paul hatte keins, und er hatte auch keine Ahnung, wo er an einem Donnerstagabend welches auftreiben sollte. Abgesehen davon: Pfefferspray war nicht die Waffe, mit der Paul Brendel niederstrecken wollte. Das entsprach einfach nicht der inneren Regie, die er insgeheim für diese Tat entworfen hatte. Es war ziemlich unmännlich. Doch was war männlich, ohne die blanken Fäuste bemühen zu müssen? Ein Messer? Zu derb. Zumal Paul nur sein Brotmesser hatte. Wo war das eigentlich? Zuletzt hatte er es unten im Büro auf seinem Schreibtisch liegen sehen, nach der denkwürdigen Nacht mit Fräulein Christiane. Ein Knüppel vielleicht? Ein Baseballschläger! Sehr männlich, ohne Zweifel. Aber auch hier stellte sich die Frage, wo man so etwas auftreiben wollte. In einem Sportgeschäft? Vielleicht, wenn es außerordentlich gut sortiert war. Normalerweise spielte in Deutschland niemand Baseball. Vermutlich war der größere Teil der in dieser Republik vorgehaltenen Baseballschläger nicht aus sportlichen Motiven angeschafft worden. Wo also besorgen sich Hooligans, Linksautonome und Skinheads ihre Straßenausstattung?

Während Pauls Gedanken so kreisten, kroch eine Idee immer tiefer in sein Bewusstsein hinein. Eben, auf der Couch, war sie noch Teil seines Traums gewesen. War er also vielleicht doch prophetisch? Paul wollte diese Idee nicht haben. Wollte sie nicht zulassen. Aber da war sie nun eben doch … die Walther PPK. Eine vielfach kampferprobte Handfeuerwaffe. Eine Knarre, ein Schießeisen, eine Wumme – das war so was von männlich. Der Wolf übernahm die Regie in Pauls Kopf und hüpfte wie ein kleiner Springteufel auf und ab vor lauter Begeisterung. Schon perlten die Textzeilen in Pauls innerem Drehbuch: »Brendel, du Wichser, dreh dich um und heb ganz langsam die Hände. Schön hoch, dass ich sie sehen kann. Mach keine Szene. Wenn du dich ruhig verhältst, passiert dir nichts. Wenn du den Helden spielen willst, wirst du ein toter Held sein. Ich habe eine geladene und entsicherte Walther PPK in der Hand, und ich ziele direkt auf deinen Rücken.« Nein, das war nicht gut, das klang feige. »Ich ziele direkt auf deinen Kopf.« Ja, besser. Paul bekam eine Gänsehaut. Ob er Zeit für einen so langen Monolog haben würde? Sollte er wirklich Wichser sagen, oder war das zu ungepflegt? Eigentlich war der Text sowieso nur geil, wenn Maja zuhörte. Brendel wollte er nicht wirklich beeindrucken. Mehlsen vielleicht, diesen schmierigen Hundesohn. War natürlich nicht sehr wahrscheinlich, dass der dabei war. Zu gern hätte Paul eine Gelegenheit gehabt, zu dem mal »Wichser« zu sagen!

Ungelöst blieb das Problem, dass die verdammte Walther absolut illegal war. Er konnte nicht einmal schießen! Zumindest nicht zielen, das hatte er ja bereits unter Beweis gestellt. Andererseits hatte er ja auch nicht wirklich vor, das Ding zu benutzen. Er könnte es Brendel einfach nur zeigen, ihn gefügig machen. Und im äußersten Notfall, wenn Brendel ihn angreifen sollte, dann erlaubte ihm das Notwehrrecht sogar den Einsatz einer eigentlich verbotenen Schusswaffe. »Das Recht muss dem Unrecht niemals weichen.« Er hatte freilich nicht vermutet, dass er einmal in eine Lage geraten könnte, in der Recht und Unrecht in solch archaischer Wucht aufeinanderprallen sollten.

Und wo wollte er die Waffe aufbewahren? Das gute Stück war richtig schwer! Im Film trug man es in einem »Holster«. So was besaß er nicht. Er konnte andererseits schlecht das ausgehöhlte Buch mit sich herumschleppen. Wie würde das aussehen, wenn er Brendel zunächst mit einer juristischen Festschrift bedrohte und dann überraschend eine Pistole herausblätterte? Bisschen surreal. Eigentlich kamen nur die klassischen Varianten aus dem Kino infrage. Also vorn in den Gürtel oder hinten in den Gürtel oder in die Jackentasche. Vorn in den Gürtel, da gab es immer diese Slapstickunfälle, wenn sich ein Schuss löste und den betroffenen Dummkopf seiner Männlichkeit beraubte. Realistisch betrachtet war das gar nicht besonders lustig. Paul würde es lieber nicht probieren. Solche Unfälle passierten nie, wenn die Helden die Waffe hinten in den Gürtel steckten. Aber das hier war kein Film! Was, wenn die Waffe dort losging? Mochte gut sein, dass er dann den Rest seines Lebens mit einem künstlichen Ausgang leben musste! Also in die Jackentasche? Das schwere Ding? Es würde die Jacke auf der Seite bis zum Bauchnabel herunterziehen und sie völlig unnatürlich ausbeulen. Aber es war immer noch die praktikabelste Variante mit der geringsten Wahrscheinlichkeit für peinliche Verletzungen.

53.

WITTERUNG:

der Geruch, der von Wild ausgeht

Paul blickte in den Rückspiegel, er blickte aus allen Fenstern, kein anderer Wagen war in der Nähe. Einsam, mit monotonem Dieselbrummen, pflügte er bei gemächlichen hundert Sachen durch die frühabendliche Regenlandschaft. Mit einem Schmunzeln holte er die Pistole aus der Innentasche. Er hob sie nicht hoch, falls doch einer ins Auto blicken mochte. Sie lag gut in der Hand. Sie war schwer. Und so hässlich, wie es ihm beim ersten Treffen vorgekommen war, war sie eigentlich gar nicht. Paul konnte der Versuchung nicht widerstehen. War ja nicht geladen. Er blickte sich noch einmal in alle Richtungen um, hob dann die Waffe mit der rechten Hand auf Lenkradhöhe, während er mit links weitersteuerte. Er visierte den Lkw an, der etwa hundert Meter vor ihm fuhr, ein Däne, wenn er die Schrift auf der Plane richtig deutete. Und dann schrie er laut: »Bam, bam, bam.« Den Abzug drückte er allerdings sicherheitshalber nicht durch. Nicht dass das Teil doch losging. Er musste laut lachen. Das war toll. Es war großartig, richtig, richtig geil! Paul war jetzt quasi ein Gangster. Er hatte das Recht in die eigene Hand genommen. Er hatte sich über die ganze bürokratische Scheiße gestellt und machte seine Gerechtigkeit selbst. Schluss mit dem Rumgeplänkel. Das hier war Männersache. Ein Perverser wollte sein Mädchen anmachen? Okay, Brendel … Bam, bam, bam! Er drückte das Gaspedal des Defender ordentlich durch, und der Diesel heulte auf.

Vor Majas Haus lungerte wieder einmal Grischa herum. Der blickte kurz auf, als er Paul sah, machte zwei Schritte zur Seite und nickte ihm unterwürfig zu. Wenigstens heulte er heute nicht. Paul überkam ein kurzer Impuls, mit dem Jungen zu sprechen, einfach ein bisschen freundlicher Small Talk? Doch der konnte vermutlich kein Deutsch. Außerdem: Worüber sollte er mit Grischa reden?

Also nickte er nur kurz zurück. Als er nach der Türklingel suchte, kam doch etwas Leben in Grischa, er drängte Paul zur Seite und schloss die Haustür für ihn auf. »Biiitte«, radebrechte er und zeigte so etwas wie ein gescheitertes Lächeln. Paul betrat das Haus. Von Grischas Zauberhand geführt schloss sich die Haustür hinter ihm wieder und rastete ins Schloss. Klack.

Es roch frisch geputzt. Kein Licht. Aus dem Wohnzimmer kamen gedämpfte Rhythmen elektronischer Musik. »Hallo?«, und noch einmal lauter: »Hallo!« Es dauerte einen Moment. Die Musik verstummte. Leise öffnete sich die Wohnzimmertür, und da stand Maja. Sie trug einen recht vornehm wirkenden Pyjama, oder war es ein Trainingsanzug? Champagnerfarben jedenfalls und verführerisch eng. Die langen Haare trug sie offen. Augenscheinlich hatte sie geweint. Das versuchte sie gar nicht, vor Paul zu verbergen. Sie stand einfach nur da, ein Bildnis der begehrenswerten Erbärmlichkeit. »Hallo«, wiederholte er ein drittes Mal. Maja machte einen einladenden Schritt zur Seite, und so betrat Paul erneut das sterile weiße Wohnzimmer. Anscheinend war niemand sonst da. Obgleich es schon zu dämmern begonnen hatte, war kein Licht an.

Sie blickten sich nicht an. Sahen beide in den trüben Garten hinaus. Paul merkte, dass es an ihm war, das Schweigen zu brechen: »Alles okay?«

»Ja, schon …«

»Wirklich?«

»Ich fühl mich so scheiße. Ich hab das Gefühl, dass mir jemand den Boden weggezogen hat. Alles ist … wie vergiftet, verstehst du? Alles, was vertraut war, ist irgendwie fremd geworden. Überall ist … Angst. Und Ekel. Ich kann mich über gar nichts mehr freuen. Ich wäre am liebsten weit weg. Aber das war ich ja! Es hat mir überhaupt nicht geholfen. Ich habe die ganze Zeit nur immer an diese … diese Scheiße hier denken müssen.«

»Der Typ kann dir gar nichts. Das ist einfach ein Spinner, der mit seinem erbärmlichen Leben nicht klarkommt, und jetzt nervt er dich, weil dein Leben ganz großartig ist. Weil du ganz großartig bist. Pass auf – heute Nacht taucht er bestimmt auf, und dann packen wir ihn, okay? Und dann machen wir diesen Typen so fertig, dass du nie wieder von ihm hörst!« Verschwörerisch blickte Paul sich um und zog triumphierend seine Pistole aus der Jackentasche. Maja zeigte keinerlei Reaktion. Erschrocken erkannte Paul, dass Maja möglicherweise kulturell bedingt dahingehend geprägt war, dass es ihr nicht ungewöhnlich erschien, wenn Männer mit Schusswaffen hantierten, weil andere Methoden der Konfliktbewältigung ungeeignet erschienen. Was sagte ihm das über die junge Frau? Wollte er es überhaupt so genau wissen?

»Weißt du, wir waren ein Paar! Ich war verliebt in Pius. Und jetzt ist da nur Angst und Ekel und … ich hasse ihn total! Das fühlt sich an, als ob er den Teil von mir, der verliebt war, verdorben hat!« Maja rang nach Worten, um etwas Unaussprechliches zu beschreiben. »Immer wenn ich an was Schönes denken möchte, dann kommt stattdessen dieses Drecksgefühl, und zwar so heftig, dass ich mich übergeben könnte!«

Paul hatte sich inzwischen schlaugemacht. Wenn man etwas Relevantes finden wollte, musste man natürlich bei den Amerikanern suchen. Wie immer. Er hatte im Internet auch gelesen, dass Stalkingopfer richtig traumatisiert sein konnten. Zwei niederländische Psychologen behaupteten, das Trauma, das ein Stalker auslöst, indem er tief in die Privat- und Intimsphäre seines Opfers eintaucht, sei vergleichbar mit dem Gefühl, einen Flugzeugabsturz überlebt zu haben. Paul fand das ein bisschen reißerisch. Mal ehrlich – in den allerseltensten Fällen wurden die Täter wirklich ruppig. Was war schon dabei, wenn einer mal ein paar lästige SMS schrieb oder Blumen schickte? Wobei viele Opfer sich angeblich irgendwann aus lauter Verzweiflung selbst umbrachten … Bei Maja war das natürlich sowieso etwas anderes. Warum eigentlich? Weil es ihn persönlich betraf? Oder weil es schlimmer war als normal? War es das wirklich? Paul ging der Fall verblüffend heftig an die Nieren. Fühlte es sich immer so an, wenn einer die Grenzen überschritt? War das vielleicht schon das beschriebene Trauma? Es hatte so etwas ungemein Bedrückendes an sich. Dieser Stalker raubte einem Lebenszeit und Lebensenergie. Anders als bei vielen anderen Problemen und Sorgen war es zudem so, dass man daraus eigentlich nichts lernen konnte. Es hatte keine »gute Seite«. Es war ein echter Nettoverlust. So wie die Stunden in einer schwülen Sommernacht, die einem eine Stechmücke mit ihrem Surren raubt. Am Morgen ist man wie gerädert und trotzdem von Kopf bis Fuß zerstochen. Inwiefern hat das etwas Gutes? Was ist in der Welt gewonnen, wenn der Stalker einem Woche für Woche das Lebensglück aus der Seele saugt? Und ihn kann das doch auch nicht glücklich machen! Von Unglück kann man nicht glücklich werden. Mit Schatten kann man nichts beleuchten. Dabei war es gar nicht Pauls Stalker, sondern Majas …

Maja liefen jetzt wieder dicke Tränen über das Gesicht und hinterließen dabei dunkle Kajalstreifen auf den blassen Wangen. Eine gefühlte Ewigkeit hielt Paul sie in den Armen. Paul war nicht richtig bei der Sache. Er beobachtete Tolstoi, der missmutig draußen durch den düsteren Garten stromerte, und überlegte sich, wie er es anstellen wollte, den Feind in der Dunkelheit zu stellen. Es musste so passieren, dass der Typ zu spät merkte, wenn sie ihn ertappt hatten – in flagranti. Da bot die Dunkelheit genauso viele Vorteile wie Nachteile.

»Grischa bewacht die Vorderseite?« Paul ließ Maja los und strich ihr zaghaft mit der linken Hand eine tränennasse Strähne aus dem Gesicht. Mit Entsetzen bemerkte er, dass er die ganze Zeit die Walther in der rechten gehalten hatte. Er steckte sie etwas beschämt in seine Jackentasche zurück.

»Ja. Papa hat ihm gesagt, dass er vorn bleiben soll.«

»Warum ist er, warum ist Grischa so extrem …« Paul suchte nach dem passenden Adjektiv. Unterwürfig fiel ihm ein, doch er wollte eigentlich nichts Beleidigendes sagen.

»Loyal«, fiel ihm dann zum Glück ein.

»Papa hat ihn als Kind aufgenommen. An der chinesischen Grenze. Er war ganz allein, hatte niemanden und sprach kein Wort. Papa hat ihm alles gegeben. Ihm alles beigebracht. Er war immer bei uns zu Hause. Ohne uns wäre er nichts.«

Sie sagte das vollkommen beiläufig, so als würde sie über ein Küchengerät parlieren, das sie im Urlaub auf einem Basar erworben hatte.

»Und … was wisst ihr über ihn?«

Maja blickte jetzt allen Ernstes überrascht. »Ich habe es dir doch gesagt. Wir haben ihn wie einen herrenlosen Hund eingesammelt. Er war allein.«

Paul fiel auf, dass sie jetzt nicht mehr ganz so beiläufig klang, wie sie vielleicht beabsichtigt hatte. Er meinte, eine Nuance Verärgerung zu hören. Gereiztheit sogar? War ihr das Thema zuwider, weil es sie langweilte?

»Aber hat er nie über seine Eltern geredet? Oder wo er herkam? Warum holt dein Vater einen Jungen von der chinesischen Grenze?«

»Doch, schon. Die wohnten in irgendeiner Provinz, bettelarm, ich weiß den Namen nicht, irgendwo in China eben. Die hatten wohl echt fast gar nichts. Er war das zweite Kind und deshalb nicht so toll beliebt in der Familie. Die Ein-Kind-Politik, ich weiß das auch nicht so genau. Jedenfalls ist er abgehauen und wollte an die russische Grenze. Da gibt es diese Industriegebiete, wo ganz viele Chinesen ihr Geld mit Russen verdienen. Er war zwölf oder so. Papa hat da damals was Geschäftliches gemacht, und Grischa hat ihm wohl geholfen, und dann hat er ihn mitgenommen.«

»Aber … ihr konntet doch nicht einfach …« Paul tat sich schwer, die Tragweite zu erfassen. »Man kann doch nicht einfach ein fremdes Kind behalten und für sich arbeiten lassen? Aus China …?«

»Keiner hat gefragt.«

Es gab diese Momente, in denen es Paul deutlich bewusst wurde, dass er hier in Deutschland in einer winzigen, filigranen Blase in Raum und Zeit lebte, die mit der Wirklichkeit der Menschheit ganz und gar nichts zu tun hatte. Sein behüteter Alltag war eine Illusion, die jederzeit zu Staub zerfallen konnte. Seit Zehntausenden von Jahren leben die Menschen in Dreck und Erbärmlichkeit. Sie quälen, massakrieren, bestehlen, missbrauchen, versklaven einander, und das Leben eines Menschen ist viel weniger wert als ein Pick-up oder eine verdammte Kuh, ein Notstromaggregat oder eine fette Sau. Weil einzelne Menschen wenig Kraft haben und man sie außerdem weder melken noch essen kann. Wobei das natürlich ein Grundsatz ist, der Ausnahmen kennt. Der größte Teil der Menschen lebt auch heute noch im Dreck, kaum anders als vor fünfhundert oder fünftausend Jahren. Früher haben sie Erz geschürft oder irgendwelchen anderen Mist und sind dabei unbemerkt und unbetrauert krepiert, und ein anderer erbärmlicher Habenichts hat sofort unbemerkt ihren Platz eingenommen. Heute schlachten sie Öltanker aus oder kratzen Uran aus den Felsen und verenden weiterhin, wie schon ihre Vorfahren im Elend zur Zeit der Pyramiden, unbeweint mit Anfang dreißig. Nur dass sie ein

Smartphone in ihrer dreckigen, löchrigen Hose stecken haben. Das ist wirklich der einzige Unterschied. Gelegentlich zetteln sie damit neuerdings Revolutionen an, die dann zu kurzen Verwerfungen bei den Sklaventreiber-Eliten führen und zu vielen Toten, und danach zwingen neue, noch skrupellosere, noch begierigere Sklaventreiber sie erneut in noch tieferes Elend. Niemand, der sich auskennt, glaubt an Veränderung. Nur einige wenige haben immer schon vom Elend der Menschheit profitiert. Paul gehörte ungewollt zu diesen wenigen. Grischa nicht.

»Wie fandest du es? Du warst noch ein Kind, oder? Dass dein Vater einfach so einen Jungen heimbrachte. Einen chinesischen Jungen.«

»Er ist genauso alt wie ich. Mama war regelrecht vernarrt in ihn. Und ich fand ihn eigentlich auch ganz cool. Grischa ist wirklich nett. Er hat nie Ärger gemacht.« Maja hatte ihr Trauma einen Augenblick lang scheinbar verdrängt und grinste schelmisch. Wer weiß, woran sie gerade dachte. Mit dem verlaufenen Kajal erinnerte sie Paul an einen Harlekin. »Wir haben sogar …«

Paul hörte Stimmen im Flur, russische Stimmen.

54.

ANLUDERN:

Anlocken von Raubwild durch Auslegen eines Köders

Victor Rivinius öffnete die Tür, knipste das Licht an.

»Wenn es so dunkel ist, wird er nicht kommen. Er muss sehen, dass Maja im Haus ist! Willkommen bei der Jagd, Rechtsanwalt Colossa!«

Hinter ihm standen Grischa und ein weiterer Mann mit einer Baseballkappe und einem grobschlächtigen Gesicht mit breiter Boxernase. Wie aus einem Klischeebilderbuch für Russenmafia-Bösewichte.

»Das ist Herr Müller. Majas Nachbar. Er hat dankenswerterweise angeboten zu helfen.«

So viel zur Brauchbarkeit von Klischees in der modernen Welt. Also doch kein Russenschläger, sondern der Herr Müller von nebenan.

»Grüß Gott«, trug Herr Müller in breitem Nürnberger Fränkisch zur Unterhaltung bei, drängte sich neben Rivinius und hielt Paul eine imposante Pranke hin, die, als Paul sie fasziniert ergriff, sich als kalt, feucht und enttäuschend labberig erwies.

Rivinius drehte sich zu Müller um und sagte etwas. Paul brauchte zwei Sekunden, bis er begriff: Die beiden redeten russisch miteinander? Also taugten Klischees doch noch etwas.

Müller, dessen Name entweder ein Tarnname war oder auf deutsche Wurzeln verwies, mithin auf eine Kindheit in einer Vertriebenenfamilie irgendwo aus der kasachischen Steppe, zog ein eigenartig altertümliches grünliches Futteral aus einer Stofftasche und überreichte es Rivinius stolz grinsend. Der schwenkte damit vor Pauls Gesicht herum, öffnete es, zog eine Art überdimensionales Fernglas hervor und verkündete: »Ein Restlichtverstärker! Damit werden wir unseren Mann im Dunkeln gut erkennen!«

Paul war beeindruckt. Und zugleich überaus neugierig. Vermutlich war es eines dieser zahlreichen militärtechnischen Fundstücke, die aus den früheren Beständen sowjetischer Waffenkammern in der DDR über den Schwarzmarkt an Liebhaber aller Art gelangt waren. Aber funktionierte es auch?

Diese Frage wurde offensichtlich auch zwischen Müller und Rivinius gerade auf Russisch geklärt und damit beantwortet, dass Rivinius das Licht im Raum wieder ausknipste, sich das Fernglasungetüm vor die Augen hielt und ein begeistertes »Ohhh«, gefolgt von weiteren Lauten in fremder Zunge ausstieß. Dann hielt er das Zauberwerk Paul im Halbdunkeln hin, und als dieser in den finsteren Garten hinausblickte, konnte auch er ein fasziniertes »Ohhh« nicht unterdrücken. Der Garten war durch die Linsen völlig grün – aber taghell! Paul konnte den Hund einwandfrei an der Scheibe kratzen sehen. Er konnte den von Unkraut umwucherten Teich sehen, und dort, wo in einiger Entfernung eine Laterne ihr spärlich funzelndes Licht in die diesige Dunkelheit warf, wurde das grüne Hell im Glas geradezu unerträglich blendend. Paul wünschte sich nichts sehnlicher, als Brendels arrogante Visage durch dieses Gerät im Garten ergrünen zu sehen. Er hielt das Gerät weiter mit der Rechten und tastete mit der Linken nach der ausgebeulten Tasche mit der Walther.

»Darf ich auch mal?«

Maja hatte er fast vergessen. Die variierte beim Blick durch das Fernglas das inzwischen verschlissene »Ohhhh« mit einem moderneren »Wow« und komplettierte damit die Zufriedenheit des Expertengremiums. Nur Grischa durfte nicht hindurchsehen. Er bemühte sich auch gar nicht.

Nach Überwindung der ersten Technikeuphorie kamen Paul dennoch Zweifel: »Das Gerät funktioniert aber nur, wenn es hier drin dunkel ist, oder? Und wir brauchen Licht, um den Stalker anzulocken!« Er ging zum Lichtschalter. Als der Raum wieder grellweiß und rot erstrahlte, spiegelte die Fensterfront so stark, dass man den Garten hinter der Glasfront kaum noch erahnen konnte.

Alle betrachteten ratlos ihr Spiegelbild. Nur Maja schlich, fast unbemerkt, in die Küche hinüber und begann, in einer Schublade zu rascheln. Nach wenigen Sekunden hielt sie ein brennendes Teelicht in der Hand, stellte es auf den Tresen und knipste die Wohnzimmerbeleuchtung wieder aus.

Nachdem sich die Augen der Jäger an die Dunkelheit gewöhnt hatten, eröffnete sich ihnen ein erneut fast ungestörter Blick auf den nächtlichen Teich. Die winzige Flamme tänzelte leicht und warf ein erstaunlich helles und für den Raum ungewöhnlich gemütliches Orange an die weißen Wände.

»Berfeggd«, kommentierte Müller seinen prüfenden Blick durchs Nachtsichtgerät. Der fränkische Dialekt meidet harte Konsonanten.

»Wie wollen wir die Nacht aufteilen?«, fragte Rivinius in die Runde. Als keiner antwortete, zeigte sich, wie gut er Entscheidungen für andere treffen konnte: »Maja geht schlafen. Es reicht, wenn Licht zu sehen ist. Vielleicht kommt Brendel sogar näher ans Fenster, wenn er nach ihr suchen muss.« Dann sprach er Müller auf Russisch an, der nickte breit grinsend, auch Grischa quittierte einige russische Worte mit einem kurzen Nicken. Offenbar waren ihnen die ersten Schichten zugeteilt worden, denn zu Paul gewandt fuhr er fort: »Dann übernehme ich ab Mitternacht bis drei Uhr und Sie vielleicht bis sechs?«

Es war jetzt kurz nach achtzehn Uhr. Müller setzte sich, lange Schatten werfend, im Kerzenschein aufs Sofa, das klobige Nachtsichtgerät auf dem Schoß, und begann, hinaus in den Garten zu starren. Hin und wieder nahm er das Teil hoch. Paul stellte sich vor, wo es wohl zuletzt im Einsatz gewesen sein mochte. Auf einem DDR-Grenzturm? Was hatte der NVA-Wachtposten da wohl Grünes durchs Okular huschen gesehen? Füchse, Rehe und Wildschweine vermutlich. Und wenn es ein guter Kerl war, war er froh gewesen, dass es keine Menschen waren. Vielleicht war es aber auch kein guter Kerl gewesen, permanent die Knarre im Anschlag, immer in der Hoffnung, einem Republikflüchtling aus zweihundert Meter Entfernung den Kopf wegschießen zu können. Paul fragte sich, ob er selbst eigentlich ein guter Kerl war? Wie ernst war sein Wunsch zu nehmen, Brendel die Rübe wegzuballern? Ein bisschen schon! Aber wäre er im entscheidenden Moment dazu willens? Und fähig? Nicht jeder hatte auf den Grenzwachtürmen den Sozialismus schützen dürfen. Nur die Harten kommen in den Garten.

Grischa verschwand wieder nach draußen vor die Haustür, um weitere Stunden seines tristen Lebens am Steuer der Mercedes-S-Klasse auf Befehle zu warten. Woran mochte er denken, wenn er da saß? Oder dachte er einfach gar nichts und wartete wirklich einfach nur? Wie ein Hund? Oder dachten Hunde beim Warten auch nach? Worüber?

Rivinius verließ das Haus nun ebenfalls. »Ich lasse Grischa mit dem Wagen da und komme dann heute Nacht.«

Jetzt waren Paul und Maja allein mit dem schweigsamen Müller. Obgleich unnötig, verleitete die Dunkelheit sie zum Flüstern.

»Hast du Hunger?«, tuschelte Maja.

»Weiß nicht«, antwortete Paul.

Mit Müllers Zustimmung bestellten sie sich telefonisch Pizza und warteten, weitestgehend schweigend im Kerzenlicht, auf die Lieferung. Als der Pizzabote klingelte, schreckten sie zusammen. Paul ging an die Tür, was es mit sich brachte, dass er auch bezahlte. Es gab diese Momente des kleinen Geizes bei ihm, und von den vier heißen Schachteln, die man ihm aus dem Kofferraum eines mickrigen Fiat mit einem überdimensionalen »Pizza Pronto«-

Schild auf dem Dach aushändigte, hätte er die für den Russen eigentlich lieber nicht bezahlen wollen. Die für den Chinesen übernahm er gern. Dafür fiel das Trinkgeld etwas mickrig aus.

Grischa saß mit geschlossenen Augen auf dem Fahrersitz der schwarzen Limousine. Er erschrak, als Paul an die Scheibe klopfte. Im Dunkeln sah Paul, wie er aufschreckte. Hatte wohl geschlafen. Es war sicher kalt da drin im Auto. Paul hörte, wie Grischa surrend die Zentralverriegelung der mobilen Luxusfestung deaktivierte, und er zog die Beifahrertür auf. Licht ging an, und Paul bemerkte, wie ungeheuer blass und ausgemergelt der junge Chinese wirkte. Ob sie ihn überhaupt bezahlten? Und ob er genug zu essen bekam? Dunkle, fettige Strähnen hingen ihm in das fahle Gesicht, das nicht recht zu dem teuren Anzug passen wollte, den er trug. Er sah aus wie eine fein herausgeputzte Leiche. Mit einem artigen »Danke« zeigte er sich für die Verpflegung erkenntlich. Paul fiel auf, dass er nichts zu trinken für den Jungen hatte, und dachte kurz darüber nach, ihn zu fragen, ob er etwas aus dem Haus holen sollte. Doch erneut entschied er sich feige gegen alles, was in ein Gespräch münden konnte. Er nickte nur und schloss die Tür ploppend. Das Licht im Auto blieb an, und Paul beobachtete, wie Grischa den Deckel der weißen Pizzaschachtel öffnete und mit ausdruckslosem Blick hineinsah. Dann schloss er ihn wieder, ohne sich etwas zu nehmen. Na toll. Sieben Euro hatte er ausgegeben für das Kerlchen. Was stimmte nicht mit der Pizza? War doch nett gemeint!

Müller hingegen reagierte, als Paul ins dunkle Haus zurückgeschlichen kam, deutlich euphorischer und fragte ganz ungeniert nach einem Bier, musste, was das betraf, allerdings enttäuscht werden.

»Komm, wir gehen ins Schlafzimmer«, entschied Maja, griff sich eine Wasserflasche und zwei Gläser und entschwand in den Flur.

55.

RAUSCHKNOSPE:

das Geschlechtsteil beim weiblichen Wild

Paul war ratlos, was er davon halten sollte. Um zu bewerten, ob es sich beim »Schlafzimmer« schlicht um den einzig geeigneten Raum im Haus handelte, in dem man augenblicklich in Ruhe eine Pizza essen konnte, oder ob »Schlafzimmer« genau das zu halten vermochte, was es gemeinhin versprach, dazu kannte er den Bungalow einfach zu wenig.

Das Schlafzimmer war, wie sich unmittelbar darauf herausstellte, jedenfalls mehr als das, was es zu sein vorgab. Es war offensichtlich Majas Privatissimum. Der Raum in diesem viel zu großen, viel zu erwachsenen Haus, den die junge Frau im ureigentlichen Sinne bewohnte. Gleich neben der Haustür gelegen, mit Blick hinaus auf den schwarzen Mercedes. Sah man durch den Vorhang, konnte man beobachten, dass Grischa zwischenzeitlich die Pizza akzeptiert hatte und im grellen LED-Licht der Luxuslimousine mit einer Hand ein Käsefäden ziehendes Pizzastück in sich hineinschlang, während er mit der anderen Hand ein Smartphone hielt und etwas auf dem kleinen Bildschirm betrachtete. Er fühlte sich offenbar unbeobachtet. Paul war beruhigt, ihn so menschlich zu erleben. Er schloss den Vorhang wieder.

Maja saß inzwischen auf dem Parkettboden und hatte die beiden Pizzaschachteln geöffnet.

Paul blickte sich neugierig im Zimmer um. Auf dem Bett lag ein zugeklappter silberner Laptop. Gerahmte Bilder an den Wänden. Paul sagten die Bilder allerdings nichts. Das war vermutlich original echte … Kunst? Maja konnte es sich im Zweifel leisten, so etwas zu erwerben. Nicht gegenständlich? Paul erkannte nur Farben, jedoch keine Formen. Er fühlte sich wieder einmal schrecklich ungebildet. Unkultiviert. Was hatte er bisher nur mit seinem Leben angefangen, dass er mit solchen möglicherweise bedeutenden Bildern nichts anzufangen wusste? Zum Glück beschäftigte Maja sich mit der Pizza.

Es gab eine Schwarz-Weiß-Fotografie. Groß wie ein Plakat. Es zeigte eine Frau, sehr charaktervoll. Strenger Pferdeschwanz. Und ihr Gesicht … Paul dämmerte, dass er die mutterlose Maja nicht auf dieses Bild ansprechen sollte, wenn er dem gemeinsamen Abend zu besserem Gelingen verhelfen wollte als dem letzten.

Ihr Schreibtisch war aufgeräumt. Einen Kleiderschrank gab es nicht, vermutlich unterhielt sie dazu einen eigenen Raum. Im Bücherregal zeigten sich allerlei Namen von Autoren, die Paul noch nie gehört hatte. Werke im englischen und russischen Original. Manche antiquarisch.

Warum wollte das schöne Mädchen nur gar so schlau sein?

In der Ecke ein kitschiges Hundebett mit einem rosa Kissen, auf dem »Tolstoi« gestickt stand. Gott sei Dank war das Viech noch im Garten. Paul hatte nichts gegen ihn. Aber es gab Momente, in denen er das Tier nicht dabeihaben wollte. Das hier war ganz bestimmt ein solcher.

»Zu Tisch, es ist angerichtet!« Maja lachte und riss ihn aus seinen Gedanken. Er setzte sich ihr gegenüber im Schneidersitz auf den Fußboden neben dem Bett. Zwischen den beiden die zwei Pizzakartons, in denen sich mäßig gleichmäßig geschnittene, eher gerissene Teile befanden. Schinken, Pilze und etwas Grünes im einen Karton. Salami und etwas tomaten- oder paprikaartig Rotes im anderen. Zusammengekleistert mit weißem Käse. Maja hatte die Pizza mit einem ausgesprochen martialisch anmutenden Klappmesser zerteilt, das ohne Zweifel von seinem Schöpfer dazu entwickelt worden war, gewaltige Tiere in tiefer Wildnis auf grausamste Weise vom Leben zum Tod zu befördern. Maja betrachtete amüsiert Pauls kurzes Entsetzen und versuchte, es noch ein wenig zu steigern, indem sie die Klinge ableckte, als hätte sie gerade einem Elch oder Bären das Herz herausgesäbelt. Paul fand das erotisch.

Während sie aßen, sprachen die beiden kaum. Danach verschwanden die Kartons, und sie saßen auf der Bettkante.

»Aus eurem Grischa werde ich nicht schlau«, knüpfte Paul wieder an das vorherige Gespräch an.

»Warum, was ist mit ihm?«, antwortete Maja unterkühlt.

»Er ist so …« Paul überlegte. Wie war Grischa eigentlich? Es waren mehrere Zustände, die sich bei dem Knaben überlagerten. Traurig auf jeden Fall – aber dabei nicht trotzig, obwohl er doch jung war. »Phlegmatisch«, sagte er dann.

»Findest du?« Maja konnte sich wohl für das Thema wieder nicht recht erwärmen.

»Ich kann nicht verstehen, warum er euch so … treu ergeben ist. Hat er gar keine eigenen Pläne?«

»Wieso? Ohne Papa wäre er niemand. Und ich glaube, er will in meiner Nähe bleiben.« Maja war aufgestanden und kramte in einer Ledertasche.

»In deiner Nähe?«

»Ich glaube, er hasst Pius. Sollte er ihn heute Nacht erwischen … ich weiß nicht …«

Sie sagte das immer noch in einem gelangweilten Ton. Paul hingegen empfand die Nachricht als außerordentlich beunruhigend. Da draußen wartete also der eine Psychopath auf den anderen? Und beide waren auf ihre Weise unberechenbar und gefährlich. Für den Bruchteil eines Augenblicks dachte Paul sich: Der dritte Psychopath sitzt hier im Zimmer und hat eine Waffe dabei …

»Magst du den mit mir anschauen?« Maja hatte eine DVD aus ihrer Tasche zutage gefördert und reichte sie ihm. Englischer Titel, russische Buchstaben. Ein Film mit Russel Crowe und Meg Ryan, den Paul schon mal im Fernsehen gesehen hatte. Irgendetwas mit einer Geiselbefreiung. »Den habe ich mir in Kaliningrad gekauft. Bin aber nicht dazu gekommen.«

»Gern!« Paul hatte in Wahrheit überhaupt keine Lust, sich den Film anzuschauen. Er wollte mit Maja plaudern und dabei den geeigneten Moment finden, sie zu küssen. Er blickte sich im Raum um auf der Suche nach einem Fernseher.

Majas Angebot abzulehnen, wäre, wie sich im nächsten Moment herausstellte, denkbar unklug gewesen. Sie hatte sich nämlich auf das Bett gesetzt, den Laptop aufgeklappt und brachte darauf den Film zum Laufen. Etwas kleines Bild. Etwas blecherner Ton. Außerdem auf Russisch! Klang alles wahnsinnig reißerisch, was der Mann da im Vorfilm sagte, aber Paul verstand nicht ein Wort. Das jedoch war auch völlig ohne jede Bedeutung, denn Maja zog gerade ihre Hose aus und offenbarte makellose, kräftige, blasse Oberschenkel.

»Los, komm unter die Decke – aber ohne deine Hose! Die ist bestimmt schmutzig«, forderte sie ihn auf. Pauls graue Anzughose war ganz bestimmt nicht schmutzig. Aber das war ganz bestimmt auch nicht Majas Motivation.

»Machst du das Licht aus?«

Paul kümmerte sich um das Licht und zog dann erst seine Hose aus. Er hatte nämlich ziemlich behaarte Beine, im Gegensatz zu Maja. Und er fragte sich, welchen Standpunkt Maja wohl in dieser Frage vertreten würde. Grischa saß vor der Tür im dunklen Auto. Müller saß im dunklen Wohnzimmer und starrte in den grün leuchtenden Garten. Auf der Jagd nach dem scheuen Wild. »Stalker« bedeutete im Angelsächsischen eigentlich Jäger. Jetzt war sinnbildlich der Jäger zum Gejagten geworden. Paul fragte sich, ob Grischa wohl auch so ein Messer besitzen mochte wie das, mit dem Maja die Pizza erlegt hatte. Das Wild »aufbrechen« sagte man in der Jägersprache, wenn man dem erlegten Vieh den Bauch aufschlitzte. Trug Grischa vielleicht ganz andere Sachen bei sich als ein Messerchen? Pauls Walther steckte in der Jackentasche auf dem Boden, als Paul unter Majas Decke kroch und sie beide nebeneinander an das Kopfkissen gelehnt vor dem Computerbildschirm saßen. Sie rechts. Er links. Sofort schmiegte sie ihren warmen, nackten linken Oberschenkel an sein Bein. Ganz unauffällig, während sie im Sprachen-Menü des Films »Englisch« anklickte. Deutsch wurde nicht angeboten.

Pauls Englisch war nicht eben bühnenreif, aber er erinnerte sich jetzt zunehmend besser an den Film. Er handelte davon, dass ein ziemlich männlicher Typ eine ziemlich in der Klemme steckende Frau in überzeugend selbstloser Weise unter nicht eben sparsamem Waffeneinsatz beeindruckend effizient und gleichermaßen elegant rettete. Russel Crowe war mit allen Wassern gewaschen, und Meg Ryan machte das unheimlich an. Paul war also durchaus bereit, sich voll mit der männlichen Hauptrolle zu identifizieren, und er konnte deutliche Parallelen zu seiner Situation mit Maja erkennen.

Als es im letzten Drittel des Films dann auf eine waffenstarrende Geiselbefreiung mit Helikopter hinauslief, wurde Paul allerdings zunehmend abgelenkt.

Majas hosenloses linkes Bein war inzwischen über Pauls rechtes Bein gewandert und lag dort schon eine ganze Weile wunderbar warm. Es konnte dabei nicht verborgen geblieben sein, dass der nur mit seiner Unterhose bekleidete Paul unter der Decke ein Mann in der Blüte seiner Jahre mit guter Durchblutung in allen Körperteilen war – den Lendenbereich nicht ausgenommen.

Pläne des Homo-sapiens-Gehirns zeigen, dass die Region zur Steuerung der Moral vorn, hinter der Stirn, angesiedelt ist. Das erscheint recht sinnvoll. Allerdings war dieser Teil von Pauls

Gehirn augenblicklich quasi überhaupt nicht durchblutet. Die Region zur Steuerung der Genitalien hingegen ist erschreckend weit weg von der Moral, irgendwo in der Mitte des Kopfs untergebracht. Das erklärt so manches. Dort jedenfalls fuhr der Wolf gerade Achterbahn mit Paul.

Nun allerdings zog Maja bedauerlicherweise ihren nackten Schenkel wieder von Pauls Bein herunter, und er war einen Moment lang fast enttäuscht. Doch gerade in diesem Moment wanderte Majas warme linke Hand zwischen seine Beine, und zwar genau dorthin, wo es ihm definitiv das größtmögliche Wohlbefinden bereitete, und blieb dann elegant liegen. Paul durchlebte in diesen Sekunden mehrere starke physiologische Veränderungen. Zunächst war da seine Herzfrequenz, die sich in beunruhigender Weise regelrecht überschlug. Paul hörte seinen Herzschlag in den Ohren rauschen und unter der Decke in der Brust boxen. Ob Maja es auch hören konnte? Es war wirklich laut. Des Weiteren war, wie in solchen Situationen immer, Paul das Blut in den Kopf geschossen. Er war froh, dass es dunkel war. Und soweit das überhaupt möglich war, wurde Pauls bislang bereits durchaus erhebliche Erektion jetzt noch ausgeprägter. So, stellte er sich vor, würde Viagra wohl wirken. Es tat fast weh, so hart war er geworden. Paul war durchaus zufrieden mit sich. Seine behaarten Beine waren kein Thema mehr. Und dass er sich anderswo rasiert hätte …? Natürlich nicht! Das erwartete sie hoffentlich nicht ernsthaft?

Aber was sollte er jetzt konkret als Nächstes tun? Er konnte sich schlecht hier von ihr »bedienen« lassen. Paul war ja nach wie vor so etwas wie ein Gentleman. Soweit er das in diesem Stadium des Fortschritts der geschlechtlichen Beziehung noch zu sein vermochte.

Paul improvisierte unbeholfen. Er legte seine Hand auf den ihm schon vertrauten Schenkel. Majas Haut war fantastisch weich. Ihm schoss der Impuls durch den Sinn, in den warmen, weichen Schenkel hineinzubeißen. Es war ein sehr starker Impuls! Es würde ihr sicherlich wehtun, wenn er sie jetzt so biss, wie er es gerade wahnsinnig gerne getan hätte. O Grundgütiger, wie gut, dass sie seine peinlichen Gedanken nicht hören konnte! Natürlich ließ er sich zu einer dergestalt unangemessenen Handlung nicht hinreißen und blieb schüchtern und konservativ. Ganz vorsichtig ließ er seine Hand ein kleines Stück in Richtung ihres Knies wandern, um zärtliche Reibung zu erzeugen.

Das genügte Maja völlig. Sie hatte anscheinend lediglich auf eine Bestätigung von ihm gewartet, die es ihr erlaubte, mit ihrem verwegenen Tun fortzufahren. Das Ganze war in gewisser Weise ein albernes, ein charmant naives Spiel. Beide blickten nach wie vor gebannt auf Russel Crowe, der gerade mit einigen Kollegen in seinem Hubschrauber tief über die Palmenwipfel einer fiktiven Bananenrepublik donnerte. Paul allerdings hörte weder zu, noch schenkte er den Bildern die geringste Beachtung. Es ging nur darum, so zu tun, als sähe er fern und als würde unter der Decke gar nichts passieren. Maja fasste ihm jetzt geradewegs in die Unterhose. Ob ihr Herz genauso hüpfte wie seines? Sie war jedenfalls nicht schüchtern. Und sie wirkte mitnichten so, als wüsste sie nicht genau, was sie tat, als sie Paul mit festem und doch fürsorglich sanftem Griff packte. Da war nichts mehr zwischen ihm und ihren Fingern. Kein Stoff. Hand auf Haut. Ja … so mochte Paul angefasst werden und am besten nie anders. Maja war offenbar seelenverwandt mit dem Wolf in seinem Kopf, der der Sache großen Applaus spendete. Es war so übermächtig angenehm, dass Paul einen Moment lang befürchtete, er könnte jetzt, sofort und bevor irgendetwas passierte, einen vorzeitigen Höhepunkt in Majas Hand erreichen. Immerhin war Paul seit geraumer Zeit nicht mehr in den Genuss dieser

Art von Zweisamkeit gekommen und hatte Ersparnisse besonderer Natur angesammelt. Schon der Gedanke an den Grad der Peinlichkeit eines solch unfallhaften Ereignisses genügte allerdings zum Glück, um es vorläufig zu unterbinden.

Maja machte einige eindeutig geübte Handbewegungen, zog die Hand dann aber plötzlich wieder aus seiner Hose, schwang sich in einer beherzten Bewegung über ihn und setzte sich rittlings auf seinen Schoß. Paul konnte den ursprünglich zwischen ihnen positionierten Laptop jetzt nicht mehr sehen. Er hörte nur noch das Knattern von Schnellfeuergewehren, während Maja einen wilden Kuss auf seine Lippen drückte.

Paul erwiderte den Kuss, bloß nicht zu sanft. Er war ja kein Jüngling. Er saugte an ihrer Unterlippe, spielte mit seiner Zunge und allen Formen des Vakuums und scheute keine Feuchtigkeit. Doch er war, ehrlich gesagt, nicht so bei der Sache, wie er es sich wünschte. Ihm schoss nämlich der Gedanke durch den Kopf, wie es eigentlich wäre, wenn jetzt jemand die Tür öffnete. Im besten Fall ein aufgeregter Müller mit der Nachricht, Brendel sei ihm durchs grüne Objektiv gehüpft. Im schlechtesten Fall Majas Vater! Was würde der denken? Diese Überlegungen waren nicht Furcht einflößend genug, um die wunderbare Verhärtung unter der Decke zu beeinträchtigen, auf die sich Maja gesetzt hatte. Aber es reichte, um den Kuss zur gut gemeinten Illusion verkommen zu lassen.

»Hast du Gummis? Ich hab die Pille abgesetzt.« Maja war gedanklich schon weiter als er.

Natürlich nicht! Paul war hergekommen, um Brendel zur Strecke zu bringen. Deshalb hatte er eine Schusswaffe dabei! Aber doch keine Präservative. Er war längst aus dem Alter heraus, wo man den dummen Fehler machte, immer ein Kondom in der Brieftasche mit sich zu führen. Das dann ordentlich durchgewalkt und geribbelt wurde, im Bus und auf dem Fahrrad, immer in der Gesäßtasche, wochenlang. Bis sein planvoller Einsatz dann in einem überraschenden, ungeplanten Augenblick endlich gekommen war und man feststellen musste, dass die unsachgemäße Aufbewahrung zur Perforation der Verpackung geführt hatte, was das Risiko nahelegte, dass auch der Inhalt nicht mehr unperforiert geblieben sein könnte. Ein für ein Kondom bekanntlich suboptimaler Zustand, der zu einer erheblichen Verkomplizierung romantischer Momente führen konnte. Deshalb sowie aus mannigfaltigen anderen Gründen hatte Paul kein Kondom bei sich. Ja, er besaß gar keines. Seit Jahren hatte er keines mehr besessen. Verhütung war Sandras Metier gewesen. Sie hätte ihn gelyncht, wenn er Kondome angeschafft hätte – wozu auch, wo sie doch dieses Ding in sich herumtrug?

»Nein …«, antwortete er also wahrheitsgemäß.

»Fuck«, entgegnete Maja. Meinte allerdings natürlich das Gegenteil. »Und jetzt?«

Sie war leicht errötet. Ihr Haar war etwas zerzaust. Ihre Augen glänzten fiebrig. Sie sah zauberhaft aus! Hinter ihr waren endlose Folgen von Maschinengewehrsalven zu hören. Maja zeigte ein breites Grinsen und sagte dann »Na gut« und zog im selben Atemzug ihr T-Shirt gekonnt über den Kopf aus. Ihre Brüste waren kleiner, als Paul sie in Erinnerung hatte. Aber ihre Brustwarzen waren außergewöhnlich prächtig und rot und fest. Paul verdrängte verschiedenste Früchtevergleiche und verspürte erneut die starke Versuchung, kraftvoll zuzubeißen. Ganz konnte er dieses Mal nicht widerstehen und nahm den rechten Nippel, der sich ihm herausfordernd entgegenreckte, in den Mund und umschloss seine Beute, so sanft er es vermochte, mit den Lippen und den Schneidezähnen. Den stimmhaften Laut, den Maja von sich gab, wertete Paul nicht als Schmerzensschrei.

Maja entfaltete nun intensive Aktivitäten. Sie knöpfte, etwas ungeschickt, jedoch mit großer Kraft, Pauls Hemd auf und riss dabei einen Knopf ab. Dann zerrte sie an Pauls Unterhose, bis dieser das Becken anhob und sie ihm das Stück Stoff, durchaus gewaltbereit, über die Knie herunterstreifte, wobei sie die Decke ebenfalls von seinen Beinen zog. Da saß er, wie Gott ihn geschaffen hatte. Im Lichte eines um sein Leben rennenden Russel Crowe stand seine Erektion ehrgeizig, wahrhaft und aufrecht vor Maja und warf einen ausrufezeichenhaften Schatten auf seinen schlecht trainierten, ungünstige Wülste bildenden Bauch. Maja störte das nicht. Sie stellte sich vor ihm im Bett auf und entledigte sich ihres Höschens, was Paul auf Augenhöhe mit einem elegant rasierten, schmalen Streifen dunkelblonder Haare brachte. Entzückend.

»Wie dumm, dass du keine Gummis mitgebracht hast …«, neckte ihn Maja aus ihrer erhobenen Warte.

Dann kniete sie vor ihm, küsste ihn erneut auf den Mund, dann auch weiter unten, wobei sie das heiße Fleisch kurz mit den Lippen umfing und mit der Zunge darum kreiste. Schließlich legte sie sich neben ihn hin, den Laptop mit den Füßen wegschiebend.

»Nimm mich in den Arm, Paul. Löffel mich, ja?«

Und Paul legte sich neben sie, umfasste ihren nackten Körper mit seinen Armen, und so lagen sie da. Vom Fußende des Betts waren wieder das Dröhnen des Hubschraubers und gebrüllte Kommandos zu hören.

Paul nahm eine Brust von Maja in die Hand, zwickte zärtlich in ihre Brustwarze, küsste ihren Hals, sog den Duft ihrer Haare ein und rieb seinen Unterleib an ihrem nackten Po. Paul wusste, dass er nicht mit Maja schlafen durfte. Es war indiskutabel, dieses Risiko einzugehen. Warum hatte sie denn keine verdammten Kondome? Sie war doch genau in dem Alter, in dem so etwas jederzeit notwendig werden konnte! Er fühlte sich trotzdem außerordentlich glücklich in diesem Moment. So glücklich, dass er an nichts anderes dachte – was nur sehr selten vorkam.

»Magst du …«, flüsterte sie, doch brachte es nicht zu Ende.

»Was?«

Sie hauchte jetzt noch leiser: »Magst du mich in den Arsch ficken?«

Paul antwortete nicht. Er war sprachlos. Sowohl aufgrund der unfassbaren Unanständigkeit dieser Worte aus dem Munde dieser feinen, vornehmen Gestalt als auch wegen der gnadenlosen Verlockung des von ihr ausgesprochenen Angebots.

Ja, Paul mochte schon. Er hätte das immer schon gerne gemocht – doch war er nie einer Frau begegnet, der er dies anzutragen gewagt hätte. Aber jetzt … wollte Maja. Dass auch diese Spielart sich ohne Kondom eigentlich verbot, verdrängte Paul. Grobe Fahrlässigkeit? Bedingter Vorsatz? Scheißegal. Wie praktisch sich die Umstände doch mitunter fügten!

»Ja …«, flüsterte er nach einer eigentlich viel zu langen Pause, die ihr fast beleidigend vorgekommen sein musste.

»Aber ich hab noch nie …«, ergänzte er verunsichert.

Maja drehte den Kopf, kam gerade so weit, dass sie ihn aus den Augenwinkeln anschauen konnte, und kicherte. »Okay. Ich zeig's dir.« Sie zog sein Gesicht zu sich und küsste ihn erneut auf die Lippen. »Du bist süß«, flüsterte sie. Ab diesem Zeitpunkt waren die Rollen jedenfalls ziemlich klar verteilt: Hier Meisterin, geheimnisvolle, rätselhafte. Dort Schüler, ungeschickter, wissbegieriger. Gieriger jedenfalls. Paul konnte sich also entspannen und musste nichts mehr beweisen.

Aus einer Schublade zauberte Maja ein zitronig duftendes Öl hervor. Dann wies sie Paul an, sich wieder ganz dicht an sie zu drängen, was er mit großer Euphorie, ihren Duft inhalierend, machte. Mit ihrer Hand fasste sie hinter sich, während Meg Ryan Russel Crowe einen außerordentlich schmachtenden Blick zuwarf. Als die Heldin erkennen musste, dass der Held sie nun verlassen würde, führten Majas sanft bestimmende Finger Pauls Heldentum an die Pforten ganz neuer Taten. Weil er so eng an sie geschmiegt lag, bestand kaum ein Zweifel daran, dass sie sein wildes Herz spüren musste.

»Es wäre leichter, wenn wir Gleitgel hätten«, stellte Maja nüchtern fest. »Aber ich glaube, es geht auch so, du scheinst ein standhafter Bursche zu sein.« Unfassbar, dass sie in diesem Moment heiliger Ekstase Scherze machen konnte.

Nun ließ ihre Hand ihn los, und Paul spürte, wie sie langsam die Knie anzog. Paul drang, ohne dass er aktiv irgendetwas getan hätte, tiefer in Maja ein. »Ganz langsam, ja?«, befahl Maja in strengem Ton. Doch Paul hörte gar nicht mehr auf sie. Paul kämpfte nämlich gegen ein in ihm machtvoll anschwellendes Gefühl an. Und verlor den Kampf. Wenn man über den Gipfel einmal hinüber war, gab es kein Zurück. Es war dann keine Frage des Willens mehr, es ereignete sich einfach naturgewaltig. Es war zu viel des Guten. Zu schön, um wahr zu sein.

»Paul!«, entfuhr es Maja und sie kicherte erneut. »Bist du etwa gerade …? Du bist doch noch gar nicht richtig …«

»Tut mir leid …« Paul seufzte und drückte sie fest an sich.

»Hmmm. Ich nehm das mal als Kompliment.« Sie drehte sich mit dem Gesicht zu ihm und küsste ihn erneut auf den Mund. »Ich glaube, ich muss dir verzeihen, auch wenn du jetzt das ganze Bett eingesaut hast, o Mann! Du bist einfach zu süß, echt!«

56.

SCHWEINESONNE:

im Jägerjargon Bezeichnung für den Vollmond (besonders günstige Schussbedingungen für die Wildschweinjagd)

Um kurz vor drei Uhr morgens rissen Paul die sanften Gitarrenklänge seines Handyweckers aus komatösem Tiefschlaf. Doch er brauchte nicht mehr als Sekundenbruchteile, um die Situation zu erfassen. Was allerdings das Schwindelgefühl nicht erträglicher machte, als er sich abrupt aufzurichten versuchte.

»Was machst du da?«, maulte die ebenfalls aufgewachte nackte Maja neben ihm. Beide waren schweißnass und schauderten, als die innige Haut-an-Haut-Wärme durch kühle Zimmerluft geschockt wurde.

»Meine Schicht beginnt um drei.«

»Oh! Ist es schon drei? Okay.« Sie richtete sich jetzt auf und sah Paul zu, wie er in der Dunkelheit seine Hose und sein Hemd wieder anzog. Immer noch hing zitroniger Duft im Zimmer.

»Paul.«

»Ja?«

»Du darfst keinem sagen, dass wir …«

»Schon klar.«

»Sag, dass du bei mir auf dem Fußboden neben dem Bett geschlafen hast, ja? Keine Diskussion, weshalb du aus meinem Zimmer gekommen bist, falls das einer mitkriegt, ja? Sie werden es cool finden, dass du so um mich besorgt bist. Das andere würden sie vielleicht nicht so cool finden.«

»Schon klar.« Unglaublich, wie logisch und stringent diese Frau Lügen erfinden konnte, Sekunden nachdem man sie gewaltsam aus dem Tiefschlaf gerissen hatte. Paul angelte sich die von der Waffe beschwerte Jacke.

»Paul.«

»Ja?«

»Das ist mein Ernst! Erzähl es auf keinen Fall! Keinem Menschen! Auch keine blöden Andeutungen oder so was. Niemand wird es okay finden, dass du mich gefickt hast, verstehst du?«

Paul war drauf und dran zu erwidern, dass er das ja gar nicht hatte. Aber er tat es zum Glück nicht.

»Hab schon kapiert, ich bin nicht blöd. Es würde ja vermutlich mich den Kopf kosten, oder? Nicht dich.«

»Paul.«

Er antwortete nicht.

»Paul, komm her! Ich will noch einen Kuss, bevor du meinen Peiniger erlegst.«

Wie gut diese Frau roch!

Er schloss leise die Schlafzimmertür und überließ seine Schöne wilden Träumen, während derer er sie treu bewachen wollte. Es war still im ganzen Haus. Die Wohnzimmertür war angelehnt, und so betrat er den dunklen Raum geräuschlos. Verbrauchte Luft und Schweißgeruch. Das Teelicht war abgebrannt. Schemenhaft erkannte er Victor Rivinius auf dem Sofa, vor sich auf dem Tisch das Nachtsichtgerät. »Schichtwechsel«, sagte er leise. Rivinius rührte sich nicht. Als Paul sich ihm weiter näherte, verriet die leise scharrende Atmung den Schläfer. Eine unschöne Situation. Einschlafen bei der Nachtwache war kein Kavaliersdelikt! Draußen könnte Brendel jetzt herumschleichen und schalten und walten, wie er wollte, ohne dass jemand ihn störte – oder zumindest ihm dabei zusah. Was die Situation allerdings deutlich vertrackter gestaltete, war die Tatsache, dass Paul keineswegs derjenige sein wollte, der Victor Rivinius offenbarte, dass er bei der Bewachung seiner Tochter schmählich verpennt hatte. Er hatte keine Lust, der Bote zu sein, der klassischerweise nach Überbringung der schlechten Nachricht geköpft wurde. Also was tun? Paul musste Rivinius die Gelegenheit geben, aufzuwachen und so zu tun, als hätte er gar nicht geschlafen. Das bewährteste Mittel in solchen Fällen war absichtlich erzeugter, tölpelhafter Lärm. Also schlich Paul noch einmal aus dem Wohnzimmer hinaus, verharrte kurz vor der Tür und trat dann zunächst fest gegen selbige, was in der Tat ein beeindruckendes Poltern erzeugte. Dann rüttelte er fest an der Türklinke und hustete ein paarmal künstlich. Der Erfolg stellte sich prompt ein. Aus dem Wohnzimmer drang ein lautes Schnaufen. Gleichzeitig ging irgendwo anders im Haus eine Zimmertür auf, und kurz darauf stand Maja neben Paul, in ihre Bettdecke gehüllt.

»Was ist los?«, fragte sie besorgt.

»Pssst«, zischte Paul. »Ich wollte nur deinen Vater wecken. Er sollte nicht merken, dass ich ihn schlafend erwischt habe.«

Aus dem Wohnzimmer drangen jetzt Worte auf Russisch. Der Intonation nach Flüche oder Verwünschungen. Maja schmunzelte allerdings und betrat den Raum mit beschwichtigenden, ebenfalls russischen Worten. Der Intonation nach außerdem spöttische Beleidigungen. Jetzt hörte Paul beide gemeinsam lachen und wagte es, ebenfalls wieder einzutreten.

»Ah, Herr Rechtsanwalt. Scheiße! Ich bin eingeschlafen! Hoffentlich ist der Mann uns nicht entwischt!« Rivinius zeigte in dieser Situation verblüffende Größe. Das macht wahres menschliches Format aus: über den eigenen Fehlern stehen. Keine Fehler machen, das kann menschliche Stärke schwerlich charakterisieren. Das ist unmenschlich.

Bald nach dieser denkwürdigen Begegnung saß Paul allein auf dem noch von Rivinius angewärmten Posten und starrte durch das alles ergrünende Nachtsichtgerät in den magisch entdunkelt leuchtenden Garten. Mit brennenden Augen. Die Pizza drückte wie Beton auf seine Eingeweide und erzeugte ein leichtes Gefühl der Übelkeit. Dem gegenüber stand allerdings das euphorische Hochgefühl, das die Ereignisse der letzten Stunden in ihm hinterlassen hatten. Sie hatten auf ein neues Teelicht verzichtet. Sollte Brendel zu dieser nachtschlafenden Stunde auftauchen, würde er erwarten, dass das Haus dunkel war. Nichts rührte sich draußen. Wie spät war es? Paul hatte sein Telefon im Schlafzimmer liegen gelassen. Sonst gab es nirgends eine Uhr in diesem Raum. Früher hatte in jedem Wohnzimmer ein Videorekorder mit grün blinkender Digitalanzeige Tag und Nacht die Zeit verkündet. Doch niemand besaß heute mehr einen Videorekorder. In der Küche vielleicht, an der Geschirrspülmaschine? Aber Paul war zu träge, um aufzustehen. So saß er also da und wartete. Seine allererste Nachtwache im Leben. Es gab natürlich in der modernen Welt, in der Paul lebte, auch nur wenige Anlässe für ernst zu nehmende Nachtwachen. Insbesondere für Wehrdienstverweigerer wie ihn. Nacht durchmachen? Kein Problem. Aber jemanden nachts bewachen? Das hatte schon fast etwas Unseriöses, so theatralisch klang es.

Paul erlebte bei seiner Nachtwache etwas, was sicherlich viele Nachtwächter vor ihm auch bereits erfahren hatten: Während man seinen Posten hielt, gingen die Gedanken auf Wanderschaft. Insbesondere die durchaus nicht nachtwachenuntypische Düsternis begünstigte dieses Phänomen stark. Anders als in alltäglichen Nachdenksituationen, also auf der Toilette oder an einer roten Ampel zum Beispiel, wandern die Gedanken bei Nachtwachen auch viel weiter. Und so konnte es nicht ausbleiben, dass Paul auch die großen Fragen des Lebens streifte. Das Wie. Das Was. Und das Warum natürlich.

Paul hatte einmal etwas Interessantes über das »Wie« gehört. Wie das Leben so sei. Es wurde da mit zwei Eimern verglichen, die einem zu Beginn des Lebens, als Kind, hingestellt wurden. Der eine Eimer randvoll mit Wasser. Der andere ganz leer. Und das Leben gibt dem Kind den Auftrag: Füll den einen in den anderen um. Und wenn der andere voll ist, dann füll ihn wieder in den ersten zurück. Immer wieder und wieder. Das ist dein Leben, verstanden? Kein Problem. Kinder lieben es, mit Wasser herumzuplantschen, und so beginnt der junge Mensch großzügig und verschwenderisch den einen Eimer in den anderen umzugießen und spritzt dabei mächtig und hat große Freude. So geht es dahin. Wenn der junge Mensch die Adoleszenz erreicht, hat er schon gut die Hälfte des Wassers verspritzt und verkleckert. Jetzt erst fällt ihm auf, dass das Wasser nicht in unbegrenzter Menge vorhanden ist. Er füllt nun ganz sorgfältig den halb leeren Eimer in den leeren und wieder zurück. Sorgfältig und besorgt, dass bloß nicht noch mehr verloren geht. Aber gerade wenn man es besonders gut machen will, macht man es oft ganz schlecht, und so geht gerade dem erwachsenen Menschen andauernd ein Schluck daneben, und er ist wütend und flucht, und manchmal verspritzt er es geradezu aus Trotz, mitunter auch aus Trägheit oder weil er einfach keine rechte Lust hat, besser achtzugeben. Außerdem verdunstet das verdammte Wasser natürlich zunehmend von ganz allein. Man kann die Eimer abdecken, um das zu verlangsamen – aber ganz aufhalten kann man es nicht. Wenn der Mensch alt ist, ist kaum noch ein Viertel vom Wasser übrig, und ihm ist klar, dass es so oder so, was auch immer er macht, irgendwann darauf hinausläuft, dass beide Eimer leer sein werden. Jeder Mensch geht anders mit dieser Erkenntnis um. Einige spritzen und kleckern gerade deshalb wieder ohne Hemmungen, so wie die ganz jungen am Anfang. Andere sind sorgfältiger als je zuvor – allerdings mit viel mehr Erfolg, weil das Alter ihnen größere Gelassenheit beschert. Manche sind heiter. Manche zerbrechen an dieser Wahrheit. Am Schluss aber sind bei allen beide Eimer leer. Und das war es dann.

Zum »Was« hatte Paul einen besonders schwierigen Standpunkt. Das, was das Leben eines Rechtsanwalts ausmacht, ist gänzlich verschieden vom Rest der sterblichen Menschheit. Einzig Schauspieler, Prostituierte oder Butler mochten ein im Ansatz vergleichbares Leben führen. Der normale Mensch hat es leicht: Er hat einen Standpunkt im Leben und in der Welt. Dort kann man ihn finden. Er ist politisch rechts orientiert oder links vielleicht. Er glaubt an eine höhere Macht – oder eben nicht. Er findet die Todesstrafe gerecht oder lehnt sie ab. Er isst lieber süß oder bevorzugt es deftig. Es gibt endlos viele Entscheidungen für einen Menschen zu treffen – aber wenn er die einmal für sich getroffen hat, wenn er sich durchgerungen hat, sich für eine Automarke entschieden hat, für oder gegen Hüte, Kaffee oder Tee, Fleisch oder vegan, dann machen seine Entscheidungen ihn aus, machen ihn zu dem, was er ist. Man muss sich eben festlegen im Leben. Dann wird man mit einer beruhigenden Stabilität dafür belohnt. Ein passionierter Radfahrer hasst Autos und Fußgänger. Ein linksradikaler Anarchist hasst Polizisten. Ein Katzenfreund hasst Hunde. Das Leben kann so einfach sein, wenn man sich entschieden hat. Ganz anders bei einem Rechtsanwalt! Der ist wie ein weißes, unbeschriebenes Blatt Papier. Er hat einfach keinen Standpunkt. Er sitzt in seiner Kanzlei und wartet dort auf seinen Mandanten. Und erst wenn der Mandant hereinkommt, bildet der Anwalt sich eine Meinung. Besser gesagt: Er bildet eine Meinung ab. Er übernimmt nämlich den Standpunkt seines Mandanten. Ganz und gar, mit Haut und Haar. Das genau wird von einem Anwalt erwartet! Wenn der Mandant mitteilt, es könne gar nicht sein, dass er innerorts mit über achtzig unterwegs gewesen sei, die Straße sei dazu viel zu kurvig, dann muss das Blitzgerät wohl einen Defekt haben. Wenn der Mandant behauptet, er habe dem Gerichtsvollzieher keineswegs den Arm gebrochen – der sei lediglich ausgerutscht und ungünstig gestolpert, dann war der Mandant ein frommes Lamm und der Gerichtsvollzieher ein ungeschickter Dummkopf. Wenn der Mandant behauptet, es sei ganz gleich, was in dem dreißigseitigen Vertrag steht – man habe sich mündlich über das genaue Gegenteil geeinigt –, dann ist das Dokument nicht mehr wert als ein Fetzen Klopapier. Ist der Mandant ein Mieter, so ist sein Anwalt ein Verteidiger der geheiligten Mieterinteressen. Ist der Mandant ein Raser, so fordert sein Anwalt die freie Fahrt für freie Bürger. Und ist der Mandant ein Tierquäler, so verweist sein Anwalt darauf, dass gemäß § 90a des Bürgerlichen Gesetzbuches auf Tiere die für Sachen geltenden Vorschriften anzuwenden sind, und warnt vor übertriebener Sentimentalität. Anwälte sind streng katholisch, wenn sie einen Priester vertreten. Sie sind lupenreine Kapitalisten, wenn sie eine Bank beraten, und sie sind speichelleckende Kriecher, wenn sie versuchen, beim Richter eine Bewährungsstrafe statt Haft auszuhandeln, auch wenn der verdammte Mandant ein gemeingefährliches Schwein ist, der dem vollvergipsten Opfer gegenüber im Gerichtssaal das Maul nicht einmal so weit aufkriegt, dass ein gehauchtes »'tschuldigung« herauskommt. Und wenn das Mandat beendet und die Rechnung bezahlt ist, dann ist der Anwalt, was seinen Standpunkt anbetrifft, wieder blank. Ein weißes Blatt Papier, auf das man so ziemlich alles schreiben kann, was Menschen eben so denken. Onkel Oscar hatte dazu einen ganz eigenen Standpunkt gehabt. Es gäbe Berufsstände, die das revolutionäre Freiheitsideal der »Egalité« in besonderer Weise auf den Schild heben. Es sind die Ärzte. Die Pfarrer. Die Banker. Und die Anwälte eben. Sie alle behandeln jeden Menschen gleich. Ohne Ansehen der Person. Bei Bankern und Anwälten zumindest dann, wenn der betreffende Mensch ausreichend liquide ist. Über Pfarrer wusste Paul nicht genug. Ärzte mied er tunlichst.

Und wie sah Paul Colossa die Sache mit dem »Warum«? Hätte man ihn das vor zwei Tagen gefragt, wäre er sicher ins Grübeln geraten. Aber in dieser Nacht, in der der Wolf in Glückshormonen regelrecht badete, hatte Paul ein sehr bestimmtes Gefühl, was den viel hinterfragten Sinn des Lebens anbelangte.

57.

SICHTHETZER:

ein abgerichteter Jagdhund, der Wild nur dann hetzt, wenn es in Sichtweite kommt

Paul schreckte auf. War da ein Geräusch? Das Nachtsichtgerät lag in seinem Schoß. Sein lädierter Nacken, dem er seit etlichen Stunden keine Aufmerksamkeit mehr geschenkt hatte, stach. Sein Kopf war seitlich weggeknickt, und eine breite Sabberspur führte vom linken Mundwinkel auf den nassen Hemdkragen. Na prachtvoll! Er war also ebenfalls eingeschlafen. Im Haus war es nach wie vor still. Wie lang war er wohl weg gewesen?

Paul hielt sich das schwere Nachtsichtgerät vor die Augen. Im Garten war keine Bewegung auszumachen. Da waren der Teich und das Gestrüpp darum herum. Pauls Sinne sortierten die grünen Bilder langsam. Erst beim zweiten Hinsehen bemerkte er etwas Fremdes. Eine Struktur. Direkt neben dem Teich. Wenn man so eine konkrete Struktur mit dem klobigen Nachtsichtteil genau betrachten wollte, stieß es doch an seine Grenzen. Es fehlte an der nötigen Dreidimensionalität. Verdammte Kommunistentechnik. Und dieses Grün! Das da neben dem Teich hätte natürlich ein Busch sein können. Einen knappen Meter hoch. Aber Paul wusste instinktiv, dass da vorhin noch kein Busch gewesen war. Und wenn es kein Busch war, dann musste es wohl oder übel etwas anderes sein. Konzentriert beobachtete Paul die Struktur, da rührte es sich!

Und dann löste sich das Grün auf einmal in deutlich differenziertere Muster auf, es kam erhebliche Bewegung in die Sache, und Paul konnte deutlich und klar einen Menschen erkennen, der neben dem Teich kniete und mit etwas hantierte. Das war er! Da saß der Feind, mitten im Garten vor ihm!

Es war das dritte Mal in dieser Nacht, dass Paul sich fragte, ob man sein Herz hören konnte, so rasend wie es in seiner Brust pumpte. Und? Was wollte er jetzt konkret machen? Paul bemerkte überrascht, dass er sich zwar farbenfroh ausgemalt hatte, wie er den Mann stellen wollte – doch jetzt, wo es galt, vom Sofa aufzustehen, war er wie gelähmt. Es gab so viel zu bedenken! Sollte er Hilfe holen? Grischa vielleicht? Der saß in seinem Auto. Wenn er jetzt zur anderen Seite des Hauses ging, um ihn zu wecken, war Brendel sicher längst weg. Er könnte Maja bitten, Grischa zu holen. Aber wenn er jetzt nach ihr rufen würde, könnte auch Brendel ihn hören und würde fliehen. Das ging alles nicht. Er war allein, so sah es aus. Er musste hinaus zu dem Mann, und wenn der floh, musste er ihn verfolgen. Paul hatte Angst. Seit seiner Kindheit war er keinem mehr hinterhergerannt. Jemandem hinterherrennen, das war doch eigenartig für einen erwachsenen Mann. Und wenn er ihn einholte? Unwahrscheinlich. Paul erinnerte sich wieder an den Brendel aus dem Gerichtsflur. Er war größer als Paul. Und vermutlich trieb er mehr Sport als Paul. Kurz gesagt: Er war wahrscheinlich schneller als Paul! Und stärker. Er würde sich nicht einfach von ihm einfangen lassen. Paul dachte an seine Waffe. Die Jacke lag neben ihm auf dem Sofa. Er griff in die Tasche und zog die kalte Walther PPK heraus. Dann holte er aus der anderen Tasche zwei Magazine. Wie eine Mundharmonika sahen sie aus. Er legte die Waffe auf den Tisch vor sich. »Klonk« machte das schwere Stück auf dem Glas. Mit der freien Hand packte er sich wieder das Nachtsichtgerät. Der Stalker stand nun aufrecht im Garten. Paul konnte nicht erkennen, ob die grüne Silhouette ihm Gesicht oder Rücken zuwandte. Was machte der da? Er legte das Fernglas wieder ab. Das Magazin musste in den Griff der Waffe geschoben werden. Das war leicht. »Klack.« Und jetzt? Entsichern? Es war so dunkel. Fräulein Christiane hatte einen kleinen Hebel an der Seite umgelegt. »Klick« – der Abzug sprang vor. Das war es. Jetzt musste er raus! Paul erinnerte sich an das Gefühl, als Kind auf dem Fünfmeterbrett im

Freibad zu stehen. Vor einem ein grässlicher Abgrund und dabei die Angst, bei einem ungünstigen Aufprallwinkel nach dem würgenden Gefühl freien Fallens auch noch bestialische Schmerzen durch die betonharte Wasseroberfläche zu verspüren. Und doch kam irgendwann der Zeitpunkt, wo man gleichsam aus seinem Körper herausgetreten war und der verbliebenen fleischlichen Hülle einen mentalen Stoß versetzte. Hinab in die Tiefe. Die Zeitspanne bis zum Erreichen dieses Augenblicks hatte sich immer angefühlt wie eine kleine Unendlichkeit. Der widerborstige innere Schweinehund hatte alles getan, um noch ein paar Sekundenbruchteile mehr herauszuschinden. Doch am Ende war er dann unten im Wasser geschwebt, und das süße Gefühl, sich selbst überwunden zu haben, hatte ihm Auftrieb zurück an die Oberfläche gegeben. Ja. Ganz so fühlte sich das jetzt an. Was einem Zehnjährigen das Fünfmeterbrett, das war einem Vierunddreißigjährigen die Verfolgung eines psychopathischen Stalkers. So trat Paul also aus seinem Körper heraus und gab der fleischlichen Hülle den besagten Stoß – was sich in natura so darstellte, dass er plötzlich aufsprang, sich unbeholfen an der Verriegelung des Panoramafensters zu schaffen machte, dadurch den Mann im Garten aufscheuchte, und als Paul schließlich in die erschreckend unangenehme Kälte hinaustrat, war der Stalker schon durch die Gartentür entschwunden. Man hörte deutlich seine Schritte, als er davonrannte.

Ein weiteres Kindheitsgefühl stieg in Paul auf. Wie bereits erwähnt, hatte er, seitdem er etwa einen Meter fünfzig gewesen war, niemanden mehr verfolgt. Damals, das waren Spiele auf dem Pausenhof. Aber wie Kinderspiele eben sind: Es steckt doch ein Funken Ernst darin. Man wurde nicht gerade zum Pausenhofchampion gekürt, wenn man es *nicht* geschafft hatte, die anderen zu kriegen. Und diese Erkenntnis überkam Paul nun ein gutes Vierteljahrhundert später genauso frisch wie einst. Und das Gefühl war, ganz wie dazumal, begleitet vom Einschießen von Adrenalin und Hormonen aller Arten. Der Wolf übernahm einmal mehr die Kontrolle über Paul. Er war nicht mehr der Rechtsanwalt. Er war der steinzeitliche Jäger, und er verfolgte das verdammte Mammut, um es mit seinem verdammten Speer zu durchbohren. Oder besser mit einer Walther zu durchlöchern. Verdammt!

Risiko-Homöostase: besondere Risikobereitschaft von Menschen, die das Gefühl haben, geschützt zu sein. Bei Einführung des ABS gab es mehr Autounfälle. Radfahrer mit Helm fahren rücksichtsloser. Anwälte mit Schusswaffen …

»Brendel! Bleib stehen!«, brüllte Paul in die Nacht und rannte los, die Walther in der rechten Hand. Vorbei an Zäunen und Hecken, an gläsernen Gartenhäuschen und Komposthaufen, an Laternenmasten, Telefonverteilerkästen, angeketteten Fahrrädern, Streusalzkisten und »Bissiger Hund«-Schildern. Der andere rannte zwanzig, dreißig Meter vor ihm. Tapp, tapp, tapp machten dessen schnelle Schritte. Er trug eine Kapuze. Doch Paul bildete sich ein, er würde aufholen. Seine Schuhe trommelten auf den Asphalt. Er fühlte sich unschlagbar stark. Es war das reine Glück, das durch seinen Körper strömte. Er war eine Kampf- und Jagdmaschine. Vorbei alle Sorge, ob er Brendel gewachsen sein würde. Brendel sah von hinten regelrecht klein aus. Schmächtig. Paul würde ihn packen und einfach umwerfen. Pack, pack, pack donnerten seine Schritte auf den Teer des schmalen Fußpfads zwischen den Gärten der Siedlung. Tack, tack, tack kamen die riesigen Schritte des Verfolgten vor ihm wie ein Echo zurück. In der Ferne sah Paul die Autos und Laternen einer größeren Hauptstraße näher kommen. Bis dahin musste er ihn stoppen. Das war zu schaffen.

Dann, wie aus dem Nichts, durchzuckte Paul ein heftiger Schmerz. Tief unter den Rippen. Die Luft blieb ihm weg. Seitenstechen! Wann hatte er das zuletzt gehabt? Lange her. Aber Seitenstechen vergisst man nicht. »Falsche Atmung«, ertönte die Stimme seines Sportlehrers in seinen Ohren. Wie hatte der noch geheißen? Sein Spitzname war Bossi gewesen. Der hatte dann eine Schülerin aus der Zwölften geheiratet. Riesenskandal. Ein paar Schritte weit schleppte Paul sich noch dahin. Ganz plötzlich schwitzte er auch. Oder fiel es ihm erst jetzt auf? Es war widernatürlich viel Schweiß. Es schoss ihm regelrecht aus den Poren. Rann ihm von den Haaren in die Augen und brannte. Paul musste aufgeben. Musste sich nach vorn beugen. »Brendel!«, krähte er heiser mit letzter Kraft und rang japsend nach Luft.

Dieser widerliche metallische Geschmack im Mund. Der Flüchtende hatte die Hauptstraße fast erreicht, entfernte sich immer weiter. Und jetzt, Paul Colossa? Da floh er, der Feind! Das Recht muss dem Unrecht niemals weichen! Paul hob die Waffe. Würde er auf diese Entfernung treffen? Auf einen Menschen schießen, Paul? Was, wenn du triffst? Den Kopf, eine Schlagader, das Rückenmark. Einen Menschen töten, Paul!? Kannst du das, willst du das?

»Klick!«

Paul hatte den Abzug durchgedrückt.

Doch kein Schuss kam. »Klick, klick.«

»Scheiße!«, brüllte Paul mit urmenschlicher Verzweiflung. Und in diesem Moment verschwand der Fliehende nach links in die Hauptstraße und war nicht mehr zu sehen. Ganz still war es, bis auf den entfernten Straßenlärm und das Keuchen von Pauls rasselndem Atem, das Rumpeln seines Herzens. Paul stand da, gebeugt an Körper und Geist. Die Hände auf die Oberschenkel gestützt hatte er das Gefühl, er müsse sich jeden Moment übergeben. Im Rhythmus seines Hechelns stöhnte er: »Scheiße, Scheiße, Scheiße …«

Gezwungenermaßen gemächlichen Schrittes schleppte Paul sich zurück zum Haus und betrachtete dabei die Waffe. Warum? Er dachte an den Abend mit Fräulein Christiane, und dann fiel es ihm ein. Er zog am Lauf der Pistole, und dieser glitt mit leichtem Widerstand nach hinten, bis er ein einrastendes »Ratsch-Klack« vernehmen ließ. Durchladen. Das hatte Paul vergessen. Es war keine Kugel im Lauf gewesen. Paul ließ den Sicherungsriegel wieder zurückschnappen. Gott sei Dank!

Von der Gartenseite her war der Bungalow gar nicht so leicht zu finden. Diese verdammten Gärten sahen alle gleich aus. Laterne, Streusalzkiste. Laterne, Gartentor. Laterne, angekettetes Fahrrad. Er stellte fest, dass es ein ganz schönes Stück war, das er da eben zurückgelegt hatte.

58.

ABWÜRGEN:

das Totbeißen eines Stückes
Wild durch den Jagdhund

Als er in Majas finsteren Garten zurückkehrte, war Licht im Wohnzimmer. Sein hektischer Aufbruch war nicht unbemerkt geblieben. Rivinius und Müller waren gekommen und sprachen mit Maja und Grischa. Paul klopfte an die inzwischen wieder geschlossene Panoramascheibe.

Erwartungsvoll starrten sie ihn an, als er sich zu der Runde im Wohnzimmer dazugesellte.

»Brendel war draußen. Er hat beim Teich gekniet. Als ich rausging, rannte er weg. Ich habe ihn verfolgt, aber er ist mir entwischt.«

Keiner sagte ein Wort, kein Tadel, kein Lob. Paul stellte fest, dass auch Grischa erhitzt wirkte. Rote Flecken verunstalteten sein bleiches Antlitz. Er hatte sein dunkles Sakko in der Hand, das weiße Oberhemd war sichtlich durchgeschwitzt.

»Grischa hat ihn auch bemerkt und ist Ihnen nachgerannt. Er kam gerade zurück«, stellte Rivinius mit Grabesstimme fest.

Maja blickte zu Boden. Es war mehr als klar, was alle denken mussten: Das wäre die Chance gewesen, die eine und einzige, und er hatte es versaut. Aber was hätte er denn bitte verdammt noch mal tun sollen? Was hätte Rivinius getan, wenn es in seiner Schicht passiert wäre? Paul ahnte insgeheim, was der getan hätte. Es wäre eine handfeste Überraschung, wenn Rivinius unbewaffnet auf seinem Posten gelauert hätte. Und Rivinius hätte sicher nicht vergessen durchzuladen. Aber mit Kugel im Hinterkopf hätte Brendel ihnen vor Gericht wenig gebracht! Andererseits hätte er auf diese Weise gar keinen Gerichtstermin mehr gebraucht …

»Heute wird er nicht wiederkommen«, konstatierte Rivinius nüchtern. »Aber morgen vielleicht. Wann sehen wir uns wieder?« Er blickte Paul an. Der Mann war einfach nicht unterzukriegen. Das war wohltuend.

»Ich habe heute Abend noch einen Termin. Ich kann gegen neun da sein und die zweite Schicht übernehmen?«

»Gut.« Mehr gab es aus Rivinius' Sicht dazu nicht zu sagen.

Maja blickte Paul verstohlen an. War es ein Lächeln, oder hätte er das nur gerne gehabt?

»Was hat er eigentlich da gemacht?« Maja versuchte, in den dunklen Garten hinauszuspähen. Die Scheiben reflektierten das Zimmerlicht wieder stark, sodass Paul nur sich selbst sah. Zottelige, krause Haare, Dreitagebart, heraushängendes Hemd. Erbärmlich. Rivinius knipste das Licht aus und nahm das Nachtsichtgerät vom Sofa. Er blickte eine Weile hindurch und gab es dann wortlos an Paul weiter. Paul sah zu der Stelle, an der Brendel gekniet hatte. Am Boden lag, sich hell vor dem grünen Hintergrund abhebend, ein weißes Knäuel direkt neben dem Gestrüpp des Teichs. Paul brauchte nicht lange, um zu erkennen, worum es sich handelte. Er setzte das Nachtsichtgerät ab und sah Rivinius fragend an.

»Grischa, hol eine Taschenlampe«, befahl dieser.

Grischa trottete nach draußen zum Auto, offenbar froh, etwas zu tun zu haben.

»Maja, setz dich auf das Sofa.«

»Was ist da draußen?«, erkundigte sie sich irritiert.

Rivinius antwortete ihr in ungewöhnlich scharfem Ton auf Russisch, und ohne weitere Nachfragen setzte sie sich. Grischa kehrte mit der bestellten Taschenlampe zurück. Der grelle Lichtkegel tanzte durch das Wohnzimmer. Einer dieser Schlagstöcke mit starkem Halogenlicht an der Spitze, wie amerikanische Cops sie benutzen. Der Diener reichte seinem Meister das Licht und blieb erneut regungslos stehen. Rivinius schob die Schiebetür auf und ging hinaus in den Garten. Paul folgte ihm. Die feuchte Kälte erschien ihm jetzt, wo sich sein verschwitzter Körper langsam abkühlte, besonders unangenehm. Rivinius stand am Teich und leuchtete auf das weiße Fellbündel am Boden.

Majas kleiner Hund Tolstoi. Oder besser gesagt: der größere Teil des kleinen Hundes. Der Kopf war abgetrennt worden und schwamm in dem kleinen Teich. Überall war das Blut des Tieres im feuchten Gras. Neben dem Rumpf lag ein kleines Beil, wie man es zum Hacken von Anschürholz verwendet. Damit war der Kopf offensichtlich abgetrennt worden. Es war ebenfalls voller Blut.

Paul musste an Brathähnchen denken. Wie sie auf einer kleinen Plastikschale mit strammer Folie überzogen, gerupft und geköpft zu Dutzenden in Kühlregalen im Supermarkt liegen. An die Fleischereitheke, wo geviertelte, kopflose Schweine in Neonlicht an Haken baumeln, mit dickem lila Stempel auf der toten Schwarte. Das findet unsereiner völlig normal. Ein kleiner Hund ohne Kopf hingegen? Das bringt in unserem Teil der Welt Menschen zum Weinen und löst einen Entrüstungssturm im Internet aus. Auch Paul war entsetzt.

Im nächsten Gedanken wandte Paul sich dem eigentlichen Problem zu: Wie wollten sie das Maja erklären? Wie würde sie reagieren? Und was bedeutete dieses Gemetzel? Ganz offensichtlich hatte Pius Brendel hier eine neue Nachricht übermitteln wollen, die sehr einfach zu verstehen war.

Einmal davon abgesehen, dass Maja völlig durchdrehen würde, wenn sie hiervon erfuhr, Paul musste an das bestickte Schlafkissen des Hundes in ihrem Zimmer denken … War Maja jetzt ernsthaft in Gefahr? Wie konnte man ihr helfen?

Rivinius und er sahen sich an, und beide dachten das Gleiche. Doch Victor Rivinius kam zu einem anderen Schluss als Paul Colossa. »Keine Polizei!«, sagte er scharf.

Als sie wieder ins Haus gingen, hatte Paul das eigentümliche Bedürfnis, seine Hände zu verbergen. Maja blickte ihn und ihren Vater an. Man könnte sagen, mit gefasstem Ausdruck. In Wahrheit war es wohl aber einfach so, dass Paul nicht in ihrem Gesicht lesen konnte. Sie mochte wer weiß was denken. Rivinius sagte etwas auf Russisch. Paul konnte schwer beurteilen, ob er die rechten Worte gefunden haben mochte. Der Tonfall war gleichmäßig und ruhig gewesen. Sachlich fast. War sachlich die richtige Herangehensweise? Das Mädchen vergötterte den Hund. Brendel hatte ihn regelrecht hingerichtet. Niedergemetzelt. Paul sah sich außerstande, echtes Mitleid mit dem Tier zu empfinden. Vielleicht stand er auch selbst unter Schock und konnte überhaupt kein Mitleid empfinden in diesem Moment? Denn er empfand es auch nicht mit Maja. Er war nur besorgt, nicht empathisch. Er hätte es vermutlich ebenfalls sachlich formuliert und nicht gefühlvoll. Manchmal waren Männer wahrscheinlich nicht die richtigen Menschen, um Frauen etwas zu sagen. Einfach grundsätzlich völlig ungeeignet. Bar jeder Qualifikation. Vielleicht hatte Rivinius aber auch genau den richtigen Ton getroffen oder die richtigen Worte. Maja blieb völlig ruhig sitzen. Nicht mal ein Zucken, geschweige denn Tränen. Das ausdruckslose Antlitz blieb unverändert von der grausigen Botschaft. Natürlich mochte auch das eine Form von Schock sein. Paul für seinen Teil wünschte in diesem Moment nicht, dass Maja etwas sagte. Er wollte auch selbst nichts sagen. Ehrlich gesagt wollte er sie auch nicht in den Arm nehmen. Paul fühlte sich im Grunde genommen gerade vollkommen fehl am Platz. Eben noch war er im Mittelpunkt dieser Ereignisse gestanden und hatte sich auch genau so gefühlt – und jetzt? Jetzt wollte er eigentlich nur weg sein von hier. Mit dieser Sache nichts mehr zu tun haben.

59.

KANZEL:

alternativer Begriff für den Hochsitz des Jägers

Als er die Autobahnausfahrt Neustadt erreichte, lag ein trüber Samstagmorgen über dem Land. Paul hatte das Radio ausgelassen, nur das Heulen des Motors unterhielt ihn. Paul ging das Bild von dem Hund nicht aus dem Kopf. Das weiße Fell war von seiner Erinnerung noch reiner gewaschen geworden, und das Blut leuchtete vor diesem Hintergrund besonders rot. Absurd, das kopflose Tier. Wie mochte Brendel ihn gefangen haben? Warum hatte der Köter nicht gebellt? Aber natürlich – der Hund hatte Brendel gekannt. Er war lange genug als beliebter Gast im Haus ein und aus gegangen. Tolstoi hatte vermutlich erfreut mit seinem Stummelschwanz gewedelt, als sein Scharfrichter ihm gegenübertrat. Ob Brendel es von Anfang an geplant hatte? Oder war es eine spontane Eingebung gewesen? »Ach, der Hund, dem könnte ich den Kopf abhacken!« Aber er hatte immerhin extra ein Beil mitgebracht. Mit einem Taschenmesser ging so etwas gar nicht. Vermutete Paul jedenfalls. Der Gedanke wurde zunehmend unerfreulich, wenn man ihn zu Ende dachte. Angenommen, Brendel hatte das Schlachtwerkzeug planvoll mit sich geführt. Das musste in der Konsequenz nicht zwingend bedeuten, dass er von Anfang an beabsichtigt hatte, den Hund abzuschlachten. Es bedeutete nur, dass er grundsätzlich Blut hatte vergießen wollen, und dann war ihm eben als Erstes der kleine Terrier begegnet. Es war allerdings dann sicher nicht beim Affekt geblieben. Er hätte das kleine Fellknäuel mit einem einzigen Schlag töten können. Vermutlich sogar blutlos. Die Sache hier aber war das genaue Gegenteil gewesen. Das war ein schreiendes, bluttriefendes Ausrufezeichen. Es wäre kaum möglich gewesen, aus solch einer mickrigen Kreatur mehr Blut herauszuholen. Brendel hatte den Hund ja regelrecht geschächtet. Das war kein Affekt gewesen. Da war es um den Effekt gegangen.

Die Villa erwartete Paul still und behaglich. Er machte alle Lichter in der Wohnung an. In allen Räumen. Das fühlte sich gut an. Elektrisches Licht – das war seine zivilisierte Antwort auf die düstere Barbarei, die er gerade hinter sich gelassen hatte. Und was noch? Musik! Paul kramte in den Kisten, die Attila ihm geliefert hatte. Das waren seine CDs. Diejenigen, die Sandra als unzweideutig »Pauls« aussortiert hatte. Es gab eine ganze Reihe weiterer CDs, die nicht in den Kisten gelandet waren, weil sie Sandra gefallen hatten. Eigentlich auch »Pauls«, aber eben nicht unzweideutig genug. Eigentum verpflichtet heutzutage doch in Wahrheit niemanden mehr.

Tangerine Dream. Synthetische Klänge, genauso zivilisiert wie elektrisches Licht. Dazu ein Espresso aus dem Vollautomaten. Während der summte und dampfte, blickte er wieder hinunter in den Garten.

Er hatte ihn bislang kaum zweimal betreten. Ob es Oscars alten Rasenmäher wohl noch gab? Aber für heute hatte Paul mehr als genug Garten gehabt.

Er setzte sich mit seinem Espresso an den Mühletisch und fummelte am Kombinationsschloss des Safes herum, während psychedelische Synthesizerkaskaden, vermischt mit den Spieluhrklängen von »Claire de Lune« durch die Wohnung fluteten. Paul erwog, die Musik noch lauter zu drehen, ließ von diesem Gedanken jedoch ab. Er würde Barbara wecken. Einerseits wollte er keinen Konflikt heraufbeschwören, andererseits sie nicht zu einem Besuch animieren. Letztlich wollte er die arme Frau vor allem nicht aufwecken, so früh am Morgen. Es wäre rücksichtslos gewesen, sie mit seinen privaten Sorgen musikalisch zu belästigen. Rücksichtslos, wenngleich vielleicht auch ausgleichend gerecht? Sie war beim Möbelrücken ja auch nicht gerade zimperlich. Aber so einer war Paul nicht. Nicht wirklich. Nicht in seinem tiefsten Inneren.

Gedankenverloren ließ er aus seinem Unterbewusstsein sechsstellige Zahlenkolonnen aufsteigen. Attilas Geburtstag. Kriegsende Zweiter Weltkrieg. Oscars Geburtstag, wobei er sich beim Jahr nicht ganz sicher war. Interessant, was man so im Kopf hatte! Vaters Geburtstag. Die Mondlandung von Apollo 11. Mutters Geburtstag. Klack machte es. Paul bemerkte es zunächst gar nicht. Was hatte er gerade noch einmal getippt? Mutters Geburtstag? Was für ein kurioser Zufall. Paul öffnete die schwere, aber elegant leichtgängig geölte Tür des Safes und blickte auf drei Fächer, vollgestopft mit Papieren. Notizbücher. Stapel von Briefen. Wahllos zog Paul einen heraus.

60.

LEHRPRINZ:

der Lehrmeister eines in der Ausbildung befindlichen Jungjägers

»München, den 06. Mai 1989«, stand oben rechts. Eine Frauenschrift. Und es begann mit:

»Du Scheusal!

Paulchen hat sich sehr über Dein Paket gefreut. Und Robert hat die Zeitung gar nicht bemerkt, mit der Du die Versteinerungen eingewickelt hast. Ich schon! Ich kam mir ganz schändlich vor, wie ich rot wurde, als ich die *Wozzeck*-Kritik gelesen habe. Was Dir nur so an Berg gefällt? Obwohl es Dir so ernst wohl nicht gewesen ist, Du Wüstling. Wir haben fast den ganzen Schluss in der Garderobe verpasst. Ich hatte übrigens einen Fleck auf dem Rock! Gott bewahre, wenn den einer bemerkt hätte …«

Die Schrift der Frau war Paul nur allzu gut bekannt. Das war die Handschrift seiner Mutter. Er erinnerte sich auch noch verblüffend gut an das Paket mit den Versteinerungen, das Onkel Oscar damals geschickt hatte. Er hatte einen Steinbruchbesitzer vertreten, der vom Fossilienreichtum des Jura geschwärmt hatte. Oscar hatte Paul, der damals gerade einmal bis zur Tischkante reichte, einen echten Flugsaurierknochen versprochen. Es waren dann doch nur ein paar versteinerte Ammoniten geworden und ein Bilderbuch – aber Paul war trotzdem restlos fasziniert gewesen. Wo waren die Versteinerungen eigentlich hingekommen? Sein halbes Leben hatte er sie gehütet wie einen Schatz. Sandra hatten sie vermutlich ebenfalls gefallen. Die würde er zurückverlangen von ihr!

Paul empfand den Ton des Briefs, vorsichtig formuliert, irritierend. Den Inhalt noch mehr. Er las fast widerwillig auf einer anderen Seite weiter.

»… immer wieder fast überwältigt von der großen Ähnlichkeit zwischen Dir und dem Kind. Mein Gott, so blind können sie doch alle gar nicht sein. Nicht blind genug, als dass sie uns nie draufkämen. Ich bin sicher, dass Christiane eine Ahnung hat. Und wie gutmütig kann Robert auf Dauer sein, sich nichts zu denken, wenn wir Dich andauernd besuchen? Und wenn er es längst weiß? Ach, Oscar, ich ertrage sie kaum, diese zerrissene, verlogene Liebe.«

Erneut unterbrach Paul die Lektüre. Er war Rechtsanwalt. Geschult darin, das Wesentliche rasch zu erfassen. Was wollten ihm diese Zeilen also sagen? Offenkundig hatte Onkel Oscar eine Affäre mit seiner Mutter gehabt. Paul dämmerte, was Fräulein Christiane gemeint haben mochte, als sie von »der anderen« sprach, die Oscar ihr immer vorgezogen hatte. Weit schwerwiegender aber wirkte der Satz von der »großen Ähnlichkeit« zwischen Onkel Oscar und »dem Kind«.

Er war »das Kind«.

Paul schluckte. Er blickte sich im Wohnzimmer um. In dem Raum mit all den Büchern und Bildern, die ihm Jahr für Jahr bei allen seinen Besuchen in der Villa vertraut geworden waren. Er war wirklich erstaunlich oft hier gewesen. Was jetzt plötzlich genauso wenig verwunderte wie die Tatsache, dass er die Kanzlei, das Haus, das Leben von Rechtsanwalt Oscar Colossa geerbt hatte. Wer sonst, wenn nicht er, hätte das Werk dieses Mannes weiterführen sollen?

Des Mannes, der sein Vater gewesen war.

Paul konnte den Brief nicht weiterlesen. Er konnte überhaupt nichts tun. Würde man ein Strichmännlein von seinem Blatt Papier hochheben und es müsste plötzlich erkennen, dass die Welt räumlich ist, dreidimensional und in Farbe – es könnte sich nicht orientierungsloser fühlen als Paul in diesem Augenblick. Ihm war nicht zum Heulen zumute, nicht zum Schreien, er war erschlagen. Er hatte nicht die Kraft, einfach aufzustehen. Er wusste gar nichts mit sich anzufangen. Alles war jetzt gerade anders geworden. Ganz und gar anders. Alles Gewesene war eine Lüge! Sein echtes Leben, das wahre, hatte erst jetzt begonnen. Erst jetzt hatte er erfahren, wer er war. Und so saß er da, nackt und klein, wie ein neuer Mensch es eben ist, und blickte staunend in die Welt. In der Hand ein Blatt Papier.

Sorgfältig, ein wenig schüchtern, sehr zärtlich steckte er den Brief in das Kuvert zurück. Seine Hände zitterten. Er legte das heilige Dokument in seinen Schoß, griff nach der erstbesten Flasche in der kleinen Bar vor ihm – Wodka – und trank einen Schluck. Es brannte, aber es war viel zu schwach. Also noch einen und noch einen.

Jetzt kamen die Tränen. Jetzt geschah es, es überwältigte ihn: In diesem Moment vermisste er Oscar noch unendlich viel schmerzlicher als ohnehin schon. Er musste daran denken, wie Oscar ihn am Sarg der Mutter in den Arm genommen hatte. Und wie er ihn fortgestoßen hatte. Einmal noch diesen Moment erleben dürfen. Einmal den Vater im Arm halten. Aber der war jetzt tot. Nie mehr würde sein Vater ihn in den Arm nehmen.

Und auch an Robert Colossa musste Paul denken. Seinen »anderen« Vater. Den er wie jedes Kind geliebt hatte. Den er … wie einen Vater eben … liebte. Was hatte man diesem Mann angetan … was tat Paul ihm gerade an? Er schämte sich.

Was war denn da noch? Nichts betäubt, nichts heilt das Alte besser als das Neue. Und nichts bringt uns so rasch dorthin wie die Neugier. Paul hatte seine heftigen Gefühle nicht etwa vergessen, aber … was war denn das? Eine kleine Plastiktasche mit dem Aufdruck »dignitas. Schweiz« lag da im Tresor. Er blickte hinein. Eine Spritze und zwei medizinische Fläschchen. Eine in Leder gebundene Broschüre. Er blätterte sie auf. »Sie möchten in Würde aus dem Leben scheiden …« Paul wollte nicht weiterlesen. Aber die beiden Fläschchen waren unberührt, die Spritze originalverpackt?

Er schloss die Tür, jedoch nicht ganz. Irrational besorgt, dass das Schloss wieder zuschnappen mochte und er dann wieder keinen Zugriff mehr zum Inhalt haben könnte. »Claire de Lune« verstummte. Pauls Anleitung für sein neues Leben, alle Antworten auf unzählige noch zu stellende Fragen ruhten in diesem Schrank. In dem verdammten Tresor. Er wusste nicht recht, ob er froh war, ihn geöffnet zu haben. Natürlich war das alles viel zu groß, um es auf einmal zu fühlen. Paul sah es erst einmal vor sich wie der Bergsteiger den Blick vom Gipfel. Nur ein erster Eindruck stellte sich ein.

Sie waren alle tot. Er war ganz allein.

Und wahnsinnig müde. Zeit, sich auf dem Sofa zusammenzurollen. Die Musik machte er aus. Das Licht ließ er brennen, Zwielicht konnte er jetzt nicht ertragen.

Der Schmerz in der Schulter weckte ihn kurz vor Mittag. Oder vielleicht der penetrante Sonnenstrahl, der eine ungefärbte Stelle im Buntglasfenster entdeckt und sich ungefilterten Zugang auf Pauls Gesicht verschafft hatte? Pauls Zunge klebte am Gaumen, und er hatte ein leichtes Übelkeitsgefühl. Wie ein Zeitungsleser durchstöberte er die Überschriften der Ereignisse der letzten Stunden in seinem Gedächtnis. Das blutgetränkte Fell des kleinen weißen Hundes. Der Tresor. Es war ungemütlich still. Paul hatte kalten Schweiß auf der Stirn, und er roch nicht gut. Er musste dringend etwas unternehmen. Was er dann auch tat. Solch einen scheußlichen Moment konnte man nur mit einem besonders mächtigen Zauber vertreiben. Paul eilte hinüber ins Bad und drehte das heiße Wasser der Whirlpoolbadewanne auf. Während das Wasser langsam einlief, tapste Paul auf Socken die Treppe hinunter in die Kanzlei, holte sich aus dem Wartezimmer drei Zeitschriften und aus dem Kühlschrank eine Flasche Sekt. Wenig später blickte nur noch seine Nase aus dem Schaum. Durch die Wohnung schwebte die Stimme von

Annie Lennox. Eine heimliche Schwäche von Paul seit Teenagertagen. Und Paul war in einer der älteren Zeitungen fündig geworden. Sommerfrische der Queen in Sandringham Castle. Wie erfreulich! Einige herzerwärmende Fotos der Monarchin aus dem vergangenen Jahr. Lila Hut auf grünem Rasen. Paul wusste, dass er völlig unbeobachtet war, und genoss es in vollen Zügen.

Das Smartphone blinkte und gab einen glockenhellen Klang von sich. Attila. Der gerade aufgestanden war. Und sich langweilte. Den brauchte er jetzt. Ganz dringend!

»Ich soll die ganze Nacht mit Dir in dem Haus Deiner russischen Tussi in Nürnberg verbringen? Dann schuldest Du mir was, Alter!«

61.

MODERHINKE:

eine Infektionskrankheit beim
Schalenwild, bei der die Hufe
beziehungsweise Schalen wegfaulen

Mit diversen wichtigen Pflichten wartete der Tag. Nachher würde er zum Beispiel dem Dönermann seiner Wahl einen Besuch abstatten. Gegen achtzehn Uhr stand die Exhumierung der Mobiltelefone auf der Agenda. Um zwanzig Uhr wollte Attila kommen. Und gemeinsam mit Attila würde er dann um neun die Schicht in Majas Haus antreten. Sollte Brendel wieder auftauchen, was Paul gleichermaßen fürchtete wie bezweifelte, war er dieses Mal nicht allein.

Paul ging zum Tresor, ein wenig zögerlich. Eine Espressotasse in der Hand balancierend. Schüchtern öffnete er ihn und dachte daran, einen weiteren Brief zu lesen. Was er aber doch nicht wagte. Zu viele Gefühle. Lieber die Plastiktüte. Er nahm sie heraus und blätterte wieder die kleine ledergebundene Broschüre durch. In einer ganz ungewöhnlich poetischen Sprache wurde hier der Weg zur letzten Tür, so beschrieben sie das, geschildert. In dem einen Fläschchen befand sich etwas, das den Magen dazu brachte, den Inhalt des anderen Fläschchens zu ignorieren. Das andere Fläschchen nämlich hatte es in sich. Ein »Barbiturat« war das. Hatte der Leichengräber Franicek mit so etwas nicht die Katzen seiner Nachbarin vergiftet? Letztlich war es ein sehr starkes Beruhigungsmittel, welchselbiges, wenn erst einmal eingenommen, irreversibel wirkt. Die Spritze diente übrigens lediglich dazu, die Mittelchen aus den Fläschchen herauszusaugen. Keineswegs war es eine Todesspritze wie im amerikanischen Knast. Paul entnahm der Broschüre weiterhin, dass es nicht vorgesehen war, die beiden Fläschchen irgendwo anders hin mitzunehmen als in die in dem Büchlein abgebildete Villa. Dort und nirgends sonst, im Kreise der Liebsten und in der Obhut von Ärzten, sollte es passieren. Mit welch teuflischen

Kontakten Onkel Oscar – nein – sein Vater dieses Giftgemisch nach Neustadt importiert haben mochte. Vielleicht gab auch dazu der Tresor Auskunft? Ungelöst allerdings blieb das Rätsel, warum Oscar tot, die Flaschen jedoch unberührt waren. Paul legte alles zurück in den Safe, schloss jedoch die Tür weiterhin nicht. Er lauschte den Klängen der Spieluhr. Unerträglich erschien ihm der Gedanke, von den Geheimnissen dieses ehernen Schränkleins wieder ausgeschlossen zu werden.

62.

ÜBERJAGEN:

ein Jagdhund jagt jenseits seiner Reviergrenze

Vor allen anderen Verpflichtungen dieses Tages musste Paul eine quasi Ehrenpflicht an seinem Schreibtisch erfüllen. Eine offene Rechnung begleichen. Man begegnet sich ja angeblich immer zweimal. Die halb leere Espressotasse durfte ihn begleiten. Oder war sie halb voll? Paul war keiner, der Pessimismus für eine Untugend hielt. Pessimisten hatten Großes für die Menschheit bewirkt.

Im Büro machte Paul nur die Schreibtischlampe und den Computer an. Den Rest der Kanzlei beließ er in wochenendlicher Dornröschenstimmung.

Wie war das noch einmal gewesen, werter Herr Dr. Gelbfoss? Es fehlte ein glaubhafter Nachweis für das Unerträgliche? In den vergangenen Stunden hatte sich das gravierend verändert. Die berühmte »normative Kraft des Faktischen«: Der kranke Stalker hatte wieder zugeschlagen und einen kleinen Ritualmord am Haustier der Antragstellerin verübt. Ob das wohl genügte?

Oder musste Brendel erst Maja schächten, damit sie zu ihrem Recht gelangte? Auf den ersten Blick nur ein wenig Hausfriedensbruch und Tierquälerei. Doch man musste schon ein dümmlicher Ignorant sein, um nicht zu erkennen, dass dahinter eine waschechte Morddrohung steckte. Mit etwas Glück kam sogar ausnahmsweise der Stalking-Paragraf 238 Strafgesetzbuch einmal zur Anwendung. Man könnte das Abschlachten des Hundes im Vorgarten durchaus als einen Fall des beharrlich Nähe suchenden Belästigens interpretieren. Mit etwas Glück würden sie Brendel sogar in Untersuchungshaft nehmen. Vielleicht bot ihm Mehlsen ja beim Besuch den gepolsterten Stuhl in der Anwaltsbesprechungszelle an? So hatte der Kollege allerdings nicht unbedingt auf Paul gewirkt. Also der harte Holzstuhl für Brendel. Tja, shit happens. Und das alles hatte er, Paul Colossa, in der Hand. So konnte das Glück sich wenden.

Paul tippte nur selten selbst. Aber heute war er allein auf sich gestellt. Die vertrauten juristischen Formulierungen kamen ihm fremd und hölzern, verquer und exotisch vor, wenn er sie Buchstabe für Buchstabe mit zwei Fingern in die Tastatur hackte: »Ich bin mir darüber bewusst, dass eine falsche Versicherung an Eides statt erhebliche zivil- und strafrechtliche Konsequenzen haben kann und dass dieses Dokument bei Gerichten und Behörden vorgelegt werden wird …« Wenn man das selbst schrieb, wirkte es viel bedrohlicher, als wenn man es diktierte. Das mochte auch daran liegen, dass die Belehrung in diesem Fall ihm galt. Aber er hatte nichts zu verbergen, oder? Er wollte nur die Wahrheit sagen. Es musste ja nicht die ganze Wahrheit sein. Welche Rolle spielte es, dass er kurz vor dem Vorfall seine Mandantin … nun ja. Es war auch ohne jede Relevanz, dass er versucht hatte, Brendel mit einer illegalen Schusswaffe niederzustrecken. Tatsache war doch: Weder das eine noch das andere hatte er vollendet. Beide »Schüsse« waren im Versuchsstadium gescheitert.

Wobei es da noch einen winzigen Haken gab: Paul hatte ganz genau beobachtet, wie diese Gestalt sich im Grünlicht am Gartenteich niedergekauert hatte. Er hatte den grünen Mann verfolgt, als der davongerannt war. Paul hatte das verstümmelte Tier in seinem Blut vorgefunden. Ohne Zweifel hatte das Schwein den kleinen Tolstoi bestialisch massakriert. Paul war selbstbewusst genug, das alles in einem völlig eindeutigen Zusammenhang zu erkennen. Paul wusste, dass es Brendel gewesen war. Er wusste es, weil … Wer verdammt noch mal sollte es sonst gewesen sein!?

Genau genommen hatte er allerdings im grünen Licht den Täter nicht wirklich dabei beobachtet, wie dieser Tolstoi mit der

Axt verstümmelte. Und zu keinem Zeitpunkt hatte er Brendels arrogante Fresse richtig gesehen. Nur seinen Rücken. Es hätte jederzeit sein können, dass Brendel sich zu ihm umdrehte! Nur … das Arschloch hatte sich eben nicht umgedreht, wenn man es genau nahm.

Paul grübelte. Es wäre nicht gerecht, ihn davonkommen zu lassen. Nicht zu verantworten. Der Mann war ein bösartiger Psychopath, und Paul war der Einzige, der ihn aufhalten konnte. Nur eine dümmliche kleine juristische Unschärfe stand zwischen ihm und der Erfüllung dieser Mission. Paul stand im Dilemma zwischen Moral und Recht. Ja, es war noch mehr als Moral: Es waren Ethik und Recht!

Die Nazischergen im Gerichtssaal 600 in Nürnberg hatten sich vor ihren Richtern darauf berufen, dass sie sich nur an Befehle gehalten hätten und diese Befehle geltendes Recht gewesen waren. Dennoch wurde den Männern vorgeworfen, dass man sich an ein solches Recht, das Recht einer gewissenlosen Räuberbande, nicht halten darf. Recht kann eben auch Unrecht sein! Und das Recht darf dem Unrecht niemals weichen.

Was bedeutete das für Paul? Könnte Brendel beweisen, dass Paul log, würde er jeden Schaden begleichen müssen, den Brendel dadurch erlitt. Zum Beispiel, weil ihm ein wichtiger Pferdehandel durch die Lappen ging, während er in Untersuchungshaft saß. Noch problematischer war § 156 StGB: falsche Versicherung an Eides statt. Freiheitsstrafe bis zu drei Jahren. Und falsche Verdächtigung: § 164 StGB. Freiheitsstrafe bis zu fünf Jahren. Ein Anwalt, der vor Gericht log, konnte außerdem ganz schnell seine Zulassung verlieren und selbst auf dem Holzstuhl in der Besprechungszelle landen.

Der Espresso war kalt geworden, und man mochte es betrachten, wie man wollte: Er war halb leer.

Aber wie wollte Brendel beweisen, dass Paul sein Gesicht

nicht gesehen hatte? Da waren nur Paul und er gewesen! Ein Kinderficker, Hundemörder, Ehebrecher auf der einen Seite und der ehrenwerte Rechtsanwalt, Sohn - wenn auch offiziell nur Neffe - des ehrwürdigen Dr. Oscar Colossa auf der anderen Seite. Wem würde man glauben, wenn hier Aussage gegen Aussage stand?

Und so begann Paul zu tippen. Ausführlich schilderte er die Vorbereitungen und die Schichtdienste. Detailreich, abgesehen von dem Intermezzo mit Maja. Er beschrieb das Nachtsichtgerät. Die Handfeuerwaffe unterschlug er hingegen. Umso genauer schilderte Paul den Moment, als er den Stalker im Garten erblickt hatte. Wort für Wort verewigte er den Augenblick, als er das blutige, tote Tier fand, das Hackebeil. Den im Teich schwimmenden Kopf. Minutiös ließ er den Moment, in dem Brendel vor ihm davongelaufen war, die Verfolgung, die langsame Aufholjagd, auf dem Bildschirm lebendig werden, mit zwei wild hackenden Zeigefingern.

»Als wir uns noch etwa fünfzig Meter vor der bereits deutlich erkennbaren Hauptstraße befanden, hatte sich der Abstand halbiert. Unmittelbar im Lichtkegel einer Laterne verlangsamte der Mann sein Tempo und drehte sich zu mir um. Ich erkannte deutlich das Gesicht von Pius Brendel, den ich ja erst wenige Stunden vorher bei Gericht gesehen hatte. Brendel beschleunigte sodann wieder, und als auch ich schneller rennen wollte, strauchelte ich plötzlich und verlor das Gleichgewicht. Dies kostete wertvolle Sekunden und verschaffte Brendel den nötigen Vorsprung, um in der großen Querstraße nach links zu entkommen. Wenig später schilderte mir der Chauffeur der Antragstellerin, der mir lediglich unter seinem Rufnamen Grischa bekannt ist, dass auch er den Antragsgegner gesehen und, knapp hinter mir rennend, verfolgt hatte.«

Paul lehnte sich zurück. Das waren die richtigen Worte. Das

war gerecht. Aber gelogen. Ein waschechter Meineid. Warum machte er das? Ging es wirklich um den Fall? Warum riskierte er seine Karriere, seinen guten Ruf, seine Existenz, seine Freiheit? Natürlich ging es gar nicht um den Fall. Aber worum dann? Es war zu groß für Worte. Für Logik. Für Gründe. Es war eben das, was es war.

Paul fügte noch einige Ausführungen an, korrigierte Heerscharen von Tippfehlern. Schließlich gab er den Druckbefehl und stand auf.

Der Drucker piepte. Na wunderbar, kein Papier.

Im Büro von Micha wurde das Material aufbewahrt. Paul war noch nie hier drin gewesen. Zwei Schreibtische standen jeweils vor einem Fenster. Dazwischen ein riesiger Schrank. Paul machte das Licht an. Der rechte Schreibtisch gehörte offenbar Lilian Draxler. Überall waren Bilder von ihr. Und Urkunden. Sehr kurioses Zeug! Lilian Draxler aufpoliert und strahlend im roten Dirndl mit einem goldenen Pokal. Lilian Draxler im grünen Dirndl mit Mikrofon. Lilian Draxler im blausilbernen Dirndl neben einer riesigen Fernsehkamera.

»Der Volkstümliche Musikantenreigen, Vizekönigin Lilian Draxler mit den Landsberger Spatz'n«, stand auf einem Fotoplakat, goldumrandet. Ein dritter Platz beim »Bayerisch Zünftigen Musikstadel« und eine Teilnahmebestätigung des »Großen Fernsehpreises der volkstümlichen Musik«. Holla, die Waldfee – im Dirndl wirkte Lilian Draxler überhaupt nicht mauerblümchenhaft. Ganz im Gegenteil. Seine schüchterne Sekretärin war also so eine Art Superstar der Volksmusikszene?

Neugierig blickte Paul auch auf den Schreibtisch von Micha. Der allerdings war einfach nur tadellos aufgeräumt. Das einzig Persönliche war eine kleine blaue Buddha-Figur. Kein Hinweis sonst, wer oder was Micha war.

Im Schrank fand Paul das Papier. Und gebrauchte es.

»Gewaltschutzantrag – dringend, eilt, sofort dem Richter vorlegen!!!«

Klack, klack, klack machte der automatische Einzug des kühltruhengroßen Druckers, der auch famos kopieren, scannen und faxen konnte – oder Papier einsaugen, zerknittern, zerfetzen, schwarz einfärben und dann laute Alarmtöne machen, speziell wenn es dringend war und eilig. Heute aber machte er nur »piep« und die Bestätigung einer fehlerfreien Übermittlung der vier Seiten an das Familiengericht in Nürnberg kam herausgeschossen. Erledigt. Der Antrag. Brendel. Eventuell er selbst. Alle erledigt mit ein paar Knopfdrücken. Jetzt war es in der Welt. Zwecklos, noch weiter darüber nachzudenken. Soweit Nachdenken überhaupt jemals hilfreich gewesen sein mochte.

63.

CUREÉ (»GENOSSEN MACHEN«):

das Privileg der Jagdhunde, Teile des Wildes nach der Parforcejagd zu fressen

Als Paul seinen grünen Defender beim Neustädter Friedhof parkte, war es schon fast dunkel. Es nieselte nur noch, und unter Nebelschleiern glitzerte das samstagabendliche Neustadt friedlich unter ihm.

Paul fragte sich, ob die Sache überhaupt legal war. Es geschah auf Initiative des Bürgermeisters und in Anwesenheit der Polizei, es würde ihnen also keiner reinreden – aber das machte es noch lange nicht rechtmäßig. Das hier war tiefe Provinz. Da mochte es auch vorkommen, dass eine Steinigung oder eine Hexenverbrennung in Gegenwart von Polizeichef und Bürgermeister nicht beanstandet wurde. Solange der Pfarrer dabei war. Der sollte ja heute Abend kommen. Besser war es wohl, dem nicht auf den Grund zu gehen, sondern es schnell hinter sich zu bringen. Es war nicht seine Idee, also konnten sie ihm auch nichts anhaben.

Als er das Friedhofsgelände betrat, erschrak er. Offenbar fand eine Beerdigung statt. Eigenartig, um diese Zeit? Wie ungünstig für ihr diskret geplantes Vorhaben! Paul fremdelte ein wenig bei dem Gedanken. Er erwartete nicht gerade, den Leichnam zu sehen. Das wäre ja noch schöner! Aber eine Art von Begegnung war es eben trotzdem. Die erste ohne »Lüge«. Paul war sich noch nicht sicher, ob er es jemals irgendwem erzählen wollte. Ein bisschen war es ja auch eine Schande – ein Leben lang betrogen worden zu sein. Wie wollte er ihn eigentlich in Zukunft nennen, wenn er an ihn dachte? Vater? Oscar? Papa? Einen Papa hatte er schon. Wenn auch nicht den biologischen. Alle tot.

Bald erkannte Paul, dass er sich geirrt hatte. Da standen die beiden verschrobenen Polizisten. Der Neustädter Polizeichef Schwarz, in Anzug und dunklem Mantel mit Schirm, und sein

Schatten, Hauptkommissarin Braun. Der Katzenmörder Franicek saß in einem mit grellen Scheinwerfern ausgestatteten Kleinbagger und machte sich an Oscars Grab zu schaffen. In den Lichtkegeln tanzten die Regentropfen wild umher. Und dann waren da sicher zwei Dutzend weitere Menschen, die Paul nicht kannte und deren Anwesenheit dafür sprach, dass die Aktion alles, nur nicht pietätvoll oder geheim ablaufen würde. Sie alle wollten ihre Smartphones ausgraben. Schließlich der Priester. In Zivil, nur erkennbar an dem mit farbigen Ornamenten versehenen Schal. Ein tonnenförmiger Zeitgenosse mit einer Baskenmütze. »Herr, gib, dass mein Display nicht beschädigt ist und der Akku keinen Kurzschluss hatte.«

Paul gesellte sich zu den beiden Polizisten. Der Kleinbagger veranstaltete ein infernalisches Getöse und machte Gespräche unmöglich. Vielleicht besser so.

Der Baggerarm schwenkte nun um einhundertachtzig Grad, die Schaufel wurde im nass glänzenden Gras abgelegt, der Motor erstarb, die grellen Scheinwerfer blieben jedoch auf das Grab gerichtet. Franicek schwang sich, dem Anlass angemessen im schwarzen Anzug mit seiner obligatorischen Totengräberkrawatte, allerdings ergänzt durch ein paar grobe Arbeitshandschuhe, elegant aus dem Gefährt und griff nach einer Schaufel. Mit einem weiteren anmutigen Satz sprang er gummibestiefelt und beherzt ins Reich der Würmer hinunter und begann zu buddeln. Nicht eine Krume Erde befleckte dabei seinen feinen Zwirn. Gelernt ist gelernt. Die Anwesenden drängten sich, unter einer Schar von Schirmen dem Nieselregen trotzend, dicht um das Grab und warteten atemlos darauf, dass der im Dreck scharrende Zeremonienmeister ihnen erste Wahrheiten verkünden würde.

»Mögen Sie mit unter meinen Schirm?«, wisperte der Polizeichef. Außer den Kratz- und Schürfgeräuschen des schaufelnden Bestatters war es völlig ruhig. Totenstill quasi.

»Danke«, antwortete Paul – und meinte es ehrlich.

Ein leises Raunen ging durch die Menge. Franicek hatte aufgehört zu graben und bückte sich. Würde er nun das erste Telefon aus dem Lehm ziehen? Aber nein. Ein schwarzes Stück Wurzel? Achtlos warf er es fort, kletterte wieder aus der Grube heraus und schwang sich in seinen Bagger. Das Brummen, Kreischen und Jaulen setzte erneut ein. Die Scheinwerfer strahlten heller, wenn der Motor an war. Offenbar lag der Sarg tiefer als vermutet. Tiefgründigkeit war immer schon eine von Oscars Tugenden gewesen.

Ein knackender Laut, ein Knirschen, dann ein Ruf, ein Schrei eigentlich, aus dem Cockpit des Baggers. Bei laufendem Motor sprang Franicek erneut ins Grab und nestelte mit seinem Spaten an der Stelle herum, wo gerade noch der Bagger seine Schaufelkralle in die Erde gebohrt hatte. Paul erkannte glänzendes, lackiertes Holz. Teilweise geborsten – der Sarg. Paul erkannte auch etwas Dunkles. Ein Hohlraum? Und darin etwas … Weißes. Er lehnte sich hinunter und wurde nun gewahr, was passiert war. Der Sarg war ein Stück weit freigelegt und an einer Stelle erkennbar gebrochen. Der Deckel hatte sich leicht verschoben und gab den Blick auf das Innere frei.

Konkret konnte man den Ärmel einer Anzugjacke identifizieren, ein Stück vom Hemd ragte daraus hervor, im grellen Scheinwerferlicht blinkte ein Manschettenknopf. Und dann war da Oscars wachsweiße Hand.

Nicht nur Paul sah die tote Hand. Ein kollektives Atemholen. Vereinzelte Laute leisen Entsetzens. Eine Frau eilte rasch davon, trotz des Regens schloss sie ihren Schirm, um besser rennen zu können. Die wollte ihr Handy jetzt doch nicht mehr zurück. Wollte es den klammen, toten Fingern des Dr. Colossa nicht entreißen. Der Totengräber hingegen blieb so gelassen wie in dieser unmöglichen Situation nur möglich und drückte mit seiner Schaufel rasch den Deckel des Sargs wieder in die richtige Position, sodass keine weiteren gruseligen Details zu sehen waren. Paul erkannte, dass nur solch ein Mann kaltblütig genug war, die Katzen seiner Nachbarn zu töten. So kaltblütig, wie Brendel den kleinen Hund enthauptet hatte.

Wie ein Zauberer, dessen Kunst allein darin besteht, sein Publikum vom Wesentlichen abzulenken, zog Franicek nun tatsächlich ein Smartphone aus dem Schlamm und hob es hoch! Einer der Umstehenden beugte sich zu ihm hinab und nahm ein wenig angeekelt mit Daumen und Zeigefinger das verdreckte Stück Hochtechnologie in die Hand und hielt es dann triumphierend in die Höhe. Ein anderer reichte ihm geistesgegenwärtig ein Taschentuch. Von wegen »seltene Erden«. Keiner blickte jetzt mehr auf den Sarg. Als das Telefon halbwegs sauber gewischt worden war, wurde es herumgereicht, doch keiner der Anwesenden konnte es als das seine identifizieren. Dennoch ein Anfang.

Jetzt kam die Sache in Gang. Ein Telefon nach dem anderen wurde aus dem Schlamm gewühlt, gereinigt, herumgereicht. Schwarze, weiße und silberne Gehäuse glitzerten im Licht der Baggerscheinwerfer in Franiceks Händen. Hin und wieder kam es zu leise unterdrücktem Jubel, wenn eines der Beutestücke an den rechtmäßigen Besitzer zurückgelangt war. Solcherart beglückte Teilnehmer verschwanden dann rasch und ohne Abschied. Nach etwa zwanzig Minuten standen nur noch sieben oder acht Leute herum. Pauls Handy war nicht aufgetaucht. Auch die anderen Verbliebenen machten lange Gesichter. Erklärungen von offizieller Stelle, Verlautbarungen des Herrn Polizeioberrat Schwarz zum Beispiel, blieben aus. Franicek sah inzwischen aus wie nach einer Runde Schlammcatchen. Keiner wagte, ihn anzutreiben, doch noch tiefer zu graben. Im Gras lagen fünf Telefone, die keinem zu gehören schienen. Das war verwunderlich, denn es waren wohl zwei Dutzend Menschen da gewesen, und Franicek hatte bestimmt doppelt so viele Telefone ausgegraben. Warum lagen also nur fünf Stück dort? Ein paar waren anscheinend spontan »adoptiert« worden. Franicek hatte den Motor des Baggers die ganze Zeit weiterlaufen lassen, und erst jetzt, als er ihn endlich wieder abstellte und sich erneut tiefe Ruhe über den Schauplatz des Spektakels senkte, empfand Paul für Sekundenbruchteile so etwas wie Besinnlichkeit. So schien es auch den anderen zu gehen, denn plötzlich und sicher anders als ursprünglich geplant ergriff der Geistliche mit dem Schal das Wort und sprach doch noch ein paar verbindliche Sätze – von wegen Verknüpfung des Ewigen mit dem Weltlichen, in diesem Moment besonders spürbar, und Dank und Segen und was eben alles so von einem erwartet wird, wenn man einen bestickten Schal umhängen hat. Eine Frau mit üppig rot gelocktem Haar, das unter einem dunkelblauen Seidenkopftuch herausquoll, zog ein Taschentuch aus dem Ärmel, es kam allerdings anscheinend nur Rotz, keine Tränen. Während Paul die Hände brav gefaltet hielt und ernst vor sich hin schwieg, dachte er darüber nach, ob er sich vielleicht eines der übrig gebliebenen Handys mitnehmen sollte. Als schließlich alle davonschlichen und der Katzenmörder Franicek begann, das Loch wieder zuzubaggern, beobachtete Paul, wie der Geistliche sich bückte und ebenfalls eins der Smartphones an sich nahm. Nun – vielleicht war es ja seins gewesen? Als er sich dann allerdings noch einmal bückte und ein zweites in seiner Tasche verschwinden ließ, fiel Paul keine Entschuldigung mehr zugunsten des Gottesmannes ein.

64.

FORKELN:

das kämpferische Stoßen eines Geweihträgers gegen einen Nebenbuhler

In Majas Wohnzimmer flackerte wieder ein Teelicht in der Dunkelheit. Das gleiche Szenario wie in der Nacht zuvor. Nur dass Paul nicht mit solch sanften, süßen Gefühlen geflutet war. Er hatte Maja seit gestern nicht gesehen. Sie übernachtete heute im Haus ihres Vaters. So waren sie also ganz allein. Paul und Attila. Der treue Freund. Der unpünktliche, der es auf den letzten Drücker aber trotzdem noch geschafft hatte.

Attila saß auf dem Sofa und spielte fasziniert mit dem Nachtsichtgerät herum. »Alter, meinst du, man wird blind, wenn man da reinschaut und einer leuchtet einen direkt mit einer Taschenlampe an?«

Paul antwortete ihm nicht. Er war in nachdenklicher, ja grüblerischer Stimmung. Attila kannte ihn gut genug, um es damit auf sich beruhen zu lassen, und wandte sich einer neuen Beschäftigung zu. Was genau er tat, konnte Paul zunächst nicht erkennen. Er raschelte und knisterte eine ganze Weile herum. Dann brannte ein Feuerzeug auf und beleuchtete Attilas Gesicht, aus dem eine Zigarette hervorragte.

»Du kannst hier nicht rauchen!«, maßregelte Paul ihn empört.

»Warum nicht?«

Paul merkte an der trotzigen Stimmlage, dass er Attila nicht davon abbringen würde, und letztlich war es ihm auch egal. In den folgenden Minuten redete keiner. Hin und wieder sah Paul, wie der orangerote Glutknopf von Attilas Zigarette aufglomm und sein Gesicht in unwirklich scharfen Konturen abbildete. Der Rauch roch angenehm, nicht so scharf, nicht so gewöhnlich, wie Zigaretten es üblicherweise taten. Was mochte es sein, das Attila da gelassen inhalierte?

»Alter … was meinst du, ob Feen kacken?«

Paul beantwortete auch diese Frage nicht. Zum einen, weil er natürlich nicht wusste, ob Feen Stuhlgang hatten. Und er würde sicher nicht beginnen, darüber zu spekulieren. Was konsumierten Feen überhaupt? Licht und Liebe? Oder vielleicht doch Pollen und Nektar? Bienen jedenfalls mussten kacken. Aber Feen gab es gar nicht, oder? Entsprechend war es müßig, darüber ernsthaft nachzudenken. Eines jedenfalls machte die Frage seines Wachkumpans deutlich: Das, was Attila da rauchte, war kein Tabak.

»Weißt du noch, diese Lena? Die neben dir im Hörsaal saß?«

Attilas Gehirn war jetzt in anderen Sphären unterwegs, und Paul konnte ihm kaum folgen.

»Lina«, korrigierte er ihn und erinnerte sich sehr gut an das Mädchen. Sie war wirklich zauberhaft gewesen, und es lag gar nicht so fern, an Lina zu denken, wenn man gerade noch über Feen nachgedacht hatte. Im dritten Semester war das gewesen. Sie hatte in der Strafrechtvorlesung im Audimax neben ihm gesessen. Jeden Mittwoch. Paul hatte Attila davon berichtet, und so kam es, dass Attila einige Wochen lang ebenfalls an der Vorbereitung zum kleinen Strafrechtschein teilgenommen und »Strafgesetzbuch, Allgemeiner Teil« gehört hatte. Oder auch nicht gehört hatte, denn er hatte sich auf den anderen Platz neben Lina gesetzt und ihre Aufmerksamkeit von Paul – und dem allgemeinen Teil des Strafgesetzbuches – effektiv und konsequent abgelenkt.

»Die war so rothaarig! Total weiße Haut. Die stand auf dich, Alter!«

»Aber du bist mit ihr ins Bett gegangen!«, ätzte Paul beleidigt zurück. So lange war das her, und er konnte sich immer noch über die Sache aufregen.

»Ja«, stellte Attila ohne jede Spur von Reue fest. »Des einen Leid, des andern Freud!«

»In deinem Fall eindeutig Sigmund Freud!« Paul konnte Attila nicht ernsthaft böse sein.

»Was ist eigentlich aus der geworden? Ich habe nie wieder was von ihr gehört.« Das war in der Tat alles andere als untypisch für Attilas Romanzen.

»Staatsanwältin.« Zum Glück war es dunkel, denn sonst hätte Attila bemerkt, dass Paul errötet war. Freunde mussten einander ja nicht notwendigerweise immer alles erzählen. Paul war Lina nämlich vor einigen Jahren noch einmal begegnet, bei einem Wirtschaftsstrafprozess in Augsburg. Er und ein Kollege hatten den Geschäftsführer eines Unternehmens verteidigt, das wegen angeblich absichtlich ignorierter Hygienemängel in der Produktion gravierende Probleme wegen schwer kranker Kunden bekommen hatte. Lina hatte die Anklage vertreten. Während der Mittagspause hatten sie zusammen in der Kantine kaltes Hühnchen gegessen, und dann waren sie in Linas Büro gegangen. Das teilte sie sich üblicherweise mit einer Kollegin, die allerdings urlaubsbedingt abwesend gewesen war, und als Lina die Tür des spartanischen Staatsanwaltsbüros mit den vielen Aktenstapeln und den hässlichen Neonröhren von innen abgeschlossen hatte, wäre es beinahe zum Äußersten gekommen. Sie hatten sich bereits geküsst. Sie waren auch bereits zweckdienlich entkleidet gewesen, und Paul hatte stillschweigend die Erlaubnis erhalten, mit Lina zu tun … nun, was immer er begehrte. Auf einem Amtsschreibtisch. Es scheiterte allerdings dann doch in allerletzter Sekunde. An seinem Intellekt vermutlich. Oder an seinem Gewissen. Oder an seiner fehlenden Skrupellosigkeit oder an seiner ausgeprägten Feigheit oder vielleicht weil er ein anständiger Kerl war oder was auch immer. Jedenfalls hatte er an Sandra denken müssen, und da war es sofort aus gewesen mit seiner Standhaftigkeit, und es war an Lina gewesen, ihn zu trösten. Dass so was jedem mal passieren könne und dass sie es nicht persönlich nehme und so weiter. Alles eben, was einen solchen Moment noch unerträglicher und peinlicher macht, insbesondere im spartanischen Büro einer Staatsanwältin während einer Sitzungspause unter dem gestrengen Blick des Justizministers in seinem Plastikbilderrahmen.

Lina hatte nachmittags den ursprünglich geplanten Deal mit der Verteidigung überraschend doch noch platzen lassen und stattdessen vier Jahre Haft beantragt. Das Gericht schickte den Mandanten schließlich für drei Jahre hinter Gitter. Normalerweise wäre er bei guter Führung nach zwei Jahren wieder draußen gewesen. Er saß allerdings immer noch, weil später dann noch ein paar weitere Sachen aufgetaucht waren, um die sich allerdings ein anderer Kollege gekümmert hatte. Seit dieser Begegnung hatte Paul nichts mehr von Lina gehört.

Wieder leuchtete die orangefarbene Glut knisternd auf.

»Darf ich?«, fragte Paul.

»Klar«, antwortete Attila.

Sie saßen nebeneinander und kifften im Dunkeln. Es fühlte sich an wie warme Milch, wenn Paul den weichen Rauch inhalierte. Es kratzte gar nicht im Hals. Attila hatte ein Händchen für Dinge, die einem guttaten. Und es entspannte wirklich ungemein.

»Wegen Lina ...«, setzte Attila noch einmal an. »Ich muss dir noch mal was erzählen.«

Paul grinste im Dunkeln. Er war gespannt, was jetzt kam.

»Alter ...«

Attila tat sich merklich schwer, einen geeigneten Einstieg zu finden, das konnte interessant werden.

»Ich hab leider mit Sandra gefickt, glaube ich ...«, kam es dann doch.

»Was?!«

Attila hatte ein gewisses Talent, Dinge sehr konkret auf den

Punkt zu bringen, und es gab wenig Interpretationsspielraum, was diese Aussage anbelangte.

»Wann?«

»Gestern, glaube ich.«

»Wie bitte!? Was heißt, du glaubst es?«

»Na ja, gestern, ja. Ich konnte nichts dafür!«

»Spinnst du total? Was meinst du damit, du konntest nichts dafür?« Paul war unsinnigerweise aufgestanden und blickte auf Attila hinunter, der etwas verloren an seinem Joint saugte. Paul war furchtbar wütend, ein bisschen verzweifelt und ziemlich hilflos.

»Du hasst Sandra doch! Und sie hasst dich noch viel mehr, oder? Wie konntet ausgerechnet ihr beide denn um alles in der Welt …?«

Attila klang ausgesprochen kleinlaut: »Alter, ich hasse Sandra überhaupt nicht, ja! Ich fand sie immer schon ziemlich geil, und außerdem habe ich eine Seite an ihr kennengelernt …«

»Attila! Bitte … ! Wie ist das denn passiert? Ich glaub es einfach nicht! Du bist doch total krank im Kopf!«

»Na ja, ich hab ihr eine SMS geschickt wegen dem Treffen im Dreigroschenkeller. Das war ja schon irgendwie peinlich, und ich wollte mich entschuldigen …«

»Ach, komm. Dir ist es doch normalerweise scheißegal, ob das peinlich ist. Du hast Sandra schon in zehntausend Situationen gebracht, die eine Million Mal peinlicher waren als das! Weißt du noch, als du Durchfall hattest …?«

Attila schwieg. Sicher wusste er das noch. Manche Dinge konnte man schwerlich vergessen. Aber das hatte wirklich nichts hiermit zu tun, das war Paul schon klar. Er wollte es nur einmal erwähnt haben, um Attila in die richtige Ecke zu stellen.

»Also, erzähl mir doch nicht, dass du dich ausgerechnet

wegen dieser Sache plötzlich bei ihr entschuldigen wolltest! Du hast deinen verfluchten Schwanz einfach nicht unter Kontrolle!«

»Alter, warum regst du dich so auf, eh? Sie ist doch nicht mehr deine Freundin, oder? Und du wolltest sie unbedingt loswerden, und ich sollte dir helfen, eh? Das habe ich gemacht, oder? Ich habe dir geholfen, und es hat sehr, sehr gut funktioniert, ja? Warum regst du dich dann auf, wenn ich diese Frau, die ich immer schon sehr geil gefunden habe und für die du dich doch null Komma null interessierst, mal date?«

»Du datest sie?! Das wird ja immer besser! Ich dachte, du hast sie ein Mal gevögelt? Wie lange geht das denn bitte schon?«

Attila druckste herum. Eine Beziehung zu erklären fiel ihm offensichtlich wesentlich schwerer als einen One-Night-Stand. »Also, an dem Tag, an dem du heimgefahren bist, hab ich sie halt abends kurz getroffen. Und dann noch mal. Ein paarmal. Es ging ihr nicht so gut, und ich finde, du hast auch ein paar Sachen nicht so toll gemacht, Paul. Sandra ist nicht an allem allein schuld.«

»Attila!«

Das war ja wirklich rührend. Paul stand immer noch. Dazu fiel ihm einfach nichts mehr ein. Zumal Attila sowohl die Moral als auch die Logik durchaus auf seiner Seite hatte. Er nahm dem Freund den Joint aus dem Mund. Es war nur noch ein kleines Hütchen, und es wurde unangenehm heiß an den Lippen, wenn man daran sog. Es schmeckte jetzt auch schärfer, und Paul musste husten.

Es hätte nahegelegen, das Thema noch weiter zu vertiefen. Doch es wäre nicht klug gewesen. Paul hatte keinen zweiten Attila, deshalb wollte er den einen hier lieber schonen. Und wenn man die Angelegenheit zu Ende dachte: Was würde für Sandra dabei herausschauen? Nichts Erstrebenswertes. Kaum anzunehmen, dass die beiden Arm in Arm in die Abendsonne reiten würden. Attila war nicht der Mann dafür, glücklich zusammen alt zu werden. Er würde Sandra vermutlich eher das Herz brechen. War eigentlich also ziemlich fair. Eine schlimmere Pest als eine Affäre mit diesem ungarischen Romano-Romeo hätte er ihr kaum an den Hals wünschen können. Den hatte sie sich redlich verdient. Paul musste in der Dunkelheit schmunzeln. Das waren garantiert die Wirkstoffe, die er gerade inhaliert hatte! Wenn sie also schon bei krassen Offenbarungen waren …

»Oscar war gar nicht mein Onkel.«

»Er hat nur behauptet, dass er dein Onkel war? Krass, Alter!«

»Er war wahrscheinlich mein Vater.«

»Waaaas!?« Man konnte im Dunkeln fast die Schräubchen in Attilas Oberstübchen rattern hören. Seine Stimme klang eigentümlich heiser, weil er versuchte, auch das letzte Quäntchen des die Sinne vernebelnden Rauches aus dem Rest der Tüte zu saugen. »Das ist ja total …«, Attila hielt inne. Welche Banalität auch immer er auszusprechen im Sinn gehabt hatte, er überlegte es sich anders: »Seit wann weißt du es?«

»Seit heute Morgen …« Verwunderlich, wenn man das so bedachte.

Attila hüstelte und räusperte sich.

»Ich habe Briefe gefunden, die meine Mutter ihm geschrieben hat!«

Jetzt war der Glutpunkt im Dunkeln erloschen. Es war Paul egal, was Attila mit der ausgebrannten Kippe anfing.

»Bist du sauer auf ihn?«

War er wütend auf Oscar? Darüber hatte Paul noch gar nicht nachgedacht. »Ich weiß nicht …«

»Scheiße, er hat dir dein halbes Leben geklaut, oder?«

»Warum? Findest du?«

»Na ja, mit der Scheißonkelgeschichte? Wenn du gewusst hättest, dass er dein Vater ist?«

»Ich glaube eigentlich nicht, dass es was geändert hätte …«

»Alter! Das ändert alles, wenn einer dein Vater ist. Denk doch mal an Luke Skywalker, als Darth Vader ihm die Wahrheit gesagt hat!«

Paul musste erneut schmunzeln. Attila war ein großartiger Querdenker. Doch Paul war ein in Fragen der Logik geschulter Jurist: »Aber Darth Vader hat nicht jahrelang so getan, als ob er Lukes Onkel wäre, und er hat sich auch nicht so um Luke gekümmert wie Oscar um mich!«

»Dafür war er ein Sith-Lord und wollte Luke in die Scheißgeheimnisse der Dunklen Seite einweihen! Das ist doch eine krasse Ehre, oder?«

Jetzt musste Paul sogar laut lachen. »Das hat Onkel Oscar bei mir auch versucht! Und ich glaube, es ist ihm gelungen, oder?« Er hatte wieder Onkel Oscar gesagt. Die Sache mit dem Vater war einfach noch zu fremd.

Mit einem leicht wolkigen Gefühl tapste Paul in die Mitte des Raums und blickte durch das Fenster in die frühe Nacht hinaus. Die beiden Freunde schwiegen. Was für ein seltsamer Anlass, was für ein eigenartiges Gespräch. Wie ungemein wohl es tat, Attila bei sich zu haben. Wen hatte Paul sonst schon groß auf der Welt? Und Attila war sogar hergekommen. Nicht, dass Paul ernsthaft glaubte, dass er etwas Besseres zu tun gehabt hätte. Wenn er schon so weit war, Sandra zu …

65.

KUGELSCHLAG:

das Geräusch des auftreffenden
Geschosses auf den Körper des Wildes

Aus dem düsteren Nichts blitzte im Garten draußen ein greller Schein auf. Paul vermochte erst gar nicht zu sagen, was es war.

Das Licht wurde immer größer und heller und beleuchtete nun den ganzen Garten. Es flackerte gelb und rot und orange und ließ wilde Schatten tanzen. Eine Flamme. Es schien eine Art Fackel zu sein.

Und die war eben doch nicht aus dem Nichts gekommen. Eine Gestalt stand dort im Garten, breitbeinig, und hielt diese eigenartige Fackel in der rechten Hand. Schaurig sah das aus, apokalyptisch, teuflisch.

Paul wusste, wer das war. Er war also zurückgekehrt. Was wollte Brendel mit der Fackel? Das Haus anzünden? Wie unsinnig. Der Bungalow bestand aus Beton und Glas. Außerdem regnete es seit Stunden. Oder wollte er einfach eine Show liefern? Würde er jetzt gleich anfangen zu tanzen? Paul schoss es durch den Sinn, dass er die Walther nicht dabeihatte. Verdammt, wie leichtsinnig! Er hatte sie nicht zu der Grabschändung mitnehmen wollen, das war ihm zu mafiös erschienen, zumal die Polizisten dort gewesen waren, und dann hatte er einfach nicht mehr daran gedacht.

Also hatte er Walther nicht dabei, aber dafür Attila. Und er hatte eine zweite Chance. Wenn er schnell genug war, würde er den lächerlichen Feuerclown dort draußen heute vielleicht zur Strecke bringen, und ganz gleich, wie stark der sein sollte – zu zweit würden sie ihn schon kleinkriegen. Wenn Paul ihn da so schwarz im Feuerschein stehen sah, wirkte er eigentlich gar nicht besonders groß, fast zierlich, jungenhaft.

»Alter!«, meldete sich Attila jetzt zu Wort. »Der Typ ist ja total krass! Hat der einen Molotowcocktail in der Hand, oder was?«

Aus dieser Warte hatte Paul das natürlich noch nicht betrachtet, obwohl es bedrohlich logisch wirkte. Warum sollte ein mordlüsterner Psychopath mit einer Fackel herumlaufen, wo er doch auch einen hocheffizienten Brandsatz aus einer Bierflasche, etwas Super bleifrei und einem alten T-Shirt basteln konnte?

Jetzt bekam Paul es mit richtiger Furcht zu tun. Er beobachtete, wie ruhig der Mann weiterhin dort draußen stand, eine schwarze, gesichtslose Silhouette, eingehüllt in das rot-gelbe Flackern seiner brennenden Waffe. Es waren nur Sekunden, die diese tödliche Ruhe von einem Inferno trennten. Würde Paul nach draußen rennen und der Bursche warf dieses bösartige Ding nach ihm, würde er brennen wie eine Wunderkerze, und Spezialchirurgen müssten tagelang den Stoff seiner Kleidung aus seiner geschmolzenen Haut pulen. Er konnte eigentlich überhaupt nichts tun! Hätte Paul die Walther dabeigehabt, dann hätte er ihn jetzt abknallen können! Oder es zumindest versuchen. Heute hätte er sich sicher leichter getan, auf den Mann zu schießen, der dort nur wenige Meter vor ihm stand wie Luzifer. Der gefallene Engel … der ihn verbrennen wollte. Ob er Paul überhaupt sah? Oder betrachtete der Spinner fasziniert sein eigenes Spiegelbild in der Glastür? Auch diese Frage war jetzt völlig akademischer Natur. Letztlich bestand die einzige Chance, sich aus der Gefahr zu begeben, darin, das Haus rasch zu verlassen und Polizei und Feuerwehr zu alarmieren. Die würden den Irren hoffentlich einfangen, mit Hubschraubern und Straßensperren und was die Hüter der öffentlichen Sicherheit und Ordnung für solche Anlässe eben parat hatten. Jedenfalls war das gerade nicht der richtige Zeitpunkt, den Helden zu spielen, und auch gar keine besonders geeignete Gelegenheit.

Dummerweise war es auch sonst nicht der richtige Zeitpunkt. Der wäre nämlich etwa drei Sekunden früher gewesen.

Während Paul noch sinnierend den entflammten Hassbotschafter im nächtlichen Garten seiner Geliebten bewunderte, schoss urplötzlich ein greller Feuerball aus dessen Hand direkt auf Paul zu. Paul war so erstaunt, dass er einfach wie gelähmt stehen blieb. Dann hörte er gleichzeitig, wie Attila aufschrie und wie Glas zerbarst, und dann gab es eine blendende Explosion, die alles in unwirklich gleißendes Licht tauchte, und Paul spürte einen gewaltigen Hitzeschub. Absurderweise beinahe angenehm. Wie der Aufguss in einer Sauna. Gleichzeitig empfand er einen kurzen Schmerz in seinem linken Auge. Nichts Dramatisches. So, wie es sich anfühlt, wenn einem beim Radfahren eine Fliege ins Auge gerät. Aber es brannte unangenehm, und Paul musste reflexartig beide Augen fest zukneifen. Unter den geschlossenen Lidern quollen Unmengen Tränen hervor, liefen ihm über sein glühendes Gesicht und über die Lippen. Als er den Mund öffnete, um mit der Zunge darüberzufahren, verspürte er einen stark metallischen Geschmack. Es schmeckte beinahe ein wenig wie … Blut?

Was als Nächstes geschah, nahm Paul in seiner Blindheit und Verwirrtheit nur noch bruchstückhaft wahr. Er roch Benzin und starken Qualm. Er musste husten, regelrecht würgen. Er hörte Attila schreien, dann ein Rumpeln, ein Poltern, als würde ein großes Möbelstück umstürzen, und dann wurde Paul von den Füßen gerissen. Er schwebte einen unbestimmbar langen Augenblick in völliger Leere und schlug mit dem Kopf und mit dem linken Schienbein gegen etwas sehr Hartes … und dann war Paul verschwunden. Er war k. o. gegangen und lag nun zwischen flammenzüngelnden Benzinpfützen auf dem Boden.

66.

ANSPRECHEN:

Wild nach Art, Geschlecht, Alter und Zustand erkennen und klassifizieren

»Alter, willst du nichts sagen? Ich glaube, ich würde Scheiße sagen oder so, wenn ich höre, dass mein linkes Auge futsch ist!«

Paul hechelte, räusperte sich, wollte etwas flüstern, aber es ging wirklich nicht. Attila blickte sich im Raum um, verschwand aus Pauls Sichtfeld, tauchte dann wieder auf und hielt Paul einen Plastikbecher vor die Augen. Halb voll. Oder halb leer? Ja! Paul wollte trinken! Her damit, gib ihn mir, Attila, das wollte er sagen. Aber weder konnte er beherzt zupacken noch den Wunsch verbalisieren. Vielleicht würde der liebe Attila ihm den Becher ja vorsichtig an die Lippen führen? Um ihn zu ermutigen, blinzelte Paul wild mit dem rechten Auge.

Attila kam ganz nah an sein Gesicht und betrachtete sein verzweifeltes Zwinkern mit wissenschaftlichem Interesse, als würde er ein exotisches Insekt beobachten. »Darfst du eigentlich was trinken? Vielleicht ist das total gefährlich, Alter! Ich hol mal jemand.« Wieder erschien Attila in Pauls Sichtfeld. Attila beugte sich über ihn. Vermutlich zu dem Knopf, mit dem man die Krankenschwester rufen konnte. Dann setzte er sich auf die Bettkante.

»Hier ist es viel cooler als in dieser Klinik in Nürnberg. Die haben mich total scheiße behandelt. Keiner hat mir was gesagt, und dann wollten mich auch noch die Bullen einkassieren wegen Aussage und so.« Attilas Gesicht wirkte in Pauls beschränktem Sichtfeld wie der Mond. »Ich hab gesagt, dass sie warten sollen mit meiner Aussage, weil ich jetzt echt was Wichtigeres zu tun hab! Außerdem bin ich mir nicht sicher, ob wir besser mal drüber reden, was eigentlich gelaufen ist und so? Alter, das war so krass!« Attila stand auf.

Paul hörte, dass er im Zimmer hin und her spazierte. »Ich hab in der Scheißaugenklinik auf einem Stuhl gepennt, und als sie dich heute Vormittag hergebracht haben, wollten sie mich nicht im Krankenwagen mitfahren lassen!«

Tapp, tapp ... Wieder Attilas Gesicht.

»Ich hab dem Fahrer dann fünfzig Euro gegeben, und dann ging es. Das Geld brauch ich wieder, Alter!«

Die Tür öffnete sich. Der Klang einer jungen Frauenstimme: »Ist der Herr Colossa aufgewacht? Wie lange ist er schon wach?« Einen Augenblick später erschien ein Lächeln vor Paul, doch noch ehe er Details des Gesichts zu erforschen vermochte, war es auch schon wieder verschwunden. »Ich hol mal den Arzt.« Sprach's und war auch schon wieder weg.

Einige Stunden später saß Paul halb aufrecht in seinem Bett. Er hatte mitbekommen, dass er eine erfolglose Notoperation an seinem Auge in Nürnberg überstanden hatte und anschließend, kaum dass er aufgewacht war, ins Kreiskrankenhaus Neustadt verlegt worden war. Was ihm, so kurz nach einem so dramatischen Eingriff mit Vollnarkose, reichlich abenteuerlich vorkam. Zumal Neustadt eine Provinzklinik war. Veranlasst worden war das Ganze durch einen Mann namens Bartholomäus, den Paul nicht kannte. Jedenfalls hatten Attila und die Ärzte immer wieder davon gesprochen, Bartholomäus habe dies und habe jenes. Paul mutmaßte, dass es sich dabei um einen Nachnamen handelte. Er selbst hatte noch nie von ihm gehört und wunderte sich sehr, wie ein wildfremder Mann dazu in der Lage sein konnte, Entscheidungen im Rahmen seiner medizinischen Behandlung und seines Aufenthaltsbestimmungsrechts zu treffen, die üblicherweise eines nahen Angehörigen, eines richterlichen Beschlusses oder einer Patientenverfügung bedurft hätten. Nichts davon jedoch existierte, und so gehörte zu den zahlreichen Fragen, die Paul auf seiner inzwischen wieder etwas gelockerten Zunge brannten, was es mit diesem Menschen namens Bartholomäus auf sich haben mochte.

Attila, der treuen Seele, hatte Paul vorübergehend Dispens erteilt und ihm gestattet, Quartier in der Villa zu beziehen, um dort zu duschen und sich auszuschlafen, und so fand Paul sich ganz allein in dem Zimmer. Einem Zweibettzimmer, das Paul jedoch offensichtlich allein bewohnte. Paul war noch nie selbst als Patient in einem Krankenhaus gewesen. Ihm gegenüber hing ein Fernseher von der Decke, und dessen rote Digitalanzeige verriet Paul die Uhrzeit: 14.39 Uhr.

Die Tür öffnete sich und ein sehr, sehr dicker Mann trat ein.

Irgendwo hatte Paul den schon einmal gesehen. Der Kerl brachte locker drei Zentner auf die Waage. Er trug einen hellgrauen Anzug, sicher maßgefertigt, das war keine Stangengröße mehr, und ein aufgeknöpftes Hemd mit einem locker gebundenen Krawattenknoten. Die Krawatte war lavendelfarben, was Paul beruhigend fand. Im Gegensatz zum Rest der Gestalt.

»Grüß Gott, Herr Colossa!« Tiefer Bariton. »Mein Name ist Bartholomäus. Ich bin der Verwaltungschef von dem Laden hier.« Er lachte kurz gekünstelt, als wäre das lustig. »Ich hoffe, Sie haben sich inzwischen gut bei uns eingelebt?« Er wartete zu kurz, als dass Paul wirklich hätte antworten können. »Schlimme Sache, das mit Ihrem Auge. Ich habe mit den Kollegen in Nürnberg darüber gesprochen. Die haben wirklich alles versucht, das kann ich Ihnen versichern. Aber die Verletzung war zu schwerwiegend. Ich bin da nicht so ganz vom Fach, ich selber war, als ich noch aktiv war, eher von der Abteilung ›Augen zu‹ als von der Abteilung ›Auge weg‹, wenn Sie verstehen …« Er lachte wieder etwas bemüht, sah aber dann selbst ein, dass sein Scherz doch etwas unsensibel war. »Ich bin gelernter Anästhesist, aber ich praktiziere schon seit Jahren nicht mehr. Ich mache jetzt hier den Bürokram. Oberster Amtsschimmel, haha …«

Paul hatte immer noch nichts gesagt, bekam aber auch weiterhin keine Gelegenheit dazu. Der Dicke wälzte sich an sein

Bett, angelte sich einen der Plastikstühle und nahm Platz. Es wirkte, als würde ein Erwachsener sich auf einen Kinderstuhl setzen, und es bestand, aus Pauls zugegebenermaßen reduzierter Sicht, durchaus das Risiko, dass der Stuhl nachhaltig Schaden nehmen könnte. Andererseits: Wenn der Mann die Klinik leitete, dann war es ja quasi sein Stuhl.

»Wissen Sie, Ihr … Onkel …« Der Mann schien für einen Sekundenbruchteil zu zögern, als er es sagte, oder bildete sich Paul das nur ein? »Oscar war mir ganz gut bekannt. Wir haben öfter mal … na ja …« Er lachte wieder, jetzt klang es aber echt. Und ein bisschen traurig. »Ich dachte, es gefällt Ihnen vielleicht besser, wenn Sie hier daheim liegen als in so einem Riesenapparat in Nürnberg? Da kennt Sie ja kein Mensch, und niemand kümmert sich richtig um Sie. Schauen Sie – wir haben Ihnen ein feines Zimmer ganz für Sie allein organisiert …«

Paul war halb blind, aber er war nicht dumm. Dieser Mann verfolgte einen Zweck, und er würde vermutlich gleich damit herausrücken, warum er Paul gekidnappt hatte, obwohl der gerade erst aus der Vollnarkose aufgewacht war, und ihn von einem erstklassigen medizinischen Fachzentrum in ein Provinzkrankenhaus hatte verlegen lassen.

»Als Anwalt unterliegen Sie ja, genau wie wir Ärzte, einer gewissen Verschwiegenheitspflicht …?« Jetzt wartete Bartholomäus lange genug, um Paul antworten zu lassen. Die Antwort war ihm offenbar wichtig.

»Hmm«, krächzte Paul. Die raue Stimme rührte vom Intubieren bei der Narkose her, hatte man ihm erklärt.

»Na ja. Egal, der Name Colossa erscheint mir in gewissem Maße ein Garant für Vertraulichkeit. Ich habe Ihrem … Onkel …« Die Schweinsäuglein des Dicken blitzten auf, und jetzt erinnerte Paul sich endlich, woher er den Mann kannte. Er war ihm bei seinem Physio-Termin bei Adelheid Dauphin begegnet! Und er war sich ganz sicher, dass Bartholomäus bei »Onkel« gerade wieder gezögert hatte. Wusste er etwas? »Ich habe Oscar immer blind vertraut, und ich habe die Hoffnung, dass es umgekehrt vielleicht genauso war, jedenfalls …«, jetzt wurden die kleinen, klugen Augen sehr ernst, und die Stimme wurde leiser, »… könnte das, was er mir anvertraut hat, mich vermutlich hinter Gitter bringen, und trotzdem möchte ich mit Ihnen darüber reden …«

Paul richtete sich ein wenig weiter auf. Schon bei dem Gedanken an Adelheid Dauphin war ihm aufgefallen, dass er die Schulter im Augenblick nicht spürte. Und jetzt wurde er gewahr, dass er insgesamt keinerlei Schmerzen verspürte. Nirgends, gar nichts. Ein paradiesischer Zustand! Mochte das mit der klaren Flüssigkeit in Zusammenhang stehen, die an ihrem Gestell auf der Fensterseite des Zimmers neben seinem Bett hing und von der aus ein kleiner, durchsichtiger Plastikschlauch zu seinem rechten Arm führte, wo er unter einem Verband verschwand? Er empfand auch keine Panik oder Trauer, weil sein linkes Auge zugeklebt und er angeblich darauf erblindet war. Dabei fühlte er sich ganz klar, keineswegs betäubt!

Er richtete sich jedenfalls ohne Schmerzen noch weiter auf, denn er spürte, dass er jetzt nicht mehr nur Patient, sondern wieder ein bisschen auch Rechtsanwalt war, und das war keineswegs unangenehm. Mit selbstbewusstem Krächzen sagte er zu dem fremden Mann: »Reden Sie offen. Seien Sie unbesorgt.«

Bartholomäus rückte seinen Stuhl ein wenig näher an Pauls Bett und redete leise weiter: »Ich hab Oscars Plan zu sterben gekannt. Und er hat mich gebeten, ihm zu helfen. Ich wollte es nicht, wirklich, ich fand es absolut idiotisch, aber er hat gesagt, wenn ich ihm nicht helfe, dann würde er einen anderen finden, und ich hatte Angst, dass ihn jemand … nun, ich wollte, dass es sauber und ohne Schmerzen passiert. Sie wissen: Wenn er sich etwas in den Kopf gesetzt hatte …«

Ja, das wusste Paul.

»Das Problem ist: Es gibt natürlich Ärzte in Europa, die einem bei so was helfen. Aber nur, wenn man todkrank ist! Einen kerngesunden Mann wie Oscar, den bringt keiner um!«

Paul sollte jetzt also das große Geheimnis erfahren? Unterbewusst hatte er sich natürlich längst eine Meinung dazu gebildet. Genau genommen waren es verschiedene Varianten. Wie man sich ja auch verschiedene Strategien für einen Prozess zurechtlegte. Bei seinem Onkel, der inzwischen sein Vater geworden war, war soeben die Primärstrategie zusammengebrochen. Er war also nicht krank gewesen. Die Alternative sah deutlich düsterer aus: Sein Vater musste Probleme gehabt haben, die derartig gravierend und gleichzeitig unlösbar gewesen waren, dass selbst er keinen Ausweg mehr wusste. Das war doppelt beunruhigend, als es ja nicht nur Oscar selbst betreffen könnte, sondern auch seinen Erben. Tatsache war doch: Wirklich echte, ernsthafte, unlösbare Probleme hatten üblicherweise die Macht, mehr als nur einen Menschen in den Abgrund zu reißen. Paul kauerte sich innerlich zusammen.

»Wissen Sie, was der Grund war für seinen …« Paul war zu kleinlaut, um das scheußliche Wort Selbstmord auszusprechen.

»… für seinen Freitod?«, half Bartholomäus ihm aus der semantischen Patsche. Richtig, diesen schönen Euphemismus gab es ja auch noch. »Suizid« klang immer gleich so pathologisch, und »Selbstmord« beinhaltete einen unerträglichen juristisch-moralischen Vorwurf. Von Mord sprachen Juristen gemäß der Gesetzesdefinition nämlich nur, wenn eine Tötung von einer besonders abartigen Interessenlage geleitet war. Dem sogenannten »Mordmotiv«. Und da gab es eine abschließende Aufzählung in § 211 des Strafgesetzbuches: Mordlust, Befriedigung des Geschlechtstriebs, Habgier oder sonstige niedrige Beweggründe. Auch die Art des Tötens forderte gemäß der Norm vom Mörder besondere Niedertracht, er musste es nämlich heimtückisch, grausam oder gemeingefährlich tun. Wer aus anderen Gründen oder mit anderen Mitteln meuchelte, der war zweite Liga, bestenfalls ein Totschläger nach § 212 StGB.

»Es war wahnsinnig romantisch! Er wollte sofort bei ihr sein, als sie gestorben war. Er sagte, er wolle keinen weiteren Tag verlieren von der Ewigkeit, die er jetzt endlich mit ihr teilen durfte!«

Paul wollte es nicht glauben, es war doch gar zu unerhört …

»Sie wissen, dass ich von Ihrer Mutter spreche? Ich meine, wussten Sie, dass Oscar und Ihre Mutter …?«

»Ja. Obwohl mir leider nie jemand … Weder meine Mutter noch …« Paul überfiel eine ganz betrübte Stimmung. Er empfand es als nachgerade unanständig, dass dieser Mann mehr über seine Biografie gewusst hatte als er selbst!

»Ich habe inzwischen herausgefunden, dass Oscar mein Vater ist. War.« Das sagte er eher in Richtung der Zimmerdecke.

»Oh. Gut, ähm … ich dachte, er hätte Ihnen vielleicht einen Brief hinterlassen … das hatte er eigentlich vorgehabt … wir haben oft über diesen Brief gesprochen …«

»Ja, schon. Aber es stand leider nichts Wichtiges drin. Nur über die Kanzlei. Vielleicht wollte er es mit ins Grab nehmen. Was nicht dafür spricht, dass er mir vertraut hat, oder?«

Bartholomäus war klug genug, das nicht als persönlichen Vorwurf misszuverstehen.

»Wissen Sie, das ist sicher alles sehr schwer für Sie. Aber ich glaube, Ihre … Ihre Eltern hatten durchaus vorgehabt, es Ihnen noch zu sagen, also ich meine, dass sie Ihre Eltern waren. Nur … sowohl Ihre Mutter als auch Oscar starben früher als erwartet! Man kann das Leben nicht wirklich planen … und der Tod gehört zum Leben. Deshalb lässt er sich ebenso wenig planen.«

Paul war nun richtig verärgert und, auch wenn es nicht gerecht sein mochte, durchaus bereit, den eigentlich seiner Mutter und seinem »Onkel« geltenden Ärger auf diesen Fettsack zu projizieren. Genug Fläche bot der allemal!

»Nun – Oscar hat es doch ganz genau geplant, oder? Er hatte nur keinen Termin mehr frei für mich, bevor er gegangen ist. Mit Ihrer Hilfe, wenn ich das richtig verstanden habe, das wollten Sie mir doch sagen?«

Bartholomäus senkte den Kopf und überlegte kurz: »Eben nicht!«

Ein Gerät surrte im Raum.

»Oscar hat sich nicht selbst … also es war kein Suizid. Es war ein Unfall oder Schicksal. Wie man es sehen will. Wenige Tage vor dem geplanten Zeitpunkt hat ihn völlig überraschend ein Infarkt erwischt. Wir konnten nichts mehr für ihn tun. Aber weil er ja fast alles vorbereitet hatte, kam alles genau wie von ihm geplant.«

Draußen war die Sirene eines Rettungswagens zu hören.

Paul fühlte plötzlich so etwas wie … ja, war es am Ende gar Glück? Richtig! Er fühlte sich gerade ein kleines bisschen glücklich! In dem ganzen Elend war ein beruhigendes, warmes Gefühl erwacht. Dazu passend, fast ein wenig kitschig, vielleicht aber natürlich auch mystisch oder magisch heraufbeschworen, brach die Sonne draußen durch die tiefgrauen Wolken, und der Himmel vor dem Fenster verwandelte sich in eine orangerote Lichtwand. Oscar, sein Vater, war gar nicht einfach wortlos und feige abgehauen. Er hatte ihn nicht ohne Abschied im Stich lassen wollen. Er war gestorben. Überraschend, wie das eben so ist. Viel zu früh, aber doch nach einem großen und erfüllten Leben. Was mehr konnte man sich eigentlich wünschen?

»Und wie war das mit seinem … mit Ihrem … Plan …?«

»Nun, darüber wollte ich gerne mit Ihnen sprechen. Das ist der eigentliche Grund, warum ich hier bin – abgesehen davon natürlich, dass mir Ihr Wohlergehen sehr am Herzen liegt!«

»Sie sagen, er wollte zu meiner Mutter?«

»Richtig, ja. Das war sein unbedingter Wunsch. Er war felsenfest davon überzeugt, dass sie auf der anderen Seite auf ihn wartete. Regelrecht fanatisch! Als er von ihrem Tod erfahren hat, stand er für ein paar Tage unter Schock. Ich habe ihn noch nie derartig … vernichtet erlebt. Ich wollte ihn einweisen! Er ist direkt zu mir gekommen und hat mich gebeten, ihm was zu verschreiben, damit der Schmerz aufhört. Aber dann plötzlich, ich weiß gar nicht, was den Ausschlag gegeben hat … Ich habe ihn in ein Bett legen lassen, und er bekam ein leichtes Sedativum und Kochsalzlösung und sonst nichts. Jedenfalls kam die Schwester zu mir und bat mich, rasch zu ihm zu gehen. Sie sagte, Oscar würde sich eigenartig benehmen. Mein Gott, ich habe schon das Schlimmste befürchtet! Und da saß er auf seiner Bettkante, ja, er saß und hatte die Infusion im Arm, so wie Sie jetzt, und die Tränen liefen ihm in Bächen übers Gesicht, und dabei lachte er! Er lachte leise vor sich hin.« Bartholomäus blickte nachdenklich in den leuchtenden Himmel hinaus. »Mir war sofort klar, dass etwas passiert sein musste. Aber anders als die Schwester wusste ich, dass er keinen Nervenzusammenbruch gehabt hatte. Nein, ich merkte, dass dieser Knabe gerade eine Erleuchtung erfahren hatte. So was habe ich noch nie zuvor erlebt in all meinen Jahren als Arzt. Wunder habe ich jede Menge gesehen! Menschen, die dem Tod von der Schippe gesprungen sind. Die behauptet haben, dass sie die andere Seite gesehen haben. Menschen, die schon alle Hoffnung aufgegeben hatten und dann … Aber das war ein anderes Wunder. Keine Nahtoderfahrung. Dieser Mann war regelrecht in göttliche Gnade getaucht worden! Er triefte nur so davon, und der Funke sprang … auf mich über, ja!« Bartholomäus lächelte jetzt beseelt, und Paul bekam eine ganz vage Vorstellung davon, was er gemeint haben könnte.

»Als er mich dann bat, ihm zu helfen, zu ihr zu gehen, da … konnte ich keinen Widerstand mehr leisten, wissen Sie? Ich war wehrlos. Ich meine, es war sonnenklar, dass er wusste, wovon er redete. Dass er recht hatte!«

Wieder blickte Bartholomäus verträumt in das Feuerspektakel am Himmel, das seine Äuglein strahlen ließ.

»Also habe ich diese Schweizer Klinik kontaktiert. Und ein Bekannter von ihm, ein Bestattungsunternehmer, hat irgendwie von dort dieses Barbiturat beschafft. Wissen Sie, dieser alte Kauz … ich bin ihm so dankbar! Ich, ich … glaube jetzt wieder. Ich glaube tief und innig. Ich habe jede Angst verloren!«

Paul war fassungslos. Es war das erstaunlichste Gespräch, das er je geführt hatte. Sein anfängliches Glücksgefühl war jetzt noch intensiver geworden. War das alles nur esoterischer Quatsch? Oder hatte er gerade einen Blick durchs Schlüsselloch werfen dürfen?

Paul und Bartholomäus sahen einander in die Augen. So wie es vielleicht die Jünger getan haben mochten, als der Heiland auf seiner Wolke entschwunden war. Was Paul nicht für sonderlich wahrscheinlich hielt. Aber irgendetwas Beeindruckendes musste auch damals im alten Palästina passiert sein, sonst würde man im Nachhinein sicher nicht so viel Wirbel darum machen. Je länger eine Sache zurücklag, umso verworrener und unschärfer wurden die Zeugenaussagen dazu. Das wusste Paul nur zu gut. Aber ein Kern Wahrheit bleibt immer erhalten. Es war sicher bewegend gewesen, damals in Jerusalem persönlich dabei gewesen zu sein. Genauso fühlten sich die beiden Männer im Neustädter Krankenhaus auch gerade. Teilten ein fantastisches Geheimnis miteinander. So eine Art metaphysische Blutsbrüderschaft!

»Die Sache ist die …«, unterbrach Bartholomäus den schönen Moment. »Es wäre mir sehr lieb, wenn diese Barbiturate nicht in falsche Hände geraten würden, jetzt, wo sie nicht mehr gebraucht werden. Am allerliebsten wäre es mir, wenn ich sie haben könnte. Herr Colossa, Sie haben nicht zufällig …?«

»Ich habe sie gefunden. Also einen Teil. Ich glaube, der Bestatter hatte auch noch welche … Aber ich hätte sie gerne behalten als Andenken, falls ich mal …«

»Auf gar keinen Fall!« Bartholomäus hatte ruckartig seine gesamte Masse hochgerissen und stand neben Pauls Bett. »Ein toter Colossa genügt fürs Erste völlig. Bitte geben Sie sie mir unbedingt!«

Paul versprach es, und bald endete das Gespräch versöhnlich mit einigen Ausführungen des ärztlichen Verwalters dazu, wie sagenhaft realistisch Glasaugen heutzutage aussehen würden und dass man sich keine Vorstellung davon machte, wie viele Menschen mit einer solchen Prothese herumliefen, gänzlich unauffällig und unbemerkt. Selbst Prominente! Und er nannte einige Namen, die Paul leider noch nie gehört hatte.

Die rote Digitalanzeige am Fernseher zeigte 15.21 Uhr. Nachdem Bartholomäus gegangen war, hatte ein freundlicher Krankenpfleger in Grün ihm Kaffee und Kuchen gebracht. Paul fragte sich, ob das der Spezialbehandlung geschuldet war, die er hier genoss. Das Tablett mit dem krümeligen Teller und der leeren Tasse stand auf seinem Nachttisch. Wo sein Smartphone wohl war? Er wagte nicht, allein aufzustehen, und so harrte er der Dinge.

Sie weckten ihn aus einem Nickerchen in Gestalt des getreuen Attila, der frisch geduscht und ausgeschlafen aus der Villa zurückgekehrt war und Verstärkung mitgebracht hatte. Das kleine Zimmer war bald regelrecht überfüllt. Fräulein Christiane, voll mütterlicher Sorge. Micha und Lilian Draxler – und überraschenderweise auch Frau Barbara. Sie hatten ihm Blumen mitgebracht, eine Tageszeitung und Pralinen, wie sich das bei einem Rekonvaleszentenbesuch eben gehörte. Was nicht auf den Nachttisch passte, wurde am Boden abgestellt.

Fräulein Christiane wischte Paul eine Haarsträhne aus dem Gesicht, klopfte das Kissen in seinem Rücken auf, kippte das Zimmerfenster. Dann begann sie zu berichten, was auf ihrer Seite der Front inzwischen so alles geschehen war.

»Ich habe kurz ins Büro geschaut und einige spannende Sachen gefunden. Also zuerst einmal … taraaa!« Sie zog einige Seiten gedrucktes Papier aus einer Plastikfolie und hielt sie Paul hin. Der überflog sie. Dr. Gelbfoss war scheinbar ein fleißiger Richter, der auch am Sonntagnachmittag, wenn seine Behördenkollegen noch tief im Wochenende vegetierten, schon Beschlüsse verfasste. Eigenhändig mutmaßlich, denn am Sonntag fand sich sicherlich keine Schreibkraft in den verwaisten Büros des Nürnberger Justizpalastes. Der folglich selbst tippende Richter hatte jedenfalls auf Pauls gleichfalls selbst getippte Ergänzung des Antrags nach dem Gewaltschutzgesetz postwendend ein umfassendes Kontaktverbot erlassen, das Brendel untersagte, sich Maja oder ihrem Haus weiter als fünfzig Meter zu nähern, bei Androhung von Haft im Falle der Zuwiderhandlung. Die für Majas Wohnsitz zuständige Polizeidienststelle sei bereits per Telefax vorab informiert, die Zustellung an Brendel hatte der rührige Richter ebenfalls schon veranlasst. Als ob das jetzt noch helfen würde!

»Hm«, machte Paul, als er Fräulein Christiane das Dokument zurückreichte. Sie wirkte enttäuscht.

»Dann habe ich den Anrufbeantworter abgehört. Die Polizei möchte mit dir sprechen und auch mit deinem Freund …

ähm …« Sie zögerte und warf einen unsicheren Seitenblick zu Attila, der sich auf das leere Nachbarbett gesetzt hatte. Sein Gesicht schien ihr Gedächtnis aufzufrischen. »Attila. Ich habe der Polizei gleich mitgeteilt, dass du dich erst melden wirst, wenn du wieder auf den Beinen bist. Aber die Kripo besteht darauf, dich sofort im Krankenhaus zu befragen. Es ist nämlich so …«

Alle blickten sie erwartungsvoll an.

»Nach Brendel wird gefahndet! Sie wollen ihn einkassieren!«

Ein Gefühl des Triumphs stellte sich bei Paul ein.

»Weiß Maja davon?« Wieder an sie zu denken war herzerwärmend. Er hoffte, dass sie ihn ebenfalls bald besuchen würde. Aber was, wenn die Sache mit dem fehlenden Auge sie vielleicht anwidern würde? Paul hatte keine Ahnung, wie das Auge im Moment aussah und ob ein Glasauge wirklich so unauffällig wäre, wie Bartholomäus es ihm versichert hatte. Und selbst wenn: Vielleicht fand sie allein die Vorstellung schon abstoßend – ein alter, einäugiger Liebhaber? Unfug, mischte sich der Wolf ungefragt in seine Gedanken. Einäugig, das wirkt verwegen! Das ist piratenmäßig. Und immerhin hatte er sein Auge verloren, als er für sie kämpfte!

»Ich weiß nicht … vielleicht hat die Polizei sie inzwischen ebenfalls kontaktiert? Von mir weiß sie es nicht!«

»Okay. Ich würde es ihr gerne selber sagen!«

Keiner wollte Paul diesen harmlosen Wunsch abschlagen, und ein allgemeines Schmunzeln machte sich im Raum breit.

Während des Gesprächs hatte Paul es nicht vermeiden können, seine Besucher nebenbei etwas genauer zu beobachten, und dabei war ihm aufgefallen, dass einzig Fräulein Christiane unauffällig wirkte. Alle anderen hingegen …

Zum Beispiel Micha und Lilian Draxler. Paul hatte nach wie vor nicht den Hauch einer Ahnung, ob Micha Männlein oder Weiblein war. Micha trug eine schwarze Lederjacke und Jeans –

das besagte heutzutage gar nichts. Das Haar war nach wie vor halb lang oder halb kurz, jedenfalls ohne Informationsgehalt.

Was Paul allerdings wesentlich mehr beunruhigte, war, was er gerade bei seiner Mitarbeiterin Lilian Draxler bemerkte: Die hatte doch bereits mehrmals Michas Hand genommen. Ganz kurz immer nur. Aber es bedurfte nicht mehr als eines Auges, um das deutlich zu erkennen! Hatte seine vollbusige Nebenzimmer-Nachtigall der volkstümlichen Musik etwa eine Affäre mit diesem … oder dieser … Micha? Nicht, dass Paul damit ein Problem gehabt hätte. Oder doch? Die entscheidende Frage lautete: War Lilian Draxler möglicherweise lesbisch? Auch damit hatte Paul kein Problem, oder doch? Egal, er musste es wissen!

Wesentlich unproblematischer war es zu erkennen, dass Attila währenddessen ebenfalls nicht untätig auf seinem, oder besser gesagt: Pauls Zweitbett gesessen hatte. Er hatte sich überhaupt keine Mühe gegeben zu verbergen, dass er seine Hand die meiste Zeit an Frau Barbaras Hintern hatte. Und die bemerkte das ohne jeden Zweifel ebenfalls, versuchte jedoch nicht einmal, den Eindruck zu erwecken, als würde es sie stören. Attila hatte also nicht lange gebraucht, dem Geheimnis der Mieterin auf die Spur zu kommen. Ob er dafür bezahlte? Das hätte Paul überrascht. Arme Sandra! Sic transit gloria mundi.

16.23 Uhr. Paul erholte sich von seinen Besuchern, indem er auf seinem ihm inzwischen wieder zugeführten Smartphone die Weiten des Internets durchsurfte. Genau genommen Kurzmeldungen auf einem Nachrichtenportal. Bergarbeiterstreiks hier. Sexvideoskandale dort. Filmpreise, Waldbrände, Misswahlen. Was die Menschen auf der alten blauen Erde eben so beschäftigte. Dann durchsurfte er die Weiten seines Inneren. Er sah seine Mutter und Oscar. Und Maja. Die wieder einmal nicht auf seine Nachrichten geantwortet hatte. Ob sie überhaupt wusste, wo er war? Was passiert war?

67.

ABNICKEN:

Wild durch einen Stich ins Genick töten

Offensichtlich ja! Paul schrak zusammen, denn er war mit dem Rücken zur Tür gesessen, den Blick auf den kleinen Bildschirm geheftet, als Maja quasi geräuschlos das Zimmer betreten hatte.

»Paul?«

Er drehte sich um und starrte sie erschrocken aus seinem unverletzten Auge an. Sie sah furchtbar aus! Hübsch angezogen, ja, mit einem engen roten Pulli, einer schwarzen Lederhose und einem dunkelgrauen Strickmantel, die Haare zu einem Knoten gesteckt. Aber ihr Gesicht! Als wäre sie über Nacht um Jahre gealtert! Farblose, tief liegende Augen, blasse Lippen und hässliche rote Pickel. Dennoch versuchte sie ein Lächeln.

»Wie geht es dir? Was ist mit deinem Auge passiert?«

Paul merkte, dass es nicht gut wäre, wenn er ihr jetzt die ganze Wahrheit erzählte. Er fühlte sich wie ein Erwachsener, und sie stand da wie ein Kind. Nicht so abwegig, der Gedanke. »Schon okay. Unkraut vergeht nicht!« Sein Lächeln war viel ehrlicher als ihres. Paul schwang das Gipsbein auf sein Bett. »Komm doch her zu mir! Ich kann nicht so gut aufstehn.« Er klopfte auf die weiße Schale an seinem Bein.

Maja fremdelte erkennbar. Schämte sie sich vielleicht, weil er so viel für sie riskiert hatte? Das musste sie doch nicht. Ehrensache.

»Paul … ich brauche deine Hilfe!« Das klang nicht nach Scham.

»Okay, klar! Was ist los?«

Betreten starrte Maja auf ihre Wildlederstiefel. »Grischa ist tot …«

»Mein Gott!« Paul hatte keine wirkliche Beziehung zu dem Jungen gehabt, er war ihm immer suspekt vorgekommen. Aber in den letzten Tagen hatte er doch irgendwie dazugehört! Er war ein Teil des Teams gewesen, und wenn man einen Soldaten aus der eigenen Einheit verlor … »Was ist …?«

»Er lag tot im Garten. Genau wie Tolstoi.«

Nach wie vor sah sie Paul nicht an. Er merkte, dass sie um Fassung rang. Sie sah jetzt in die Zimmerecke, gezielt an ihm vorbei.

»Wie meinst du das?«

»Paul …« Jetzt wurde sie heftiger. »Genau wie Tolstoi eben! Am Teich und ohne …«

Paul dachte an den toten Hund. Den kleinen Kopf, der im Teich geschwommen war. Das Blut. Und plötzlich beschlich ihn ein furchtbarer Verdacht, schreckliche Bilder. »Du meinst, Brendel hat ihn …?«

»Nein!« Jetzt schrie sie Paul fast an. »Pius hat überhaupt nichts damit zu tun!«

Pius? Oha! Das hatte etwas verstörend Zutrauliches. Gar nicht passend zu einem stalkenden Hundemörder.

»Erzähl mir, was genau passiert ist, Maja. Ich meine, was du darüber weißt.« Paul konnte nicht verhindern, dass er jetzt ebenfalls gereizt klang. *Pius*. Das hatte ihm einen Stich versetzt. Tief drin.

»Wir lagen die ganze Zeit völlig falsch, Paul. Pius hatte überhaupt nichts mit der Sache zu tun! Also am Anfang natürlich schon. Die Briefe und die Anrufe und das … Aber das ganze kranke Zeug … das war Grischa! Pius war gar nicht mehr in der Stadt, nach dem Gericht …«

»Grischa?« Sooft Paul in letzter Zeit auch mit schockierenden Überraschungen konfrontiert worden war, er hatte immer noch nicht gelernt, gelassen damit umzugehen. Es traf ihn doch ein ums andere Mal hart breitseitig.

»Ja. Grischa hat die Morddrohungen … und die Zigaretten … und das Kondom … und er hat Tolstoi …« Jetzt sah sie ihn endlich an, weinte aber interessanterweise nicht. Sie wirkte eher verbittert. »Und er hat gestern Nacht versucht, das Haus anzuzünden. Vater hat mit ihm gesprochen. Er hat alles zugegeben.«

Jetzt wandte sie sich ganz von ihm ab und schien ein klein wenig zu schrumpfen. »Heute Morgen lag Grischa tot im Garten, und sein Kopf schwamm im Teich … abgehackt mit einem …«

»Das ist ja …« Paul rang ernsthaft um Worte. »Wer kann denn das …«

»Paul, ich weiß nicht … ich kann nicht … vielleicht hat Vater etwas damit … ich hoffe nicht …«

Am Ende also doch. Am Ende war Rivinius eben doch einer dieser Russen, für die nur ihr eigenes Gesetz gilt. Victor Rivinius hatte seinen Sklaven hingerichtet, weil der sich an seiner Tochter vergriffen hatte. Der Fürst. Es war schockierend. Widerlich. Ob er es selbst getan hatte? Nein. So lief das nicht. Irgendein Handlanger. Vielleicht dieser Müller.

»Paul, die verdächtigen Pius!«

Natürlich verdächtigten sie den Stalker. Bislang hatte Paul das ja auch getan. Es drängte sich regelrecht auf! »Woher weißt du, dass er es nicht war?«

»Er war bei mir, Paul.«

»Das darf er gar nicht!« Paul wurde ganz hektisch, fahrig. »Wir haben jetzt endlich das Kontaktverbot! Es kam per Fax …« Aber da merkte Paul selbst, wie albern er gerade klang. »Du hast ihn reingelassen? Wo ist er jetzt? Wo wart ihr beide, als Grischa …?«

»In Papas Haus.« Sie konnte Pauls Anklagen nur schwer ertragen. »Papa ist nicht mehr da. Er ist nach Kaliningrad abgereist. Dr. Mehlsen war heute Morgen bei uns und …«

»Du hältst dich mit dem Stalker Brendel und seinem Arschlochanwalt in einem Haus auf!?«

Wie eine vernichtende Feuersbrunst walzte ihm der gekränkte Stolz durchs Gemüt. »Darf ich fragen, was du dann noch hier willst? Der Kollege Mehlsen wird es schon hinbiegen, oder? Vielleicht kann er deinen Vater ja auch gleich mit verteidigen? Einen kleinen Chinesen köpfen, das kann doch jedem mal passieren. Scheiß drauf, es gibt so viele von denen, ob der eine oder andere zerlegt in deinem Garten rumliegt, darauf kommt es doch auch nicht mehr an. Hauptsache, es war für einen guten Zweck!« Paul hielt inne, zögerte. Ein unerhörter Gedanke bemächtigte sich seiner plötzlich. »Sag mal – bist du etwa wieder mit Brendel zusammen? Ist er deshalb bei dir?«

Betreten blickte Maja auf ihre Schuhe.

Und Paul rastete jetzt völlig aus. Er brüllte Maja an und spuckte beim Schreien: »Ja, bist du denn völlig pervers? Dieser gestörte Wichser, diese Drecksau, der dich geschlagen hat und den du vor Gericht gezerrt hast! Und jetzt fickst du ihn wieder, ja? Wie krank bist du denn bitte!?«

Paul hatte das Bedürfnis, Maja ins Gesicht zu schlagen, aber er beherrschte sich. Er atmete schwer.

»Na, dann hat Grischa jedenfalls einen letzten tollen Job gemacht, oder? Er hat euch wieder zusammengebracht, dich und das Arschloch!«

Paul wusste nicht recht, was er eigentlich dazu sagen wollte, und rettete sich in Pragmatismus: »Dann kann Mehlsen sich auch gleich mal überlegen, was ihr mir für mein Auge zahlen wollt! Ich hab nämlich dank eurer romantischen Lovestory jetzt nur noch eins!«

In einem Impuls aus Hass riss Paul das Pflaster und die Watte von seinem linken Auge und schleuderte es von sich. Er sah trotzdem nichts. Es blieb dunkel. Das überraschte ihn absurderweise. Es war leichter, sich mit der Blindheit abzufinden, als sie noch verpackt war. Maja machte einen Satz rückwärts und kreischte hysterisch auf. Das kaputte Auge schien wohl nicht besonders betörend auf die Dame zu wirken. Das Pflaster lag blutgetränkt zwischen ihnen auf dem Boden.

Seltsamerweise wurde Paul jetzt wieder ganz ruhig: »Eins musst du mir trotzdem noch verraten, und sag mir nicht, dass du es nicht weißt. Warum hat Grischa das eigentlich getan?«

Maja blickte immer noch verstört auf Pauls kaputtes Auge, antwortete dann aber: »Grischa und ich waren früher …«, sie schien die richtige Formulierung auf dem Fußboden bei dem blutigen Pflaster zu suchen, »… Grischa war der erste Mann, mit dem ich … Wir waren damals fünfzehn oder sechzehn … Für mich war es nur ein Experiment, aber ich glaube, für ihn war es … mehr …«

18.58 Uhr. Paul stand am Fenster und sah in die bereits angebrochene Nacht. Unter dem neuen Pflaster in seinem Gesicht juckte es. Das Stehen mit Gipsbein war schwierig, aber Herumsitzen hielt er unmöglich noch länger aus. Nur die Leselampe an seinem Bett beleuchtete das Zimmer. Im Fernseher lief eine Dokumentation über Zebras. Die Steppenbewohner mit dem Sträflingsdesign waren gar keine Pferde, sondern ein ganz eigenes Ding. Wie Paul. Sah aus wie ein Anwalt, war aber in Wirklichkeit ein Vollidiot. Interessanterweise machte er sich im Moment weniger Sorgen über den Stalker, das Mädchen und die Leiche, sondern vielmehr über seine falsche Versicherung an Eides statt. Der Mann, den er verfolgt hatte, war also gar nicht Brendel gewesen, sondern Grischa. Paul hatte gelogen. Darauf stand Haft. Raus aus der schwarzen Robe, rein in den Zebraanzug. Wobei Häftlinge in der Regel Jeans und blaue Oberhemden trugen. Nur im Comic waren sie gestreift.

Unten im Hof der Klinik standen einige Laternen, die Lichtinseln auf dem Pflaster bildeten. In einer der Lichtinseln war mit gelbem Klebstreifen ein Quadrat abgegrenzt, zwei Meter auf zwei Meter vielleicht. Darin war eine große rauchende Zigarette abgebildet. Dort und nirgends sonst auf dem weiten Pflaster war die Sucht also erlaubt. Eine automatische Schiebetür öffnete sich, und eine sehr alte Frau mit weißen Haaren, weißer Haut und weißem Bademantel kroch in den Hof. Sie klammerte sich an eine dieser Stangen auf Rädern, wie auch Paul sie neben seinem Bett stehen hatte, an der ein Infusionsbeutel hing. Ihre knochigen Hände krallten sich an das Metall. In Zeitlupe schleppte sie sich und ihr lebenserhaltendes Gestell zu dem gelben Quadrat. Wie Jesus auf Golgatha. Ein harter Kampf, bei dem lange unklar blieb, ob sie ihn gewinnen würde. Dann stand sie endlich unter der Laterne. Aus ihrem Bademantel zog sie eine Schachtel Zigaretten und zündete eine an, umständlich und zitternd. Nur hier war das erlaubt, nirgends sonst. Solche Regeln sind unbedingt zu befolgen. Wer es nicht übern Hof ins gelbe Quadrat schafft, muss an was anderem sterben.

68.

RANZ:

die sexuell aktive Zeit des Raubwilds

Paul war nackt. Bis auf das Ding an seinem linken Bein. So eine Art Exoskelett, das den abheilenden Bruch stabilisierte, den Muskeln aber erlaubte, sich wieder zu regenerieren. Was sehr futuristisch klang, in der Dusche aber ungemein lästig werden konnte und ihn zudem gezwungen hatte, zwei seiner Jeans aufzuschlitzen. Die Alternative wäre gewesen, sein Leben in Boxershorts oder im Jogginganzug zu fristen.

Badezimmerlicht war nicht unbedingt vorteilhaft, aber selbst in diesem Schein zeigte der Spiegel Paul neuerdings einen Mann, der ihm imponierte. Einen Mann mit Stoppelbart, halblangem lockigem Haar und einer verwegenen Augenklappe. Vom Leben gezeichnet.

Seit dem letzten Besuch hatte Paul nichts mehr von Maja gehört. Es war ihm auch egal. Beinahe jedenfalls. Dafür hatte er morgen zum dritten Mal einen Termin in der Kanzlei mit Durasch und Bleisteiner, den beiden Kripobeamten von der Mordkommission. Anfangs hatte er panische Angst gehabt. Wegen seiner falschen Versicherung an Eides statt. Wegen der Walther. Wegen des Joints, den er mit Attila geraucht hatte. Aber das alles interessierte offenbar keine Sau! Zunehmend genoss Paul es deshalb, förmlich vernommen zu werden. Wegen seiner Verletzung kamen sie zu ihm – und nicht umgekehrt. Vermutlich genossen sie ihrerseits auch den Komfort, die Vernehmung nicht selbst auf Band diktieren zu müssen, weil Lilian Draxler alles gleich am Computer mitprotokollierte.

»Paul!«

Oh! Da war jemand aber ungeduldig. Zeit, ins Schlafzimmer zurückzukehren. Auf dem Wohnzimmertisch stand eine halb leere Whiskyflasche, daneben ein Wust von Papieren. Oscars

Abschiedsbrief. Der echte. Der eigentliche. Oder besser gesagt: der Entwurf des Briefs, voller Streichungen und Randbemerkungen und ohne Schluss. Den hatte Paul im Tresor gefunden. Ein magisches Fragment. Ein überbordendes Dokument des Glaubens, der Hoffnung und der Liebe. Paul war dank dieser Blätter ganz und gar versöhnt mit seinem Vater und wünschte nur, solch einen Brief auch von seiner Mutter erhalten zu haben. Oscars Brief berichtete von einer atemberaubenden, lebenslangen, großen und leider oft unerfüllten Liebe. Paul verstand nicht recht, warum seine Mutter nach Vaters Tod nicht zu Oscar gezogen war. Aber Oscar schrieb, es wäre wegen ihm, wegen dem kleinen Paul gewesen. Und wegen seines Vaters. Seines echten beziehungsweise seines falschen Vaters, Oscars Halbbruder Robert. Paul sollte nicht mit der Erkenntnis einer beschämenden Lüge aufwachsen müssen. Selbst als er längst alt genug für die Wahrheit war, zog seine Mutter es vor, dem armen, tumben Joki Hörner mit Oscar aufzusetzen und eifersüchtig auf Fräulein Christiane zu sein. Was für eine sture, was für eine stolze Frau!

»Paul! Komm jetzt! Was machst du denn so lange?«

Paul machte das Licht im Wohnzimmer aus, das Licht im Ankleidezimmer, das Licht im Bad und ging ins Schlafzimmer.

»Da bist du ja, mein stolzer Cyborg. Zeig mir deine biomechanische Stelze! Liane sagt, du kratzt dich die ganze Zeit heimlich am Bein, wenn du mit den Polizisten redest?«

»Deine Schwester ist genauso unverschämt wie du!«, feixte Paul zurück und schnalzte seine Augenklappe wie einen Gummi auf die junge Frau in seinem Bett. »Ich werde ihr eine schriftliche Abmahnung erteilen, die sich gewaschen hat, wenn sie noch einmal Details aus Verhören der Mordkommission ausplaudert!« Paul lachte. Dann ließ er sich etwas unbeholfen neben den zierlichen, nackten Körper der jungen Frau gleiten.

»Schade, dass du wie Schokolade riechst …«, Paul drückte seine Nase zwischen ihre nackten Brüste, »… und schmeckst …«, er küsste sie auf den Mund, »… und ich dich trotzdem nicht fressen darf …« Er knabberte an ihrem Ohr.

Sie kicherte.

Paul blickte sie tiefsinnig mit seinem rechten Auge an. »Ich finde, Micha Draxler ist überhaupt kein passender Name für dich. Weißt du eigentlich, wie deine Eltern in Sri Lanka dich ursprünglich genannt hatten?«

»Jiva!«

»Jiva? Das ist ja wunderschön! Was bedeutet es?«

»Es ist die Bezeichnung der unsterblichen Seele, du Dummerchen. Bringt man euch Juristen denn überhaupt nichts Vernünftiges bei über das Leben?«

DANKSAGUNG

Vielen habe ich zu danken. Ihr wisst, dass ich Euch meine! Darunter dem klugen Geschichtendrechsler, dem Theatermacher Oliver Karbus. Der erfahrenen Geschichtenvermittlerin, meiner Agentin Monika Hofko. Der großen Geschichtenentdeckerin, meiner Editorin Dr. Barbara Heinzius. Dem sensiblen Geschichtenformer, meinem Lektor Gerhard Seidl. Und natürlich IHR, denn ohne sie hätte ich diese Geschichte nie erzählt.

Autor

Hendrik Esch wurde 1975 in München geboren. Er arbeitet als Opferanwalt und Strafverteidiger, schlägt sich aber auch mit Auffahrunfällen, Mietnomaden und Maschendrahtzäunen herum. Kein menschlicher Abgrund ist ihm fremd, die Hoffnung lässt er trotzdem immer erst am Schluss sterben. *Jagdtrieb* ist sein erster Roman und der Beginn einer Serie um den bayerischen Rechtsanwalt Paul Colossa.